일본 나라의 다인과 다실

일본 나라의 다인과 다실

초 판 인 쇄 2024년 09월 27일
초 판 발 행 2024년 10월 04일

저   자 노성환
발 행 인 윤석현
발 행 처 박문사
책 임 편 집 최인노
등 록 번 호 제2009-11호

우 편 주 소 서울시 도봉구 우이천로 353 성주빌딩
대 표 전 화 02) 992 / 3253
전   송 02) 991 / 1285
홈 페 이 지 http://jncbms.co.kr
전 자 우 편 bakmunsa@hanmail.net

ⓒ 노성환 2024 Printed in KOREA.

ISBN 979-11-92365-70-1   03380   정가 28,000원

일본 나라의 다인과 다실

노 성 환 저

박문사

서문

　나는 오랫동안 일본의 역사와 민속을 연구를 했다. 그러다 최근에는 일본의 차문화에도 관심을 가지고 연구하기 시작했다. 그렇게 된 데에는 통도사 방장이자, 대한불교 조계종 종정이신 성파 큰스님의 영향이 크다. 스님은 일찍부터 차문화에 대한 지대한 관심을 가지고 계셨는데, 내가 대학에서 정년을 맞이하던 2021년도에 통도사 서운암 토굴에 차문화대학원을 설립을 하시고, 그것에 관한 운영과 교육을 나에게 맡겨셨다. 그로 인해 지금까지 한 번도 감투다운 감투를 써본 적이 없는 내가 대학원장이 되었고, 지금까지 해온 나의 학문적 바탕 위에 새롭게 차문화를 연구하게 된 것이다.

　이렇게 나의 차문화 연구는 아주 단순한 이유로 출발했지만, 그렇다고 그 이전에 전혀 관심이 없었던 것은 아니다. 우연이지만 나의 주변에는 차를 즐기는 다인들이 많았고, 그들을 통하여 항상 일본의 다도와 중국의 차문화에 대해 많은 정보를 얻고 있었다. 그리고 그것에 힙입어 차에 관한 글을 발표한 적도 있었다. 그러므로 머리에 쓴 감투의 무게는 너무나 무거웠으나, 차문화의 연구와 교육에 대한 권유에 매력을 느끼고 기쁜 마음으로 받아들였다. 이러한 배경에서 나의 차 연구는 일본차문화로부터 시작되었다.

통도사 차문화대학원은 교육부가 인정하는 정규학위과정을 이수하는 곳은 아니다. 오로지 인문학적 관점으로 한, 중, 일의 차문화를 이해하고 교육하기 위한 사설기관이다. 따라서 차를 마시기 위한 예의와 작법은 가르치지 않는다. 처음에는 10명 안팎으로 소박하게 출발하였던 것이 점차 많은 사람들이 관심을 보여 4년차에 들어간 지금 2024년에 이르러서는 무릇 50여명으로 늘어나 있다. 이들 중에는 「졸업 없는 학교」라고 생각하는 사람들도 많다. 그야말로 평생학습기관적인 성격을 가진 학교이다.

대학원 구성은 크게 나누어 두 가지 성격으로 나눌 수 있다. 하나는 연구부문이다. 구성원은 10여명으로 박사학위 소지자로 인근 대학에서 강의하고 있는 한국, 중국, 일본의 차문화 전공자들이다. 이들은 그야말로 차전문 교육연구가들이다. 또 하나는 교육부문이다. 구성원은 40여명으로 차의 인문학을 추구하고자 모여든 사람들이다. 특히 이들 대부분은 20-30여년 차경력을 가진 자들로서 다법과 품다 그리고 제다에서는 이미 달인의 경지에 들어가 있다고 해도 과언이 아니다. 이러한 분위기이기 때문에 가르치는 내가 오히려 그들에게 배우는 일이 너무 많다. 그러므로 그 분들은 나에게 너무나 소중한 존재들이다.

통도사 차문화대학원 학습의 특징 중 하나는 「해외 차문화답사」가 1년에 2회가 실시된다는 것이다. 그것에는 하나의 원칙이 있는데, 다름 아닌 「배우고 떠나기」라는 것이다. 충분히 학습하고 난 연후에 현장을 방문하는 것이다. 그 뿐만 아니라 현장을 향할 때도 어김없이 책 1권 가량이 되는 풍족한 자료집을 가지고 떠난다. 그러므로 그것을 준비하는 교수들의 노고는 이만저만 큰 것이 아니다.

지금까지 우리의 해외답사는 일본 3회, 중국 2회, 대만 1회를 실시했다. 이 책은 그러한 교육과정에서 나온 것이다. 일본 답사는 일본문화 전공인 내가 맡았다. 일본의 차문화 답사지로서 세 곳을 꼽으라면 나는 주저 없이 나라(奈良), 교토(京都), 오사카(大阪)를 들 것이다. 왜냐하면 이 지역들은 일본 역사와 문화의 중심지이자, 일본의 차문화를 꽃피운 곳이기 때문이다.

이 지역들을 집중적으로 답사하면서 알게 된 새로운 사실은 지금까지 일본 차문화 연구가 역사의 흐름에 따라 시대로 구분하여 들여다보는 역사학적 관점이 우세하여, 지역의 중요하고 세세한 부분들이 누락되는 일이 많다는 점이었다. 다시 말해 전체에서 보는 역사와 지역에서 보는 역사는 엄연히 다르다. 여기서 중요한 것은 어느 것에도 치우치지 않고, 전체과 지역의 역사가 균형 있게 상호 보완성을 지녀야 한다는 점이다. 그러한 점에서 일본 차문화 중심지 중 하나인 「나라(奈良)」라는 한 특정 지역을 선정하여 집중적으로 살펴보는 것은 의미 있는 일이라고 생각한다.

나라는 교토와 오사카보다 오래된 곳으로 일본 최초의 수도가 있었던 곳이다. 그러므로 일본 차문화의 태동을 알리는 차전래 전승을 비롯해, 일본 초암차의 시조 무라다 쥬코를 탄생시킨 곳이기도 하다. 그리고 전국적으로 유명한 다인들이 다수 존재하며, 또한 저명한 다실들이 즐비하게 있다. 그러므로 이곳의 다인과 다실을 이해한다는 것은 일본 차문화에도 크게 도움이 될 것이다. 이 책이 조금이나마 앞으로 나라의 차문화답사를 기획하는 많은 다인들에게 도움이 되길 바란다.

이 책이 나오기까지 통도사 차문화대학원의 많은 선생님들의 도움이 컸다. 먼저 나라지역의 현장답사에 크게 도움을 준 가와부치 토모코(川淵智子), 칸다 쇼코(神田祥子), 사이토 토모코(齊藤智子), 나카노 마리(中野まり), 구라 마리코(倉麻里子), 데구치 마리코(出口真理子)씨 등에게 특별히 감사의 인사를 드린다. 그리고 다실 조감도는 Yamanaka Construction Co. Ltd(株式会社山中工務店)의 홈페이지「일본의 다실건축(茶室建築 Tea-Room)」에서, 그리고 다실에서 차 마시는 모습의 그림은 몬야 미키오(紋谷幹男)씨의 홈페이지「차를 즐기는 생활(お茶を楽しむ生活)」의 〈명다실의 의사체험(名茶室の疑似体験)〉에서 각각 빌렸음을 밝혀둔다. 이 자리를 빌어 이 분들에게도 심심한 감사의 마음을 전하고 싶다. 끝으로 부족한 원고를 기꺼이 맡아 출판해 준 박문사의 윤석현 사장님을 비롯한 편집부 여러 선생님들에게도 감사를 드린다.

2024년 5월 17일
통도사 서운암 연구실에서

목차

제1장

일본 야마토차의 기원

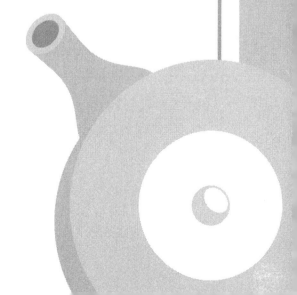

1. 나라차는 야마토차이다.

나라(奈良)는 일본 최초의 수도였다. 「나라」의 「나라」는 흔히 국가를 의미하는 우리의 말 「나라」와도 서로 통하는 말이다. 그만큼 우리의 고대문화와도 밀접한 관련을 가지고 있는 지역이다. 나라를 또 다른 말로 「야마토(大和)」라고 하기도 한다. 이 말을 좁은 의미로 사용하면 나라지역에 국한되는 지명을 가리키지만, 광의적인 의미로 사용하면 일본 전체를 가리키는 말이다. 일본 전통 요리를 「화식(和食)」, 일본의 전통 옷을 「화복(和服)」, 일본식 과자를 「화과자(和菓子)」, 일본 전통 노래를 「화가(和歌)」라고 하는 것도 나라 지역을 가리키는 말인 「야마토(大和)」의 뒷 글자 「화(和)」를 딴 것들이다. 그만큼 나라는 일본 전체를 대표하는 상징적인 지역이다. 그러한 의미에서 나라에서 생산되는 차를 나라에서는 「나라차」라고 하지 않고 「야마토차(大和茶)」라고 한다. 이 책에서도 이를 인정하고 나라에서 생산되는 차를 「야마토차」라고 하고자 한다.

그렇다면 야마토차는 언제부터 시작되었을까? 차가 자생이 아닌 외부로부터의 전래된 것이라면 수도였던 나라가 일본 최초의 다원 조성지이었을 가능성이 높다. 그러므로 야마토차의 기원은 일본차의 기원과도 직결된 문제이어서 일본 차문화사에서 **빼놓을 수 없는 중요한 문제**이다.

그럼에도 불구하고 지금까지 여기에 대한 논의는 국내외적으로 거의 이루어지지 않았다. 설령 있다 하더라도 그 내용이 일본 전체를 대상으로 한 것들이어서 단편적으로 다루어지는 경우가 대부분이었다.

이에 본장에서는 기존의 연구를 바탕으로 지역의 자료전승을 조사하
여 야마토차의 기원에 대한 국내외의 담론들을 객관적인 입장에서 살
펴보고자 한다.

2. 백제승려 담혜가 일본에 차를 전하다.

일본 차의 전래에 대해서는 한국에서도 관심이 높다. 국내의 많은
사람들이 백제승려 담혜화상(曇惠和尙)으로 꼽았다. 가령, 정영선[1]과
이귀례[2]는 「일설에는 긴메이 천황 시대에 백제의 성왕이 담혜화상 등
16명의 스님에게 불구(佛具)와 차, 향 등을 보냈다고 전해진다」고 했다.
이러한 담론이 박준식에 의해 그대로 수용되어 『일본서기(日本書紀)』
에는 메이천황 13년 백제의 성왕이 담혜화상 등 16명의 스님을 통해
불구와 차를 일본에 보내왔다는 기록이 되어있다고 소개했다.[3]

여기서 보듯이 그는 그것이 앞에서는 「일설」에 불과하던 것이 『일
본서기』에 있는 기사라고 명시하고 있고, 「긴메이 시대」라고 한 것에
서 「메이천황 13년」이라고 구체화하여 표현한 점에 대해서는 일단 높
이 평가할 만하다. 그가 말하는 『일본서기』는 8세기 초엽에 편찬된
『고사기(古事記)』와 함께 가장 오래된 일본의 역사서이다. 여기에 그러
한 기사가 있다는 것은 일본뿐만 아니라 우리에게도 큰 의미가 있다.

1 정영선(1990) 『한국 차문화』 너럭바위, p.71.
2 이귀례(2002) 『한국의 차문화』 열화당, pp.25-26.
3 박준식(2005) 「석, 박사 학위논문을 통해 본 한국차문화 관련 연구동향의 분석」
   『한국도서관 정보학회 하계학술발표집』 한국도서관 정보학회, p.89.

이것이 사실이라면 일본 최초의 차밭은 나라에서 조성되었다고 할 수 있다. 백제의 성왕은 6세기 때 사람이다. 그가 보낸 불상과 학자와 장인들은 당시 수도이자 현재 나라의 아스카 지역에서 활약했다. 그러므로 담혜화상이 일본에 차를 가지고 갔다면, 그곳은 나라지역이어야 하기 때문이다.

그러나 이 설은 매우 불안하다. 왜냐하면 정작『일본서기』에는 그러한 기록이 없기 때문이다. 그것에 의하면 박준식이 말하는 메이천황은 긴메이천황(欽明天皇: 509~571)을 말하며, 그가 지적한 긴메이 13년(10월)의 기사에는 백제의 성명왕이 달솔(達率) 노리사치계(奴唎斯致契: 생몰년미상)를 보내어 석가불 금동상(金銅像) 1구, 번개(幡蓋) 약간, 경론(經論) 약간을 가져왔다고 기록되어있다.⁴ 즉, 백제가 불교에 관한 도구를 보냈다는 것은 맞으나 담혜화상이라는 이름도, 차를 가져왔다는 기록도 일절 보이지 않는 것이다.

백제 승려 담혜는 순천시 낙안면 금전산 금둔사를 창건한 인물로 알려져 있다. 일설에 의하면 554년 백제의 위덕왕이 담혜화상과 8명의 스님을 일본에 파견하여 10여명의 승려를 양성시킨 뒤에 귀국하였고, 583년에 금둔사를 창건하였다고 한다.⁵

이러한 담혜가 정작『일본서기』에 보이는 것은 긴메이 13년이 아니라, 15년 2월의 기록이다. 그것에 의하면 백제의 성왕이 담혜 등 9인의 승려를 일본에 파견하여 도심(道深: 생몰년미상)⁶ 등 7인과 교체하게 하였

---

4 井上光貞監譯(1987)『日本書紀』(下), 中央公論社, p.70.
5 금전산 금둔사 HP, http://www.geumdunsa.org/(검색일: 2024.02.16.).
6 554년(위덕왕 1) 백제에서 최초로 담혜(曇慧) 등 9인과 함께 일본으로 건너가 일본 최초의 승려가 되었다. 일본을 방문하였을 때 일본조정에서는 그 일행을 위하

17

다고 했다.[7] 이처럼 백제의 담혜가 일본을 간 것은 사실이지만, 그 기사에도 차에 관한 기록이 보이지 않는다. 또 승려도 16명이 아니라 9명으로 되어있다.

이 기록은 백제에서 승려들을 파견하여 일본에서 불교를 전하고 있었음을 알 수 있는 우리에게는 중요한 자료이다. 그들의 포교활동은 백제의 불교문화가 일본으로 전래됨을 의미한다. 만일 그들이 전한 백제의 불교문화 속에 차나무가 들어있었다면 그에 의한 백제 차나무 전래도 함께 생각해볼 수 있다. 그러나 그것은 어디까지나 적어도 5, 6세기경 백제의 사원에 이미 차문화가 융성하였다는 역사적 가정하에 세우는 희망 섞인 추론에 불과하다. 그러므로 백제의 담혜화상이 일본에 차나무를 전래하였다는 설은 성립되기 어렵다.

3. 행기에 의한 백제차 전래설

국내에서 제시된 또 하나의 해석은 행기(行基: 668~749)스님에 의한 백제차 전래설이다. 이것이 사실이라면 그 차는 행기가 주로 활약했던 나라지역에 전해졌을 것이다. 그러므로 이 같은 해석은 야마토 차의 기원을 규명하고자 하는 우리들에게는 결코 무시할 수 없는 의견이다.

사실 이 같은 해석은 일본에서는 제2차 세계대전 이전 유행했던 설

여 절을 짓고, 그 곳에서 불교의 가르침을 펴도록 하였다. 그러나 주민들의 이해부족으로 인하여 교화를 크게 펴지는 못하였다. 어느 종파에 속하는지는 확실하지 않으나, 삼론종(三論宗)이나 성실종(成實宗) 계열의 승려로 추정된다.

7   井上光貞監譯(1987) 『日本書紀』(下), 中央公論社, p.76.

이었으나[8], 그 이후에는 부정되어 거의 폐기되다시피 한 견해이었다. 그러나 한국에서 80년대에 접어들어 김운학, 최계원, 한웅빈 등에 의해 재점화되어 지금 한국에서는 가장 널리 알려진 차담론이 되었다. 가령 김운학은 "백제 도래승 행기가 말세중생을 위해 차나무를 심었다는 기록이 『동대사지(東大寺誌)』와 『동대사요록(東大寺要錄)』에 있다."고 했다.[9] 이처럼 그는 행기가 백제에서 건너간 승려이며, 그가 일본에 차나무를 심었다고 주장함으로써 백제에 의한 전래설을 암시했다.

이에 최계원과 한웅빈도 동조했다. 최계원은 "일본 측 기록인 『동대사요록』에 '백제의 귀화승 행기스님이 차나무를 일본에 심었다.'는 기록이 있다. 행기의 도일연대는 알 수 없으나 백제유민들과 함께 일본으로 건너가 승려가 되었다."고 했다.[10] 즉, 그는 행기가 백제의 귀화승이므로 그가 심은 차나무는 백제 유민들과 함께 백제에서 건너갔을 개연성을 타진한 것이었다.

이에 비해 한웅빈은 "행기보살이 차를 일본 약왕사(藥王寺)에 심었다는 전거 등에 비추어 서기 600년대에는 신라 혹은 백제권내에서 다수가 실재하였다는 것으로 추단하고자 하는 바이다."이라고 했다.[11] 일본 최초로 차나무를 심은 사람이 백제승 행기였다는 것을 근거로 행기가 심은 차나무가 백제 또는 신라의 것일 가능성이 있다고 본 것이었다.

그러나 그가 말하는 약왕사는 행기가 창건하였다는 전승과 차밭이

---

8 神津朝夫(2021)『茶の湯の歴史』角川文庫, p.35
9 김운학(1981)『한국의 차문화』현암사, pp.92-93.
10 최계원(1984)「차의 역사」『차생활입문』전남여성회관, p.13.
11 한웅빈(1981)「차문화의 흐름과 행다의 이모저모」『금랑문화논총』, 한국민중박물관협회, p.346.

있었다는 기록은 있으나, 그곳의 차를 행기가 심었다는 기록은 없다. 그리고 행기가 차나무를 심었다고 해서 그것이 백제의 것이라는 물증도 보이지 않는다. 이처럼 행기에 의한 백제 차나무의 일본 전래설은 출발부터 매우 불안한 것이었다.

실제로『동대사요록』(卷第4)의 「천지원(天地院)」 조에 「승려 행기가 있다. …(생략)…여러 지역에 당사(堂社)를 건립한 곳이 무릇 49개소이었으며, 또 차나무(茶木)를 심었다」[12]는 기록만 있을 뿐, 차나무를 어느 사찰에 심었는지 실명이 거론되지 않았다. 그리고 지금까지 남은 사본(寫本)에는 「차목(茶木)」이 아닌 약나무를 의미하는 약목(藥木)으로 되어 있다. 최근에는 일본의 학계에서도 차나무가 아닌 과일나무를 뜻하는 과목(菓木)을 잘못 쓴 것이라는 해석이 유력하게 제시되어 있다.[13] 행기가 「삼하국약왕사(三河國藥王寺)」에 조성했다는 다원의 이야기도 『본조문수(本朝文粋)』에 있는 요시시게 야스타네(慶滋保胤)의 문장 「만추과참주약왕사유감(晚秋過參州藥王寺有感)」에서 전하는 이야기이다. 이것 또한 후세의 전설을 기록한 것에 불과하다.

이러한 사실을 무시하고 설령 그것을 차나무라 해도, 이상의 기록만으로 그가 어디에 어떤 차나무를 심었는지 알 수 없다. 더구나 그 차나무가 백제에서 수입된 확증도 없다.

그럼에도 불구하고 이러한 주장은 2000년대에 들어선 오늘날까지도 그대로 통용되고 있다. 그 예로 류건집은 백제의 귀화승 행기가 중생을 위해 동대사에 차나무를 심었다는 기록이 있다고 지적한 후 "동

---

12 「茶の湯前史」『茶の湯の歴史』,
   http://wa.ctk23.ne.jp/~take14/History_of_tea_ceremony.
13 神津朝夫(2021), 앞의 책, p.36.

그림 1 킨테쓰 나라역(近鉄奈良駅) 앞의
행기보살상(基菩薩像)

대사는 백제의 건축양식에 가까운 사찰로 왕인의 후예가 차를 심었다
는 것은 의미심장하다."고 하면서 "일본 우에노 공원에 있는 「박사왕
인비문(博士王仁碑文)」에도 이를 뒷받침할만할 행기 승려의 이야기가
나오는데 이는 백제에서부터 오래전부터 차를 마셨다는 것을 입증한
다"고 밝히고 있다.[14] 이처럼 그는 행기가 동대사에 차나무를 심었고,
그의 차나무 이야기가 「박사왕인비문」에 나오는 것으로 보아 백제의
차역사는 유구하다고 말하고 있지만, 그 이면에는 왕인의 후예 행기에
의한 백제의 차나무 전래설이 짙게 깔려져 있다.

　그러나 앞에서 보았듯이 『동대사요록』에는 행기가 동대사에 차나

14　하정은(2008) 「백제의 차문화(下)」 『불교신문』, 2008.07.12.,
　　http://www.ibulgyo.com/news/articleView(검색일: 2022.02.27.).

무를 심었다는 기록은 없다. 또 그가 말하는 도쿄 우에노 공원의 「박사왕인비문」은 「박사왕인비」를 말하는 것으로 이는 1936년 조선인 조낙규(趙洛奎)의 제안에 의해 추진되어 1940년 4월에 제막식을 가진 왕인박사 공적을 기리기 위해 세워진 기념비이다. 이것 또한 행기의 활약시기보다 너무나도 훨씬 후대의 것이므로 그것에 새겨진 내용을 역사적 사실로 받아들이기 어렵다. 그리고 비의 건립 취지가 왕인박사를 기리는데 있기 때문에 백제의 차문화는 물론 행기가 백제에서부터 차를 마셨다는 기록이 있을 리 없다. 그러므로 행기에 의한 백제의 차나무를 동대사에 심었다는 류건집의 주장에는 너무나도 큰 무리가 따른다.

한편 이귀례,[15] 홍정숙[16], 최석환 등은 『동대사요제』에는 백제의 귀화승 행기가 말세중생 또는 중생을 제도하기 위해 차나무를 심었다는 내용이 있다고 하였지만, 정작 그러한 내용도 보이지 않는다.

그럼에도 불구하고 이러한 주장들이 2000년대에 접어들면 우리나라에서는 어느덧 백제승 행기가 차나무를 심었다는 것이 백제의 차나무 또는 차문화가 일본으로 전래되었다고 하는 담론으로 바뀌기 시작했다. 그러한 경향이 철학자 권혁란에게도 그대로 수용되었다. 그녀는 「백제 왕인박사 후예로서 대승정이었던 행기가 이 사찰 주변에 차나무를 심었다는 기록이 있다」고 지적한 후 「이 때 백제의 문물이 많이 전래되던 시기였기 때문에 이 기록에 나타나는 차나무와 음다 풍습은 아마도 중국에서 직접 전래된 것이 아니라 백제의 유풍이 흘러 간 것이라 추정된다」고 한 것이다.[17] 이처럼 행기가 차나무를 일본에 심었기

---

15 이귀례(2002), 앞의 책, p.26.
16 홍정숙(2012) 『현대 음다공간의 활성화 연구』 조선대 대학원 박사논문, p.118
17 권혁란(2010) 『차와 선 수행에 관한 연구』 동아대 대학원 박사논문, p.28.

그림 2 明惠上人樹上坐禅像(국보, 가마쿠라시대)

때문에 백제의 차문화가 일본에 전래되었다고 하는 그야말로 지극히 단순한 논리가 검증도 되지 않은 채 통용되었다.

이러한 경향은 전재현, 서정석, 김경희, 박해현 등에게도 그대로 나타난다. 전재현은 행기를 「백제의 스님」이라 했고,[18] 서정석은 2018년 제64회 백제문화제 학술회의에서 행기를 「백제의 후예」라 지칭하면서도 행기가 688년 일본 동대사 근처에 차나무를 심었다는 기록으로 볼 때 일찍이 백제의 차문화는 일본에 전수된 것을 알 수 있다고 했다.[19] 김경희도 일본의 『동대사요록』에 백제의 귀화승(歸化僧) 행기스님이

18 전재현(2014) 『일본 불교가 차문화 콘텐츠 발전에 끼친 영향』 조선대 대학원 박사 논문, p.3
19 김자경(2018) 「백제의 茶문화 규명 위한 학술회의 '눈길'」 『그로벌 코리아 뉴스』, 2018.09.19., http://www.gknews.co.kr/news.

중생을 위해 동대사에 차나무를 심었다는 기록이 있다고 지적하면서 「동대사는 백제의 건축양식에 가까운 사찰로 왕인의 후예가 차를 심었다는 것은 의미심장하다 하면서, 앞에서 언급한 류건집의 말을 그대로 인용하여 일본 우에노공원의 「박사왕인비문」에도 이를 뒷받침하는 행기스님의 이야기가 나오는데 이는 백제가 오래전부터 차를 마셨다는 것을 입증해 주고 있다」고 했다.[20] 『한국차문화의 역사』를 쓴 박정희도 백제계 후손 행기가 일본 땅에 차나무를 심었다는 기록은 백제 유민의 차생활의 일면을 추측해볼 수 있는 좋은 예라고 했다.[21] 이처럼 행기를 백제승이라고 보고, 그가 동대사에 차나무를 심었으므로 백제의 차나무가 일본에 전래되었다는 학문적 담론이 한국에서는 무비판적으로 수용되어 그대로 통용되고 있음을 알 수 있다.

심지어 박해현은 그것에서 한걸음 더 나아가 「백제 승려 행기가 영암출신 마한인이라 할 수 있는 왕인박사의 후손이기 때문이며, 그가 동대사에 차를 심었다면, 그 차는 아마도 옛 마한 땅에서 가져갔다고 보는 것이 훨씬 설득력이 있다고까지 했다.[22] 그리고 정동주는 『동대사요록』을 쓴 묘에상인(明惠上人: 1173~1232)은 원래 백제사람이었으며, 그는 일본 초암차의 시조라고까지 했다.[23] 이러한 주장을 근거로 김도공은 백제승려 묘에가 원효를 흠모하여 『화엄연기회권(華嚴緣起繪卷)』

---

20 김경희(2020) 「백제의 문화가 일본 차문화에 미친 영향에 관한 연구」 『민족사상』 제14권 제3호, 한국민족사상학회, p.231.

21 박정희(2015) 『한국 차문화의 역사』 민속원, p.39.

22 박해현(2020) 「나주 불회사가 우리나라 茶 始培地였다」 『영암신문』, 2020.02.07., https://www.yasinmoon.com/news/articleView(검색일: 2022.03.15.).

23 정동주(2002) 「정동주의 茶이야기 〈37〉 일본의 원효사상」 『국제신문』, 2002.10.06. 이 설은 그가 2004년에 펴낸 저서 『한국인과 차』 (다른세상, p.186)에서는 「백제인의 후예라는 설도 있다」라고 수정되었다.

을 그려서 고산사(高山寺)에 모셨으며, 원효의 무애차 다법이 일본에 남
는데 큰 역할을 한 세 사람 중의 한 명이라고 했다.[24]

　이처럼 다수의 한국의 차문화 연구가는 일본 차문화가 백제의 승
려 행기로부터 시작되는 것으로 보려는 경향이 강하다. 즉, 그것은
일본 차문화의 원류가 백제에 있다는 것을 표현하려는 것에 다름이
아니다.

　그러나 아쉽게도 지금까지 『동대사요록』을 쓴 사람이 누구인지
밝혀지지 않고 있다. 서문에 의하면 1106년 동대사의 한 승려가 쇠퇴
해진 동대사를 부흥시키기 위해 편찬하였으며, 1134년 승려 관엄(観
厳)이 증보 재편한 것으로 알려져 있다. 그러므로 7-8세기에 활약한
행기와도 시대적으로 너무나 차이가 나 행기의 차나무를 심었다는
기사는 전승 영역에 가깝다고 할 수 있다. 그리고 그것이 성립된 시기
가 1106년이다. 이러한 사실을 비추어볼 때 묘에의 활약 시기와도 맞
지 않는다.

　묘에는 그보다 70여년 뒤인 1173년에 현재 와카야마현(和歌山県) 아
리타가와초(有田川町)에서 태어난 인물이다. 이러한 그가 『동대사요
록』을 편찬한다는 불가능한 일이다. 그리고 그의 부친은 다이라노 시
게구니(平重国), 모친은 유아사 무네시게(湯浅宗重)의 딸이다. 특히 그의
부친 시게구니는 원래 성씨가 후지와라씨(藤原氏)였는데, 훗날 양부
(養父)의 성씨를 따서 다이라씨(平氏)로 바꾸었다. 이러한 성씨들이 백
제계라는 증거도 없다. 그러므로 그가 백제 승려일 수 없을 뿐만 아니

24　김도공(2016) 「화쟁 사상에서 본 원효의 차 정신」 『한국예다학』 제2호, 원광대학
　　교 한국예다학연구소, p.72.

라, 백제인의 후예라는 증거도 어디에도 보이지 않는다. 그러므로 정
동주, 김도공의 주장은 성립할 수 없다.

행기는 아스카시대(飛鳥時代: 592~710)에서 나라시대(奈良時代: 710~784)
에 걸쳐 활약한 승려이다. 그는 민중에 포교를 금지하는 국가의 명을
어기고 집단을 형성하여 계층을 가리지 않고 적극 민중들에게 포교하
였을 뿐만 아니라, 곤궁에 빠진 사람들을 위해 구제 사업도 적극적으
로 나섰던 인물이다. 그리하여 사람들은 그를 칭송하여 「행기 보살」이
라 했다. 그야말로 민중불교의 선구자라 할 수 있다.

이러한 행기가 백제인이며 과연 백제의 차나무를 일본으로 가져가
심었을까? 그것은 명확하지 않다. 『동대사요록』에는 행기가 차를 심
었다는 기록이 있는 것은 분명하나, 그가 심은 차나무가 백제의 것인
지 아닌지가 분명치 않다. 이를 알기 위해서는 먼저 행기의 출신 가계
를 살펴볼 필요가 있다.

행기에 관한 가장 오래된 사료는 『대승상사리병기(大僧上舍利瓶記)』
이다. 이는 행기의 유골을 담은 병에 새겨진 것이며, 그 글은 749년(天
平21)에 사문(沙門) 진성(真成)에 의해 작성된 것으로 되어있는데, 행기
의 가계를 나타내는 내용은 다음과 같이 서술되어있다.

> 행기는 약사사(藥師寺)의 승려이다. 속세의 성씨는 고시씨(高志氏)이
> 다. 부친은 高志厥考才智인데, 자(字)는 지호기미(智法君)라는 자의 장자
> 이다. 그는 백제왕자 와니(王爾)의 후예이다. 모친은 하치다노 고니히메
> (蜂田古爾比売)인데, 오도리군(大鳥郡) 하치다노도라미(蜂田首虎身)의 장
> 녀이다[25]

여기서 보듯이 그의 부친의 이름은 고시노 사이치(高志才智), 모친의 이름은 하치다노 고니히메(蜂田古爾比売)이다. 그리고 고칸 세렌(虎關師鍊: 1278~1346)이 편찬한『원형석서(元亨釋書)』에는「승려 행기는 세속성이 고시씨(高志氏), 센슈(泉州)의 오도리군 출신으로 667년(天智7)에 태어났다」고 했다. 여기서 보듯이 행기는 667년 가와치구니(河內国) 오도리군(大鳥郡)에서 태어났다. 현재 그곳은 오사카부(大阪府) 사카이시(堺市) 서구(西区) 에바라지초(家原寺町)이다.

그의 모친의 성씨인 하치다씨에 대해『신찬성씨록(新撰姓氏錄)』에서는 이즈미(和泉)에 하치다무라지(蜂田連)와 하치다구스시(蜂田藥師)가 있었다고 기술되어있다. 이러한 것으로 비추어 하치다씨는 주로 구스시(藥師) 즉, 제약관련 업무를 맡아 활약했던 사람들로 추정된다.[26]

한편 그의 부친 성씨 고시씨(高志氏)의 기원에 대해 서술해놓은 사료들이 많이 있는데, 여기에는 두 가지 경향이 있다. 하나는 백제계이며, 또 다른 하나는 중국계이다. 전자의 경우,『대승상사리병기』에서는「백제왕자 와니의 후예(百済王子王爾後)」라고 했고,『행기보살강식(行基菩薩講式)』에서는「백제왕의 후손(百済王之末孫)」이라 하였으며,『원형석서』에서도「백제국왕의 자손(百済国王之胤)」이라 하였으며,『행기보살전(行基菩薩伝)』에서도「백제왕의 후예(百済王胤)」라고 했다.

후자의 경우, 1175년(安元1)에 성립된『행기연보(行基年譜)』에는 한조(漢朝)의 귀족이며, 왕인은 한나라 문인이다(漢朝為貴種、王仁者漢之文

---

25 『大僧上舍利瓶記』:「行基、薬師寺沙門也、俗姓高志氏、厥考諱才智字智法君之長子也、本出於百済王子王爾之後焉、厥妣蜂田氏、諱古爾比売、河内国大鳥郡蜂田首虎身之長女也」.

26 中村元, 增谷文雄 監修(1983)『佛教說話大系(13)—高僧傳』すずき出版, p.11.

人也)라고 하였고, 『죽림사약록(竹林寺略錄)』(菅原寺)에서는 「한고제의
후예(漢高帝之苗裔)」라고 하였으며, 『본조고승전(本朝高僧伝)』에서는
「그의 선조가 동한제의 후예(其先東漢帝之裔)」라고 설명하고 있다. 이
처럼 부친의 성씨인 고시씨(高志氏=高志史=古志)를 백제계 혹은 한나라
계로 설명하는 경향이 있다.

일본 고대의 씨족들이 그들의 시조를 누구로 하고 있느냐를 파악하
는 데는 『신찬성씨록』이라는 좋은 자료가 있다. 이것은 815년에 사가
천황(嵯峨天皇: 786~842)의 명에 의해 30권으로 편찬된 일본 고대씨족의
명감(名鑑)이라 할 수 있다. 그들의 출자에 따라 「황별(皇別)」·「신별(神
別)」·「제번(諸蕃)」으로 분류하여 자신들의 시조를 명확히 밝히고 있
다는 데 특징이 있다. 이러한 『신찬성씨록』에 행기의 씨족인 고지씨
(古志氏=高志氏)에 대해 다음과 같이 언급하고 있다.

> 가와치(河內国) 제번 한 고지무라지(古志連)는 후미스쿠네(文宿禰)와
> 같은 조상이며 왕인의 후손이다.
> 이즈미(和泉国) 제번 한 고지무라지는 후미스쿠네와 같은 조상이며 왕
> 인의 후손이다.[27]

이상에서 보듯이 고지씨는 가와치(河內)·이즈미(和泉)에 근거를 두
고 있으며, 그들의 조상은 고지무라지는 후미스쿠네와 같은 조상이며
왕인(王仁)의 후손이라는 것이다. 이를 토대로 역사고고학계에서는 행

---

27 『新撰姓氏録』: 「河内国諸蕃漢 古志連文宿祢同祖 王仁之後也. 和泉国諸蕃漢 古
志連文宿祢同祖 王仁之後也」.

기를 중국계라고 보기 보다는 백제의 왕인을 시조로 하며, 주로 일본 조정에서 문필을 담당했던 가와치노후미우지(西文氏) 계통에 속하는 씨족이라고 보고 있다.[28] 그렇다면 이들은 백제계 이주민들이다. 류건 집이 행기를 「왕인의 후예」라고 지칭한 것도 바로 이러한 이유 때문이다. 그렇다면 행기는 일단 가계상으로는 백제계 이주민 후예 출신임은 틀림없다.

그러나 문제는 왕인에 있다. 왜냐하면 그에 관한 기록이 우리 측에는 없고, 일본 측 기록에만 있기 때문이다. 왕인에 관한 기록은『고사기』,『일본서기』,『속일본기(續日本紀)』『고어습유(古語拾遺)』등에 있는데, 이것들에 의하면 그의 도일은 아직기(阿直岐)와 함께 응신천황(応神天皇) 시대에 이루어진 것으로 되어있다.

응신천황은 일본역사에서 한반도에서 건너간 많은 이주민들을 등용시켜 국가발전에 이바지한 인물로 평가되고 있다. 그러나 그가 실제로 역사적인 인물인지 아닌지에 대해서는 확증이 없다. 만일 그가 실존했다하면 대체로 4세기 후반 일본을 지배했던 군주로서 보는 것이 일반적인 견해이다. 그렇다면 당연히 백제의 왕인 또한 그 때의 사람이다. 그에 비해 행기는 7세기 후반의 사람이다. 4세기 후반의 인물 왕인과는 무릇 약 300여년의 차이가 난다. 그러므로 행기는 「백제에서 건너간 사람」이 아니라 일본으로 건너간 「백제인의 후손」이라는 것이 정확하다. 더구나 행기가 백제를 다녀갔다는 기록은 어디에도 없다. 그러므로『동대사요록』을 근거로 행기가 차나무를 심었다는 기록과 전승이 있다는 것은 인정할 수 있으나, 그렇다 하여 그것을 백제의 차

---

28 『新撰姓氏録』和泉国諸蕃. 太田[1963: 2291]

나무가 일본으로 전래되었다는 증거로서 활용되기는 합당치 않다.

이러한 한국인의 해석에는 일본에는 본래 차나무가 없었다는 자생설을 부정하는 인식과 함께 고대 일본문화의 원류는 백제이므로, 차나무 또한 백제에서 전래되었을 것이라는 강한 선입견이 작용하고 있음을 알 수 있다.

4. 진무와 교카 그리고 구카이에 의한 전래

(1) 진무천황

그렇다면 정작 나라의 지역민들은 야마토차가 언제부터 자신들의 고장에 있었다고 보는 것일까? 이것을 신화의 시대까지 거슬러 올라가 설명하는 전승이 있다. 그것은 카시하라시(橿原市) 나카조시(中曽司)에서 전해지는 이야기인데, 그 내용을 소개하면 다음과 같다.

> 아주 먼 옛날 초대천황인 진무천황(神武天皇)이 야마토(大和) 지역을 평정할 때 카시하라의 나카조시 지역민들도 적극 협력했다. 그 포상으로 진무천황이 나카조시의 지역민들에게 차씨앗을 전해주었고, 사람들은 그것으로 차밭을 조성했다.[29]

이 전승을 간직하고 있는 카시하라는 진무천황(神武天皇)과 밀접한 관련이 있는 곳이다. 8세기 문헌인 『고사기』와 『일본서기』에 의하면

---

29 木村隆志(2004)「長寿を支える「挽き茶」」『奈良新聞』, 2004. 4. 19.

그림 3 쓰키오카 요시토시(月岡芳年: 1839~
1892)의 「神武天皇圖」,(『大日本名
将鑑』에서)

규슈 남부에서 출발하여 동쪽지역을 평정한 진무천황이 삼륜산신(三
輪山神)의 딸인 히메다다라이스즈히메(媛蹈鞴五十鈴媛)와 혼인하고 궁
궐을 짓고 살았던 곳이 카시하라이다. 즉, 최초의 정권이 수립된 곳이
이곳이라는 것이다. 그러므로 이곳에는 진무천황을 신으로 모신 카시
하라신궁(橿原神宮)이 있다.

그러나 이상의 내용을 그대로 믿을 사람은 거의 없다. 왜냐하면 진
무천황은 어디까지나 역사가 아닌 신화상으로 존재하는 가공적인 인
물이기 때문이다. 이곳의 차재배에 관해 신빙성 있는 공식적인 자료로
서는 1816년(文化13)에 성립된 다카토리번(高取藩)의 「대화국고취령풍
속문상답(大和國高取領風俗問狀答)」을 들 수가 있다. 이것에 의하면 이곳
의 차는 천황이 아닌 교토의 우지(宇治)에 사는 차농들이 전래한 것으

로 되어있다.[30] 그러므로 이상의 이야기는 카시하라의 역사와 전승으로부터 영향을 받아 생성된 지역신화에 지나지 않는다.

(2) 교카(行賀:729~803)

한편 야마토차는 당나라에 유학한 일본승려들에 의해 중국차가 전래된 것에서 출발한다는 견해들도 있다. 일본연구자 야마나카 나오키(山中直樹)가 나라시대 말기의 흥복사(興福寺) 일승원(一乘院) 유적지에서 다기(茶器)로 추정되는 녹유도기(綠釉陶器)가 출토되었는데, 이를 근거로 입당유학승이자 흥복사 승려인 교카가 중국차를 나라에 전래한 것이라는 설이 있다고 소개하고 있다.[31] 만일 이것이 사실이라면 교카가 가지고 온 차는 나라의 흥복사에 심겨졌을 것이다.

그러나 이 설에도 맹점이 없는 것이 아니다. 왜냐하면 교카에 관한 기록이 많지 않고, 있다고 해도 그것으로 그가 차전래자라는 것이 증명되지 않기 때문이다. 그에 관한 비교적 상세한 기록이 『일본후기(日本後紀)』『찬집초(撰集抄)』 등에서 찾아 볼 수 있는데, 그 중 헤이안시대(平安時代: 794~1185) 초기에 성립된 『일본후기』(권11)의 일문(逸文)인 803년(延曆22) 3월 을미(己未=8일)조에 다음과 같이 묘사되어 있다.

대승도(大僧都) 전등대법사위(伝燈大法師位) 교카(行賀)가 입적했다. 향년 75세이다. 속성은 가미쓰게노오호키미(上毛野公), 야마토(大和国)

---

30 木村隆志(2004)「長寿を支える「挽き茶」」『奈良新聞』, 2004. 4. 19.

31 山中直樹(2008)「ケガレ・ケ・ハレ」: 喫茶・茶の湯のもう一つの道−9」『臨床喫茶学』〈インターネット公開文化講座〉愛知県共済生活協同組合,
   https://www.aichi-kyosai.or.jp/service/culture/internet/culture/tea/tea_9/.

그림 4 흥복사 남원당의 교카좌상(국보. 가마쿠라시대)

히로세군(広瀬郡)의 출신이다. 15세에 출가하여 20세에 구족계를 받았고, 25세 때 입당 유학승이 되어 당으로 건너가 31년간 체재하며 유식(唯識)·법화(法華) 양종(両宗)을 배웠다. 귀국했던 날에 그의 학문을 시험하게 되었는데, 동대사 승려 묘이쓰(明一: 728~798)[32]가 어려운 종의(宗義)를 물었다. 그 때 교카는 매우 당혹해 하며 해답을 내놓을 수 없었다. 이에 묘이쓰가 곧 화를 내며 나무라기를「일본과 당나라 양국으로부터 생활 지원을 받으면서도 학식은 이렇게 얕다니! 어찌하여 그대는 조정의 기대

---

[32] 나라시대 말기와 헤이안시대(平安時代) 전기에 걸쳐 활약한 일본 승려. 속성은 大宅氏. 大和国 添上郡 大宅郷 출신. 동대사 지킨(慈訓)의 문하에서 수학했다. 753年(天平勝宝4) 동대사『우란분경(盂蘭盆経)』의 강사를, 또 780년(宝亀11)에는 유마회(維摩会)의 강사를 역임했다. 그리고 삼강(三綱) 중 상좌(上座)로서 동대사의 운영을 담당하였으며, 794년(延暦13)에는 히에잔(比叡山) 근본중당(根本中堂) 공양(供養)의 직중(職衆)을 역임했다. 만년에는 대처(帯妻)하여 명성을 상실했다고 전해진다.

를 저버리고 학문을 몸에 익혀서 돌아오지 못했는가!」라고 질책했다. 이 말을 들은 교카는 크게 부끄러워하고 한없이 눈물을 흘렸다. 이는 오랫동안 이국에 살며 거의 모국어를 잊어버렸기 때문이었다. 천리의 장도를 가는 자에게 있어서 한번 넘어지는 것은 사소한 일이며, 깊은 숲속에서 마른 가지가 있다 하더라도 그늘이 얕아질 리가 없는 것에 불과하다. 교카에게 학문이 없다고 한다면 어찌하여 재당시대(在唐時代)에 백명이나 되는 승려들이 강설·논의를 행하는 장소에서 두 번째 자리에 앉을 수 있었겠는가. 『법화경소(法華経疏)』, 『홍찬략(弘賛略)』, 『유식첨의(唯識僉議)』 등 40여권이 있으나, 이것 모두 교카의 저작이다. 또 불교경전이나 논소(論疏) 500여권을 서사했다. 조정은 그것에 의해 널리 중생들에게 이롭게 하였다 하여 기뻐하고 그를 승망(僧綱)으로 임명하고, 조(詔)를 내려 문도(門徒) 30여명을 붙여 학업을 전하게 했다.[33]

이상의 기록에서 보듯이 교카는 야마토의 히로세 출신으로 25세 때 중국으로 건너가 31년간 머물며 유식과 법화를 두루 익힌 학승으로 보고 있다. 그가 중국 어느 곳에서 유학하였는지 알 수 없지만, 그가 머물렀던 사찰의 승려들이 차를 마셨다면 그 또한 당시 승려들의 차문화를 충분히 익혔을 것으로 짐작이 된다. 그러나 이 기록에서도 그가 직접 차를 일본 나라에 전래했다는 부분은 없다.

또 가마쿠라 시대 후기에 성립되었을 것으로 보이는 『찬집초』에는 『일본후기』와는 전혀 다른 성격의 내용이 담겨져 있는데, 그 내용을 요약하여 소개하면 다음과 같다.

---

33 『日本後紀』(권11)의 「逸文」 803년(延曆22) 3월 己未条(8일)조.

옛날 수도인 나라의 산계사(山階寺)에 교카라는 승려가 있었다. 그는 사람들에게 열심히 불법을 전했다. 그러던 어느 날 저녁 한 사나이가 남몰래 교카를 찾아왔다. 나이는 40세가량으로 보이는 초라한 모습을 한 승려이었는데, 울면서 교카에게 "들어질 것이라고 생각은 하지 않으나, 한 가닥의 희망을 가지고 왔습니다. 저의 등에 악성 등창이 생겨나 이것으로 죽을 것 같습니다. 이를 본 유명한 의사가 덕이 높은 승려의 왼쪽 귀를 잘라오면 나을 것이라고 말했습니다」고 하는 것이었다. 그러자 교카는 그 남자의 등을 보여 달라고 하더니, 등이 섞어 들어가는 것을 눈으로 확인하고는 과감히 체도(剃刀)로 자신의 귀를 잘라서 남자에게 주었다. 그 남자는 그것을 받아들자 교카에게 절을 하더니 이내 사라졌다. 그로부터 몇 년 후 교카는 그 남자를 만났던 절을 찾았다. 이미 절은 황폐해져 있었고, 그곳에는 십일면 관음보살상이 있었다. 이에 참배를 마치자 교카의 왼쪽 귀는 원래대로 회복되었고, 관음상의 등에는 새롭게 수선된 자국이 남아있었다.[34]

이상의 기록에서 보듯이 『찬집초』에서 교카는 악성 등창이 난 사나이를 돕기 위해 왼쪽 귀를 잘라 주었는데, 나중에 알고 보았더니 그 사나이가 다름아닌 십일면관음보살이었다는 내용이다. 여기서 보인 그는 불법의 영험을 보인 고승대덕으로서 묘사되었다. 『찬집초』에서는 이 점이 강조되어 있으나, 그가 차전래자라는 기록은 보이지 않는다. 그러므로 야마나카 나오키가 소개했던 흥복사 승려 교카의 차전래설은 학문적으로 검토된 합리적인 해석으로 받아들이기 어렵다.

---

34 『撰集抄』(卷1第8話)「行賀僧都耳切因緣事」.

(3) 구카이

또 하나의 견해는 홍법대사(弘法大師) 구카이(空海: 774~835)가 야마토
에 차를 전래하였다는 담론이다. 이것은 나라시의 공식 홈페이지에서
도 확인할 수 있다. 그것에 의하면 806년(大同元) 홍법대사가 중국에서
차종자를 가지고 돌아와 현재 우다시(宇陀市) 불륭사(佛隆寺)의 켄네(堅
惠)에게 전래한 것이 야마토차의 기원이라고 설명하고 있다.[35] 이같은
내용이 시의 공식 홈페이지를 통하여 소개된 것이어서 그것에 대한 신
뢰성이 공적으로 인정된 셈이다.

이를 입증하듯이 현재 불륭사에는 구카이와 관련된 전승과 유물들
이 있다. 먼저 전승으로는 불륭사는 850년(嘉祥3) 켄네에 의해 창건되
었는데, 켄네는 구카이가 당나라로 갈 때 수행했던 인물이라 한다. 구
카이가 중국에서 가져간 차씨를 물려받아 현재 하이바라(榛原町) 아카
바네(赤埴)에 심은 것이 일본 최초의 다원 「고케노엔(苔の園)」이며, 이
것이 「야마토차」의 기원이라 했다.

불륭사의 경내에는 야생화된 차나무가 자생하고 있고, 구카이가 중
국에서 가지고 갔다는 맷돌(石碾=石臼)도 보관되어있다.[36] 그리고 그 맷
돌과 차 씨앗은 당의 덕종황제(德宗皇帝: 749~805)로부터 받은 것이라는

---

[35] https://www.city.nara.lg.jp/site/naranoshoku/5761.html.
[36] 흑갈색(黑褐色)으로 무게 25킬로, 직경 40센티 정도되는 아래 돌 위에 직경 약 15센
티, 높이 20센티정도의 윗돌이 올려져 있는 형상이다. 표면에는 중국의 신화전설에
서 등장하는 기린(麒麟)이 조각되어있다. 윗부분에는 금을 사용하여 보수한 흔적
이 있다. 그리하여 「금의 차맷돌(金の茶臼)」이라고 불린 적이 있다. 17세기 후반 야
마토 우타(大和宇陀)의 마쓰야마번(松山藩)의 영주 오다 나가요리(織田長頼)가 어
느 날 별장에서 찻자리를 개최하고, 이 맷돌을 불륭사로부터 강탈하여 돌려주지 않
았다. 그러자 매일 밤마다 기린이 출몰하여 성안을 난폭하게 돌아다니며 어지럽혔
다고 한다. 그리하여 나가요리는 화를 내며 차맷돌을 정원석이 있는 쪽으로 던지며
돌려주라고 했다고 한다. 그 때 파손된 흔적을 수리했다는 일화가 남아있다.

그림 5 불류사의 차 맷돌

이야기까지 생겨나 있다. 차 맷돌은 흑갈색(黑褐色)으로 무게 25킬로, 직경 40센티 정도 되는 밑돌에 위에 직경 약 15센티, 높이 20센티 정도 의 윗돌이 올려져 있는 형상을 하고 있으며, 표면에는 중국의 신화전 설에서 등장하는 기린(麒麟)이 조각되어있다. 윗부분에는 금을 사용하 여 보수한 흔적이 있다. 그리하여 사람들은 이를 「금의 차맷돌(金の茶 臼)」이라고 부르기도 했다.

이것에 얽힌 유명한 일화가 있다. 즉, 17세기 후반 이 지역 마쓰야마 번(松山藩)의 영주였던 오다 나가요리(織田長頼: 1620~1689)[37]가 어느 날 별

---

37 야마토(大和国) 우다마쓰야마번(宇陀松山藩) 3대 영주. 통칭은 우곤(右近). 관위 는 종4위하(從四位下)·시종(侍從), 이즈모리(伊豆守), 야마시로모리(山城守). 1620년(元和6) 오다 다카나가(織田高長)의 차남으로서 가가(加賀国)에서 출생했 다. 이 시기의 다카나가는 마에다가(前田家)의 가신으로 독립된 영주가 아니었

장에서 찻자리를 개최하고, 이 맷돌을 불륭사로부터 강탈하여 돌려주지 않았다. 그러자 매일 밤마다 기린이 출몰하여 성안을 난폭하게 돌아다니며 어지럽혔다고 한다. 그리하여 나가요리는 화를 내며 차맷돌을 정원석이 있는 쪽으로 던지며 돌려주라고 했다. 그 때 파손된 흔적을 수리했다는 일화가 남아있다.

그러나 일본 학계에서는 이러한 주장을 신뢰하지 않는다. 그 절구를 두고 14세기 중엽으로 보는 설과 18세기 이후에 만들어 진 것으로 의견이 나누어져 있다.[38] 그러므로 그것은 아무리 오래되었다 하더라도 14세기 이전의 것일 수 없다. 이같은 사실을 보더라도 구카이의 차 전래설은 역사적 사실이라기 보다는 민간전승에 가깝다.

5. 문헌으로 본 나라의 차문화

이상에서 살펴보았듯이 야마토차의 기원에 대한 해석은 다양하게

다. 1630년(寛永7) 다카나가의 부친 노부오(信雄)가 사망했고, 노부오의 사실상 은거(隱居) 영지였던 우다마쓰야마 3만 1200석을 다카나가가 상속함에 따라 그의 아들 나가요리가 영주가문의 적자가 되었던 것이다. 1648년(慶安元) 12월 종4위하에 서임되었고, 훗날 시종에 임관되었다. 1659년(万治2) 12월 23일, 다카나가가 은거함에 따라 가독을 상속했다. 그 이듬해 9월 3일, 아우인 나가마사(長政)에게 3000석을 부여했다. 이로 인해 우마마쓰야마번의 봉록은 2만 8235여석이 된다. 또한 나가마사는 막부의 交代寄合으로 임명되었고, 나가마사의 아들 노부아키라(信明)는 高家旗本가 되었다. 『덕천실기(德川実紀)』에는 3대장군·도쿠가와 이에미쓰(德川家光)의 일화로서 무관(無官)이었던 나가요리를 노부나가의 자손에 해당되므로 정월에 단독으로 배하(拜賀)시켰다는 기록이 있다. 또 1665년(寛文5) 4월 17일, 아우 노부히사(信久)와 더불어 에도성(江戸城) 모미지야마(紅葉山)에서 팔강회(八講会)에 참석했다. 이같이 영주에 준한 대우를 받았다. 1671년(寛文11) 영지내의 카스가무라(春日村)에 새로운 저택을 건축했다.

[38] 神津朝夫(2021)『茶の湯の歴史』角川書店, p.83.

제시되어 있다. 그것에 의하면 한국인들은 담혜와 행기에 의해 6,7세기에 백제에서 전래된 차가 있었다고 하고, 그에 비해 일본인들은 신화시대의 진무천황이 전래해주었다고 하고, 또 8-9세기경 당나라 유학승 교카와 구카이에 의해 전래되었다고도 했다. 그러나 이들의 주장들을 검토해 본 결과 어느 것도 확증할만한 객관성이 보장된 학문적 해석이 아니었다. 상상과 추측 그리고 민간전승의 세계에서 존재하는 담론과 같은 것이었다.

한편 나라특산품진흥협회(奈良特産品振興協会)는『공사근원(公事根源)』이라는 문헌에 「쇼무천황(聖武天皇)이 792년(天平元) 4월 8일에 승려 100명을 궁중에 불러『대반야경』을 강설케 한 후 승려들에게 「히키차(引茶)」를 내렸다」는 기록을 들어 이것이 야마토차에 관한 최초의 기록이라고 소개하고 있다.[39] 실제로 이를 믿는 나라의 차농과 차상들이 많다.

그와 같은 내용이 비단『공사근원』에만 있는 것이 아니다. 18세기 문헌『다경상설(茶経詳説)』에도 보인다. 그것에 의하면 「729년(天平元)에 쇼무천황이 궁중에 100명의 승려를 불러 반야경을 강독케 한 뒤, 그것이 끝난 두 번째 날에는 「행다지의(行茶之儀)」가 있었다(本朝聖武帝天平元年 召百人僧於内裡 而被講般若 第二日 有行茶之儀)」고 했다.

여기서 「행다지의」란 참가한 승려들을 위해 차를 하사하였다는 것을 말한다. 「행다지의」는 그 후 749년(天平勝宝元)에도 고켄천황(孝謙天皇: 718~770)이 나라 동대사에 500명의 승려들을 불러 노사나불(盧舎那仏) 앞에서 강독케 하였는데, 이를 마치면 차를 하사했다고 기록하고 있다.

이러한 기록이 사실이라면 그 때 사용한 차는 일본에서 생산된 것이

---

39 奈良特産品振興協会事務局, https://www.nara-tokusan.com/product_18.html.

아니라 당나라에서 수입한 단차(団茶)이었을 것이며, 나라의 차문화는 729년 쇼무천황 때까지 거슬러 올라갈 수 있을 것이다.

그러나 『공사근원』과 『다경상설』은 모두 1차적인 자료가 아니며, 성립 또한 너무나 후세의 일이다. 가령 『공사근원』은 1422년에 이치조 가네라(一条兼良: 1402~1481)에 의해 저술된 것으로 쇼무천황의 729년으로부터 약 630여년의 뒤의 일이다. 더구나 그것도 가네라가 불과 21세 젊은 나이이었을 때 과거의 문적에서 추출하거나 편집한 것이다.[40] 그러므로 그 내용을 그대로 받아들이기에는 무리가 따른다. 그리고 『다경상설』은 에도시대(江戸時代) 중기 선승인 다이텐 겐조(大典顕常: 1719~1801)가 1774년에 저술한 것이다. 『공사근원』보다도 350여년 뒤에 성립한 서적이기 때문에 이것 또한 전적으로 신뢰하기 어렵다.

729년 쇼무천황 시기에 가장 가까운 역사적 자료로서는 8세기말의 『속일본기(続日本紀)』가 있다. 이것은 후지와라노 쓰구타다(藤原継縄: 727~796)·스가노노 마미치(菅野真道: 741~814) 등이 편찬 작업에 참여하여 797년(延暦16)에 진상된 정사이다. 이것의 792년(天平元) 기록 중 승려들을 동원한 궁중의례의 기사가 6월 1일에 있다. 그 때 『인왕경(仁王経)』을 조당원(朝堂院)과 기내 7도(畿内七道)의 각 지역에서 강설했다고 한다. 그러나 차에 관한 기록은 일체 보이지 않는다. 이러한 것을 근거로 일본학계에서도 쇼무천황 때부터 차가 있었다는 설은 받아들여지지 않고 있다.

야마토차가 처음으로 공식적인 사료에 언급되는 것은 헤이안시대 초기인 840년경에 편찬된 『일본후기(日本後紀)』이다. 이것에 의하면

---

40 神津朝夫(2021)『茶の湯の歴史』角川書店, pp.36-37.

815년(弘仁6) 4월 사가천황(嵯峨天皇: 786~842)이 오우미(近江国) 가라사키 (韓崎: 743~816)의 범석사(梵釈寺)에 방문하였을 때 당나라 유학승 출신인 에이추(永忠)가 차를 달여 바쳤다는 것이다.

이를 맛본 천황은 야마토(大和), 야마시로(山城), 세쓰(摂津), 가와치 (河内), 오우미(近江), 단바(丹波) 등 주로 긴키지역(近畿地域)에 차를 심고 서 매년 헌상하라고 명했다. 이것이 진행되었다면 이때 나라에도 차밭 이 조성되었을 것이다. 그러므로 야마토차의 공식인 출발은 9세기 초 엽에 이루어진 것이라 볼 수 있다. 그러나 이 기록만으로 차밭이 나라 어디에 조성되었는지 구체적인 지명을 알 수 없다.

중세가 되면 나라의 차 생산지는 좀 더 구체성을 띄게 된다. 가령 남 북조시대(南北朝時代: 1336~1392)의 차산지를 나타내는『이제정훈왕래 (異制庭訓往来)』의 「삼월부상(三月復状)」에 의하면 당시 일본차의 명산 지로서 토가노(栂尾)・인화사(仁和寺)・다이고(醍醐)・우지(宇治)・하무 로(葉室)・반야사(般若寺)・신미사(神尾寺)를 들었다. 그리고 이를 보완 할 수 있는 지역으로 야마토다카라오(大和宝尾), 이가핫토리(伊賀八鳥), 이세가와이(伊勢河居), 스루가기요미(駿河清見), 무사시가와(武蔵河)를 꼽았다.[41] 이 중에서 반야사와 야마토다카라오는 실생사(室生寺)를 가 리키는 것으로 모두 나라 지역에 있는 사찰이다.

이 같은 사정이 14~15세기가 되면 나라지역에는 더욱 확대되어 서 대사(西大寺), 동대사(東大寺) 테가이소(手掻荘)・가와가미소(川上荘), 하 치미네야마(八峯山), 원흥사(元興寺) 극락방(極楽坊), 기심사(己心寺=大安

---

[41] 『異制庭訓往来』三月の書状:「我朝名山者、以栂尾為第一也、仁和寺、醍醐、 宇治、葉室、般若寺、神尾寺、是為補佐、此外大和宝尾、伊賀八鳥、伊勢河 居、駿河清見、武蔵河越茶、皆是天下所指言也」.

寺), 우치야마(內山) 영구사(永久寺), 정법사(正法寺), 염전사(染田寺), 대야 사(大野寺), 이와다쇼(石田庄) 등에서도 차가 생산되었다.

데라다 다카시게(寺田孝重)의 연구에 따르면 에도시대(江戶時代: 1603~ 1867) 전기에 이르면 나라의 전 지역에 걸쳐 차 생산이 이루어졌고,[42] 특 히 한냐지초(般若寺町)에는 가마쿠라(鎌倉), 무로마치시대(室町時代: 1336~ 1573)까지 거슬러 올라갈 수 있는 차산지가 있었으며, 서대사 경내에는 에이손(叡尊: 1201~1290)과 관련이 된 다원이 가마쿠라 시대부터 있었다 고 지적하고 있다.[43] 이 두 사찰은 전혀 무관한 관계에 있지 않다. 우리 식으로 표현한다면 서대사는 본사이며, 반야사는 말사이다. 그리고 서대사가 에이손에 의해 중창되었다면, 반야사는 그의 제자인 닌쇼 (忍性: 1217~1303)에 의해 창건되었으며, 다원도 닌쇼에 의해 조성되었 다 한다.

1881년(明治14) 내무성의 지시로 호수(戶数)・사사(寺社)・물산(物産) 등을 조사한 『대화국정촌지집(大和国町村誌集)』에 의하면 한냐지무라 (般若寺村)의 차생산량은 2,300근(斤: 1,380kg)이 되었고, 사이다이지무 라(西大寺村)도 100관(貫: 375kg)이 되었다고 기술하고 있다. 반야사와 서 대사의 다원이 언제 사라졌는지 알 수 없으나, 제2차 세계대전 이후 급 격한 도시화에 따라 소멸되었을 것으로 보인다.

현재 나라지역에서는 나라시・야마조에촌(山添村)을 중심으로 우

---

[42] 寺田孝重(1994)「江戶時代前期における奈良県茶業の地域分布」『農業史研究』 (27권), 日本農業史学会, p.48.

[43] 寺田孝重(2017)「奈良佐保短期大学の近辺に存在する茶に関係する史跡(6)—奈 良市に存在する茶産地: 田原地域, 月ヶ瀬地域—」『奈良佐保短期大学研究紀要』 (第25号), 奈良佐保短期大学, p.50.

다시(宇陀市) · 오요도초(大淀町) · 히가시요시노무라(東吉野村) 등지에서 차가 생산되고 있다. 차밭의 대부분이 표고 200-500m의 고랭지에 위치해 있으며, 일조시간도 짧고, 밤과 낮의 온도차도 심해 양질의 차 생산지로서 적합한 지역이다. 지난 2016년에 나라현의 차생산량은 생엽(生葉) 7,130톤, 황차(荒茶)[44] 1,720톤으로 전국 7위의 생산량을 자랑하고 있다.[45]

이에 힘입어 나라에서는 차와 관련한 행사를 벌이기 시작했다. 그 첫째는 천평다회(天平茶會)이다. 이는 729년 쇼무천황 때 「행다지의(行茶之儀)」가 있었다는 가정 하에 나라시대의 음다법을 복원하여 실제로 마셔보는 행사이다. 이 때 사용하는 차는 둥근 형태로 만든 병차(餅茶)이었다. 음다법은 육우의 『다경(茶經)』을 근거로 끓여서 마시는 자다법(煮茶法)이었다. 다과는 「소(蘇)」와 「가키스가(柿寿賀)」이었다. 「소」는 8~10세기에 일본에서 만들어졌던 치즈와 같은 유제품이고, 그에 비해 「가키스가」는 곶감을 유자껍질을 넣어 만든 나라의 명과이다.

둘째는 쥬코다회(珠光茶會)이다. 이는 와비차를 창시한 무라다 쥬코(村田珠光: 1423~1502)가 나라 출신이기 때문에 그를 추모하고 기념하는 의미에서 매년 2월 춘일대사(春日大社), 동대사(東大寺), 원흥사(元興寺), 대안사(大安寺), 서대사(西大寺), 당초대사(唐招提寺), 약사사(薬師寺), 법화사(法華寺)에서 개최되는 다회이다.

셋째는 옛 명성을 되찾기 위해 고차수(古茶樹)를 보존하고, 기념비를 세우는 일이다. 그 대표적인 예가 반야사와 불륭사이다. 반야사는 현

---

[44] 수확하여 제다만 하여 상품화하기 전단계에 있는 찻잎. 그러므로 일반적인 찻잎과 비교하면 찻잎이 크고, 다른 것과 섞여있지 않다.
[45] 寺田孝重(2017), 앞의 논문, p.49.

그림 6 불륭사의 경내에 세워진 「야마토차
발상전승지(大和茶発祥伝承地)」
기념비

재 나라현 가장 오래된 차명산지이었음을 잊지 않기 위해 잔존하는 10
여개 고차수를 보존하여 새롭게 「반야사차(般若寺茶)」를 복원하려는
움직임을 보이고 있다. 그에 비해 나라의 차농들은 1976년에 구카이
의 차전래 전승이 있는 불륭사의 경내에 「야마토차발상전승지(大和茶
発祥伝承地)」라는 기념비를 세웠다. 이처럼 나라의 차는 과거의 역사와
함께 우리들에게 다가오고 있다.

동대사 창건과 대불 조성에
참여한 고대한국인

1. 나라의 동대사

나라의 동대사에 들어서려고 하면 먼저 사슴들을 만나게 된다. 이 무리들을 뚫고 걸어가면 제일 먼저 맞이하는 웅장한 정문이 나오는데, 좌우에는 거대한 크기의 금강역사상이 힘차게 서있고, 현판에는 동대사가 아닌 「대화엄사(大華嚴寺)」라고 적혀있다. 이것을 보아도 동대사는 일본 화엄종 대본산임을 알 수 있다.

무엇보다 우리에게 익히 알려진 사실은 세계 최대의 목조 건물과 그 안에 모셔져 있는 불상이다. 동대사의 창건에는 먼저 당시 쇼무천황(聖武天皇: 701~756)의 발원이 있었다. 그는 「무릇 천하의 부를 가진 자는 짐이다. 천하의 세력을 가진 자도 짐이다. 이런 부와 세력을 가지고 불상을 만들고자 한다. 일이 되기 쉽고 마음이 어렵다」고 했다.

이 말처럼 천황의 권위와 불교를 통한 국가의 통치 그리고 국가적 상징으로 동대사를 창건하려고 하였던 것이다. 그리하여 전국 60여 곳에 국분사(國分寺)를 설치하고 그것들을 총괄 감독하는 총국분사(總國分社)로서 창건된 것이 동대사이다. 일본 조정은 동대사를 짖기 위해 「조동대사사(造東大寺司)」라는 관청을 설치하고, 비로자나불을 만들어 주술적, 종교적인 힘을 빌려 악령을 제거하고 국가를 불교사상으로 설계하여 만들어진 것이 대불(大佛)이었다. 이러한 의미에서 동대사는 국가의 상징이었다. 그러므로 어느 절보다 규모가 커야 했고, 어느 곳 불상보다 커야 했다. 그 결과 금색찬연하고 거대한 규모의 불상이 탄생된 것이다.

나는 오래전부터 동대사 창건과 대불의 조성에 관심이 많았다. 왜

냐하면 그 일에 대거 고대 한국계 이주인들이 참여했다는 담론을 일찍
부터 들었기 때문이다. 그럼에도 우리의 학계에서는 그것에 대한 연구
가 활발하게 이루어지지 않고 있다는 점에서 항상 안타까운 마음을 가
지고 있었다.

그렇다고 전혀 없는 것은 아니다. 그러나 대부분이 거의 단편적으
로 행해지고 있어서 나의 마음을 충족할 수 없었다. 가령 최재석은 동
대사 조영과 대불 조성을 신라와 관련하여 해석했다. 당시 일본은 일
본인 단독 기술로는 조영될 수 없는 것이어서 신라의 협력 없이는 어려
웠을 것으로 추정하고 있는 것이다.[1]

최재석의 해석처럼 동대사의 건립과 대불의 조성은 당시 일본인 기
술로는 결코 가능했다고 보지 않는다. 그것에는 첨단 기술을 가진 외
부의 세력들이 있었다고 한다. 그 외부세력들이 순수 일본인이 아닌
고대 한반도에서 이주한 사람들의 후예가 많이 있었다고 생각하고 있
다. 그러므로 그 범위를 최재석의 신라협조설보다 훨씬 크게 잡아야한
다는 것이 나의 솔직한 견해이다. 이를 입증하기 위해 동대사 창건과
대불조성에 둘러싼 인물들을 살펴볼 필요가 있다.

이와 같이 보았을 때 등장하는 인물은 동대사 최초의 별당(주지)를
맡은 양변(良弁), 그리고 대불건립을 주도했던 행기(行基), 동대사를 화
엄종 종찰로 되게 한 심상(審祥), 그리고 대불 주조에 참여한 기술자 구
니나카노 기미마로(国中公麻呂) 등이다. 이같이 동대사와 대불에 직접
참여한 주요 인물들을 살펴봄으로써 동대사의 태두에 얼마나 많은 고대

---

[1]   최재석(1997) 「8세기 동대사 조영과 통일신라」 『한국학연구』(9), 고려대 한국학
       연구소, pp.301-302.

한국계 사람들이 활약하였는지를 알아보고자 한다.

2. 동대사의 창건주 백제계 후손 양변

동대사의 개산조는 양변(良弁: 689~774)스님이다. 그는 당시 쇼무천황(聖武天皇: 701~756)의 명을 받아 동대사를 창건한 것으로 알려져 있다. 대불조성을 결의한 직접적인 계기는 740년 2월 가와치(河内国:현재 大阪府柏原市)의 지식사(知識寺)를 방문하고 그곳에 모셔진 대형 노사나불을 예배한 것에서 비롯되었다. 그곳은 백제계 이주인들의 집단거주지였으나, 지식사는 쌍탑식(双塔式) 가람형식을 취하고 있는 신라양식이었다.

여기서 「지식(知識)」이란 불교를 위해 도움을 주고자 하는 불교신자를 말한다. 그러한 지식이 힘을 합하여 만든 절이 지식사이며, 그 본존이 노사나불이었다. 「노사나불」은 「광불(光仏)」이라는 의미, 「화엄(華厳)」세계를 꽃으로 장식한다는 의미이다. 즉, 깨달음을 얻기 위해 실천하는 보살들의 여러 가지 행위가 「꽃(華)」이 되어 세계를 아름답게 장식한다는 것이다. 이러한 노사나불을 통해 쇼무천황은 국가의 혼란을 극복하고자 했다.

이같은 불교정책에 호응한 승려가 양변이었다. 양변은 기엔(義淵: 643~728)의 제자로서 처음에는 법상종을 배웠다. 733년 금종사(金鍾寺)에 견색원(羂索院)을 세우고, 집금강신상(執金剛神像)을 안치함으로써 일약 이름을 떨쳤다. 그 후 쇼무천황의 동대사 건립에 진력을 다한 인

49

그림 1 강사(岡寺)의 기엔좌상(국보, 나라시대)

물로 되어있다.

그렇다면 양변은 어떤 사람인가? 양변의 출신지에 대해서는 매우 다양하여 가마쿠라(鎌倉) 출생, 와카사(若狹国) 오바마(小浜) 시모네고리(下根来) 출신이라는 설도 있으나, 자주 등장하는 것은 다음과 같은 두 지역이다. 즉, 하나는 사가모(相模)이다. 그 예로 『동대사요록(東大寺要錄)』에는 「사가모 출신 누리베씨(相模國人漆部氏)」, 『부상약기(扶桑略記)』에도 「사가모 출신(相模國人)」으로 되어있다.

또 다른 하나는 오우미(近江)이다. 여기에는 12세기 오에노 치카미치(大江親通: ?~1151)가 저술한 『칠대사순례사기(七大寺巡禮私記)』의 별전(別傳)에 「오우미 아와즈 출신(近江國粟津人)」이라고 되어있는 것을 대표적인 예로 들 수가 있을 것이다.

그런데 주의할 사항은 그러한 출신지와 관계없이 그를 백제계 이주인의 후예라는 기술이 있다는 것이다. 가령 헤이안시대의 문헌『칠대사연표(七大寺年表)』[2]에 「양변은 사가모(相模) 출신으로 백제씨이다(良弁, 相模國人. 百濟氏)」라 하였고, 『원형석서(元亨釋書)』에서는 「성씨가 백제씨이며 킨슈(近州)의 시가자토(志賀里) 혹은 소슈(相州) 출신이다(姓百濟氏. 近州志賀里人. 或曰相州)」라고 했다. 이처럼 그의 속성이 누리베씨(漆部氏) 혹은 쿠다라씨(百濟氏)라는 의견이 있으나, 그를 「백제의 학생」이라고도 불렸을 만큼 그 중에서 백제계 이주인의 후손일 가능성이 높다.[3]

『동대사요록』의 「양변전(良弁傳)」에는 그의 출생과 관련하여 다음과 같이 서술해놓았다.

(양변)승정은 사가미지방의 누리베 출신이다. 지토천황(持統天皇: 645~703) 때에 기엔승정(義淵僧正)의 제자이며 금취보살이 이 사람이다. 733년(天平5)에 금종사를 세웠으며 751년(天平勝宝3) 소승도가 되었고, 6년 19월 13일에 대승도에 임명되었다. 773년(寶龜4)에 승정, 동년 윤 11월 16일 입적하였으며, 동 19일 유골은 우다하번산(宇多賀幡山)에서 장사지냈다. 옛 노인들의 말에 따르면 근본승정(양변)이 어렸을 때 한도(坂東) 지방에서 독수리가 물고 가는 바람에 행방이 묘연했다. 이에 부모가 크게

---

2   682년(天武11) 약사사(薬師寺)의 건립에서부터 802년(延暦21) 전교대사(伝教大師) 사이초(最澄) 당나라 유학의 칙허(勅許)까지 남도(南都) 7대사(七大寺; 東大寺, 興福寺, 元興寺, 大安寺, 西大寺, 薬師寺, 法隆寺)의 승려들의 승망보임(僧綱補任) 등을 연대순으로 기록한 것.

3   上田正昭외 4인 (1977)「座談会 奈良. 東大寺をめぐって」『日本の中の朝鮮文化』(36), 朝鮮文化社, p.25.

슬퍼하며 여러 지방을 유랑하며 아들을 찾았는데 독수리가 납치해간 어
린 아이는 야마시로(山城)의 다가(多賀) 근처에 떨어져 그 고장 사람들이
키웠다. 훗날 성장하여 근본승정이 된 사람이 이 분이다.[4]

여기서는 양변이 사가미지방(相模國)의 누리베(漆部氏) 출신이고, 그
의 스승이 기엔인데, 어릴 때 반도(坂東)에서 독수리에게 납치되어 야
마시로(山城國) 타가(多賀)에 물어다 놓은 것을 마을 사람들이 주워서 길
렀고, 훗날 성인이 되어 금취보살(金鷲菩薩)로 불릴 정도로 고승이 되었
다고 설명하고 있다. 이것을 통해 간략한 그의 생애를 살펴볼 수 있지
만, 그가 어찌하여 동대사와 관련을 맺게 된 것인지에 대해 자세한 서
술이 없다. 이를 보다 상세히 서술해놓은 것이 『원형석서』의 양변설
화이다. 이를 소개하면 다음과 같다.

양변은 고향은 오우미(近江国) 시가군(滋賀郡)이다. 일찍이 부친을 여
의고 홀어머니 밑에서 자랐다. 두 살 때 어느 날 어머니는 풀밭에 아이를
놀게 하고 뽕밭에 나가 뽕잎을 열심히 땄다. 바로 그 때 갑자기 커다란 독
수리가 날아와 놀고 있던 아이를 발로 채고는 그대로 날아가 버렸다. 어
머니는 아이의 모습이 사라진 것을 알아차리고 하늘을 올려다보니 독수
리가 아이를 낚아채고 날아가는 모습을 보았다. 그 뒤를 소리를 외치며

4 『東大寺要錄』(卷1) 「本願章」 「僧正者 相模國人漆部氏 持智統通天皇 義淵僧正弟
子 金鷲菩薩是也 天平5年建金鍾寺 天平勝寶三年任小僧都年 同六年十月十三日
兼 法務同八年任大僧都 寶龜四年補僧正 同年潤十一月十六日入寂 同十九日拾
遺骨送宇多賀幡山 耆老相傳云 根本僧正昔嬰兒之時 於坂東爲鷲鳥被取未知行方
依之父母大歎流浪諸國 而件兒被落山城國多賀邊 彼鄕人取之養育 漸以成長 卽根
本僧正是也」(筒井英俊 校訂(2003) 『東大寺要錄』, 國書刊行會, pp.29-30).

52

그림 2 동대사 개산당의 良弁僧正(국보)

열심히 쫓아갔지만 따라 갈 수가 없었다.

아스카(飛鳥)의 강사(岡寺)에 기엔승정(義淵僧正)이라는 고승이 있었다. 어느 날 그가 제자를 데리고 카스가명신(春日明神)에게 참배하고자 길을 나서 카스가노(春日野)에 다다랐을 때 어디선가 아이 우는 소리가 들렸다. 주위를 둘러보다 맞은편 커다란 삼나무 가지 위에 어린아이를 올려놓고 부리로 쪼아 먹으려고 하고 있었다. 이를 본 승정은 즉시 결인(結印)을 하고 진언을 외우자 독수리는 아이를 남기고 날아가버렸다.

아이를 나무 가지에서 무사히 내려보니 상처도 없었다. 어느 곳의 아이인지 살펴보니 부적 주머니 속에 목조불상이 들어있었다. 아이를 절에 데리고 와 이름을 양변이라 지었다. 아이는 영리하고 씩씩하게 자라나 13세가 되었을 때 어른들도 미치지 못하는 지식까지 갖추게 되었다. 어느 날 양변은 스승인 기엔에게 자신의 부모에 대해 물었다. 이에 기엔은 카스가노에서 있었던 일을 들려주었다. 그리고는 아이가 차고 있었던 목조 불상을 건네주면서 부모를 만날 것을 염원하라고 일러주었다. 그 후 양변은 학문을 열심히 하여 기엔이 입적한 후 강사(岡寺)의 주지가 되었고, 쇼무천황에게 학문을 가르쳤고, 745년(天平17)에는 동대사의 초대 별당(別当)이 되었다.

한편 자식을 독수리에게 빼앗긴 어머니는 정신도 이상해졌고, 항상 「자식을 돌려달라」고 외치면서 전국을 돌아다녔다. 그리하여 세월이 어느덧 50년이나 흘렀다. 어느 날 어머니가 야마시로(山城)의 요도(淀) 주변에서 물에 비친 자신의 모습을 보고 홀연히 미쳐버린 정신이 정상으로 회복되었다. 그 아이는 이미 이 세상에 없을 것이라고 생각하고 오우미(近江)를 향하여 걸어갔다. 그리고 강을 건너기 위해 배를 타고 있었을 때 남자들이 나라의 대불 조성을 맡은 양변스님은 두 살 때 어디선가 독수리에게 채여 삼나무 가지에서 울고 있다가 구제받았다는 이야기를 들었다. 혹시 그 양변스님이 자기 자식이 아닐까 하는 생각에 나라 동대사로 달려갔다.

어머니가 동대사 문지기에 혼나고 있었을 때 한 노승이 나타났다. 어머니는 그 노승에게 50년 전의 이야기를 들려주며, 그 때 독수리에게 납치된 아이가 혹시 양변스님이 아닌가하고 물었다. 이를 들은 노

그림 3 동대사의 양변 삼나무

승은 이 여인의 신상을 자세히 적었다. 그리고는 양변스님은 매일 삼나무 밑에서 소원을 빌기 때문에 그 적은 것을 삼나무 밑에 두면 분명히 보게 될 것이라고 하며 종이를 노파에게 건네주었다. 카스가노의 커다란 삼나무 밑에 종이를 두고 어머니는 나무 밑에서 기다렸다. 그때 가마를 타고 자색 가사를 걸친 양변스님이 왔다. 양변은 그 종이를 발견하자, 어머니는 모습을 드러냈다. 나무로 깎아 만든 불상이 두 사람이 모자임이 입증되자 서로 부둥켜 기뻐하며 울었다. 그 후 양변은 어머니를 극진히 봉양했다. 어머니는 천수를 누리고 고야스명신(子安明神)으로 모셔졌다. 양변승정이 발견된 삼나무를 사람들은 「양변 삼나무(良弁杉)」[5]라 불렀다.

---

5   이 나무는 다이쇼시대(大正時代: 1912~1926) 초기까지는 거목이었으나, 1961년

그림 4 독수리에 납치되어가는 아기 양변 〈国会図書館所蔵 ·
土佐光起 『執金剛神縁起』絵巻에서〉

이상의 내용은 동대사 창건주 양변이 두 살 때 독수리에 납치되어
동대사의 삼나무에 옮겨졌고, 이를 발견한 기엔에게 구제된 후 양육되
어 학문적 수련을 거쳐 고승이 되었고, 그 후 세월이 50년이 지난 후에
동대사 삼나무 앞에서 모자상봉을 하였다는 기본적인 구조를 지니고
있다. 상봉 이후 양변은 그의 모친을 극진히 보살폈고, 그 덕으로 모친
은 천수를 누리다 죽어 산모를 보살펴주는 고야스명신으로 경내의 사
당에 모셔졌다.

9월 16일 태풍으로 쓰러졌고, 그 이후 다른 나무가 심겨졌으나, 그것도 1966년 말
라 죽었다. 1967년 3월 16일에 선대의 나무를 삽목했던 묘목을 심은 것이 오늘날
양변 삼나무이다.

여기서 주목할 만한 사항은 양변 그 자체가 백제씨인 데다가 그를 구해 길러준 스승 기엔 또한 백제계라는 사실이다. 역사학자 타무라 엔쵸(田村圓澄: 1917~2013)에 의하면 기엔은 백제계 이치키씨(市往氏) 출신이라 한다.[6] 실제로 양변은 기엔에게서 법상유식(法相唯識)을 배웠고, 또 자훈(慈訓: 691~777)[7]에게는 화엄종을 배우며 성장했다. 그 후 그는 히가시야마(東山=奈良県生駒市)에 은거하며 수행을 했다. 그러한 사정을 『일본영이기(日本靈異記)』에는 다음과 같이 서술했다.

수도 나라의 동쪽 산에 하나의 절이 있었다. 이름을 금취(金鷲)라 했다. 금취우바새(金鷲優婆塞)가 이 절에 살고 있었다. 그러므로 금취가 통명으로 사용하였던 것이다. 이것이 지금의 동대사가 되었다. 아직 동대사가 창건되지 않았던 쇼무천황 시대에 금취가 행자로서 언제 이 절에 살면서 불도를 수행했다. 이 산사에 집금강신(執金剛神)의 토상이 안치되어 있었다. 행자는 이 신상에 정강이에 밧줄을 걸고 잡아당기며 신상에게 깊게 의지하여 밤낮 예배를 게을리 하지 않았다. 그러던 어느 날 신상의 정강이에서 빛이 나오더니 궁궐에 까지 뻗었다. 이에 천황은 놀라 사신을

---

6 田村圓澄(1975)「行基と新羅仏教」『日本の中の朝鮮文化』(26), 朝鮮文化社, p.62.
7 나라시대 나라의 흥복사 승려. 속성은 후나씨(船氏), 가와치(河内国) 출신. 흥복사의 玄昉, 원흥사(元興寺)의 良敏에게 법상유식(法相唯識)을 배우고, 심상(審祥)에게서 화엄을 배웠다. 740년(天平12) 심상의 화엄경법회에서는 부강사(副講師)를 역임했고, 742년(天平14)에는 강사가 되었다. 755년(天平勝宝7)에는 궁중강사(宮中講師)가 되었다. 756년(天平勝宝8) 쇼무천황가 병이 들었을 때 良弁 · 安寬과 함께 간병선사 · 화엄강사를 맡았다. 그 공으로 소승도에 임명되었다. 후지와라나카마로(藤原仲麻呂) 정권 하에서는 불교정책의 중심자로서 활약. 759년(天平宝字3)에는 文室智努와 더불어 意見封事를 淳仁天皇에게 행하고 채용되었다. 760년(天平宝字4)에는 양변 등과 함께 승위제도(僧位制度)의 개정을 진상했다. 그 후 763년(天平宝字7) 승망(僧綱)의 지위에서 해임되었고, 그 자리에 도쿄가 소승도(少僧都)에 취임했으나, 도쿄가 실각한 770년(神護景雲4) 8월에는 다시 소승도에 복귀했다.

보내어 까닭을 알게 하였다. 칙사는 빛이 나오는 곳을 찾아 절에 다다랐
더니 한명의 우바새가 신상의 정강이에 밧줄을 걸고 당기면서 예배하며
지은 죄를 참회하고 있었다. 칙사는 이를 보고 급히 돌아와 천황에게 사
실을 알렸다. 이를 들은 천황은 행자를 불러 "그대는 무엇을 구하려고 하
는가?"하자, 행자는 「출가하여 불법을 배우겠다는 소원을 빌고 있습니
다」고 대답했다. 천황은 곧 칙령을 내려 출가를 허가하고, 그에게 「금취
(金鷲)」라는 이름을 내렸다. 그리고 그의 수행을 칭찬하며 사사(四事:의
복, 음식, 와구, 의약)를 공양하고 어떤 부족함이 없이 대접하도록 했다. 당
시 사람들도 그의 수행을 칭송하며 그를 금취보살(金鷲菩薩)이라 하며 우
러러 보았다. 그 때 발광한 집금강신상은 지금도 동대사의 견색당(羂索
堂)의 북쪽 입구에 서있다.[8]

이 설화에 등장하는 금취행자의 이름은 밝히고 있지 않지만, 그가
양변임을 금방 알 수 있다. 양변이 두 살 된 아이 때 독수리에 채여서
나라로 왔고, 그가 세운 절도 금취사이었기 때문이다. 즉, 그에게는 항
상 독수리(鷲)의 이미지가 따라다녔던 것이다.

이상의 내용으로 추정을 한다면 그는 정식으로 출가하기 전에 우바
새의 신분으로 산 속에 들어가 수행하였다. 우바새에게는 지켜야 하는
「오계(五戒)」가 있었다. 「오계」란 불살생(不殺生), 불투도(不偸盜), 불사
음(不邪淫), 불망어(不妄語), 불음주(不飮酒)이다. 이를 지키며 스스로 흙
으로 만든 집금강신상에게 출가를 하게 해 달라고 빌었다. 당시 승려
로서 출가는 국가의 허가사항이었으며, 포교활동도 사원 이외의 장소

---

8   中田祝夫校注譯(1980)『日本靈異記』小學館, pp.202-203.

에서 하는 것도 엄격히 금지되어있었다. 이를 천황이 허가를 하고, 그에게 금독수리라는 의미인 「금취」라는 이름을 하사하였다는 것이다. 그러므로 이 설화는 양변의 젊었을 때의 모습과 견색당의 집금강신의 유래를 설명하는 것이라 볼 수 있다. 훗날 그가 살았다는 금취사는 금종사(金鍾寺)가 되었다.

이러한 것이 기록에서도 입증이 된다. 동대사의 기록인『동대사요록』에 의하면 733년(天平5) 와카쿠사야마(若草山)에 창건된 금종사(金鍾寺=金鍾寺)가 동대사의 기원이라고 했다. 그리고 정사인『속일본기(續日本紀)』에도 728년(神亀5) 쇼무천황과 고묘황후(光明皇后: 701~760)가 어린 자식(왕자)을 잃고, 그들의 영혼을 위해 와카쿠사야마에 「산방(山房)」을 설치하고 9명의 승려들을 머물게 했다고 했는데, 이것이 금종사의 전신으로 추정된다.

금종사에는 8세기 중엽에는 견색당과 천수당이 있었음이 기록으로 확인이 된다. 그 중 견색당은 현재 법화당(法華堂=二月堂)이다. 741년(天平13)에는 국분사(国分寺) 건립의 칙령이 내려졌고, 이에 근거하여 742년(天平14)에 금종사가 야마토(大和)의 국분사로 정해지자, 이름도 금광명사로 바꾸었다.

동대사의 이름이 사용된 것은 748년(天平20)부터이다. 그것은 동대사 건립을 위한 설치된 관청이 「조동대사사(造東大寺司)」이었다. 이는 747년(天平19) 대불의 주조와 무관하지 않다. 즉, 대불을 주조하기 시작하여 747년부터 금광명사는 동대사라는 이름으로 불리기 시작했음을 알 수 있다. 즉, 동대사는 금취사-금종사-금광명사- 동대사라는 이름으로 바꾸면서 발전하여 오늘에 이르고 있는 것이다. 동대사의 정식

이름은 「금광명사천왕호국지사(金光明四天王護国之寺)」이다. 여기서 전날의 이름인 금광명사의 자취를 남기고 있다. 이같이 백제계 양변은 백제계 기엔에 의해 발견되어 금취행자를 거쳐 금종사를 거쳐 동대사를 창건하는 인물이었다.

3. 동대사 창건에 참여한 한국계 후손들

(1) 가야계의 한국사와 백제계의 금종사

동대사가 창건되기 이전에 그곳에는 이미 금종사(金鍾寺) 이외에도 복수사(福壽寺) 그리고 한국사(韓國寺)가 있었다. 동대사는 이 사찰들을 통합하여 탄생했다. 그러나 탄생과정이 순조로웠던 것은 아니다. 이러한 사정을 『동대사요록』 「연기장(縁起章)」 그리고 『고사담(古事談)』 등에 서술되어있는데, 비교적 상세히 서술하고 있는 후자의 내용을 소개하면 다음과 같다.

나라시대, 수도인 나라에 가라구니행자(辛國行者)라는 뛰어난 술사(術師)가 있었다. 그리고 영험이 뛰어난 금종행자(金鍾行者=양변)가 있었다. 천하의 사람들은 모두 그에게 귀의했다. 그는 대불전(大仏殿)을 조성해야 할 상황에 있었으나, 대불전의 정면부터 동쪽은 금종행자의 토지이었고, 대불전의 정면부터 서쪽은 가라구니행자의 토지이었다. 이 사실을 들은 천황은 이 두 명을 불러 서로 실력을 겨루어 이긴 자에게 대불전을 조성하는 일을 맡긴다고 했다. 그러자 순식간에 가라구니행자가 금종행자

그림 5 동대사의 가라구니신사

의 법력에 굴복된 상태이었다. 이를 치욕스럽게 생각한 가라구니행자가 손에 들고 있던 칼(劍)을 금종행자에게 던졌으나, 금종행자는 염주로 깨끗하게 물리쳤다. 그 다음에는 벌떼의 대군을 보내어 찌르려고 했으나, 이것도 철로 만든 발우(鉄鉢)로 모두 압살하고 말았다. 그리고 금종행자의 발우가 가라구니행자에게 날아가 혼을 내주었다. 그리하여 가라구니행자는 곧 악심을 먹고, 절(寺)의 적이 되어 절의 불법을 방해하고 있다는 이야기가 옛 노인이 전하고 있다. 그리고 가라구니행자는 공포를 느끼고 구리가라명왕(倶梨伽羅明王像)을 안고서 땅 속으로 들어갔다. 당시 사람들은 행자의 칼도 함께 묻었기 때문에 후세 사람들은 이 무덤을 「검총(劍塚)」이라고 부른다. 이 무덤은 가라구니신사(辛國神社)에 있다고 한다.[9]

이상의 내용에서 보듯이 동대사의 건립은 금종사의 양변이 중심이
되어 추진되었다. 그 방법과 과정이 공정하지 못했다. 금종사에게 유
리하나 한국사에는 토지 수용이라는 불리한 조건이었다. 그리하여 한
국사측에서 강한 불만을 표시하자, 천황은 두 세력의 힘겨루기를 통해
이긴 측에 동대사의 건립을 맡기기로 했다. 그리하여 두 세력은 법력
으로 치열하게 경쟁을 벌인 결과 한국사 승려들이 땅 속으로 들어가
검총이 생겼다고 할 만큼 죽음으로 마감을 했다. 이처럼 치열한 경쟁
을 거쳐 통폐합이 추진되어 동대사가 탄생한 것이다.

「한국사(韓國寺)」의 「한국」은 일본어로는 「가라구니」라 한다. 여기
서 「가라」는 가락국의 「가야」를, 「구니」는 「나라」를 의미하기 때문에
그 절은 가야계의 이주인 또는 그와 관계가 깊은 일본인에 의해 건립되
었을 것으로 추정된다.

이러한 성격을 지닌 한국사 승려들이 천황의 힘을 업고 금종사를 중
심으로 통합하려는 불공평한 처사에 강력하게 반발하다 비참한 최후
를 맞이했다. 이들의 흔적이 동대사의 경내에 자리잡고 있는 가라구니
신사(辛国神社)이다. 비록 「신국(辛國)」이라고 표기하고 있으나, 그것의
발음은 한국과 같은 「가라구니」이기 때문에 「한국」을 「신국」이라고

---

9 『古事談』「辛国行者と験徳を競ふ事」: 「金鐘行者霊験殊勝、天下皆帰依之
   雲々、可被造大仏殿砂汰之時、自大仏殿正面、東は金鐘行者之所領也、自正
   面西は辛国行者の領也、援辛国申雲、帰依僧の道、可依験徳、何強被帰依金
   鐘一人才、早被召合両人、可被競基効験、随勝劣徳おも被祟、茄藍おも可被
   立雲々、依所申有謂、召合二人の行者、以被競験徳、各誦呪祈之間、自辛国
   行者方、数万の大蜂出来、擬著金鐘の時、自金鐘方、大蜂飛来、件の蜂お払
   間、蜂皆退散了、彼大蜂至辛国之許、滅行者、故辛国忽結惡心為寺敵、度々
   此寺之仏法お魔滅せんとしけり、此事雖無憛所見、古老所申伝也、但寺の絵
   図に気比明神の巽の角に有辛国堂由注之雲々」.

표기하기도 한다. 즉, 「신(辛)」과 「한(韓)」은 모두 가야를 나타내는 「가라」로 발음이 되는 것이다.

동대사의 가라구니신사를 두고 일본 역사학자 우에다 마사아키(上田正昭: 1927~2016)는 동대사 창건 시 우사하치만신(宇佐八幡神)의 대불건립에 적극 참여할 때 그것과 함께 부수적으로 한국신을 섬기게 된 것일 수도 있고, 한편으로는 동대사 건립에 참여한 사람들 가운데 「가라구니(辛國=韓國)」를 표방하는 집단세력이 있었을 수도 있다고 추정했다.[10] 그에 비해 한국의 홍윤기는 가라구니신사는 「신라사당」이다. 모름지기 이곳은 심상대덕의 신주를 모신 곳으로 본다. 왜냐하면 세 성인(행기, 양변, 심상)의 사당 중 심상대덕의 사당 기록이 없기 때문이다」라고 했다.[11] 그러나 그것은 잘못이다. 이상의 『고사담』에 의하면 그것의 최후의 서술에서 보듯이 금종사에 패배한 한국사 승려들의 무덤이었다. 즉, 이들의 원혼을 달래기 위해 건립된 사당이라는 것이다.

과거에 이 사당은 「천구사(天狗社)」라 일컬었다. 이것에 대해 혹자는 대불전 조성을 방해한 천구(天狗)를 신으로 모셨다고도 하고, 또 양변이 여러 가지 장애를 일으키는 천구를 개심시켜 불법의 수호신으로서 모셨다고도 한다. 또 「악심을 먹고 절의 적이 된」 가라구니행자(辛國行者)가 "천구"가 되었다는 설 등 다양한 의견이 제시되어있다. 석등롱에 새겨진 명문 등을 통해 1903년(明治36) 전후에 「천구사」이었던 것이 「가라구니샤(辛國社)」로 명칭이 바뀐 것으로 추정된다.

---

10 上田正昭(1977) 「座談会 奈良. 東大寺をめぐって」『日本の中の朝鮮文化』(36), 朝鮮文化社, p.35.
11 홍윤기(2007) 「[홍윤기의 역사기행 일본속의 한류를 찾아서]〈35〉 나라땅 東大寺와 비로자나대불」『세계일보』, 2007.04.25.

그림 6 가라구니신사 앞에서 첨의문을 읽는 승병차림의 승려들

이를 종합하여 보면 금종사측에 패한 한국사의 승려들이 원한을 가지고 죽자, 이를 요괴 천구로 취급하기 시작하여 이들의 원혼을 달래기 위해 사당을 짓고 신으로 모신 것이 가라구니신사라는 것이다. 동대사측은 오늘날에도 중요한 행사를 할 때마다 하루 전날 저녁에 「봉기지의(蜂起之儀)」[12]로서 대탕옥(大湯屋)에서 집회하고 가라구니신사 앞에서 「첨의문(僉議文)」을 읽고 경내를 순찰하는 것으로 되어있다. 그이전에는 대법회 집행할 때 반드시 이 신사를 향해 정법호지(正法護持)의 기도를 올렸다고 했다. 이렇게 함으로써 사전에 방해를 하지 않도록 하는 것이었다. 이처럼 한국사 승려들이 잠들어있는 가라구니신사는 숭배의 대상이자 공포의 대상이었다.

---

[12] 이 의례는 옛날부터 중요한 법회가 열리기 하루 전날 승려들이 경내를 돌며 안전을 확인하는 의식이다. 승병 차림의 8명 승려들이 오유야(大湯屋)에서 무사기도를 올린 후 제일 먼저 「가라구니 신사(辛国神社)」에 가서 기원문을 읽고, 횃불을 손에 든 종자(從者)를 데리고 승려들이 소라고둥을 손에 들고 대탕옥(大湯屋), 권진소(勧進所), 이월당(二月堂)의 복도에서 소라고둥을 불며, 나막신 소리를 내며 경내를 1시간 정도 줄지어 걷는다.

오늘날에는 이곳에 모셔진 신을 단지 「한국옹(韓国翁)」이라 하지만, 그 이면에는 동대사의 창건 과정에서 희생된 한국사의 승려들의 이야기가 숨어있었던 것이다.

(3) 신라의 심상(審祥)

동대사는 처음부터 화엄종을 표방했다. 그것의 계기는 양변이 740년에 『화엄경』의 강사로서 심상(審祥: ?~742)을 초청한 것에서 비롯되었다. 심상은 통일신라에서 『화엄기신관행법문(華嚴起信觀行法門)』을 저술한 승려이다. 일본에서 크게 화엄학(華嚴學)을 선양하여 일본 화엄종의 초조(初祖)가 되었다. 그가 일본으로 건너간 시기는 알 수 없으나 관광차 일본으로 갔다가 스승을 찾아 법(法)을 구하였으며, 당나라로 건너가 법장(法藏)과 현수국사(賢首國師)로부터 화엄종을 전해 받고 다시 일본으로 건너간 것으로 되어있다.[13]

이러한 행적을 지닌 그를 교넨(凝然: 1240~1321)[14]의 『삼국불법전통연기(三國佛法傳通緣起)』에서 「자훈과 심상 일에 관한 기록을 찾아보았으나 얻지 못했다. 비록 샅샅이 뒤졌다고는 할 수 없으나 옛 기록에 빠져있음은 못내 애석하다(予求訓祥事而不得。雖搜索之不至至惜乎)」고 술회한 바 있다. 그러면서 심상을 「신라학생(新羅学生)」이라고 표현했다. 이를 두고 「신라출신」이라고도 하고, 또 「신라에 유학한 학승」이라는 해석

---

13 그를 「신라학생(新羅学生)」이라고 기록되어있어서 그를 신라에 유학학 일본승려라는 설도 있다.

14 가마쿠라 후기의 화엄종 승려. 이요(伊予) 출신. 자는 示観. 각종의 교의에 정통했다. 고우다상황(後宇多上皇)에 보살계를 수여하고 동대사 계단원의 장로가 되었다. 저술이 1200여권이 되었다고 하며, 「팔종망요(八宗綱要)」, 「정토원류장(浄土源流章)」, 「삼국불법전통연기(三国仏法伝通縁起)」 등이 있다.

이 분분하다. 후자의 근거로는 보기(普機: 생몰년미상)의『화엄종일승개
심론(華嚴宗一乘開心論)』등 화엄종의 옛전기(古伝記)를 들고 있는데, 그것
에는 「청구유학생(靑丘留学生)」으로 되어있기 때문이다. 이를 근거로
그는 신라에 유학하여 화엄교학을 배우고, 천평연간(天平年間: 729~749)
에 귀국하여 나라의 대안사(大安寺)에 주석했다고 본 것이다.

그러나 교넨의 다른 저서『내전진로장(內典塵路章)』에는 심상을
「신라대덕심상선사(新羅大德審祥禪師)」이라 하고, 또 같은 교넨이 쓴『화
엄법계의경(華嚴法界義鏡)』에는 「심상은 곧 신라인이다(審祥是新羅人)」
이라고 하고 있어 심상의 국적은 신라임을 알 수 있다.[15]

심상이 동대사에서 화엄종의 초조가 되는데는 다음과 같은 일화가
있다. 동대사의 양변이 화엄종을 일으키고자 하였을 때, 어느 날 꿈에
자줏빛 옷에 푸른 바지를 입은 승려가 나타나 화엄종을 펴기 위해서는
엄지사(儼智師)를 청하여 불공견색관음(不空羂索觀音) 앞에서 개강해야
한다고 했다.

이에 양변은 원흥사의 엄지법사를 찾아가 청하였으나, 엄지는 자신
의 깨달음은 심상만 못하고, 그가 곧 엄지사라 하면서 거절하였다. 이
에 양변은 대안사로 가서 심상을 세 번이나 청하였으나 허락하지 않았
다. 이 소문이 대궐에까지 들려 천황이 그를 불렀다. 740년(효성왕 4) 12월
18일 심상은 금종도량(金鐘道場)에서『화엄경』을 강설하였는데, 이때
당시 고승 16명과 그 지역 일대의 많은 학자들이 참석했다.

개제(開題)하는 날에는 임금이 신하를 거느리고 행차하여 설법을 들
었는데, 심상의 거리낌 없는 연설과 미묘한 해석은 신의 경지에 이르

---

15 李杏九(1989)「東大寺의 創建과 新羅의 審祥」『일본학』(제9집), pp.325-328.

렸으며, 자줏빛 구름 한 조각이 카스가야마(春日山)를 덮어 보는 이로 하여금 더욱 기이함과 탄복을 안겨주었다고 한다. 임금은 크게 기뻐하여 비단 1,000필을 내렸고, 왕후와 공경(公卿) 이하도 모두 보시하였다. 또한, 임금은 자훈(慈訓)·경인(鏡忍)·원증(圓證) 등 3대덕(三大德)을 복사(覆師)로 삼아서 그의 강설을 돕게 하였다. 심상은 한 해에 20권씩을 강설하여 60권『화엄경』을 3년 만에 모두 설법하였다. 이때 양변은 그의 수제자가 되었으며, 스승과 제자의 노력으로 일본에서 화엄종이 뿌리를 내리게 되었다고 한다. 그의 저서로는『화엄기신관행법문(華嚴起信觀行法門)』1권이 있었다고 하나 현존하지 않는다.

이와 같이 보았을 때 동대사의 창건은 백제계 사원 금종사의 양변의 노력과 가야계 사원 한국사 승려들의 희생으로 이루어졌고, 동대사가 화엄종 총본산으로서의 이론적 토대에는 신라의 화엄사상을 전한 심상의 영향이 실로 컸다고 볼 수 있다.

사실 당시 일본불교에 신라의 영향이 적지 않았다. 8세기 초엽 당시 일본은 승려들을 통제하고 관리하는 승망(僧網) 체제를 갖추고 있었다. 그것의 최고의 지위가 승정(僧正)이고, 그 밑에 실무 책임자 대승도(大僧都)가 있었고, 또 그 밑에 소승도(小僧都)와 율사(律師)가 있었다. 양변을 양육한 백제계 이주인 후예 기엔이 승정이었던 시대에 대승도는 칸세이(觀成=觀常)[16]이었고, 소승도는 벤쓰(辯通)[17], 율사는 칸치(觀智)[18]이

---

16 『일본서기』의 692년(持統6)년 윤 5월 4일에 「사문 칸세이에게 거친 비단 15필, 명주 솜 30둔, 삼베 50단을 내렸다. 그리고 칸세이가 만든 연분을 칭찬했다」는 기사가 있다. 또 「712년 9월에 대승도에 임명되었다는 기록」이 있다.

17 『일본서기』 696년 11월 10일에 「대관대사(大官大寺)의 사문 변통(弁通)에게 식봉 30호를 주었다」는 기사가 있다.

18 『일본서기』의 689년(持統3) 4월20일 신라사(新羅使) 김도나(金道那)와 더불어

었다. 그런데 기엔을 제외하고 칸세이와 벤쓰, 칸치 모두 신라에 유학
한 경험이 있는 승려들이었다.[19] 이처럼 동대사 창건 당시 일본불교에
끼치는 신라의 영향은 컸다. 이러한 선상에 신라 승려 심상이 있었다.

4. 동대사 대불 조성에 참여한 고대한국인

(1) 백제계 후손 행기

동대사에는 세계에서 가장 큰 불상이 모셔져 있다. 이 불상을 모신
건물이 대불전이다. 이 불상을 조성하는데 고대한국계 사람들이 대
거 참여했다. 그 중의 한 사람이 백제계 후손 행기(行基: 668~749)이다.
행기의 도움 없이는 대불이 조성되기 어려웠다. 이러한 공적으로 인
해 동대사의 경내에는 행기를 모시는 행기당(行基堂)이 경내에 자리잡
고 있다.

동대사의 대불은 쇼무천황의 발원에 의해 조성되었다. 그는 740년
2월 가와치(河內国)의 지식사(知識寺)에서 대형 노사나불(盧遮那仏)을
예배한 후 대불 조성을 발원했다. 노사나불이 있는 곳이 연화장세계
이다.

쇼무천황은 740년 행기에게 동대사 노사나불상 조성을 의뢰한다.

명총(明聰) 등과 함께 귀국. 같은 해 6월 20일에 신라의 사우(師友)에게 보내는 綿
각 140斤을 받았다는 기사가 있다. 또 『七大寺年表』에는 707년(慶雲4)에 유마강
사를 했고, 712년(和銅5)에 율사를 역임하였으며, 716년(靈亀2)에 입멸한 것으로
되어있다.
19 田村圓澄(1975)「行基と新羅仏教」『日本の中の朝鮮文化』(26), 朝鮮文化社, pp.
    62-63.

그림 7 『행기보살회전(行基菩薩絵伝)』의 행기 입적 부분(薬師寺蔵)

741년 3월에 천황이 구니쿄(恭仁京) 교외에 있는 선교원(泉橋院)에서 행기와 만나고, 743년 동대사의 대불 조영의 권진(勧進)[20]에 기용한다. 745년 조정으로부터 불교계의 최고위인「대승정(大僧正)」으로 임명했다.

대불조성의 조(詔)에 의하면「만일 누군가가 한 가닥의 풀이나 한줌의 흙을 가지고 와서, 자신도 대불조성을 돕자고 한다면 이를 허용하라,」[21] 라는 내용이 있다. 노사나불의 조성에 돕고자 하는 사람은 누구라도 허용하라는 말이다. 이것은 승려와 백성들이 합심하여 실천하는 행기의 가르침과 통하는 것이다.

만년 행기는 희광사(喜光寺)에서 대불조성을 지휘했다. 그러므로 많은 시간을 희광사에서 보냈다. 그러나 행기는 대불의 완성을 보지 못

---

20 민간으로부터 자금, 자재 등을 모으는 역할.
21 「人有て、一枝の草、一把の土を持ちて、像を助け造らむと情に願はば、恣に聴せ」.

하고 병이 들어 쓰러졌다. 쇼무천황은 희광사에 병문안을 했다. 749년 2월 2일 행기는 82세 나이로 희광사에서 운명을 마쳤다. 『대승상사리병기(大僧上舍利瓶記)』에는 「오른쪽 옆구리를 대고 누워 정념하는 것을 평상시와 같이하고 갑자기 우경의 관원사(菅原寺)에서 임종했다」[22]고 기술했다. 「오른쪽 옆구리를 대고 누워」라는 표현은 석가모니의 열반과 같은 자세이며, 조금도 흐트러지지 않은 마지막 모습이었음을 알 수 있다.

슬픔 속에 제자들은 유언에 따라 2월 8일에 이코마산(生駒山) 동릉(東陵)에서 다비를 행하고, 유골은 사리병에 넣어 행기의 생모 묘소에 매장했다. 이 묘소가 가마쿠라시대(鎌倉時代)에 발굴되어 서대사(西大寺)의 에이손(叡尊: 1201~1290)과 닌쇼(忍性: 1217~1303) 등 당시 승려에게 영향을 끼쳤다. 행기의 묘는 현재도 이코마산(生駒山) 죽림사(竹林寺)에 흔적이 남아있다.

752년 동대사의 노사나불이 완성되고 개안공양이 행하여졌다. 그 때는 쇼무천황으로부터 천황직을 물려받은 고켄천황(孝謙天皇: 718~770)이 문무백관과 함께 참석 성대한 법회가 열렸다. 1만명의 승려들을 초청하고, 여러 명의 악인(樂人)들이 모두 모였다. 「모든 황족 · 관인 · 여러 씨족들에 의한 가무가 있었다. 그 광경을 다 기록할 수 없을 정도이다. 불법이 동방에 전해진 이래 재회(斎会)로서 이같은 성대한 것은 없었다.」(『続日本紀』)

752년 인도승려 보리천나(菩提僊那: 704~760)[23]가 도사(導師)가 되어 대

---

22 「右脇にして臥し、正念すること常の如く、奄かに右京の菅原寺に終わる」.

23 나라시대에 일본에 간 인도 출신 승려. 보리승정(菩提僧正), 보리선나(菩提仙那)라고도 함. 당나라 체재중에 일본 승려의 초청으로 736년(開元24)에 일본에 가다. 752년(天平勝宝4) 동대사 대불전의 개안공양법회에서 바라문승정(婆羅門僧正)

불의 개안법회를 했다. 행기는 3년전 행기 49원 중 희광사에서 입적하였기 때문에 이 자리에는 행기가 아닌 그의 제1제자 케이세이(景静)가 법화를 총괄하는 도강(都講)을 맡았다.

(2) 우사하치만신(宇佐八幡神)

나라의 대불 조성 때 또 하나의 한국계 세력이 참여했다. 그것은 다름 아닌 우사(宇佐)의 하치만신(八幡神)으로 대변하는 세력이다. 대불 조성 당시 하치만신은 「내가 천지신명(天神地祇)을 이끌고 반드시 이룩한다. 구리의 뜨거운 탕을 물로 삼고, 나의 몸을 초목에 섞이어 장애받는 일이 없도록 하겠다」고 탁선했다고 한다.

『우사하치만궁미륵사건립연기(宇佐八幡宮弥勒寺建立縁起)』(844年)에 의하면 우사하치만신은 「우사군가라구니우즈다타시마(宇佐郡辛国宇豆高島)」에 강림했다고 되어 있다. 「가라구니(辛国)」란 「일본의 가라국(加羅国)」이며, 이곳은 가라시마씨(辛島氏)의 본거지 우사군(宇佐郡) 가라시마고(辛島郷)이다. 그러므로 가라시마씨의 성스러운 신산(神山)에 내려왔다는 것이다. 가라시마고에는 가라시마씨가 제사지내던 응거사(鷹居社)와 응서산(鷹栖山)이라는 산호(山號)을 가진 사찰이 있었다. 「우즈다카시마(宇豆高島)」의 「우즈(宇豆)」란 「貴·珍·太」 등의 미칭이며, 다카시마(高島)는 「가라구니(辛国)의 城(き)」와 같이 산봉우리 혹

으로서 도사(導師) 역할을 맡았다. 제자인 修栄이 찬한 『南天竺婆羅門僧正碑』·『東大寺要録』 중에 「大安寺菩提伝来記」에 전기가 남아있다. 이같은 공적으로 聖武天皇, 行基, 良弁와 함께 동대사의 「四聖」으로서 칭송된다. 760년 대안사(大安寺)에서 서방을 향해 합장한 채로 입적했고, 그 이듬해 3월 2일 登美山 右僕射林에 묻혔다.

71

그림 8 동대사 권진소(勸進所) 팔번전(八幡
殿)의 승려모습 하치만신 좌상(快慶
의 1201년 제작)

은 산을 말한다.

　여기서 「다카(鷹)」란 사실은 가와라(香春)의 하치만신이다. 향춘사
(香春社)가 있는 가와루다케(香春岳)의 별명이 「응서산(鷹栖山)」이며, 그
것이 있는 다가와군(田川郡)은 본래는 「다카하군(鷹羽郡)」이었다. 헤이
안시대(平安時代) 초기(814년)의 「태정관부(太政官符)」에 6세기말 하치만
신이 매(鷹)로 변하여 사람을 죽였기 때문에 가라시마씨의 신녀(神女)
가 이를 진압하고 응거사로서 모셨다고 되어있다. 이것이 가와루하치
만신(香春八幡神)의 최초의 「분사(分社)」이며, 또 우사지방에서 하치만
신 제사 시작이었다. 그러므로 우사의 하치만신의 기원은 가와루다케
(香春岳: 福岡県田川郡)이다. 우사지방의 가와라하치만신(香春八幡神) 제
사는 하타씨(秦氏)일족인 가라시마씨가 담당했다. 이는 하타씨가 가와
라에서 남쪽 우사까지 진출해 있었음을 나타낸다. 우사하치만신사의

방생회는 가와루야마(香春山)에서 채광한 구리로 주조한 신경(神鏡)을 우사하치만(宇佐八幡)에 헌상하는 것이다. 도중에 와마하마(和間浜)에 들러 방생회를 한다. 여기서 와마하마란 하치만신이 대장장이 노인의 모습으로 나타난 성지이다.

가와루다케(香春岳)는 하타씨의 성스러운 산이다. 가와루(香春)는 「가와루(かはる)」라고 하나, 원래는 「가루(カル)」이다. 가루(カル)란 금속 특히 구리를 말한다. 아스카(飛鳥)의 가구야야마(天香具山)의 「가구(カグ)」도 「가루(カル)」이며, 이곳에 나는 구리를 가지고 거울과 창을 만들었던 것이다. 가와루에는 고대 구리를 채굴하는 채동소(採銅所)가 있었다. 그곳에서 생산된 구리를 가지고 하치만궁의 신경을 만들었다. 여기에 모토미야 하치만궁(元宮八幡宮)이 있다.

하타씨의 신궁(新宮)은 709년에 조영된 향춘사(香春社)이다. 『풍전풍토기(豊前風土記)』에 의하면 다음과 같이 서술되어있다.

「다가와군 가와라 마을. 다가와군의 북동쪽에 있다. 마을에 내가 흐르고 은어가 살았다. …(중략)… 내가 맑고 청정하여 기요가와라 마을이라 불렀다. 지금은 가와라 마을(鹿春郷)이라고 부르는데 이것은 와전된 것이다. 옛날 신라에서 신이 바다를 건너와 이곳 가와리(河原)에 살았기 때문에 가와루 신(神)이라 한다. 마을의 북에는 산이 있다. 제1봉에는 황양수(黃楊樹)가 있다. 제2봉에는 구리와 황양(黃楊), 제3봉에는 용골(龍骨)이 있다(실제는 제3봉에 구리가 많다. 채동소가 있고, 일본 국내 생산량의 50%를 차지했다)」

이처럼 이 신사의 제신은 신라에서 건너간 신이다. 한편 향춘신사

73

(香春神社)의 제신은 『연희식(延喜式)』에 의하면 오시호네노미코토(忍骨命), 가라구니오기나가오히메오메노미코토(辛国息長大姫大目命), 도요타마히메(豊姫命=豊比賣命)이다. 그 중 가라구니오기나가오히메오메노미코토의「가라구니(辛国)」란「가락국」이다.

이곳은 신라계 가야인 하타씨의 본거지이다. 이들은 5세기 후반 이후 수차례에 걸쳐 일본으로 건너갔다. 향춘사의 신관은 아카소메씨(赤染氏)와 쓰루가씨(鶴賀氏)이다. 이들은 모두 하타씨 일족이다. 후자의 「쓰루가(鶴賀)」는「쓰루가(敦賀)」와 같은 발음이다. 즉, 『일본서기(日本書紀)』에 있는「대가야국 왕자 쓰누가아라시토」의 상륙지이다.

1313년 성립의 『팔번궁우좌어탁선집(八幡宮宇佐御託宣集)』에 의하면 「팔번신은 천동(天童)의 모습으로 일본 가라구니(辛国)의 성(城)에 강림하였는데, 그곳은 진무천황(神武天皇) 재림(再臨)의 소호다케(蘇於峯)이다」라고 되어있다.「가라구니의 성」이란 하타씨의 신산(神山)인 부젠(豊前)・가와라다케(香春岳)이다.

쇼무천황이 대불조성을 발의한 계기는 가와치의 지식사에서 대불을 본 것이 계기가 되었다. 지식사는 이곳에 사는 하타씨가 창건한 절이었다. 부젠에서 동원된 하타씨의 금지식중(金知識衆=鋳造技術者) 없이는 대불 완성은 보지 못했을 것이다.

이곳 가와치군(河内国) 오가타군(大県郡)에는 다카오산(高尾山), 별명은 다카오산(鷹尾山), 다카노스야마(鷹巣山)이다. 그곳에는 다카오샤(高尾社)가 있다. 하타씨의「다카오(高尾)」이다. 다카오샤가 모시는 신은 광석과 돌을 나누는 의미의 누테시와케(鐸石別)이다. 이는 가와치 하타씨(秦氏)의 철을 다루는 대장장이와 주조신(鋳造神)의 이름이다. 가와루

야마(香春山)는 가루(カル=金属)의 산이었고, 하치만신은 대장장이 신이
기도 했다. 이 신을 모시는 신라가야계 세력이 동대사 대불조성에 참
여했던 것이다.

(3) 백제의 왕족 후예 백제왕 경복

또 대불조성에 백제왕 경복(百濟王敬福: 698~766)[24]이 황금 900냥(兩)을
가부했다. 경복은 백제 의자왕 아들인 선광(禪廣)의 증손이다. 대불이
구리로 조성되었을 때 이를 도금할 황금이 절대 부족했다. 천황은 견

---

24 『속일본기(續日本紀)』(卷第27) 高野天皇 稱德天皇조에 백제왕 경복에 대해 다
음과 같이 기술되어있다. 「766년 6월 28일(음) 壬子 刑部卿 종3위 백제왕 경복이
죽었다. 그 선조는 백제국 의자왕으로부터 나왔다. 高市岡本宮馭宇天皇(舒明天
皇: 629~641) 때에 의자왕이 그 아들 풍장왕 및 선광왕을 보내어 천황을 모시게 하
였다. 그 이후 岡本朝廷(齊明天皇)에 이르러 의자왕이 전쟁에서 패하여 당나라에
항복하자, 그 신하인 좌평복신(佐平福信)이 사직을 원래대로 회복하고자 멀리서
풍장을 맞이하여 끊어진 왕통을 이어 일으켰다. 풍장은 왕위를 이은 후 방자하다
는 참언을 듣고 복신을 죽이니, 당나라 병사가 그것을 알고 주유성을 다시 공격하
였다. 풍장은 우리(日本) 병사와 함께 대항하였으나 구원군이 불리하게 되자 풍
장은 배를 타고 고려로 도망하고, 선광은 이로 말미암아 자기 나라로 돌아가지 못
하였다. 藤原朝廷(持統天皇)에서 백제왕이라는 호를 내려주었으며, 죽은 후 正廣
參에 추증하였다. 아들 백제왕 창성(昌成)은 어릴 때 아버지를 따라 조정에 귀의
하였는데, 아버지보다 먼저 죽어, 飛鳥淨御原天皇(天武天皇) 때에 小紫에 추증되
었다. 아들 郎虞는 奈良朝廷에서 종4위하 攝津亮을 지냈다. 경복은 그 셋째 아들
이다. 마음대로 행하여 구애됨이 없었고 자못 주색을 좋아하였다. 쇼무천황이 특
별히 총애하고 대우하여 상으로 내리는 물건이 더욱 후하였다. 이 때 어떤 백성들
이 와서 가난함을 아뢰면 매번 다른 사람의 물건을 빌려서까지 바라는 것 이상으
로 그들에게 주었다. 이로 말미암아 외직(外職)을 여러 번 역임하고도 집에 남은
재산이 없었다. 성품이 분명하고 분별력이 있어 정사를 맡아볼 만한 도량이 있었
다. 천평연간(天平年間: 729~748)에 벼슬이 종5위상 陸奧守에 이르렀다. 이 때 쇼
무천황이 盧舍那銅像을 만드는 데 주조를 끝낼 즈음에 칠할 금이 부족하였다. 이
에 무쓰오(陸奧國)에서 역마로 달려와 小田郡에서 나온 황금 900냥을 바쳤다. 우
리나라에서 황금은 이 때부터 나오기 시작하였다. 쇼무천황이 매우 가상히 여겨
종3위를 주고 宮內卿으로 옮겼다가 얼마 되지 않아 河內守를 더하였다. 752년(勝
寶4)에 常陸守에 임명되었다가 左大弁으로 옮겼다. 이즈모(出雲)·사누키(讃
岐)·이요(伊豫國) 등의 守를 두루 역임하고 신호연간(神護初: 765~766)에 刑部
卿에 임명되었다. 죽었을 때의 나이가 69세였다.」고 서술되어있다.

75

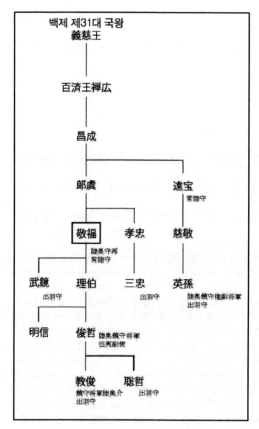

그림 9 백제왕씨의 가계도

당사(遣唐使)를 파견하여 당나라로부터 조달할 계획도 검토한 바가 있었다. 그리고 전국에 영을 내려 황금을 찾았지만, 당시 일본에서는 황금을 생산한 일이 없었다. 그러한 사정이 불교설화집인 『금석물어집(今昔物語集)』의 설화에 잘 반영되어 나타나는데, 그 내용을 간략히 소개하면 다음과 같다.

쇼무천황이 동대사를 건립하고 노사나불을 건조했다. 대불을 건조하였을 때 칠할 황금이 필요했다. 일본에는 원래 금이 산출되지 않아 중국에서 견당사를 보내어 금을 사가지고 와서 칠하였는데 그 색은 담황색이었고, 너무나 부족했다. 그리하여 천황이 고승들을 불러 들여 상의했다. 그러자 어느 누가 요시노의 금봉(金峰)에 있는 산신에게 부탁하여 얻는 것이 좋겠다고 했다. 이에 양변을 불러 금봉의 산신에게 부탁하라고 명했다. 이에 양변은 밤낮으로 기도하자 어느날 밤 꿈에 한 승려가 나타나 "금봉은 미륵불께서 맡기신 것이므로 사용할 수 없고, 시가의 타우에 옛날 낚시하던 노인이 항상 앉아 있었던 바위에 당을 짓고 여의륜관음을 모시면 도움을 받을 것"이라고 말했다. 그 지시대로 하고 황금을 얻기를 바랬다. 그 후 얼마 안되어 무쓰와 시모쓰케(下野)에서 황금빛 모래를 헌상하였고, 이를 제련하니 양질의 황금을 얻을 수 있었다. 천황은 매우 기뻐하며 무쓰 지역에 황금빛 모래를 취하러 사람을 보냈고, 그곳에서 많은 양의 황금을 헌상해 그것으로 대불을 칠할 수가 있었다. 이것이 일본 최초의 황금 생산이었다. 이렇게 천황은 대불을 완성 할 수 있었다.[25]

이상의 이야기에서 보듯이 조성한 대불은 황금의 옷을 입혀야 비로소 완성되는 것이었다. 그러나 중국에서 수입한다고 해도 턱없이 부족했다. 이를 해결해준 것이 무쓰와 시모쓰게에서 생산되는 금이었다. 그 중에서 무쓰의 금을 관장한 것이 다름 아닌 백제왕 경복(敬福)이었다.

746년(天平18) 9월 그는 무쓰노가미(陸奥守)로 임명되어 부임하였는데, 749년(天平21)에 경복이 무쓰(陸奥) 도다군(小田郡)에서 생산된 황금

25 馬淵和夫外 2人 校注 譯(1980)『今昔物語集』(1), 小學館, pp.130-134.

900냥을 바쳤다. 이에 쇼무천황은 너무 기쁜 나머지 동대사 대불전에
가서 부처님에게 예를 올리고 전국의 신사에 폐백(幣帛)을 바치고, 대
사면을 단행한다. 그 공로로 경복은 종오위상(從五位上)에서 종삼위(從
三位)로 7계급 특진했다. 한다. 이를 두고 가인(歌人)·오토모 야카모치
(大伴家持: 718~785)는 「쇼무천황 대에 번영을 가져오기 위해 토고쿠(東
国) 미치노쿠야마(陸奥山)에 황금꽃이 피어났네(須賣呂伎能 御代佐可延牟
等 阿頭麻奈流 美知(乃) 久夜麻尓 金花佐久)」『만엽집(万葉集)』(卷18-4097)이라
는 노래를 지어 불렀다. 확실한 증거는 없으나 황금을 발견한 것은 경
복 휘하에 있었던 백제계 광산 기술자이었을 것으로 추정된다. 그 이후
에도 10여년에 걸쳐 연간 900~1000냥 정도의 황금이 무쓰고코시(陸奥
国司)를 통해 조정에 공납되었다. 이렇게 바쳐진 황금이 모두 10446냥
이 되었다. 이로 인해 동대사의 대불이 완성되었던 것이다.

(4) 세계 제일의 청동불상

이렇게 완성된 동대사의 대불은 구리 499.0톤, 주석 8.5톤, 금 0.4톤,
수은 2.5톤이나 들었다. 그리고 12년이란 시간이 걸렸고, 여기에 참여
한 기술자와 노동자 모두 합하여 총 260만 3천여명이었다. 『동대사요
록』의 「대불전비문(大佛殿碑文)」에 의하면 대불조성에 참여한 핵심 기
술자들의 면목을 알 수 잇는데, 대주사(大鑄師)로서는 다케치노 마구니
(高市眞國), 다케치노 마로(高市真麿), 가키모토 오타마(柿本男王) 등이 있
고, 목수에는 이나베노 모모요(猪名部百世), 마스다 나와테(益田縄手) 등
이 있으며, 이들을 총관리감독한 자는 대불사(大佛師) 구니나카노무라
지 기미마로(国中連君麻呂)이었다.

그림 10 동대사 대불의 청소

그런데 이들도 고대한국계가 많았다. 총감독 기미마로의 조부는 구니노 고쓰후(国骨富)는 원래 백제 관리이었는데, 백제가 멸망하자 일본으로 망명하여 불상제작 기술자 집단을 거느린 리더이었다. 그러므로 그는 재일 3세인 셈이다. 그리고 대불사인 다케치노 마구니와 다케치노 마로는 야마토(大和国) 다케치군(高市郡)에 거주하는 이마키(今来)의 한반도계 기술자이었으며, 이나베노 모모요도 신라계 기술집단 출신이었다. 이처럼 대동사 대불은 거의 고대한국계의 손에 의해 만들어졌다고 해도 과언이 아니다.

이들의 손에 완성된 대불은 무릇 그 높이가 14.25미터이며, 체중 380톤이다. 얼굴이 4미터, 눈이 1미터, 코가 50센티, 귀가 2미터 60센티, 엄지손가락이 1미터 60센티이며,[26] 발바닥만 하더라도 2미터가 된다. 이러한 신체적 특징을 두고 혹자는 이 부처님이 걸어서 도쿄까지 간다면

---

[26]   송형섭(1993) 『일본 속의 백제문화』 한겨레, p.140.

79

대략 7시간정도 소요된다고 계산하는 여유로운 사람도 있다.

그러나 당시 국내 상황은 그렇게 한가로운 편이 아니었다. 동대사 대불조성에 막대한 예산을 투입한 당시 일본으로서는 혹독한 인플레이션을 겪어야 했다. 물가가 치솟아 쌀값이 공사 전에 비하면 약 17배나 인상될 정도이었다 한다. 또 757년에는 「동대사를 만듬으로써 인민들이 고충에서 헤어나지 못해, 원한과 탄성이 실로 많다」는 민심을 살피고 다치바나 나라마로(橘奈良麻呂: 721~757)[27]가 반란을 획책하는 사건도 일어났다.

(5) 대불개안과 신라사신 김태렴

동대사의 대불이 완성되자 752년 3월 22일 신라왕자 김태렴(金泰廉)[28]

---

27 나라시대 중기의 조정신하. 諸兄의 장남. 모친은 후지와라노 후히토(藤原不比等)의 딸. 참의(參議)가 되어 후지와라나카마로(藤原仲麻呂)와 대립. 757년(天平宝字元) 후지와라씨(藤原氏)에 대한 불평분자를 규합하여 나카마로(仲麻呂)를 치려고 하였으나 사전에 발각되어 옥사했다.

28 통일신라 경덕왕 때, 대규모 사절단을 이끌고 일본에 방문한 왕족. 생몰연대가 기록에 남아있지 않아 정확한 활동내용을 파악하는데 한계가 있으며 사료를 토대로 추정해 볼 수 있다. '신라왕자 한아찬 김태렴'이라 하였는데, 한아찬은 대아찬(5관등)의 별칭이라는 점에서 적어도 진골귀족 이상의 신분임을 알 수 있다. 또한 신라왕자라 칭했던 사실에서 경덕왕의 직계 후손은 아닐지라도 신라왕실의 혼인 관계를 고려하면 왕족 신분을 지녔을 가능성은 충분해 보인다.
김태렴은 신라 중대의 문화적 전성기에 해당하는 경덕왕대 활동한 인물로서 우리나라의 문헌에는 기록이 보이지 않으나, 일본 사서에 관련 기록이 전하고 있다. 『속일본기』 천평승보 4년(752) 윤3월에 "대재부에서 아뢰기를 신라왕자 한아찬(韓阿飡) 김태렴(金泰廉)과 공조사(貢調使) 김훤(金暄) 및 송왕자사(送王子使) 김필언(金弼言) 등 700여 명이 배 척을 타고 와서 정박했습니다."라 한 기록이 그것이다. 당시 신라와 일본의 관계는 성덕왕대 이후 소원해지기 시작하여 경덕왕대 매우 악화된 상태였기에 대규모 사절단 파견은 매우 이례적인 사건이었다. 신라는 삼국통일전쟁과 나당전쟁 시기에 배후에 있던 일본을 자극하지 않기 위해 온건한 대일외교를 전개하였지만, 삼국통일이 마무리된 이후에는 정상적인 대일외교를 전개하려 하였다. 성덕왕이 733년 당의 요구를 수용하여 발해의 남쪽국경을 공격함으로써 나당관계가 복원되고 친선관계를 유지하게 되면서 외교정책에 변화가 반영되었다. 이러한 적극적인 대당외교에 더하여 대일외교는 비중이 점

등 700여 명이 7척의 배를 타고 일본으로 건너갔다. 『속일본기(續日本紀)』의 752년(천평승보4) 윤3월에 "대재부에서 아뢰기를 신라왕자 한아찬(韓阿飡) 김태렴과 공조사(貢調使) 김훤(金暄) 및 송왕자사(送王子使) 김필언(金弼言) 등 700여 명이 배 7척을 타고 와서 정박했다."라 한 기록이 그것이다. 그리고 『속일본기』에 의하면 고켄천황(孝謙天皇: 718~770) 때 신라왕자 김태렴 등이 752년 6월 22일 대안사와 동대사에 나아가 예불하였다고 되어있다.

여기서 등장하는 김태렴은 신라 중대의 문화적 전성기에 해당하는 경덕왕대 활동한 인물로서 우리나라의 문헌에는 기록이 보이지 않고 일본 사서에만 등장하는 특이한 인물이다.

당시 신라와 일본의 관계는 성덕왕대 이후 소원해지기 시작하여 경덕왕대 매우 악화된 상태였기에 대규모 사절단 파견은 매우 이례적인 사건이었다. 신라는 삼국통일전쟁과 나당전쟁 시기에 배후에 있던 일

차 줄어들었다. 734년 신라가 일본에 보낸 국서에 스스로를 '왕성국(王城國)'이라 칭하며 자부심을 드러냈는데, 일본은 성덕왕대 이전의 대일외교 방식을 요구하며 이에 반발하였다. 실제로 743년부터 752년까지의 10년 동안은 사실상 국교단절 상태에 가까웠다. 따라서 이러한 시대상황에서 대규모 사절단을 이끌고 방일하였기에 그를 신라의 공식 외교사절이 아니라, 신라의 관인이나 상인이 내세운 '거짓 왕자(假王子)'로 보는 견해가 제시되기도 하였다. 하지만, 『속일본기』 천평승보 4년(752) 9월에 "왕자태렴(王子泰廉)" 등의 표현이 이후의 기록에서도 확인되고 있어 그러한 가능성은 낮다고 할 수 있다. 또한 이 무렵은 왕실이나 최고귀족이 아니면 대규모의 상업 및 교역망을 가동할 수 있는 세력을 운영하는 것이 쉽지 않았다는 점에서도 김태렴의 정치적 실체를 부정할 이유는 별로 없다. 그러한 점에서 752년의 대일교역은 의미가 작지 않으므로 관련 연구도 활발한 편이다. 주된 관점은 교역의 성격에 맞춰져 있다. 당시 발해와 대립관계에 있던 신라가 발해와 일본의 긴밀한 관계를 견제하여 자국 안전을 도모하기 위해 우호관계의 형성을 목적으로 파견하였다는 견해가 제시되었으나, 나라(奈良) 동대사의 대불(大佛) 개안식(開眼式)의 참석과 경제교역을 시행하기 위해서 파견했다는 견해가 제시되면서 주목을 받고 있다. 하나의 군사 혹은 경제적 목적만을 띠고 있었다고 파악하기에는 당시의 현실이 단순하지 않았다는 점에서 다양한 목적을 지닌 복합적 성격의 사절단이었다고 하겠다.

본을 자극하지 않기 위해 온건한 대일외교를 전개하였지만, 삼국통일이 마무리된 이후에는 정상적인 대일외교를 전개하려 하였다. 성덕왕이 733년 당의 요구를 수용하여 발해의 남쪽국경을 공격함으로써 나당관계가 복원되고 친선관계를 유지하게 되면서 외교정책에 변화가 반영되었다.

이러한 적극적인 대당외교에 대하여 대일외교는 비중이 점차 줄어들었다. 734년 신라가 일본에 보낸 국서에 스스로를 「왕성국(王城國)」이라 칭하며 자부심을 드러냈는데, 일본은 성덕왕대 이전의 대일외교 방식을 요구하며 이에 반발하였다. 실제로 743년부터 752년까지의 10년 동안은 사실상 국교단절 상태에 가까웠다. 따라서 이러한 시대상황에서 대규모 사절단을 이끌고 방일하였기에 그를 신라의 공식 외교사절이 아니라, 신라의 관인이나 상인이 내세운 「거짓 왕자(假王子)」로 보는 견해도 있다.

그러나 『속일본기』 752년(천평승보4) 9월에 「왕자태렴(王子泰廉)」 등의 표현이 이후의 기록에서도 확인되고 있어 그럴 가능성은 낮다. 또한 이 무렵은 왕실이나 최고귀족이 아니면 대규모의 상업 및 교역망을 가동할 수 있는 세력을 운영하는 것이 쉽지 않았다는 점에서도 김태렴의 정치적 실체를 부정할 이유는 별로 없다.

그러한 점에서 752년의 대일교역은 의미가 작지 않으므로 관련 연구도 활발한 편이다. 주된 관점은 교역의 성격에 맞춰져 있다. 당시 발해와 대립관계에 있던 신라가 발해와 일본의 긴밀한 관계를 견제하여 자국 안전을 도모하기 위해 우호관계의 형성을 목적으로 파견하였다는 견해가 제시되었으나, 최근에는 나라 동대사의 대불 개안식의 참석과 경제교역을 시행하기 위해서 파견했다는 견해가 제시되면서 주목을 받고 있다. 하나의 군사 혹은 경제적 목적만을 띠고 있었다고 파악하기에는 당시의 현실이 단순하지 않았다는 점에서 다양한 목적을 지닌 복합적 성격의 사절단이었다고 하겠다.

이처럼 동대사는 창건 이전과 창건 때 그리고 대불조성과 조성 이후에 걸쳐 끊임없이 고대한국과 뗄래야 뗄 수 없는 관계를 가지고 있었다.

5. 동대사와 한국인

동대사 대불전은 누가 뭐래도 세계 최대의 목조건축이며, 그곳에 모셔져 있는 대불 또한 세계 최대급의 불상이다. 이는 8세기 당시 쇼무천황이 어지러운 민심을 수습하고 국민정신을 하나로 통합하기 위해 조성되었다.

동대사의 창건과 대불전과 대불의 조성에는 고대한국계 사람들이 대거 참여했다. 동대사 창건에서 백제계 후손 양변의 노력이 있었고, 양변의 스승 또한 백제계 후예 기엔이었다. 이들이 중심되어 동대사 창건과정에서 한국사의 승려들의 반발과 희생이 있었다. 그 뿐만 아니라 백제계 후손 행기를 비롯한 그가 이끄는 사도승들의 노동력이 없었다면 동대사와 대불전의 건립은 불가능에 가까웠을 것이다. 그리고 동대사가 화엄종 총본산의 도량이 되기 위해서는 신라승려 심상이 사상적 이론을 제공하여 뿌리를 내리게 했다.

특히 대불조성에 있어서도 백제계 후손 장인들이 대거 참여했다. 총감독 기미마로(国中連君麻呂), 대불사 다케치노 마구니와 다케치노 마로, 이나베노 모모요 모두 백제 또는 신라계 기술집단 출신이었다. 그리고 대불조성에 필요한 구리를 제공하는 사람들은 규슈에 본거지를 두고 하치만신을 내세우는 가야 신라계 이주인들이었다. 그리고 황금을 제공한 사람은 백제멸망 후 일본으로 망명한 의자왕의 후손 경복이었다.

이처럼 동대사의 창건과 대불조성이 아무리 쇼무천황의 발원으로 일본 조정의 지원이 있었다 하더라도 이상에서 언급한 고대한국계 세력의 협력 없이는 불가능했다. 그야말로 그것은 고대 한국계 후예들의 지혜, 기술, 피, 땀으로 이루어졌다고 해도 과언이 아니다.

동대사 대불이 조성된 이후 일본 국내 대불조성에 영향을 주어 가마쿠라대불(鎌倉), 운거사(雲居寺), 동복사(東福寺), 방광사(方広寺)에도 대불이 만들어 졌다. 이처럼 동대사의 대불과 대불전이 일본 대불 조성에 시초가 되었음은 분명하다. 그러나 유감스럽게도 현재 동대사의 대불과 대불전은 고대 한국계가 대거 참여한 본래의 모습은 아니다. 중세 이후 두 차례나 병화를 입어 현존하는 대불은 여러 차례 보수공사가 가해졌고, 대불전은 1709년(宝永6)에 규모를 축소하여 재건되어 오늘에 이르고 있다.

그럼에도 불구하고, 동대사에는 창건과 대불조성에 참여했던 고대 한국인의 흔적이 양변을 모신 개산당, 행기를 모신 행기당, 한국사 승려들의 원혼을 모신 가라구니신사, 그리고 가야신라계인들이 신앙했던 권진소(勧進所) 팔번전(八幡殿)이 경내에 남아있다. 이러한 것들도 대불과 대불전과 함께 고대 한일관계를 알수 있는 소중한 역사의 보물이 아닐 수 없다.

84

제3장

동대사의 차문화

1. 동대사에는 어떤 차문화가 있을까?

나라를 방문하는 사람은 대체로 동대사를 빠뜨리지 않는다. 그만큼 동대사는 나라를 대표하는 사찰이다. 필자는 나라에 산 적이 있다. 오사카대학에 유학하면서 사는 곳을 나라에 정하였기 때문이다. 그곳에 살면서 가끔 들렸던 곳이 동대사 주변에 펼쳐진 나라공원이었다. 그런 면에서 동대사는 나에게 익숙한 곳이었다. 그러나 차문화에 관심을 가지기 시작한 최근에는 동대사는 다른 모습으로 나에게 다가왔다.

통도사 차문화대학원을 맡고난 후 회원들과 함께 동대사를 두 차례나 방문했다. 한번은 2022년 12월이었고, 2024년 1월이었다. 두 차례 모두 〈동대사의 차문화〉라는 테마를 가지고 갔었다. 그러나 내 눈에 비친 것은 오로지 『동대사요록』에 서술된 행기가 차나무를 심었다는 이야기일 뿐이었다. 즉, 좀처럼 일본 차문화와 동대사가 잘 연결되지 않았다.

그러나 생각을 바꾸면 세상도 달라 보이기 마련이다. 동대사는 8세기에 창건된 화엄종 총본산이기도하지만, 천황을 상징하는 국가적인 사원이었기에 중국의 고대 차문화가 전래된다면 제일 먼저 이곳에 정착하였을 것이다. 곧잘 나라인들은 실크로드의 마지막 종착지가 나라이고, 그곳을 상징하는 곳이 동대사라고 한다. 그만큼 동대사가 차지하는 위치는 매우 크다.

더구나 동대사에는 다회도 엄숙하게 열린다. 매년 5월에는 창건주인 쇼무천황(聖武天皇)을 기념하여 성무제와 함께 다회가 열리는데, 그 다회를 「화엄다회(華厳茶会)」라 한다. 그 날 동대사 별당(주지), 장로 및

그림 1 2016년 동대사 화엄다회 때 센겐시쓰(千玄室)의 점다하는 장면

신도회장 등이 함께 인근에 있는 쇼무천황릉과 고묘황후릉을 참배하고 독경과 헌다를 행한다. 2010년에는 교토 우라센케의 이에모토(家元) 호운사이(鵬雲斎) 대종장(大宗匠) 센 소시쓰(千宗室)씨가 직접 참가하여 점다하여 헌다를 했다. 그만큼 동대사의 화엄다회는 중요한 행사이다. 이때 전국에서 대략 1000여명의 다인들이 참가하여 대성황을 이룬다.

이러한 동대사에서 일본의 차문화을 생각하면 어떠한 것들이 보일까? 그 첫째는 동대사 경내의 「정창원문서(正倉院文書)」에 「茶」가 있는데, 그것이 차인지 씀바귀인지가 밝힐 필요가 있고, 둘째는 차전래자인 홍법대사 구카이(空海)가 동대사 주지를 4년간 역임하였다는 사실이다. 셋째는 나라의 향토음식인 차죽(茶粥)과 차반(茶飯)이 동대사에서 시작되었다는 점이며, 넷째는 일본말차의 다조 에이사이(栄西: 1141~1215)가 동대사 중창의 대권진(大勧進)이었다는 사실이다. 그리고 다섯

째는 동대사의 정창원에는 일본최고의 권력자이자 다인들이 노렸던
「란쟈타이(蘭奢待)」라는 향이 보관되어있었으며, 여섯째는 사성방(四
聖坊)에는 팔창암이라는 다실이 있었다는 사실이다. 이처럼 동대사는
차와 관련하여 많은 부분에서 관련이 깊다. 그러한 의미에서 이상에서
제시된 사항에 대해 하나씩 하나씩 조심스럽게 살펴보기로 하자.

2. 정창원문서의 「씀바귀(荼)」

일반적으로 알려진 일본 최초의 「차(茶)」에 관한 기록은 815년 범석
사(梵釋寺)의 에이추(永忠: 743~816)[1]가 사가천황(嵯峨天皇: 786~842)에게 차
를 달여 바쳤다는『일본후기(日本後紀)』의 기록이라고 본다. 그러나 그
보다 앞선 자료가 동대사의 「정창원문서」에 있다는 의견이 있다. 그것
은 다름 아닌 「차」와 닮은 글자 「도(荼)」자를 사용한 기술이다.

이것은 동대사의 사경 사업에 관한 장부로, 좀 더 명확히 말하면 사
경생(寫經生)들이 시장에서 구입한 품목과 대금을 기록한 739년(天平11)
8월 11일의 「사경사해(寫經司解)」이다. 그것에는 「荼十五束, 直十二文」,
「荼七把 價錢五文」, 「荼一石三斗八升」라는 등의 표현이 보인다.

1　헤이안시대(平安時代) 초기 일본 승려. 속성은 아키씨(秋篠氏). 교토 출신. 어려
　서 출가하여 나라에서 경율(経律)을 배웠다. 보구연간(宝亀年間:770-780) 초에
　입당하여 장안의 西明寺 등에서 수학했다. 사이초(最澄)의 유학생활에 적극 지원
　하였고, 805년(延暦24) 사이초와 함께 귀국했다. 806년(大同元) 정월에는 도자
　(度者) 2명을 하사받고, 같은 해 4월에는 율사(律師), 810년(弘仁元)에는 소승
　도(少僧都), 815년(弘仁6)에는 대승도(大僧都)가 되었다. 주요저서로는『五佛頂
　法訣』이 있다.

이를 두고 일본문화 연구가 박전열은 일본에서 가장 오래된 「차」와 관련된 기록이라고 하면서, 다음과 같이 해석했다.

> 국가적 사업으로 사경(寫經)을 진행하면서 사경생의 식료 가운데 차를 구입하며 비용이 들어갔음을 말해준다. 여기서 도(荼)는 차(茶)와 같은 의미로 쓰이고 있다. 당시의 사경생들은 차를 마셔가면서 일을 했음을 알 수 있다.[2]

이러한 해석은 비단 박전열만이 아니다. 김현남도 그것을 차로 보고 일본은 쇼무천황(聖武天皇: 701~756) 시대에 행다의식을 통하여 차를 마셨음을 짐작할 수 있다고 했다.[3]

실제로 중국에서는 고대에는 차의 「다(茶)」와 씀바귀의 「도(荼)」를 같은 의미로 사용된 적이 있는 것은 사실이나, 일본에서도 그러한지, 아니면 구분하여 사용하였는지는 분명치 않다. 그럼에도 이들은 씀바귀 '도(荼)'를 차(茶)로 해석하고 있다. 만일 그의 말대로 그것이 마시는 차를 의미한다면 일본에서는 적어도 8세기 이전부터 차를 마신 것이 된다. 828년 당나라 사신으로 갔던 대렴이 차 종자를 가지고 귀국하여 지리산에 심었다는 우리의 기록보다 훨씬 빠르다.

『정창원문서』에 나타난 도(荼)가 「차(茶)」일 가능성이 전혀 없지는 않다. 중국문헌 『이아(爾雅)』의 석문(釋文)에 「천(荈), 도(荼), 명(茗)은 그 실은 한 가지이다(荈, 茶, 茗其實一也)」라는 해석이 있기 때문이다. 즉, '도

---

2 박전열(2016) 「日本宮中儀禮에 茶道가 受容되는 過程과 政治的 意味」 pp.79-80.
3 김현남(2009) 「① 고대 일본의 차 문화와 불교」 『불교신문』,
   http://www.buddhismjournal.com/news/articleView, 검색일:2022.03.15.

(茶)'는 차를 의미하는 천(荈), 명(茗)과 같다는 것이다. 그리고『다경(茶經)』에서도 차의 이름이 다섯이 있으니, 첫째 도(茶), 둘째 가(檟), 셋째 설(蔎), 넷째 명(茗), 다섯째 천(荈)이라 했다」고 설명하고 있다.[4] 이처럼 「도(茶)」는 「차(茶)」로 볼 수 있다.

곽박이 차에 대해 말하기를 "나무는 작아서 치자와 같다. 겨울에 잎이 살아서 삶아 국으로 마실 수 있다. 지금에 부르기는 일찍 딴 것을 '도(茶)' 늦게 딴 것을 명(茗), 달리 천(荈)이라고도 한다. 촉나라 사람들은 이름을 '고도(苦茶)'라 한다"라 했다.[5] 여기서 「도」란 씀바귀가 아니라 늦게 딴 「찻잎」이다. 이를 삶아서 국으로 마셨다 한 것이다. 그러므로 일본의 사경승들이 「도」를 구입하였다는 것은 이를 삶아서 마시며 피로를 풀고 잠을 쫓고 사경작업을 하였다고 해석할 수도 있다.

그러나 그럴 가능성은 낮아 보인다. 그 이유를 대략 세 가지를 들 수가 있는데, 그 첫째가 「茶」의 기사 앞과 뒤에 모두 야채를 서술하고 있기 때문에, 이것 또한 야채로 보아야 하기 때문이다.[6] 야채의 단위를 「束」, 「把」로 표시하였는데, 「도(茶)」도 야채 식료로서 취급되었다는 것을 의미한다고 보아야 할 것이다.

둘째는 그 가격이 너무 싸다는 점이다. 그것에 의하면 「青菜九束 直二十文」라는 기사가 있다. 즉, 청채 9속이 20문이다. 그것과 비교하더라도 「茶十五束, 直十二文」, 「茶七把 價錢五文」이라고 한 것은 엄청나게 낮은 가격이다. 이것이 차라면 불가능하다. 그러한 일이 있을 수

---

4 김병배 편역(1988)「다경」『한국의 다서』탐구당, p.219.
5 樹小如梔子. 冬生葉, 可煮作羹飲. 今呼早採者爲茶 晩取者爲茗. 一名荈 蜀人名之 '苦茶'
6 村井康彦(1985)『茶の文化史』岩波書店, p.11.

도 없거니와 만일 있다면 희소성 가치로 매우 비싼 가격으로 거래가 되었을 것이다. 그러므로 15속에 직 12문밖에 하지 않는 「도(茶)」가 차(茶)일 리가 없다.

셋째, 그 당시 중국에서 전래되지 않았다는 것이다. 일본사회에서 차에 관한 기록들이 본격적으로 등장하기 시작하는 것은 9세기부터이다. 중국으로부터 차전래도 이 무렵이다. 그러므로 아무리 궁정이라 해도 차가 그 이전인 8세기 무렵에 일본의 사경승들이 마실 만큼 보편화되어 있었다고 보기 어렵다.

그렇다면 『정창원문서』의 「도(茶)」는 「차」가 아닌 「씀바귀」이며, 그 문서는 음식재료 야채인 씀바귀 값을 요구한 것이었다.

3. 차 전래자 구카이와 동대사

(1) 구카이와 동대사

일반적으로 구카이(空海: 774~835)는 일본 진언종 개조로 고야산(高野山)의 금강봉사(金剛峯寺)를 창건한 것으로 알려져 있다. 그러한 그가 동대사와 밀접한 관련을 가지고 있다는 사실을 아는 사람은 거의 없다. 입당하기 직전인 31세의 구카이는 804년(延曆23) 4월 9일 동대사 계단원(戒壇院)에서 득도수계(得度受戒)를 했다. 그리고 같은 해 5월에 입당유학(入唐留学)의 허가가 내려졌다. 그가 806년 당에서 귀국하여 규슈에 머물면서 동장사(東長寺), 진국사(鎭國寺)를 창건하고, 다자이후(太宰府)의 관세음사(觀世音寺)에 주석했다. 그러다가 809년 이즈미(和泉国)

그림 2 구카이의 도해입당도(渡海入唐圖)〈『弘法大師行状絵詞』第3巻에서〉

의 전미산사(槇尾山寺)를 거처, 같은 해 7월에 고웅산사(高雄山寺)로 들어갔다.

이때까지 무명의 승려이었던 구카이가 칙명에 의해 동대사 주지격인 별당에 임명되었다. 『동대사연기(東大寺縁起)』에 의하면 구카이는 동대사의 별당(別当)을 814년까지 약 4년간 맡아서 했다. 그 기간 동안 그는 동대사 경내에 진언원(真言院)에 관정도량(灌頂道場)을 설치했고, 또 동대사 말사인 공해사(空海寺)를 창건했다고 한다. 이처럼 그는 동대사의 본래 성격인 화엄의 전통을 살려가면서 동대사에 밀교적 요소를 가미했던 것이다.

그가 동대사에 남긴 영향이 현대까지 계승되고 있는 것들이 있다. 대불 앞에서 매일 올리고 있는 경전은 『화엄경』이 아닌 밀교경전인 『이취경(理趣経)』이며, 승려의 기초과정에서 익히는 「사도가행(四度加行)」이라는 밀교수행이 필수과목으로 삼고 있는 것들을 대표적인 사례로 들 수가 있을 것이다.

또 동대사에 커다란 벌이 나와 승려들을 찔러 죽이는 사건들이 속출하였을 때 이를 두려워하는 승려들이 절을 떠나고, 절을 찾는 신자들도 사라져 매우 곤란을 겪었던 때가 있었다. 바로 그때 별당인 구카이가 즉시 벌을 퇴치하자, 떠났던 승려들도 돌아왔고, 신자도 다시 찾아 동대사의 융성을 되찾았다는 전설도 있다.

(2) 구카이와 신라

구카이의 속명은 사에키 마오(佐伯眞魚)이며, 시호는 홍법대사(弘法大師)이다. 그는 유달리 신라와도 관계가 깊다. 그가 804년 입당하여 장안의 청룡사(靑龍寺) 혜과(惠果: 746~806)[8]의 문하에 들어가 공부하고 806년에 귀국했다. 그의 스승 혜과는 신라 승려 현초(玄超)[9]의 제자이었다.

---

7 십팔도·금강계·태장계·호마의 행법을 말하는 불교의식. 가행(加行)은 방편(方便)이라는 의미를 지니며, 사도가행은 전법관정(傳法灌頂)에 앞서서 행하는 4종의 행법을 말한다. 사도(四度)의 '度'는 득도(得度)의 '度'와 동일한 의미로서, 생사를 넘어 열반에 이른다는 의미를 지닌다. 사도가행은 밀교(密敎)의 십팔도(十八道), 금강계(金剛界), 태장계(胎藏界), 호마(護摩)의 행법을 말한다. 이 밖에 밀의(密儀)의 유파에 따라 십팔도에 이어 부동법(不動法)을 행하는 등 그 차례나 구성이 차이를 나타내는 경우도 있다. 그러나 이 행법은 밀교가 성행하였던 고려시대에만 행하여졌을 뿐 조선시대 이후에는 기록이 보이지 않는다. 일본에서는 밀교승의 자격인 아사리(阿闍梨)가 되기 위해서는 필수수행으로 되어있다.

8 속성은 마씨(馬氏). 장안의 동쪽에 있는 소응현(昭応県: 현재 臨潼区) 출신. 진언 8조의 제7조. 진언8조상으로 그려질 때는 항상 동자를 거느린 모습으로 그려진다. 출가한 후 불공(不空)에게 금강정계(金剛頂系)의 밀교를, 또 선문외(善無畏)의 제자인 형초(玄超)에게서 『대일경』계와 『소실지경(蘇悉地経)』계의 밀교를 배웠다. 『금강정경』·『대일경』의 두 개 계통의 밀교를 통합한 제1인자로 양부(両部) 만다라의 중국식으로 바꾸었다. 장안의 청룡사에 주석하면서 동아시아의 여러 지역에서 유학온 제자들에게 법을 전했다. 당의 대종(代宗)·덕종(德宗)·순종(順宗)의 3대에 걸쳐 황제의 스승으로서 존경을 받았다. 그의 6대 제자로 검남(剣南)의 유상(惟上), 하북(河北)의 의원(義円), 신라의 혜일(惠日), 가릉(訶陵)의 변홍(辨弘), 청용(青竜)의 의명(義明), 일본의 구카이가 있다.

9 신라 출신으로 중국에서 활약했던 밀교(密教) 승려. 중국에서 선무외삼장(善無

그리고 당시 혜과의 문하에는 신라승려 혜일(惠日)[10]과 오진(悟眞)[11]이 있었다. 즉, 그들은 동문수학한 도반들이었다.

畏三藏· 여기서 삼장은 산스크리트 경전에 정통한 승려를 말함)으로부터 법(法)을 전수받아 혜과(惠果)에게 전했다. 저서로는『최승태자별단공양의궤(最勝太子別檀共養義軌)』가 있다.

10 혜일대사의 속성에 대해서는 아직 미상이다. 따라서 그의 가계에 대해서도 역시 현재로서는 알 수 없다. 혜일대사는 신라 선덕왕 2년, 당 덕종 2년, AD 781년에 입당하여 청룡사의 혜과화상으로부터 밀교의 법을 배우게 되었다. 혜일대사의 입당구법은 본국인 신라에 있을 때 부터의 간절한 원이 성취된 것이다. 그가 언제나 불법을 구함에 게을리 하지 않고 열심히 정진하고 있을 때, 갑자기 공중에서 대당국 청룡사에 비밀법이 있다. 라는 소리를 듣고 구법의 길에 올라 망망한 대해(大海)와 험한 산길도 멀다 않고 이역만리의 청룡사로 혜과화상을 찾아 밀교를 배우게 되었다는 이야기는 법을 갈구하는 그의 구도심이 지극했음을 나타내는 예라 할 것이다. 이렇게 혜과화상의 문하에 들어간 혜일은 청룡사 관정도량에서 태장계의 수명관정(受明灌頂)과 금강계의 수명관정을 받고 곧이어 전법아사리위의 관정도 받게 된다. 수명관정이라 함은 제자위(弟子位)의 관정을 말하는 것으로 이 관정을 받으면 밀교의 법을 수행할 제자로서의 자격을 갖게 되는 것이고, 전법관정(傳法灌頂)은 스승의 위(位)를 인정받는 것으로 이 관정을 받으면 스승의 자격으로 제자들에게 비밀의 법문을 전수할 수 있게 되는 것이다. 이러한 진언문(眞言門) 최고의 위인 금, 태양부(金,胎兩部)의 전법아사리위의 관정을 혜일대사는 이른바 밀교아사리로서 위치하게 된 것이다. 이때 금강계, 태장계 양부의 대법(大法) 뿐만 아니라 소실지법(蘇悉之法)과 그외 제유가삼십칠존(諸瑜伽三十七尊)까지도 모두 다 전수받아 통달했다고 한다. 이렇게 밀교의 모든 법에 통달한 혜일대사는 신라에 밀교의 경전을 전하고 밀교의 신라홍포에 힘썼다. 그러나 그가 언제 귀국하여 밀교를 전래하는지는 확실치 않다. 대개 AD 805년 전후로 추정해 보는 학자도 있다. 혜일대사가 전래한 법의 내용은, 명랑과 혜통이 사상(事相)에 관한 것이 주가 되었다면 사상(事相)과 교상(敎相)을 동시에 전래한 것이 그 특징이라 할 수 있다. 교상이라 함은 이론적인 철학을 말하고 사상이라 함은 실천적 종교를 말한다. 바꾸어 말하면 교상은 사상의 철학적인 가치를 이치(理致)로써 나타내고, 사상을 종교적인 실천을 행(行)으로써 교시(敎示)하는 것이다. 따라서 교상은 교리적인 방면을 말하는 것이고, 사상은 실천적인 방면을 말하는 것이다. 그러므로 이 둘은 불가분의 관계인 것이다. 그러나 명랑과 혜통은 그 가운데서도 사상적인 면에 치중하였지만 혜일대사는 이 둘을 동시에 전하였던 것이다. 이러한 혜일대사의 활동은 명랑과 혜통이 전래한 밀교의 바탕 위에 신라국내에 밀교의 황금시기를 이루게 하였던 것이니, 일본의 구카이에 필적할 신라의 인물로서 바로 이 혜일대사(慧日大師)를 말하는 이도 있다.

11 신라의 천축구법승. 또한 지금까지는 오진이 당에 간 시기가 781년으로 알려졌으나, 사실은 그보다 수십 년 전, 적어도 경덕왕 대(742~765) 무렵의 일이었음도 알게 되었다. 또한 소년승 오진은 혜초가 머물던 장안의 대흥선사(大興善寺)에서 오랫동안 불학을 공부하였는데, 이로 보아 그가 혜초의 영향으로 천축구법행의 장도에 올랐을 가능성도 큰 것으로 보인다. 불교의 여러 신앙의 대상 가운데 나한의

이러한 그가 귀국하여 있었을 때 그를 만나러 간 신라도자(新羅道者)
가 있었다. 신라도자를 일부에서는 신라승려 태현(太賢: 생몰년미상)[12]으
로 보기도 하나,[13] 그에 대한 확증이 있는 것이 아니다. 만일 신라도자
가 일본에 거주하는 신라인 수행승이 아니라 일본에 있는 구카이를 만
나기 위해 신라에서 건너갔다면 이 두 사람의 관계는 우리의 상상을
초월할 정도의 두터운 우정이 아닐 수 없다.

증과(證果)는 불·보살에 비해 지위가 낮다. 그럼에도 불구하고 나한은 뛰어난
수행력으로 '일체의 욕망을 단절하고 번뇌를 해탈할 수 있는', 즉 '유여열반(有餘
涅槃)을 증득할 수 있는 존재'로 여겨져 승속의 존경을 받아 왔다. 그들은 살아 있
는 동안에 생사번뇌를 끊은 존재이므로 "금신(金身)"으로 여겨져 신앙의 대상이
될 수 있었다. 밀교승 오진이 정중 무상의 경우와 마찬가지로 중국의 오백나한 중
의 한사람이 된 과정이나 이유는 앞으로의 연구대상이지만, 그는 당, 송, 명, 청대
를 이어 중국인들의 존경을 받으며 지금도 중국의 수많은 사찰의 오백나한당에서
제 479번째 존자로서의 지위를 지키고 있다.

12 8세기 신라의 승려. 유가종(瑜伽宗)의 조사. 호는 청구사문(靑丘沙門). 대현(大
賢)이라고도 함. 『삼국유사』에 태현에 관한 일화가 전하고 있다. 태현은 주로 경
주 남산의 용장사(茸長寺)에서 주석(駐錫)하였는데, 그가 절에 있던 미륵석조장
육상의 둘레를 돌 때면 불상 또한 태현을 따라 얼굴을 돌렸다고 한다. 753년(경덕
왕 12) 여름에 가뭄이 심하자, 경덕왕이 태현을 궁궐로 불러 『금광명경』을 강론하
게 하였다. 이 강경(講經)주6 법회 때 우물의 물이 넘치는 이적이 나타났다. 그래
서 그 우물을 금광정이라 하였다. 이 일화를 통해 신라의 유식승들이 『금광명경』
을 중심으로 한 정법치국을 강조하였음을 확인할 수 있다. 그는 또 『고적기(古迹
記)』라는 제명(題名)이 있는 많은 경론의 주석을 펴냈다. 현장(玄奘)의 법상종 계
통에 속하나, 당대화엄종의 법장(法藏)이나 신라의 원효를 포함한 여러 가지 계통
의 문헌을 이용하고 있으며, 특히 『범망경고적기(梵網経古迹記)』는 일본의 여러
종파에서도 중요시 여겨 널리 읽혀졌다. 태현은 7세기 후반부터 8세기 전반까지
신라에서 성행하였던 유식학풍을 계승한 유식학승이다. 그는 현장(玄奘) 이후의
신유식학뿐만 아니라 대승기신론도 수용한 융합적인 사상을 가졌다. 『대승기신
론내의략탐기(大乘起信論內義略探記)』에서는 『대승기신론』의 일심(一心)을 가
르침의 근본으로 하는 원효의 입장에 서서 『화엄경』 절대주의에 서는 법장(法藏)
의 주장도 인용하고 있다. 또 『범망경고적기』도 중요한 부분에서 원효의 『보살계
본지범요기(菩薩戒本持犯要記)』와 『범망경보살(梵網経菩薩)』, 『계본사기(戒本
私記)』을 인용하여 戒를 보살에 이르는 근본이라고 보면서 계(戒)의 조항 그 자체
에 관해서는 인연에 의해 형성시킨 것이라고 간주되며, 계의 실상을 판별해야 하
며, 지계·파계의 구별에 집착해야 한다고 주장했다.
13 眞言宗全書刊行會(1977) 『眞言宗全書 第四十二 遍照發揮性靈集便蒙』 同朋舍,
p.99.

구카이는 그를 위해 지은 한시 2수가 있는데 그 내용을 소개하면 다음과 같다. 먼저 한 수는 「신라도자에게 주는 시(与新羅道者詩)」로 『편조발휘성령집(遍照発揮性霊集)』(巻三)에 수록되어있는데, 그 내용을 소개하면 다음과 같다.

青丘道者忘機人　신라 도자 스님은 고요한 사람

護法随縁利物賓　불법을 지키며 인연에 따라 만물을 이롭게 하시는 손님

海際浮盃過日域　바닷가에 배를 띄워 일본으로 건너오시어

持囊飛錫愛梁津　바랑을 메고 석장을 휘두르며 교화하심을 좋아하네

風光月色照辺寺　아름다운 경치와 달빛이 시골의 절을 비추니

鸎囀楊華発暮春　새들이 지저귀는데 버드나무꽃은 봄이 끝날 즈음에 피누나

何日何時朝魏闕　어느 날 어느 때 궁정에 참배하리

忘言傾蓋賽煙塵　말이 필요 없는 친구처럼 교류하여 마음의 안도를 이루리

또 다른 한 수는 「신라도자가 지나가는 것을 보다(新羅道者見過)」라는 시인데, 다음과 같은 내용으로 『경국집(経国集)』에 수록되어있다.

吾住此山不記春　내가 사는 이 산은 봄을 기억하지 않나니

空觀雲日不見人　부질없이 구름과 해를 볼 뿐 사람은 보이지 않네.

新羅道者幽尋意　신라의 도자 스님이 그윽이 산을 찾아온 마음이여

持錫飛來恰如神　석장을 가지고 날듯이 오니 신(神)과 같아라

이같은 두 개의 시를 지었을 만큼 그에게는 먼 길을 찾아오는 신라도 자가 있었던 것이다. 이처럼 그는 신라와 관련이 깊은 인물이다.

(3) 차 전래자로서 구카이

이러한 그가 일본에서는 차전래자로서도 유명하다. 차문화 연구가 인 박영환은 806년(당/元和元)에는 일본에서 온 홍법대사 구카이가 천 태산에 불법을 구하러 왔다가 일본으로 돌아가는 길에 적잖은 양의 천 태산 차씨를 가지고 귀국하여 일본각지에 심었다고 소개한 바 있다.[14] 그러나 이것은 잘못이다. 그가 천태산에 들렀다는 기록은 어디에도 없다.

804년 8월 10일 구카이가 탄 배가 표류를 하여 복주(福州) 장계현(長 溪県) 적안진(赤岸鎮)에 표착했다. 그곳을 떠나 같은 해 11월 23일 장안 으로 들어가 805년(永貞元) 2월 서명사(西明寺)에서 머물렀다. 그리고 장 안의 예천사(醴泉寺)의 인도승 반야삼장(般若三蔵: 생몰년미상)[15]으로부터 범어(梵語)로 된 경본(経本)과 신역경전(新訳経典)을 받았다. 5월이 되자 그는 밀교의 제7조인 청룡사(青龍寺)의 혜과(恵果)를 찾아가 약 반년 동 안 밀교를 배웠다. 805년 12월 15일 혜과가 60세의 나이로 입적하자, 806년 3월 장안을 출발하여 4월에는 월주(越州)에 도착하여 그곳에서

14　박영환(2009) 「중국차문화기행(28) ｜ 운무차(雲霧茶) ②」 『불교저널』, 2009.06.23.
15　8~9세기경 북인도 가필시국(迦畢試国) 출신 역경승(訳経僧). 인도의 여러 나라를 순례하면서 대소승(大小乗)을 배우고, 중국으로 건너가 장안의 서명사(西明寺) 에서 육바라밀경(六波羅蜜経) 등을 한역(漢訳)했다.

약 4개월 머물렀다. 그리고 8월 명주를 출발하여 귀국의 길에 올랐다.

이러한 그의 중국에서 행적을 보더라도 천태산과 크게 관계가 없다. 그러므로 그가 천태산의 차씨를 일본에 전래했다는 견해는 납득이 되지 않는다.

기록상으로도 그가 차를 전래했다는 사료는 그다지 많지 않다. 기록에 처음으로 등장하는 것은 1833년(天保4) 가쿠레이(學靈: 생몰년미상)가 편찬한『홍법대사연보(弘法大師年譜)』이다. 이것에 의하면「대사가 입당하여 귀국할 때 차를 가지고 돌아와 사가천황에게 바쳤다」고 되어 있다.

이것이 사실이라면 그는 803년(延曆23)에 입당하여 유학하고 806년(大同元)에 귀국할 때 중국의 차를 가져가 일본에 전래한 것이 된다. 그러나 그러한 기록들이『홍법대사연보』의 편찬시기 보다 앞선 자료에서는 발견되지 않고, 또 연보가 구카이의 활약한 시기보다 1천여년 뒤의 것이어서, 이것 또한 역사적 사실로 쉽게 받아들여지기 어렵다.

더구나 구카이가 고야산으로 옮기기까지 도카노(栂眉)와 인접한 고웅산사(高雄山寺=神護寺)에 머무는 일이 많았다. 그러나 구카이와 도카노차와 연결지을 수 있는 기록과 전승은 발견되지 않는다. 그 뿐만 아니라 일본 천태종 종조인 사이초가 구카이에게 차를 보냈다는 것은 구카이의 주변에 차가 만들어지지 않았기 때문일 것이다.[16] 이같은 사실을 보더라도 구카이의 차전래설은 역사적 사실이라기 보다는 민간전승에 가깝다.

민간전승에서는 그가 차를 전래하는 것뿐만 아니라, 널리 보급하

---

[16] 神津朝夫(2021)『茶の湯の歴史』角川文庫, p.55

는 이야기도 많이 전해진다. 이를 크게 나누면 구카이가 사찰의 승려에게 차를 전하였다는 것과 민간에 전하였다는 두 가지 형태로 나타난다.

첫째는 사원에 차씨앗을 전래하였다는 것이다. 그 대표적인 것이 불륭사(佛隆寺)와 일승사(一乘寺)이다. 불륭사의 차전래는 이미 이 책의 〈제1장〉에서 언급하였기에 생략하기로 한다.

일승사는 미에현(三重県) 욧카이이치시(四日市) 스이자와(水沢)의 차 발상지로 유명하다. 이곳의 전승에 의하면 당에서 귀국한 구카이가 이 절에 들러 당시 주지 겐안(玄庵)에게 차 씨앗과 제다법을 전수했다고 한다.[17] 이것에 관한 이야기가 다음과 같이 전해진다.

> 어느 날 지역민 두 명이 이 절을 찾아갔더니 겐안은 분주하게 나뭇잎을 불에 그을리며 말리고 있었다. 이를 본 그들은 그 이유에 대해서 물었다. 그러자 겐안은 예전에 구카이가 찾아와 당나라에서 가지고 온 차나무를 절에 심어주었다. 이 찻잎을 달여서 마시면 기분이 좋아진다고 말했다. 그리하여 두 사람은 겐안에게 차씨를 받아서 밭 귀퉁이에 뿌려서 키워 자신들이 마시는 차로 한 것이 스이자와 차의 시작이다.[18]

이 이야기는 구카이가 이 절에 차나무와 제다기술을 전래했다는 것만 말하는 것이 아니다. 이 절의 주지 겐안이 구카이에게 배운 차지식으로 차를 만들고 있을 때 지역민들이 방문했다. 그들은 그것에 관해

---

17 鈴木準吉 『水沢郷土誌稿』(謄写版)/中村羊一郎(2014) 『番茶の民俗学的研究』 神奈川大學, p.12.
18 鈴木準吉, 앞의 논문, p.12.

서 물었고, 그에 대해 겐안은 차의 효능과 함께 차나무 및 기술을 제공함으로써 차문화가 민간에도 보급되어, 훗날 스이자와에서 생산되는 이세차(伊勢茶)로 발전하였다는 것을 설명하고 있다. 즉, 사원에서 민간으로 차문화가 이전되어가는 과정을 잘 나타내고 있는 것이다.

또 도쿠시마현(德島県) 나가군(那賀郡) 아이오이초(相生町)의 뉴다니(丹生谷)는 유산균발효차(후발효차) 「아와반차(阿波番茶)」를 생산하는 곳이다. 그런데 이곳의 차는 구카이가 이 지역의 태룡사(太龍寺)에 전래하고 제다법도 전수했다고 한다.[19] 이같이 구카이가 사찰에 차씨와 제다법을 전래하였다는 전승이 비교적 널리 분포되어있다.

둘째는 구카이가 일반 민간에 차를 전래하였다는 이야기이다. 시즈오카현(静岡県) 하마마쓰시(浜松市) 덴류구(天竜区)의 구마(熊)에서는 일찍부터 「구마차(熊茶)」의 산지로 알려져 있는데, 이것의 출발은 구카이의 지시로 차나무를 심었다는 전설이 있으며, 또 인근 타쓰야마(龍山)에도 같은 내용의 전설이 있다. 또 도쿠시마현(德島県)에도 홍법대사가 나가하라(長原)에 들렀을 때 사람들이 차를 대접하였기 때문에 차씨앗을 뿌려주었다. 그 결과 지금도 씨를 뿌리지 않아도 차나무가 자란다고 한다. 이것으로 만든 차를 「고보오차(弘法茶)」라 한다는 것이다.[20]

고보오차는 비교적 널리 퍼져 다른 지역에도 있는데, 고치현(高知縣)의 무로도시(室戶市)에도 있다. 그것에 의하면 구카이가 20대 때 무로도사키(室戶岬)의 동굴에서 수행을 하였는데, 차를 만나 자신의 건강유

19 山內賀和太(1980)『阿波の茶』相生町, p.143. /中村羊一郎(2014)『番茶の民俗学的研究』神奈川大學, pp.12-13.
20 中村羊一郎(2014)『番茶の民俗学的研究』神奈川大學, p.12-13.

지를 위해 음용하였고, 그 후 전국 각지로 행각수행을 하면서 자신의 차를 권장한 것이 「구카이차(空海茶)」가 되었다는 것이다.[21]

이같은 이야기가 기후현(岐阜県) 오오노군(大野郡) 시라가와(白川村)에서도 전해지는데, 이것에 의하면 홍법대사 구카이가 이 마을을 방문해 지역민들에게 「몸에 좋은 것이니 마셔라」고 권하였으며, 그 이후 지역민들은 차를 길러서 차로 만든 것이 「고보오차」라 한다는 것이다. 그러나 이것은 엄격히 말해 찻잎으로 만든 것이 아니다. 콩과에 속하는 일년생 식물 결명자의 줄기와 잎을 건조한 것을 끓여서 마시는 것이다. 그러므로 그것은 우리가 대상으로 하는 차의 기원과 전래전승과는 무관하다.

이처럼 3명의 입당구법승 중심으로 차와 차문화의 전래설이 유포되어있으며, 그 중에 홍법대사 구카이가 가장 많다. 그만큼 구카이가 대중적 인물이었음에 틀림없다.

(4) 구카이와 차문화

특히 구카이가 차를 마셨다는 기록이 많다. 그가 814년(弘仁5) 사가 천황에게 바친 「범자 및 잡문표(献梵字并雑文表)」라는 글 가운데 차를 언급한 부분이 있다. 그 내용을 소개하면 다음과 같다.

> 오랫동안 요제(堯帝)의 구름에 누어 굴관에 여가가 있으면 인도의 문장을 읽고, 다탕을 마시며 앉아서 중국서적을 읽는다(久臥堯帝之雲 宿観余暇、時学印度之文、茶湯坐来、乍閲振旦之書)」[22]

---

21 https://murototsuhan.com/?pid=53791171.
22 マツダ・ウィリアム(2020)「空海とその書道論:「献梵字并雑文表」と「勅賜屛風書了即献表」を中心に」『中国文学論集』49, 九州大学中国文学会, pp.46-64에서

그림 3 목포 유달산의 홍법대사 구카이석상

　여기서 요제란 사가천황을 말한다. 자신이 불교의 수행에 전념할
수 있었던 것은 천황의 은혜라고 한 다음, 선인과도 같이 동굴에서 수
행(宿觀)에 힘쓰는 동안에는 「인도지문(印度之文)」 즉, 범자(梵字)로 된
인도의 서적을 읽고, 마음이 느긋해져 차를 마실 때는 「진단지서(振旦
之書) 즉, 중국의 서적을 열람한다고 했다.

　이처럼 그는 귀국 후에도 중국에서 익혔던 음다의 습관을 그대로 가
지고 있었던 것이다. 그리고 그는 원홍사(元興寺)의 승려 고묘승정(護命
僧正: 750~834)[23]이 80세가 되었을 때 다회를 개최하여 「예의를 중시하는

재인용.

[23] 나라시대 말기부터 헤이안시대 전기에 걸쳐 활약한 법상종의 승려. 속성은 히타
　씨(秦氏). 소탑원승정(小塔院僧正)이라고도 불린다. 미노(美濃国) 출신. 처음 미
　노 국분사(国分寺)의 道興에게 사사받고, 나라 원흥사(元興寺)의 万耀·勝悟에
　게서 법상을 배우고, 요시노(吉野)에서 산악수행을 행하였다. 806년(大同元)에
　율사로 임명되었다. 히에잔의 사이초(最澄)에 의한 천태계단(天台戒壇) 독립운

유교에서 말하는 향음주례(鄕飲酒禮)를 본받아, 학덕을 갖춘 고승 고묘
에 대한 예의를 다하고 싶다는 심정과 마음 있는 사람들과 더불어 다탕
의 담회를 열고, 신성한 친교의 모임을 열고 싶다」는 내용이 든 축하의
시를 짓기도 했다.

　고묘도 차와 전혀 관계없는 인물은 아니었다. 815년 사가천황이 에
이추가 있는 범석사를 방문하였을 때 에이추와 함께 천황을 맞이했던
사람이었다. 즉, 에이추가 천황에게 차를 바칠 때도 그 자리에 있었다.
구카이는 이러한 인물이 80세 생일을 맞이하였을 때 장수를 기원하는
다회를 개최하였던 것이다.

　구카이는 또 사가천황과 교류가 깊었다. 그리하여 이 두 사람은 서
로 만나 차를 마셨고, 또 천황은 구카이에게 차를 선물하기도 했다. 사
가천황은 구카이에 대해 남다른 애정을 가지고 있었다. 그러한 마음이
한시집『경국집(経国集)』에 수록된「차를 마시고 산으로 돌아가는 구
카이를 보낸다(与海公飲茶送帰山)」이라는 시에 잘 나타나 있다. 그 내용
을 소개하면 다음과 같다.

　　　道俗相分経数年　　도속(道俗: 僧과 俗)이 나뉘어 수년이 흘렀고

동에는 승망(僧綱)의 우두머리로서 반대한 한편 진언종의 구카이와는 친교가 있
었다. 그 결과 구카이로부터 80세를 축하하는 시를 받았다(『性霊集』巻十所收).
823년(弘仁14年)에 계단(戒壇)의 개설이 칙허로 허용되자 산전사(山田寺)로 은
거에 들어갔다. 그러나 준나천황(淳和天皇)에 의해 초청되었고, 그 후 중앙 정계
에서 활약했다. 827년(天長4)에는 승정(僧正)으로 임명되었다. 원흥사의 법상종
이 흥복사의 법상종을 상회할 정도의 원동력이 되었다. 일본의 법상교학의 대성
자이며, 원흥사의 법상종이 흥복사의 법상종을 능가할 정도의 원동력이 되었다.
저서로는『대승법상연신장(大乘法相研神章)』(5권)이 있다. 나라의「원흥사 소탑
원(小塔院)」에 그의 묘가 있다

今秋晤語亦良緣　올 가을 서로 만나 얘기하는 것은 좋은 인연이로다.

香茶酌罷日云暮　향차(香茶)를 마시기를 멈추자 해가 저물어

稽首傷離望雲烟　머리 숙여 이별을 아파하며 구름 연기(雲烟) 바라

　　　　　　　보네.[24]

여기서 향차란 향을 가미한 차인 것 같다. 사가천황이 구카이와 만나 향차를 마시며 구카이와의 만남을 좋은 인연이라 생각했다. 두 사람이 시간을 가는 줄 모르고 즐거운 담소의 시간을 가지다가 어느덧 해가 저물어 헤어질 수밖에 없었다. 그 때 사가천황은 구카이를 산으로 보내며 이별의 아쉬움을 노래로 표현한 것이다.

그리고 구카이가 40세 때도 사가천황과 차를 나누었던 것 같다. 그 때 구카이는 「자연 속을 소요한 후에 다탕 한잔으로 만족한다(茶湯一塊, 逍遙也足). 아, 그 청렴한 고사(高士)로서 이름 높은 은자 허유(許由)[25]

---

[24]　千宗室(1983)『茶經と我が国茶道の歴史的意義』淡交社, p.77.

[25]　중국 상고시대의 고사(高士). 요임금이 스스로는 부족함이 많다고 여기고 허유에게 천하를 선양하려고 하였다. 허유는 사양하면서 다음과 같이 말했다. "그대가 다스려 천하가 이미 잘 다스려지고 있는데 내가 대신한다면 나더러 허울 좋은 이름을 위하라는 말인가? 이름이란 실질의 손님이니 나더러 손님이 되라는 말인가? 뱁새가 깊은 숲에 둥지를 튼다 해도 나뭇가지 하나면 충분하고, 두더지가 황하의 물을 마신다 해도 배만 채우면 그만이오. 그러니 돌아가시오. 나에게는 천하가 쓸모가 없소이다." 뱁새가 둥지를 트는 데에 숲 전체가 필요하지 않고, 두더지가 배를 채우는 데는 황하 전체가 필요치 않듯이 은사인 허유에게는 천하가 필요치 않다는 말이다. 허유는 세속을 등진 고결한 선비였으니, 아무리 선정(善政)이 이루어진 태평성대라 할지라도 임금의 자리는 속세의 더러운 티끌에 묻힌 곳이라 여겼던 것이다. 허유는 선양을 피하여 중악(中岳=嵩山)에 있는 영수(潁水) 북쪽 기산(箕山) 아래에 숨어 살았다고 한다. 이후 기산은 은거처의 대명사가 되었다. 허유에게는 이후에도 재차 요임금의 선양 제의가 들어왔는데 허유는 다시는 그 소리를 듣고 싶지 않아 영수 강에 귀를 씻었다. 고사 「허유기표(許由棄瓢)」는 허유가 어느 날 물을 떠 마실 그릇이 없기 때문에 손으로 늘 움켜 마셨는데 그것을 본 어떤 사람이 바가지 한 짝을 그에게 주었다. 허유는 그 바가지로 물을 퍼 마시고는 나뭇가지에다 걸어 두었더니 바람이 불면 딸그락 딸그락 소리가 나는 것이었다.

는 산중에 살았고, 정토교 교조인 혜원(惠遠: 334~416)[26]은 임천(林泉)에서
지냈다. …(중략)… 천품(天稟)에 맡겨 주야에 안락한 것은 그야말로 요
제(堯帝)의 힘이다」라고 한 말이 그의 한시집『편조발휘성령집(遍照発
揮性靈集)』에 실려져 있다.[27]

여기서 요제란 중국신화에 등장하는 3황5제(三皇五帝)의 한사람으
로 순제(舜帝)에 비유될 수 있는 성왕(聖王)이다. 도교에 있어서「무위
(無爲)의 정치」로 인한 태평성대를 상징적으로 표현한「함포고복(含哺
鼓腹)」의 고사도 요제 때의 일이다. 그는 사가천황을 요제에 비유하면
서 차 한잔의 생활을 만족하면서 자신에 대한 감사와 수행하는 기쁨의
표시를 하였던 것이다.

(5) 타이한을 사이에 놓고 벌인 주카이와 사이초(最澄)의 애증관계

사이초가 제자 타이한(泰範: 778~?)과 함께 구카이에게 제자로 들어
가 밀교의 교의를 추구하는 전법관정(伝法灌頂)을 청했다. 그러나 구카
이는 시기상조라 하며 거부했다. 그러자 사이초는 구카이에게 밀교의
근본경전 중의 하나인『이취경(理趣経)』의 해석서『이취경석(理趣釈経)』
을 빌려달라고 요청했다. 이것에 대해서도 구카이는「황행(荒行)[28]」을

그러자 허유는 그것이 번거롭다 하여 바가지를 버리고 다시 손으로 움켜 마셨다
는 이야기이다.
26 중국 동진(東晉)의 여산(廬山)에 주석했던 고승. 수대(隋代) 정경사(淨影寺)의 승
려였던 혜원과 구별하여 여산혜원(廬山慧遠)으로도 불린다. 중국 불교계의 중심
적 인물의 한 사람이다. 그는 훗날 강서성(江西省)의 심양(潯陽)에 이르러 여산으
로 들어가 서림사(西林寺), 즉 훗날의 동림사(東林寺)에 주석하게 되는데, 이로부
터 30년 동안 혜원은 한 번도 산을 나가지 않았다고 한다. 고사「호계삼소(虎溪三
笑)」는 그의 산속 생활에서 만들어진 것이다.
27 『遍照発揮性靈集』(巻三)에「中寿感興の詩」の一文.「茶湯一塊、逍遥也足…
(중략)…その天稟に任せて昼夜安楽するは、誠に堯日の力なり」

하지 않고 밀교를 책으로 익히려고 하는 것은 맞지 않다」하며 일축했
다. 그리하여 하는 수 없이 사이초는 제자 타이한을 구카이에게 보내
어 밀교를 배우게 했던 것이다.

　그러나 구카이에 심취한 타이한은 사이초에게 돌아갈 기색이 전혀
없었다. 그러자 사이초는 몇 번이나 서신을 보내어 돌아오길 바랬다.
그 서신에는 「노승(老僧)을 버리지 말라」는 내용도 들어있다. 그리고
「茶十斤以表遠志、謹空」(「僧最澄書状」, 『平安遺文』 4411)라는 내용에서
보듯이 차 10근을 함께 보냈다. 1근은 약 600g정도의 양이다. 당시 차
의 상황으로 보아 그것은 병차(餠茶) 10개일 것으로 보인다.

　그럼에도 타이한은 사이초의 제안을 거부했다. 사이초에게 보낸 타
이한의 편지는 구카이가 대필한 것인데, 그것에는 「타이한이 삼가 아
룁니다. 엎드려 이달 초하루에 깨달음의 서신을 받자옵고, 한편으로
는 황공하옵고 한편으로는 위로가 되었습니다. 그리고 10보따리 차를
받자옵고, 기쁘기 그지없습니다.(泰範言。伏奉今月一日誨、一悚一慰。兼蒙
既十茶、喜荷無地)」(「僧空海書状」『平安遺文』 4412)라는 내용이 있다. 그리고
「자신은 사람을 교화할 만한 자격은 없습니다. 불교 포교는 스승에게
양도할 터이니 진언에 전념하는 자신을 책망 말아주시길 바랍니다」고
적혀 있었다고 한다. 이같은 내용을 보더라도 차가 중요한 역할을 하
였음을 알 수 있다.

　이같이 차와 인연이 깊은 구카이가 4년간 동대사의 별당직을 수행
하였다는 것은 그의 차문화가 동대사에 영향을 끼쳤을 것이다. 그 중

28　수행자 등이 굉장한 어려움을 참고 견디는 수행을 말함. 험준한 산속을 걷거나,
　　노숙과 단식, 그리고 폭포에 들어가 물을 맞기도 한다.

거로 구카이가 동대사의 어느 아사리(阿闍梨)에게 보낸 서신을 들 수가 있다. 그것에「번민이 일어나면 곧 귀중한 차를 마신다. (차는) 향기로운 맛과 아름다움을 갖추었다. 마실 때 마다 질병을 제거한다」라는 내용이 들어있다.[29] 이는 다름 아닌 구카이의 음다가 동대사의 승려들에게 직접적인 영향을 준 좋은 증거라 하지 않을 수 없다.

4. 나라의 차죽과 차반

(1) 기원과 역사

야마토 차와 관련한 대표적인 음식에 차죽과 차반이 있다. 우리가 머무는 호텔에서도 아침과 저녁에 어김없이 나오는 나라의 향토음식이다. 17~18세기 본초학자이자 유학자인 가이바라 에키켄(貝原益軒: 1630~1714)은 그의 저서『양생훈(養生訓)』에서 나라차죽에 대해 다음과 같이 서술하고 있다.

> 야마토에서 매일 차죽을 먹는다. 밥에 전차(煎茶)를 부어 넣은 것이다. 팥, 무지개콩, 잠두콩, 녹두, 귤껍질(陳皮), 밤, 주아(珠芽) 등을 넣어 먹는다. 식욕을 증진시키고, 가슴 부분을 시원하게 한다.[30]

이처럼 가이바라 에키켄은 나라차죽에는 차뿐만 아니라 여러가지

---

29 空海의『高野雑筆集』(下卷):「思渇之次, 忽惠珍茗, 香味倶美, 每啜除疾」.
30 貝原益軒著, 伊藤友信訳『養生訓』, 講談社, pp.137-138.

그림 4 나라 차죽

곡물을 첨가하여 먹었고, 이를 식용증진과 답답한 가슴을 시원하게 하
는데 효과가 있다고 보았다.

차죽에 관해 1879(明治12)년에 편찬된 『고사유원(古事類苑)』의 「음식
부(飮食部) 六」의 항목에는 「야마토(나라)에는 농가에서도 하루에 4, 5회
차죽을 먹는다. 쇼무천황(聖武天皇: 701~756) 시대 동대사 대불(大仏)을
건립할 때 백성들이 각자 죽을 먹거나 쌀을 먹고 조영을 도왔다. 그 이
후 나라에서는 차죽이 항상 먹는 음식이 되었다」고 설명 되어있다.

이처럼 나라차국의 기원은 동대사의 이월당(二月堂)에 있는 것 같다.
이곳에서는 매년 3월(과거에는 2월) 「미즈토리(水取り)」로 알려진 「수이
회(修二会)」라는 의례를 행하고 있다. 이 행사는 3월 12일 심야에 「아카
이(閼伽井)」라는 우물에서 관음보살에게 바칠 향수(香水)를 긷는 의식
이다.

그 의례의 기원은 1545년(天文14)에 편찬된 『이월당연기회권(二月堂

緣起絵巻)』에 설명되어있다. 751년(天平勝宝3) 동대사 승려 짓추(実忠: 726~?)[31]가 카사오키야마(笠置山)에서 수행중에 용혈(竜穴)을 발견하고 들어 가보니 어느덧 천인들이 사는 천계(도솔천)에 이르렀다. 천인들이 그곳 상념관음원(常念観音院)에서 십일면관음의 회과(悔過)를 행하는 것을 보고 감격하여, 이를 하계(下界)에 가서도 행하고 싶다고 발원했 다. 이를 본 천인 1명이 그에게 도솔천의 하루는 인간계의 400년에 해 당되므로 인간계에서도 도저히 할 수 있는 것이 아니라고 했다. 그러 나 그는 포기하지 않고 도솔천의 천인들을 따라가기 위해 달리며 하겠 다고 결심하고 실행에 옮긴 것이 「달리기 행법(走り行法)」이다.

이 행법은 3월 5일부터 3일간, 그리고 3월 12일부터 3일 간 두 차례 야밤에 시작하여 다음날 아침까지 행하는 회과작법(悔過作法)을 행하 기 전에 한다. 그 방법은 본존 십일면관음의 11면 중 가장 위에 있는 정상불면(頂上仏面)을 향하여 「나무정상(南無頂上)」, 「나무최상(南無最 上)」 등이라 외치며 예배하고, 수미단 주위를 돌면서 1명씩 예당(礼堂) 으로 나와 오체투지를 하며 국가안태와 천하태평 등을 기원한다. 처음

---

31 양변에게 사사하여 화엄을 배웠다. 짓추는 동대사의 십일면회과(十一面悔過)의 창시자이다. 이월당을 창건하여 752년(天平勝宝4) 2월 1일부터 14일간 개시했다. 760年(天平宝字4) 目代가 되어, 동대사를 비롯한 서대사(西大寺)·서융사(西隆 寺)의 조영에 참획하고 동대사대불 광배의 造作이나 대불전 회랑의 수리와 사찰 정비, 백만탑을 넣는 소탑전과 두탑(頭塔)의 조영을 했다. 그리고 767년(神護景 雲元)에는 御所에서 고묘황후(光明皇后)의 『일체경』을 받아서 여의법당(如意法 堂)을 건립하여 봉납했다. 그리고는 봄 가을 2회 일체경 회과(一切経悔過)를 개 시하여 그것과 함께 재정 정비에 공헌했다. 그 후 동대사 少鎮·三綱 중 寺主 및 上座·造寺所知事 등을 역임하며 동대사의 실무면에서도 크게 활약했다. 만년에 는 790년(延暦9)부터 815년(弘仁6) 사이에 2회, 화엄경의 대학두(大学頭)에 취임 하여 화엄교학을 충실히 하는데 노력했다. 809년(大同4)에 修二会 参籠을 종료했 다. 저서로는 815년(弘仁6) 일생 중 스스로 관여한 사업을 열기한 『東大寺権別当 実忠二十九ヶ条』가 있다.

에는 나무 신을 신고 차츰 걸음을 빠르게 하다가, 나중에는 그것을 벗어던지고 달리게 된다. 이같은 행법은 앞에서 언급한 실충의 전설에 근거하는 것이다.

3월 12일 오체투지를 중단하고 13일 오전 1시 30분경부터 3시경까지「미즈토리」를 실시한다. 여기에도 기원을 설명하는 전설이 있다. 즉, 짓추가「수이회」의 마지막 의례 때 신명장(神名帳)에 기록된 1만 3천 7백여 명의 신들의 이름을 모두 읽고 기도를 올렸다. 그러나 와카사(若狹国)의「온뉴명신(遠敷明神)」1명만 지각하여 이를 듣지 못했다. 이를 분하게 생각한「온뉴명신」이 이월당의 부근에서「향수(香水)」를 바칠 것을 약속했다. 그러자 흑과 백의 가마우지(鵜)가 바위를 가르고 나왔고, 그 자리에서 샘물이 솟았기 때문에 바닥에 돌을 깔고 이를「아카이」라 했다는 내용이 있다.

여기서「향수」란 와카사에서 열흘이나 걸려 지하를 통해 동대사「아카이」까지 전달된다는 물이다. 그리하여 실제로 후쿠이현(福井県) 오바마시(小浜市)의 와카사(若狹) 신궁사(神宮寺)에서는 매년 3월 2일에「아카이」에 보내는「물보내기(お水送り)」제의를 행하고 있다. 사실「미즈토리」라는 통칭은 동대사 영지이었던 와카사의 장원에서 물을 운반해온 것에서 유래한다.

이같은「수이회」의 목적은 부처님 앞에서 자신의 죄과를 참회하는 것이다. 사실 이것의 정식명칭은「십일면회과법요(十一面悔過法要)」이다. 기간은 3월 1일부터 14일까지 행한다. 고대에는 천재와 반란 등의 국가적인 재앙은「국가가 병이 들었기 때문에 생겨났다」는 사고가 있었다. 그 국가병을 물리치는「십일면회과」는 국가적인 종교행사이며,

111

「불퇴(不退)의 행법(行法)」으로서 계속되어 전쟁중이라도 한 번도 중지된 적이 없었다. 「미즈토리」는 「수이회」의 일부행사이며, 그 행위가 음력 2월에 행하여졌기 때문에 「수이회」라 하였다.

일반인들에게 알려진 이 행사의 핵심은 「달타(達陀)의 행법」이다. 이는 12일, 13일, 14일 심야에 이루어지는데, 승려들이 화천(火天)과 수천(水天)으로 분장하여 칠흑과 같은 어두운 이월당에서 횃불을 태우는 행위를 한다. 긴키지방(近畿地方)에서는 「미즈토리가 끝나면 봄이 온다」는 말이 있을 정도로 이 행사는 매우 중요한 종교적인 의미를 지니고 있다.

나라의 차죽과 차반은 이러한 행사에서 생겨난 음식이었다. 행사기간 중에 「미즈토리」를 하는 승려들이 철야정진을 하고 숙소에 돌아갔을 때 야식으로서 「아게차(あげ茶)」, 「고보(ごぼ)」를 먹었다는 기록이 있다. 「아게차」란 차죽을 끓여 수분을 제거한 것이고, 「고보」는 국물이 있는 죽을 말한다. 이것이 차죽과 차반의 기원이다. 그러므로 적어도 1200년 이전부터 동대사에서는 승려들이 차죽을 먹었다고 할 수 있다. 이같이 나라의 향토음식 차죽은 동대사의 이월당 사원식(寺院食)에서 비롯되었다.

나라지역의 일반가정에서는 목면(木綿)의 차주머니(茶袋)에 볶은 가루차를 넣고 끓인 것을 찬밥을 넣고 죽을 쑤는 경우가 많았다. 옛날에는 밥을 저녁에 짓는 집이 많았다. 그리고 아침 식사는 지난 밤에 지은 찬밥으로 차죽을 만들어 먹었다. 과거에는 이를 「이레오가유(入れお粥)」라고 하고, 쌀을 넣어 짓는 차죽을 「아게차가유(揚げ茶粥)」라 했다. 그것에다 쌀과자(おかき)나 떡(餠)을 넣기도 하고, 계절에 따라 고구마, 밤,

콩(小豆), 누에콩을 넣어서 먹기도 했다. 그리고 여름에는 식혀서 먹기도 했다.

옛 속담에 「야마토(나라)는 차죽(茶粥), 교토(京都)는 흰죽(白粥), 가와치(河內)는 **뻑뻑하게 먹는다(どろ喰い)**」라는 말이 있다. 이 말은 죽이라 해도 나라에서는 차를 넣어 짓고, 교토에서는 아무 것도 넣지 않는 흰죽이며, 가와치에서는 진흙과도 같이 **뻑뻑하게** 죽을 쑨다는 의미이다. 이처럼 같은 관서지역이라 하더라도 죽을 쑤는 방법이 지역마다 다르다.

나라에서는 「야마토의 아침은 차죽으로 시작한다」는 말이 있을 정도로 일상식으로 먹었다. 그러나 차죽이 한때 부정된 적이 있다. 그 이유는 차죽이 염분이 많고 찰지지 않고 뜨거울 때 먹기 때문이다. 이를 꾸준히 먹으면 위궤양이 되고, 궤양에서 암이 되어 사망율이 높다 하여 1954년에 「차죽의 폐지론」이 강하게 대두된 적도 있었다. 그 영향과 사람들의 다양한 기호에 따라 현재 차죽을 상식으로 하는 집이 감소했다. 그러나 지금은 호텔의 조식과 석식에 지역의 대표음식으로 제공하는 경우가 많고, 이를 전문으로 하는 레스토랑도 생겨나 외부인들도 쉽게 맛을 볼 수 있다.

(2) 차죽과 차반

17세기 중엽 나라의 차죽은 「나라차(奈良茶)」라는 요리로서 에도(江戸: 현재 도쿄)에서 팔리게 되었다. 에도시대 초기의 문헌인 『요리물어(料理物語)』에 수록될 정도로 평판도 좋았다. 그러나 에도인들의 구미에 맞추어 수분을 줄인 **뻑뻑한** 카다가유(堅粥)로 변화되었고, 이것이

그림 5 나라차반

다시 나라차반(奈良茶飯)이라는 새로운 쟝르의 음식을 만들어냈다.

『요리물어』에 의하면 나라차반은 차를 주머니에 넣고 팥과 함께 끓이고, 콩과 쌀을 볶은 것을 섞어 산초와 소금으로 가미하여 지은 밥이라고 설명되어있다. 취향에 따라 무지개콩, 쇠기나물(慈姑), 군밤 등도 넣기도 한다. 현재도 카가와(香川県)의 향토요리로 되어있는 차미반(茶米飯)은 쌀과 콩을 볶은 것을 약간의 소금을 넣고 반차(番茶)로 지은 것인데, 이것 또한『요리물어』에 기록된 나라차반과 같은 계통의 요리로 보인다.

1693년에 간행된 소설가 이하라 사이카쿠(井原西鶴: 1642~1693)의『서학치토산(西鶴置土産)』에서 보인다. 그것에 의하면 1657년「명력(明暦)의 대화재」[32] 이후 아사쿠사 킨류잔(金龍山) 문전의「찻집(茶屋)」이 녹차

그림 6 長谷川雪旦의 「河崎万年屋 奈良茶飯」〈東京国立博物館蔵『江戸名所図会』〉에서

로 지은 나라차(奈良茶)라는 음식을 팔았는데, 이를 나라차반이라고 했다. 이 음식은 차반(茶飯), 두부국(때로는 두부에 갈분으로 만든 양념인 안가케(餡掛け)를 얹은 것), 조림, 콩조림을 곁들여 나왔다고 했다. 그러면서 「최근 킨류잔의 찻집에서 1인분 은(銀) 5분(分)으로 나라차반을 팔았으나, 화려한 고급의 용기에 담아 찾는 사람들에게 기쁨을 주고 있다. 이같이 편리한 밥집은 가미가타(관서)지역에는 없을 것이다」고 하며 자랑하고 있다. 이것이 현재 일본 정식(定食)의 원형이라 할 수 있는 것이었다.

1853년에 간행된 키다가와 모리사다(喜田川守貞: 1810~?)의 『수정만고(守貞漫稿)』에 의하면 1657년 발생한 대형의 화재사건(「明暦의 大火」) 이후 킨류잔[33]의 산문 앞 찻집에서 차반에 두부국(豆腐汁), 조림, 콩조림

───────────────

소데 화재(振袖火災) 마루야마 화재(丸山火事)라고도 함. 에도의 70%가 불타고 사망자만도 10여만 정도 된다. 그 때 에도성(江戸城)의 천수각(天守閣)도 소실되었다.

등을 세트로 낸 것을 나라차(奈良茶)라는 이름으로 팔았는데, 1인분 36문 혹은 48문, 혹은 72문 등 이루다 헤아릴 수 없을 정도로 종류도 다양하며, 이것이 일본 음식점의 비조(鼻祖)라고 했다.

사실 일본의 외식문화는 에도시대 전기 에도(江戶) 시대에 나타난 아사쿠사(浅草) 킨류잔의 「나라차반집(奈良茶飯屋)」에서 시작되었다고 해도 과언이 아니다. 왜냐하면 에도시대 초기까지 무사도 서민들도 외식하는 습관이 없었기 때문이다. 에도에는 음식점이 없었으며, 점포를 차려놓고 음식을 제공하는 식당이 생겨나기 시작한 것은 화재사건(명력의 대화재) 이후이다. 이 때 에도는 화재로 인해 3분의 2를 태웠을 정도로 대형 사건이었다. 이로 인해 복구사업으로 전국에서 건축과 관련된 장인(노동자)들이 대거 몰려들었고, 이들을 상대하는 반찬장사들이 늘었으며, 그 결과로 외식의 수요가 급속히 증가했다. 이 때 혜성과 같이 등장한 것이 나라차반집이었다.

그 이후 에도 시내에 많은 나라차반집이 생겨났고, 또 포장마차, 메밀국수집, 장어집, 초밥집, 튀김집 등 다양한 음식점이 생겨났다. 이처럼 일본 외식문화의 출발이 아사쿠사 킨류잔의 「나라차반집」이었다.

(3) 나라차반으로 유명한 가와사키

나라차반으로 유명한 또 하나의 지역이 가와사키(川崎)의 가와사키슈쿠(川崎宿)이다. 문화문정시대(文化文政時代: 1804~1830) 당시 이곳에 만넨야(万年屋)와 가메야(亀屋)라는 가게에서 파는 나라차반이 유명했다. 이곳에서는 로쿠고가와(六郷川=多摩川)에서 잡은 재첩 된장국을 세

---

33 守貞은 킨류잔(金竜山)을 浅草寺가 아닌 待乳山聖天라고 했다.

트로 내었다고 한다. 소설가 짓펜샤 잇쿠(十返舍一九: 1765~1831)의 골계
본『동해도중슬율모(東海道中膝栗毛)』에 만넨야 및 나라차반이 등장하
여 한층 더 유명해졌다.

만넨야는 명화연간(明和年間: 1764~1772)에는 13문이라는 싼값으로
나그네들에게 나라차반을 제공하였으나, 문화문정시대에는 1인분 48
문이나 되었음에도 인기를 모았고, 영주들도 점심으로 들릴 정도로 번
성을 누렸다.

차반(茶飯)은 쌀과 콩이 들어간 영양식이며, 근기도 좋았기 때문에
전국 각 지역으로 널리 알려졌다. 그 발생지인 나라에는 그다지 널리
보급되어 있지 않다가 메이지(明治) 이후부터 점차 퍼지기 시작했다.

(4) 타 지역의 차죽

이러한 역사를 가진 차죽은 인근지역에도 영향을 주어 와카야마현
(和歌山県)·미에현(三重県)을 포함한 긴키(近畿)지방으로 퍼져나갔고,
심지어 야마구치현(山口県)에 이르기까지 서일본 각지로 확산되었다.
그리고 키타마에센(北前船)의 영향으로 노토(能登)에서 아오모리(青森),
센다이(仙台)까지 확산되어 있다. 규슈지방(九州地方)에서 차죽을 먹고
있는 곳은 사가현(佐賀県), 후쿠오카현(福岡県)의 일부에 국한되어있고,
시코쿠지방(四国地方)에는 차죽이라는 표현이 없다. 다만 카가와현(香
川県)의 시와쿠지마(塩飽) 제도에서는 아침식사로 차죽을 자주 먹었다.
이처럼 차가 음용뿐만 아니라 식용으로도 사용되었음을 보여주는 좋
은 사례라 하지 않을 수 없다.

(5) 조리방법

1) 냄비에 물을 끓인 후에 반차(番茶)[34] 또는 호지차(ほうじ茶)[35]를 넣고 색이 잘 우러나게 한다.

2) 찻잎을 끄집어내고, 씻은 쌀(찬밥)을 넣고 강한 불로 죽을 쑨다.

3) 이때 주걱 또는 국자로 퍼 올리는 듯이 젖어준다. 너무 많이 젓으면 찰기가 생기므로 국자로 가끔 아래 위로 되풀이하며, 표면의 거품은 건져서 제거한다.

4) 쌀이 부풀어 올랐을 때 불을 끄고 뜸들인다. 이때 너무 오래 두면 안 된다.

* 미리 죽을 쑤어두었다가, 나중에 차주머니를 투입하여 쑤어도 좋다.

---

[34] 일본에서 마시는 녹차의 일종. 명칭의 유래에 대해서는 대개 다음과 같은 두가지 설이 있다. 첫째는 고급품이 아닌 일상적으로 마시는 저급의 차라는 것이다. 둘째는 1번차, 2번차를 딴 다음 늦은 시기에 수확한 찻잎으로 만들기 때문에 반차라 한다는 설이다. 이것으로 인해 시장에서 유통되는 저급품의 차 혹은 일상에 흔히 사용하는 차, 자가제품의 차를 총칭하기도 한다. 제다법은 거의 전차(煎茶) 동일 하나, 원료가 여름 이후 수확한 찻잎(3번차, 4번차)이거나, 가지를 잘랐을 때 나오는 찻잎(가을, 겨울의 반차) 혹은 전차의 제조과정에서 제외된 커다란 잎 등으로 만든다. 그러므로 전차와 같이 어린 잎이 아니라 성장한 잎을 원료로 만들기 때문에 탄닌이 많고 카페인이 적다. 그리고 맛은 담백하고, 상큼한 맛이 있으나 떫은 맛이 있다. 지역에 따라 원료의 스화시기와 제다법이 조금씩 다르다. 반차의 색깔은 지역에 따라 다르다. 도쿄(東京)와 시즈오카(静岡)에서는 황녹색을 띠지만, 북해도와 쿄토(京都)에서는 차색(茶色)을 띤다. 그리고 도호쿠(東北)지방에서는 「반차」를 「호지차」의 전반을 가리키는 경우도 많다.

[35] 「호지차」는 차나무의 잎을 볶아서 만든 차이다. 일반적으로 엽차를 볶는 경우가 많다. 맛은 고소하고, 쓴 맛이나 떫은 맛은 거의 없다. 높은 온도에서 가열하므로 잎의 색이 녹색에서 붉은 갈색으로 변화한다. 현재의 제조법은 1920년대 일본 쿄토에서 확립된 것으로 알려졌다.

그림 7 일본 임제종 개조 에이사이 선사(교토 건인사)

5. 동대사의 대권진이 된 에이사이

묘안 에이사이(明菴栄西: 1141~1215)는 일본 임제종의 개산조이다. 차문화사에서는 송나라에서 차씨앗과 함께 선원의 차문화를 일본에 전래했을 뿐 아니라, 일본 최초의 다서인 『끽다양생기(喫茶養生記)』를 저술하여 차의 약리적 효능을 널리 알린 인물로 평가되고 있다. 그리하여 사람들은 그를 일본의 다조(茶祖)라 일컫는다.

그러한 에이사이가 동대사와도 밀접한 관련이 있다. 그것은 동대사의 승려 조겐(重源: 1121~1206)과의 관계이다. 조겐은 1121년 중앙의 귀족인 기씨(紀氏) 가문 출신으로 어려서 제호사(醍醐寺)에 출가하였고, 그 이후 각지로 떠돌며 수행하였다. 그러다가 1167년(仁安2) 송나라로

그림 8 조겐목조좌상(동대사 俊乘堂)

건너가 체재하면서 에이사이를 만났고, 이들은 함께 귀국했다. 귀국
한 후 그는 주로 고야산(高野山)에 거점을 두고 활동하여 이름을 알렸으
며, 그 이후 동대사의 재건에 관여하게 된다. 동대사 재건을 위해 그에
게 주어진 지역이 비젠(備前)이었다. 그 때문에 비젠에는 그와 관련된
흔적이 많이 남아있다.

동대사는 「겐페이(源平)의 쟁란(争乱)」[36]으로 대불전 등 많은 건물이
소실되었다. 이를 재건하는 것이 그의 임무이었다. 그는 고시라가와
법황(後白河法皇: 1127~1192), 미나모토노 요리토모(源賴朝: 1147~1199)의
조력과 송나라 사람 진화경(陳和卿)[37] 등의 협력을 얻어 1185년(文治元)

---

[36] 1180년부터 1185년까지 헤이안 시대 말기에 벌어졌던 내전이다. 이 전쟁에서 조
정을 장악하고 있던 헤이시(平氏)와 지방세력인 겐지(源氏)는 일본의 각 지역에
서 전투를 벌였다. 결국 헤이시는 패배하고 겐지가 전국을 장악하여 가마쿠라 막
부가 수립되었다. 그리고 미나모토노 요리토모(源賴朝)는 막부의 수장인 쇼군이
되었다. 여기서 겐페이(源平)란 헤이시의 「平」와 겐지의 「겐(源)」을 조합한 것
이다.

에 대불개안공양(大仏開眼供養)을 행하였고, 1195년(建久6)에는 대불전
(大仏殿)을 완성했다. 동대사 재건사업에서 건축은 대불양식(大仏様式)
또는 천축양식(天竺様式)이라는 새로운 건축양식을 송나라에서 도입
하여 재건하였고, 그리고 1203년에는 운케이(運慶: 1150~1223)・카이케
이(快慶: 1150~1250)를 비롯한 나라불사(奈良仏師)들이 재건한 남대문에
금강역사상이 완성되어 총공양을 올렸다.

　이야기가 옆길로 가지만, 동대사의 중창에 가장 큰 공헌을 한 조겐

37　가마쿠라시대(鎌倉時代) 일본에서 활약한 중국 남송출신 장인. 12세기말에 일본
　　으로 건너가 1180년(治承4) 동대사소실 이후 권진상인(勧進上人) 조겐(重源)을
　　따라 화재로 손실된 동대사 대불의 주조와 대불전의 재건이 진력한다. 1195년(建
　　久6) 3월 13일, 동대사의 재건공양식전(再建供養式典) 때 미나모토노 요리토모
　　(源頼朝)로부터 면회 요청을 받았으나, 그는 「요리토모는 헤이케(平家)와 싸웠을
　　때 많은 인명을 빼앗아 죄업이 많은 사람이므로 면회를 할 수 없다」고 회답하며
　　면회를 거절했다. 요리토모는 그 말에 감격의 눈물을 억누르고, 오슈(奥州)전투
　　때 사용한 갑옷, 말안장, 말 3필, 금은(金銀)을 그에게 보냈다. 그러나 진화경은 갑
　　옷은 대불전 조영 때 못으로 사용하고, 말안장은 절에 기증했으며, 그 밖의 물건은
　　모두 요리토모에게 돌려주었다. 동대사 재건의 공적에 의해 진화경은 播磨国大
　　部荘 등 5군데 장원을 받았으나, 그것들을 조겐의 대권진직(大勧進職)에 기부하
　　여 그는 그것의 경영에만 관여했다. 그러나 동대사의 승려들로부터 그가 재목을
　　배를 만들기 위해 유용하여 재건을 방해하고, 조겐을 배반하여 그 전에 기증한 장
　　원을 다시 돌려받으려고 한다고 고발되어 1206년(元久3) 4월 15일에 後鳥羽上皇
　　으로부터 「宋人陳和卿濫妨停止下文」이 내려져 해당 장원 및 동대사의 재건사업
　　에서 추방되었다(『山城随心院文書』/『鎌倉遺文』2巻1613号). 아라이 다카시게(新
　　井孝重)에 의하면 그 고발은 사실이 아니라 외부인사인 조겐과 진화경에 의해 사
　　원 재건의 주도권을 빼앗긴 동대사 승려들의 반감과 모략이었다 한다. 1216년(建
　　保4) 6월 8일, 가마쿠라(鎌倉)로 가서 「当 将軍은 権化의 再誕이며 그 얼굴을 뵙고
　　싶다」고 제3대 쇼군 미나모토노 사네토모(源実朝)를 만나기를 희망했다. 그리하
　　여 6월 15일에 사네토모를 만났을 때 사네토모에게 3번 절하더니 눈물을 흘리기
　　시작했다. 사네토모는 그의 행동에 당혹해하자 그는 「그대는 옛날 송나라 육왕산
　　(育王山)의 장로이었다. 그 때 나는 그 문하의 제자로 있었다」고 말했다. 사실 그
　　것은 사네토모가 그를 만나기 5년전에 꾼 꿈에 나타난 고승이 한 말과 같았다. 그
　　리고 그 꿈 이야기를 아무에게도 하지 않았기 때문에 그를 신뢰했다. 같은 해 11월
　　24일, 중국에 갈 것을 결심한 사네토모의 명령에 의해 큰 배를 건조하기 시작하여
　　1217년(建保5) 4월 17일에 완성하고, 由比ヶ浜에서 예항하였으나, 배는 바다에 뜨
　　지 않고 그만 모래사장에 부딪혀 파손되고 말았다. 그 후 그의 동향은 보이지 않는
　　다. 동대사 남대문 고마이누(狛犬)는 그의 작품으로 알려져 있다.

이 고려를 방문했다는 이야기가 있어 잠시 소개하기로 하자. 그것은 『선광사연기(善光寺縁起)』에 나오는 이야기이다. 그것은 1692년(元禄5) 사카우치 나오요리(坂内直頼: 1644~1711)[38]가 출판한 것으로, 모두 5권으로 되어있다.

이 책의 5권에 「슌죠보 조겐(俊乗坊重源)」의 일화가 있는데, 그것에 의하면 동대사의 대불을 부흥하여 사람들로부터 「대불상인(大仏上人)」이라 불렸던 조겐이 고려에 갔다. 그 때 고려인들은 상인에게 몰려와서 열심히 예배를 했다. 그 이유를 묻자 「그대의 나라 시나노(信濃)에 극락의 교주 아미타여래와 똑같은 몸을 가진 부처님이 계신다고 들었다. 그대도 그곳에 참배를 하였을 것이다. 그렇다면 석가모니께서 이 세상에 계셨던 당시의 제자와 같다. 그러한 거룩한 분을 만났으므로 예배를 올리는 것이다」라고 대답했다. 그러나 조겐은 아직 선광사(善光寺)에 참배한 일이 없다고 솔직하게 말하자, 사람들은 실망한 듯이 자리에서 떠나려 했다. 그런데 그 순간 조겐과 함께 온 승려들 중 한명이 「참배한 적이 있다」라고 말하자, 고려인들은 다시 그 승려들의 앞에 와서 무릎을 꿇고 공손히 예배하면서, 「그대는 극락왕생이 약속되어있는 사람이다. 그대가 왕생할 때 오늘의 인연으로 반드시 우리들은 극락으로 안내해주시오」라고 간절히 소망했다. 이를 본 조겐은 귀국하자마자 만사를 제쳐 두고 선광사를 참배했다는 것이다. 여기서 말하는 선광사는 일본 나가노현(長野県) 나가노시(長野市) 모토요시초(元善町)에 있는 선광사를 말한다.

---

[38] 에도시대 전기의 국학자. 교토 출신. 1685년(貞享2) 일본 전국 신사의 연기를 문답 형식으로 열거한 『本朝諸社一覧』(8巻)을 간행했다. 자는 雪庭. 통칭은 葉山之隠士. 호는 山雲子, 如是相. 주요저서로는 『九想詩諺解』, 『山城四季物語』 등이 있다.

이 절은 일본에서 가장 오래된 아미타삼존불이 본존불로 모셔져 있다. 그 불상은 백제 성왕이 일본에 보낸 것으로 알려져 있다. 그리고 선광사의 선광은 일본에 망명한 백제왕 선광(百済王善光: ?~693)에서 기인한 것이라는 설이 유력하게 제시되어 있다.

이같이 고려와도 인연이 있는 조겐이 동대사의 동탑의 재건에 힘쓰나 1206년에 그만 입적하고 만다. 그 이후 1206년 새로운 동대사의 2대 대권진(大勸進)이 된 자가 바로 에이사이이었다. 동대사에는 「영서당묵필헌상장(栄西唐墨筆献上状)」이 남아있는데, 그것에 의하면 대불전 앞에 심어진 보리수는 1195년(建久6) 에이사이가 송나라에서 가지고 온 것을 이식했다고 한다. 그리고 동대사 종루를 재건했다. 그러나 에이사이는 1208년(承元2)에 낙뇌(落雷)로 인해 소실된 법승사(法勝寺) 9층 탑의 재건에 힘을 썼기 때문에 제대로 동대사의 재건에서 결실을 보지 못했다.

그의 뒤를 이어서 제3대 대권진이 된 것은 그의 제자 다이코 교유(退耕行勇: 1163-1241)[39]이었다. 호조 마사코(北条政子: 1157~1225)[40]와 호조 요

---

[39] 가마쿠라시대 전기의 임제종 승려. 속성은 四条氏. 諱는 玄信에서 行勇로 바꾸었다. 道号는 退耕, 房号는 荘厳房이다. 출신지는 山城国 혹은 相模国酒匂이라고 함. 그는 처음에는 밀교를 배웠다. 그 후 가마쿠라(鎌倉) 쓰루가오카하치만궁(鶴岡八幡宮)의 供僧이 되었고, 이어서 가마쿠라 영복사(鎌倉永福寺), 대자사(大慈寺)의 별당(別当)을 역임했다. 그는 막부 쇼군 미나모토노 요리토모(源頼朝)와 그의 부인 호조 마사코(北条政子)의 귀의를 받았으며, 마사코가 출가·체발할 때는 계사(戒師)를 맡았다. 1171년(承安元) 常陸入道念西(伊達朝宗)의 초빙에 의해 장엄사(荘厳寺)를 재흥했다. 1200년(正治2) 에이사이(栄西)가 가마쿠라에 갔었을 때 수복사(寿福寺)에서 참선하고 그의 문하에 들어갔다. 그 이후 博多 聖福寺의 주지가 되었고, 1206년(建永元)에는 에이사이의 뒤를 이어 동대사 대권진이 되었다. 1219년(承久元) 고야산(高野山)에 가서 금강삼매원(金剛三昧院)을 개창하여 선밀겸수(禅密兼修)의 도량으로 했다. 그의 제자로는 円爾, 心地覚心 등이 있다.

[40] 가마쿠라 막부의 초대 쇼군 미나모토노 요리토모(源頼朝)의 부인. 이즈국(伊豆國)의 호족이자 가마쿠라 막부의 초대 싯켄(執權) 호조 도키마사(北條時政)의 장

시토키(北条泰時: 1163~1224)[41] 등으로부터 두터운 신뢰를 얻은 교유는 막부의 원조를 받아 1227년(安貞元)에 조겐이 바라던 동탑의 재건을 완성했다. 이처럼 전쟁에서 소실된 동대사의 재건이 조겐·에이사이·교유의 3대 임기 중에 대부분의 옛 형태가 복원이 되었다. 그러므로 동대사에 에이사이의 차문화 영향이 없었다고 할 수 없을 것이다.

6. 천하의 다인들이 노렸던 동대사의 향목

동대사 대불전에서 북서쪽에 정창원(正倉院)이라는 건물이 있다. 이 건물은 천황가의 보물을 보관하는 창고다. 그곳에 천하 제일의 향목(香木)이 보관되어있는데, 사람들은 이를 「란쟈타이(蘭奢待)」라고 불렀다. 이는 「란쟈타이」라는 글씨 속에 「東·大·寺」라는 글자가 숨겨져 있는 미칭이기도 하다. 전체 길이가 1,5미터, 최대 직경 37,8센티, 중량 11,6kg정도 된다. 동대사에 봉납된 당초에는 13kg 정도이었을 것으로 추정되고 있다. 정창원 보물목록에서 명칭은 「황숙향(黃熟香)」으로 기술되어있으며, 현재 일본 국보로 지정되어있다.

「란쟈타이」라는 명칭은 무로마치시대(室町時代: 1336~1573) 후기의 귀족 산조니시 사네다카(三条西実隆: 1455~1537)의 일기 『실융공기(実隆公記)』

녀이다. 남편의 사후에는 머리를 깎고 출가하여 아마미다이(尼御台)라 불렸다. 비구니로서의 법명(法名)은 안양원(安養院)이었다.

41 가마쿠라막부 제3대 싯켄(執権). 요시토키(義時)의 장남. 통칭 江馬太郎. 「承久의 乱」 때 六波羅探題로서 교토로 가서 난후 처리를 맡았다. 부친의 사후 막부의 싯켄이 되어 評定衆를 설치하고, 御成敗式目를 제정하여 고케닌(御家人) 중심의 무가정치(武家政治)를 확립했다.

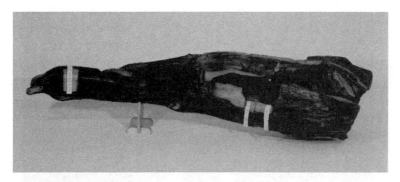

그림 9 동대사 정창원의 란쟈타이

에는 동대사 별당(別当=주지)인 코케이(公恵: ?~1491)가 자신이 가지고 있던 「란쟈타이」를 고쓰치미카도천황(後土御門天皇: 1442~1500)에게 헌상하였을 때의 일화로서 「이 침향은 쇼무천황(聖武天皇)의 것으로 이름을 동대사라고 해야 하는데, 태우는 것이기 때문에 의미가 나빠 동대사라는 글자를 감추어 「란쟈타이」라고 칭하게 되었다」고 설명하고 있다. 이같은 이름을 붙인 사람에 대해서는 동대사 승려이자 불교학자인 호리이케 슌보(堀池春峰: 1918~2001)는 아시카가 요시마사(足利義政: 1436~1490)라고 하였으나, 혼마 요코(本間洋子)는 연구를 통해 이를 부정했다.[42] 따라서 사실 이 이름을 지은 자는 아직까지 확실하지 않다고 보아야 할 것이다.

또 그것이 누가 언제 어디에서 동대사 정창원에 넣었는지도 명확하지 않다. 혹자는 쇼무천황이 죽고 난 후 고묘황후(光明皇后: 701~760)에 의해 동대사에 봉납된 것이라 한다. 혹자는 중국 오나라에서 일본 천

---

42 本間洋子(2001)「蘭奢待の贈答経路」『服飾文化学会誌』(1), 日本服飾文化学会, pp. 25-33.

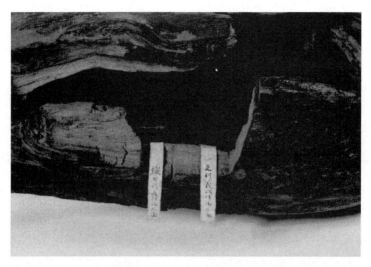

그림 10 란쟈타이의 절취된 부분

황가에 주었다고 했고, 혹자는 804년(延曆24)에 「란쟈타이」가 사와라 친왕(早良親王: 750~785)[43]의 원혼을 달래기 위해 사용한 향이며, 같은 해 7월 후지와라노 카도노마로(藤原葛野麻呂: 755~818)가 당나라에서 가지고 온 것이라 하기도 하고, 또 혹자는 홍법대사 구카이가 중국에서 가지고 왔다고도 한다. 이처럼 그 출자에 대해서도 다양한 의견이 제시되어있다.

한편 이러한 란쟈타이를 노리는 최고 권력자 다인들이 한 두명이 아니었다. 『지덕이년기(至德二年記)』에 의하면 무로마치 막부 제5대 쇼군

---

43 고닌천황(光仁天皇)의 아들. 모친은 다카노 니이가사(高野新笠). 칸무천황(桓武天皇), 노토나이신노(能登内親王)와는 같은 어머니에서 태어난 형제. 칸무천황의 황태자로 세워졌으나, 후지와라 타에쓰구(藤原種継)의 암살에 관여했다는 죄목으로 폐위가 되고, 절식하여 사망했다. 그 후 스토천황(崇道天皇)으로 추증되었으나, 황위 계승을 한 적이 없기 때문에 역대천황에는 넣지 않는다.

인 아시카가 요시미쓰(足利義滿: 1358~1408)가 1385년(至德2) 8월 30일에 동대사에서 수계하고는 란쟈타이를 관람했다는 기술이 있다. 그 때 그는 잘라서 감상하였던 것이다.

이를 그대로 답습한 것이 아시카가 요시노리(足利義教: 1394~1441)이었다. 『만제준후일기(滿濟准后日記)』에 의하면 1429년(永享元) 9월 24일에 제6대 쇼군 아시카가 요시노리가 그의 부친이 행했던 것처럼 동대사를 방문하여 수계를 한 후 동대사 서실(西室)에서 보물을 보고는 2촌(寸) 정도씩 두 개를 잘라서 보았다고 기술되어있다.

그들의 후손인 8대 쇼군 아시카가 요시마사(足利義政: 1436~1490)도 란쟈타의 일부를 절취했다. 『음량헌일록(蔭凉軒日錄)』에 의하면 1465년(寬正6) 9월 24일 요시마사가 동대사에서 수계하고 서실에서 보물을 관람했다. 이처럼 요시마사도 그의 선조인 요시미쓰, 요시노리의 행위를 그대로 반복 답습하였던 것이다.

그리고 『동대사삼창개봉감례(東大寺三倉開封勘例)』에는 「무로마치 도노(室町殿=쇼군)가 당사에서 보물을 보고 향을 감상했다」라는 기사가 있다. 이때 「1촌각(寸角) 2개를 잘라 하나는 고쓰치미카도천황(後土御門天皇)에게 헌상하고, 또 하나는 자신의 것으로 취했다. 또 5분각(分角)을 하나 잘라내어 동대사 별당인 코케이에게 주었다」고 기술되어있다. 이처럼 최고의 권력자들이 절취하는 자가 천하를 차지한다는 전설이 생겨나기 까지 했다.

1573년(天正元) 오다 노부나가(織田信長: 1534~1582)는 최대의 숙적인 다케다 신겐(武田信玄: 1521~1573)이 병으로 쓰러지고, 아사이(浅井)·아사쿠라(朝倉)를 공격하여 멸망시켰다. 그리고 적대관계에 있던 아시카가

요시아키(足利義昭: 1537~1597)를 추방함으로써 무로마치막부(室町幕府)를 멸망시키고, 명실공히 일본의 천하통일을 이루어냈다. 그 이듬해인 1574년 3월 23일, 노부나가는 동대사에 사자를 보내어 「정창원에 있는 영이로운 보물 란쟈타이를 보고 싶다」고 요청했다. 그러자 동대사는 「칙사가 없는 란쟈타이는 개봉할 수 없는 관례」를 내세워 거절했다.

이에 노부나가는 27일 나라로 쳐들어가 다몬잔(多門山)에 진을 치고는 「란쟈타이가 보고 싶다」고 재요청을 했고, 동대사측도 어쩔 수 없이 란쟈타이를 노부나가에게 바쳤다. 이를 받아들인 노부나가는 단도를 들고 아시카가 요시마사가 절취한 부분 바로 옆에 그것도 요시마사가 절취한 것과 같은 크기와 형태로 잘라 태웠다. 그렇게 함으로써 아시카가 시대의 천하는 끝나고, 노부나가가 천하를 차지하였음을 알리는 정치적 행위를 했다. 그 절취한 조각 중 하나를 오기마치천황(正親町天皇: 1517~1593)에게 헌상했다. 또 4월 3일, 노부나가는 상국사(相国寺)에서 다회를 개최하고, 센노 리큐(千利休: 1522~1591)를 비롯한 다수의 사람들 지켜보는 가운데 란쟈타이를 살랐다.

그 때 노부나가는 란쟈타이의 작은 조각을 명품의 향로를 지니고 있는 센노 리큐(善幸향로)와 쓰다 소규(津田宗及: ?~1591/不破향로)에게 나누어 주었다. 쓰다 소규는 이때 감동하여 『천왕사옥회기(天王寺屋会記)』에 「두 명이 향로를 가지고 있었기 때문에 리큐와 소규는 란쟈타이를 받았다. 그 밖의 무리들에게는 어떤 것도 주어지지 않았다(香炉両人所持仕候, 易・及二東大寺拝領いたし候、其外堺衆ニハ何へも不被下候)」라고 자랑스럽게 기술했다.[44]

---

[44] 『天王寺屋会記』: 「香炉両人所持仕候, 易・及二東大寺拝領いたし候、其外堺衆

그 이후 시간이 한참 흘러 메이지천황(明治天皇: 1852~1912)이 란쟈타이를 절취한 적이 있다. 『명치천황기(明治天皇紀)』에 의하면 1877년(明治10) 2월 9일에 나라를 방문했을 때 정창원 보물을 관람하고 난 뒤, 내무성 박물관국장인 마치다 히사나리(町田久成: 1838~1897)에게 명하여 길이 2촌(寸), 무게 8.9g을 절취하여 동대사 동남원(東南院)에서 문향(聞香)하고는 「향기로운 향기가 퍼져 행궁(行宮)에 가득찼다」고 기록되어있다.

한편 최고 권력자가 아닌 사람들이 약간 자른 적이 있다. 일본 박물관 창설자인 니나가와 노리타네(蜷川式胤: 1835~1882)와 앞에서 언급한 마치다 히사나리이다. 이들은 1872년(明治5) 정창원 보물을 조사하였는데, 그 때 남긴 기록 『나라(奈良)의 길잡이(道筋)』에 의하면 「황숙향 일명 란쟈타이. 조금 가루를 불에 넣었더니 향기가 가볍고 맑으며 실로 미묘한 향기가 있었다」고 기록하고 있다. 이들도 최고의 권력자 다인들이 행하였던 것처럼 신비로운 전설의 란쟈타이의 일부를 절취하여 어떠한 향기가 나는지 직접 불살라 자신들의 호기심을 해결하였던 것이다. 이처럼 소수의 권력자 또는 조사자들이 절취한 것으로 알려져 있다.

그러나 근년의 연구조사를 통해 실제로는 38개소 절취된 흔적이 있다고 한다. 이것은 아시카가 요시마사, 오다 노부나가, 메이지 천황 등이 절취한 것을 포함하여 과거에 50회 정도 절취되었다는 것을 의미한다. 다시 말해 란쟈타이의 일부를 절취하고도 기록을 남기지 않은 것도 여러 번 있었다.

ニハ何へも不被下候」.

7. 사성방의 다실과 문헌

(1) 사성방의 명물

과거 동대사에는 사성방(四聖坊)이라는 사원이 있었다. 사장방(師匠坊), 사성방(師聖坊)이라고도 한다. 1567년(永禄10) 마쓰나가 히사히데(松永久秀: 1508~1577)가 미요시 나가요시(三好長慶: 1522~1564)와 전투를 벌였을 때 동대사에 불을 지른 적이 있다. 그 때 사성방은 대불전(大仏殿), 계단당(戒壇堂), 정토당(浄土堂), 당선원(唐禅院)과 함께 전화를 입고 소실되었다. 다른 것들은 재건되었으나, 사성방은 복원되지 않았다.

이 사원은 동대사의 사중(寺中)이었다. 사중이란 선종(禅宗)에서 탑두(塔頭)를 말한다. 그러므로 사성방은 동대사에서 문적(門跡)·원가(院家) 다음의 사격(寺格)이었다. 그리고 근세에는 사서방에게 영지 202석(石)이 주어졌다. 그러므로 사성방은 동대사의 조직에서 보면 높지도 낮지도 않은 사격을 지닌 사원이었다.

그러나 역대 승려들은 우수한 인재들이 많았다. 진손(尋尊: 1430~1508)[45]의 기록인 『대승원자사잡사기(大乗院寺社雑事記)』의 1459년(長禄3) 2월 20일조에는 사성방을 유덕자(有徳者=富裕者)로 평판이 있다고 서술하고 있다. 특히 소스케(宗助)·에스케(英助)의 두 승려가 사성방의 주지였던 시기는 일본 다도 성립기인 천문연간(天文年間: 1532~1555)에서 모모야마시대(桃山時代: 1573~1603)에 해당되는 시대이다. 당시 사성방은 소스케 이래 방주들이 13세기 후반 활약했던 중국 남송말(南宋末) 원

---

45 무로마치 중기에서 전국시대에 걸쳐 활약한 나라 흥복사(興福寺)의 승려. 부친은 이치조 가네라(一条兼良), 모친은 나타노미카도 노부토시(中御門宣俊)의 딸이다. 흥복사 180대 별당(別当). 대승원(大乗院) 제20대 門跡이다.

초(元初)의 승려 화가 목계(牧溪)를 비롯한 송과 원대의 명화와 명물의 다도구를 대거 수집했다. 세인들은 이것들을 사성방 명물이라 불렀다.

이러한 성격을 지닌 암자이기에 현존하는 가장 오래된 다회기『송옥회기(松屋会記)』에도 종종 사성방이 언급되곤 한다. 가령 1533년(天文2) 3월 나라 테가이고(転害郷)의 옻칠 장인 마쓰야 가문(松屋家門) 초대 히사마사(久政=源三郎)가 동대사 사성방에서 개최된 다회에 초대되어 갔다.

이것은 놀라운 사실이다. 왜냐하면 센 리큐의 고향인 사카이(堺)의 「다회기(茶会記)」에서도 다회가 1549년(天文17)부터 등장하기 때문이다. 이처럼 사성방의 다회는 매우 빠른 것이었다. 이같이 나라의 차문화는 일찍부터 사원 중심으로 행해졌다고 보아야 할 것이다.

한편 동대사 사성방이 소장하고 있던 옛 지도에 「珠光好地蔵院囲ノ写」라는 메모가 있는 다다미 4장반의 다실이 그려져 있다. 이를 사람들은 「동대사사성방수기옥도(東大寺四聖坊数寄屋図)」라 했는데, 이를 통해 일본 다도의 시조라 할 수 있는 무라다 쥬코(村田珠光: 1422~1502)의 4장반 다실이 어떤 형태이었는지 가늠해볼 수 있다는 점에서 매우 중요한 자료적 가치를 지니고 있다 하겠다.

그리고 사성방이 가지고 있었던 명물 가운데 다호(茶壺=肩付)가 가장 유명하다. 이는 사성방(師匠坊=師聖坊)이 가지고 있었기 때문에 흔히 「사성방 다호(肩付)」라 한다. 전체 밤색(栗色地) 바탕 위에 군데 군데 푸른 빛이 띠고 있는 특징을 가지고 있다. 그리고 철분의 유약을 발랐으며, 두 군데 검은 색의 유약이 흐른 자국이 있고, 또 철분유약이 흐른 곳도 1곳이 있다. 높이 약8,4센티의 단정한 다호이다. 유약도 온화하여 훌륭하다.

그림 11 사성방의 다호(四聖坊의 肩付). 중국 남송시대 12~13세기 복건성에서 만들어졌을 것으로 추정.

1590년(天正18) 도요토미 히데나가(豊臣秀長: 1540~1591)의 소유가 되었고, 그 해 8월 쥬라쿠다이(聚樂第)의 다회에서 히데나가가 사용했을 뿐인데, 어느덧 유명해져 1599년에는 고바야가와 히데야스(小早川秀康: 1582~1602)의 소유가 되었고, 그 이후 도쿠가와 이에야스(德川家康: 1543~1616)에 넘어갔다. 일본 역사학자 하가 고시로(芳賀幸四郞: 1908~1996)에 의하면 그 이후, 야마우치 가즈토요(山內一豊: 1545~1605), 타다요시(忠義: 1592~1665) - 도쿠가와 히데타다(德川秀忠: 1579~1632) - 토도 다카토라(藤堂高虎: 1556~1630), 다카쓰구(高次: 1602~1676) - 도쿠가와 이에미쓰(德川家光: 1604~1651) - 사카이 타다카쓰(酒井忠勝: 1587~1662)[46] - 도쿠가와 이에쓰나 (德川家綱: 1641~1680) - 도쿠가와 미쓰사다(德川光貞: 1627~1705) - 도쿠가와 쓰나요시(德川綱吉: 1646~1709) - 마에다 쓰나노리(前田綱紀: 1643~1724)[47]에 이르고 있다고 한다.[48]

---

[46] 1659년(万治2) 9월 5일 酒井忠勝이 헌상.

[47] 芳賀幸四郞(1985)『国史大辞典』(六巻), 吉川弘文館, p.782.

[48] 石井智惠美(2020)「『茶会集』の評釈(三)—寛文年間の柳営茶会—」『教育学部紀

(2) 사성방의 다실 팔창암

사성방에는 「팔창암(八窓庵)」이라는 다실이었다. 「팔창석(八窓席)」 또는 「오키로쿠(隱岐録)」이라는 다른 이름도 가지고 있다. 그 유래 연기(縁起)에 의하면 다도의 시조인 무라다 쥬코의 유물이라는 동대사 탑두(塔頭) 사성방(四聖坊)의 다료(茶寮)이었다. 동대사에서는 「정창원」에 보관된 보물을 관리차원에서 1년에 한번 바람을 세기 위해 문을 열고 닫는 것을 칙사의 입회하에 행하게 되어있다. 에도시대의 회화자료에 의하면 이 때 천황이 보낸 칙사가 정창원에 오면 팔창암에서 차를 대접하는 것이 관례로 되어있었다. 회화에서 사성방 다실에서 사원의 무사와 승려들이 차선(茶筅)으로 격불하고 있는 모습이 보이기 때문이다.

그러나 명치초기에 접에 들어서면 황폐해져 1880년(명치13)에는 불과 30엔으로 어느 목욕탕집에 낙찰되어 하마터면 땔감이 될 처지에 놓여지게 되었다. 이 때 이노 신리(稲生真履: 1843~1925)[49]라는 관리가 이를 안타까워하며 35엔으로 이를 매입한 것을 명치초기 유력한 정치가이자 초대 외무대신이었던 이노우에 가오루(井上馨: 1836~1915)에게 넘겼다. 이노우에는 이를 해체하여 배에 싣고 오사카항을 출발하여 도쿄(東京)로 가져가 아자부(麻布) 도리이자카(鳥居坂)의 사저에서 복원하였다가 나중에 아자부의 우치야마다(内山田)에 있는 본가로 옮겼다. 그리고 이노우에는 1895년부터 가끔 이곳에서 다회를 개최하여 정재계의 인사들을 초청했다. 그의 만년인 1910년(明治43)에 팔창암의 공사가 완

要』(第54集), 文教大学教育学部, p.27.

49 아이치현(愛知県) 도요다시(豊田市) 출신. 메이지(明治)・다이쇼시대(大正時代)의 궁내성 관료로서 48년 근무했다. 또 東京帝室博物館의 학운위원이 되어, 특히 도검을 비롯한 고미술에 정통했다.

그림 12 동대사 사성방 팔창암의 내부〈일본국회 도서관 홈페이지에서〉

료가 되자 빈번하게 다회를 개최했다. 그의 사후에도 이 다실은 후손들에 의해 사용되었다. 이렇게 도쿄로 자리를 옮긴 동대사 사성방의 팔창암은 명치(明治), 대정(大正), 소화(昭和)라는 3시대를 걸쳐 존속하다가 제2차 세계대전 때 연합군 측의 도쿄 대공습으로 잿더미가 되고 말았다.

이 다실은 호소가와 산사이(細川三斎: 1563~1646) 취향의 다실이라 알려져 있다. 산사이는 무장이면서 문무를 겸한 인물로 유명하다. 그는 젊었을 때부터 리큐로부터 차를 배우고 실천했다. 리큐가 히데요시로부터 추방되어 고향이 사카이로 돌아갈 때 요도가와(淀川)에서 후루다 오리베(古田織部: 1544~1615)와 함께 배웅을 한 것으로 알려져 있다. 당시 산사이는 20대였고, 20살 연상의 오리베와 함께 리큐에게 차를 배우고, 끝까지 리큐와의 의리를 지켰던 인물로 정평이 나있다. 그는 유행

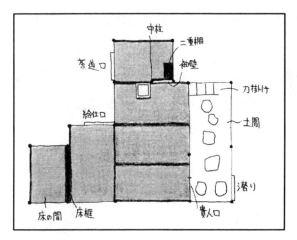

그림 13 筑芳庵(細川三斎의 다실 · 부원)

을 따라가지 않았다. 즉, 변함없는 억제된 미를 추구했다. 이 점은 오리 베와 대조를 이루는 수수하고 소박한 표현을 좋아했다.

　동대사 사성방의 팔창암은 이노우에 가오루가 가지고 있었을 때 당 시 사진과 도면이 남아있어서, 이것들을 토대로 후쿠오카(福岡)의 「클 리오 코트 하카다」라는 호텔 5층에 복원되어 「축방암(筑芳庵)」이라는 이름으로 새롭게 탄생했다.

　이 다실의 내부는 〈그림 12〉에서 보듯이 다다미 4장 크기이며, 가로 로 3장을 나란히 놓은 다음 그 위에다 도코노마 쪽으로 다다미 1장을 세로로 깔았다. 도코노마와 점다공간(点前座)이 포함하면 마치 그 모양 이 ㄴ자 모양을 하고 있다. 니지리구치는 따로 두지 않았고, 두장의 장 지문으로 된 기닌구치(貴人口)를 두었다. 또 로지도 따로 설치하지 않 고, 토방(土間)을 만들어 그 안에 들어가기 위해서는 허리를 굽혀서 통 과해야 하는 「쿠구리(潜り)」라는 좁고 작은 간이문을 설치했다. 그곳

을 통과하면 「기닌구치」를 열고 다실 안으로 들어가게 되어있다. 그리고 토방의 우측 끝에 칼걸이가 두었다. 이는 리큐(利休)의 토방이 달린 4장반 다실(土間付き四疊半)을 응용한 것으로 추정된다. 이처럼 그는 스승인 리큐의 초암다실을 그대로 지키려고 노력했다. 그것이 이 다실에도 잘 반영되어 있다 하겠다.

제4장

서대사의 오차모리

1. 서대사

나라에 동대사가 있다면 서대사(西大寺)도 있다. 그렇다고 북대사와
남대사가 있는 것이 아니다. 동대사가 화엄종의 총본산이라면 서대사
는 진언율종(真言律宗) 총본산이다. 산호는 승보산(勝宝山)이며, 본존은
석가여래이다. 나라시대(奈良時代: 710~794)에 고켄상황(孝謙上皇: 718~ 770)
의 발원에 의해 죠토(常騰: 740~815)[1]가 개산조(초대주지)되어 건립된 남도
(南都) 나라의 7대 사찰(七大寺) 중의 하나로 간주되는 장대한 가람이었다.
창건 때 서대사 출신 승려 · 도쿄(道鏡: 700~772)[2]가 중앙정계에 진출하여
크게 활약하였으며, 서대사의 건립에 도쿄의 사상적 영향이 컸다.

창건 당시 서대사는 약사금당(薬師金堂), 미륵금당(弥勒金堂), 사천당
(四王堂), 11면당(十一面堂), 동서의 오층탑 등을 갖추었고, 중심 가람의
동에는 소탑원(小塔院), 북에는 식당원(食堂院), 그리고 서에는 정창원
(正倉院), 북에는 정소원(政所院) 등이 있었다. 그러나 헤이안시대(平安時

1 나라시대에서 헤이안시대 전기에 걸쳐 활약한 승려. 속성은 다카하시씨(高橋氏).
교토 출신. 원래는 대안사(大安寺)의 학승이었으나 흥복사(興福寺)에서 永厳에
게 사사를 받아 법상교학을 배우고, 나라 서대사로 옮겼다. 803년(延暦22) 범석사
(梵釈寺) 별당과 숭복사(崇福寺) 검교(検校)를 겸임하였고, 805년(延暦24) 6월에
는 율사(律師), 9월에는 소승도(少僧都)로 임명되었다. 교리 연구에도 뛰어나 63
권의 경론에 주석을 가했다.
2 나라시대의 승려. 속성은 유게씨(弓削氏=弓削連). 그리하여 유게 도쿄(弓削道
鏡)이라고도 함. 다이라노 마사카도(平将門), 아시카가 다카우지(足利尊氏)와 더
불어 일본 3악인(悪人)으로 칭하는 경우도 있다. 도쿄(道鏡)는 여성 천황인 고켄
상황(孝謙上皇)이 병이 들었을 때 간병하여 건강 회복됨에 따라 상황(上皇)으로
부터 총애를 받으며, 정치적인 권력을 장악했다. 고켄상황은 한 번 천황을 은퇴하
였으나, 764년(天平宝字8)에 한번 더 천황이 되어 이름을 칭덕천황(称徳天皇)이
라 했다. 칭덕천황은 도쿄에게 「法王」이라는 지위를 주어 정치 세계에서 활약케 했
다. 특히 나라에 서대사를 건립하는 등 불교 관련의 정책에도 힘을 쏟았다. 그러
나 770년(宝亀元) 칭덕천황이 사망하자, 도쿄의 권력도 상실했다.

代: 794~1185)에 접어들어 쇠퇴하고, 화재와 태풍으로 다수의 당탑이 쓰러지고 없어짐에 따라 흥복사의 관리체재 하에 들어갔다. 가마쿠라시대(鎌倉時代: 1185~1333)에 이르러 에이손(叡尊: 1201~1290)[3]에 의해 부흥되었다.

2. 서대사의 오차모리

이 절에는 오차모리(大茶盛)라는 특이한 음다법이 있다. 공식적인 행사로는 매년 3회, 즉, 1월, 4월, 10월에 다회가 열린다. 1월은 「신춘초부대다성식(新春初釜大茶盛式)」이라 하고, 4월은 「봄의 오차모리식(大茶盛式)」이라 하며, 10월은 「가을의 오차모리식(大茶盛式)」이라 한다.

이 다례의 특징은 놀랄 만큼 큰 차사발에 담은 말차를 커다란 차선을 가지고 격불한 다음, 여러 명이 돌려 마시는데 있다. 심지어 어떤 때는 사발의 높이가 약21cm, 구경이 약36cm, 무게가 약5kg나 되는 엄청나게 크다. 여기에 담겨진 차를 여러 사람이 돌려가며 나누어 마시는 것이 특징이다. 다완이 너무나 커서 이를 마시기 위해서는 주변 사람들의 도움 받아서 마시기도 한다. 그 때 머리가 사발 안으로 들어가므로 그 모습이 우스꽝스러워 모두 얼굴에서 웃음이 터져 화목한 분위기가 조성되는 즐거운 다회이다.

---

3 가마쿠라시대 중기에 활약한 진언율종 승려. 자는 思円. 시호는 흥정보살(興正菩薩). 흥복사의 학승·케이겐(慶玄)의 아들로 현재의 奈良県大和郡山市内에서 태어났다. 가마쿠라 불교를 대표하는 한 사람으로 타락한 계율을 부흥하고, 쇠퇴해진 서대사(西大寺)를 재흥시켰다.

그림 1 서대사의 개산조 죠토(常騰:740- 815)

이같은 음다법에 대해 높은 관심을 가진 한국인들이 많다. 특히 최석환, 정동주, 김정신과 전재분, 김도공 등이 그러하다. 이들 중 최석환은 「일본 나라에 가면 서대사가 있다. 그곳에 차를 돌려 마시는 풍습인 무애사발이 있는데 그 다법이 원효의 무애차에서 유래되었다」고 했다.[4] 즉, 그는 서대사의 오차모리를 원효의 무애차에 기원을 두고 보았다. 이같은 견해는 차문화연구가 정동주에게도 보인다.

그는 모 일간지에 「서대사의 차올리는 의식은 매우 독특한 모양을 하고 있었는데, 불단에 차를 올린 뒤에는 절 주변 사람들을 초대하여 차를 함께 나눠 마셨거든요. 사람마다 차그릇을 따로 정하지 않고 큼

---

4   최석환(2004) 「일본으로 건너간 한국차의 전래설」 『차의 세계』 2004년 2월호 참조.

직한 찻사발에다 차를 그득 담아서는 모인 사람들이 차례로 돌려가며 마셨습니다. 차를 한 그릇에 담아 여럿이서 돌려 마시는 풍습은 일본에 없던 낯선 것이었는데, 이는 원효의 무애차에서 비롯된 것입니다. 큼직한 찻사발을 일본의 어떤 전설에서는 무애 찻사발이라고 전하고 있습니다」라는 글을 썼다.[5] 이처럼 정동주도 서대사의 「오차모리」는 원효의 무애차에서 비롯되었다고 보았다.

그렇다면 이들이 말하는 원효의 무애차란 어떤 것인가? 여기에 대해 정동주는 다음과 같이 설명하고 있다.

> 원효의 무애사상을 실천하는 한 방법인 무애차는 일찍이 원효가 신라의 서민, 천민들과 함께 생활하면서 그들로부터 배운 음식 나눠 먹는 형식에서 비롯되었습니다. 신라 서민, 천민들은 가난한데다 먹을 것이 부족하여 그들 특유의 공평한 분배 방식을 가지고 있었지요. 큼직한 바가지 하나에다 먹을 것을 구걸하여 담았지요. 음식을 얻어오면 바가지를 가운데 놓고 빙 둘러앉습니다. 정해진 순서에 따라 바가지에 손을 넣어 한 움큼씩 음식을 집어먹거나 숟가락을 사용하기도 하는데 옆 사람을 생각하여 늘 조금만 덜어내지요. 국물이나 숭늉물도 그렇게 돌려 마셨습니다. 원효는 그 모양을 보고 크게 깨달았지요. 그렇게 나눠 먹고는 박을 두드리면서 춤을 추고 노래했습니다. 먹이를 준 분들에게 감사하는 뜻이지요. 여기서 농차가 비롯되었습니다.[6]

---

5   정동주(2002) 「정동주의 茶 이야기 〈37〉 일본의 원효사상」 『국제신문』, 2002. 10.06., https://www.kookje.co.kr/news2011.
6   정동주(2002) 「정동주의 茶 이야기 〈37〉 일본의 원효사상」 『국제신문』, 2002. 10.06.

그림 2 서대사의 「오차모리」(2008년
10월 12일자 奈良經濟新聞에서)

원효가 깨달은 것은 살아있는 모든 것들에 대한 따뜻한 마음을 낼 수
있는 것이 대비심(大悲心)이며 보살의 존재 이유라는 것이었습니다. 그
리고 한 지붕 밑에서 한 그릇에 담긴 밥을 함께 먹는 것과 같은 삶을 실천
했습니다. 민중 속으로 들어가 함께 지내면서 그들을 즐겁게 해주는 삶
을 추구했지요. 바가지 하나에 담겨 있는 밥이나 국물을 골고루 나눠 먹
으면서 해맑게 웃고, 먹고 난 뒤에는 춤추고 노래하여 세상 근심을 덜어
내는 생활에서 가장 중요한 것은 항상 밥이나 국물을 담는 바가지였습니
다. 마치 석가모니 시대의 흙발우가 지닌 의미와도 닮았지요. 이와 같은
원효의 무애사상이 일본에 전파되어 무애차가 되고, 다시 농차라는 이름
의 초암차 형식이 생겨난 것입니다.[7]

---

7   정동주(2002) 「정동주의 茶 이야기 〈38〉 무애사상의 내력」『국제신문』, 2002.
    10.08.

이상에서 보듯이 정동주는 원효의 무애차는 원효가 서민(천민)들과 함께 생활하면서, 바가지 하나에 구걸한 음식을 담아놓고 공평한 분배 방식으로 나누고 마신 후에 박을 두드리면서 춤을 추고 노래하며 세상의 근심을 덜어내는 것에서 깨달음을 얻었고, 이를 토대로 차를 마시는 것을 무애차라 했다. 그것이 원효의 무애사상이 일본에 전해지자 일본에서 무애차가 생겨났고, 그것이 일본 초암차의 농차로 발전하였다고 본 것이었다.

이러한 설명에 대해 검증도 거치지 않고 전적으로 수용한 사람은 김정신과 전재분이었다. 이들은 「에이손이 스승 묘에(明惠: 1173~1232)[8] 에게 배운 원효의 무애사상은 그 후 서대사의 아름다운 전통으로 자리 잡아 오늘날까지 이어져 내려오고 있는데, 한 그릇에 담긴 차를 나누어 마시면서 평등과 건강과 평화가 이루어진다고 믿는다. 이러한

---

8 가마쿠라시대(鎌倉時代)의 일본 승려. 석가모니를 부모라고 생각하고 실천을 중시하여, 오로지 불도를 이루기 위해 혹독한 수행을 했다. 명예와 이욕에서 벗어나 순진무후하게 살려고 노력하여 생애불범(生涯不犯)의 유일한 清僧이라는 평가를 받았다. 와카야마 아리타가와초(有田川町) 출신. 8살 때 부모를 여의고, 9살이 되던 해 숙부 上覺을 통해 교토 신호사(神護寺)에 들어가 진언과 화엄을 배웠고, 16살 때 출가하여 승명을 明惠坊 成弁(훗날 高弁)이라는 이름으로 승려생활을 시작했다. 교토 다카오(高雄)에 근거를 두고 산중에서 수행하였으나, 당시 황폐한 불교에 실망하여 고향으로 돌아가 살면서 34세 때 까지 교토와 향리를 오가며 수행을 했다. 최초의 수행지였던 白上峰에서는 俗念払拭의 결의를 다지고자 불안불모상(仏眼仏母像) 앞에서 스스로 왼쪽 귀를 자르는 등 수행을 격심하게 했다. 그리고 많은 글들을 쓰면서 석가모니를 기리는 열반회를 시작했다. 또 석가를 사모한 나머지 두 번이나 인도의 석가모니 유적지를 순례하려고 계획하였으나, 모두 춘일명신(春日明神)의 탁선과 병으로 인해 단념했다. 1206년(建永元) 34세 때 고도바상황(後鳥羽上皇)에게서 교토 토가노(栂尾)의 토지를 받아 고산사(高山寺)를 창건했다. 그는 一宗一派의 조사가 되기를 바라지 않아 포교활동을 하지 않았다. 책을 저술하고, 우수한 제자를 양성하고 전쟁에서 의탁할 곳을 잃은 여성구제 등도 행하며 불교의 이치와 바람직한 승려상을 추구했다. 이러한 그의 행동이 사람들에게 감명을 주어 고도바상황(後鳥羽上皇)과 호조 요시토키(北条泰時)를 비롯해 많은 사람들이 귀의를 했다.

144

서대사의 차 돌려 마시기는 원효가 경주의 거지들과 함께 살면서 실
천했던 무애차에서 비롯된 것이다」라고 정동주의 말을 인용하여 해
석했다.[9]

이러한 점은 김도공도 마찬가지였다. 그는 원효가 무애차를 마셨던
방식은 정확히 알 수 없다고 했다. 그러면서도 원효가 무애차를 마시
는 모습을 일본 서대사의 차올리는 의식에서 찾아볼 수 있다고 하면서
「여기에서는 불단에 차를 올린 뒤에는 절 주변 사람들을 초대하여 차
를 함께 나눠 마시는 풍습이 있는데, 이 때 사람마다 찻잔을 따로 하지
않고 큼직한 찻사발 약 지름 30cm를 넘는 큰 찻잔에 차를 담아서 참가
자에게 돌려 마시도록 하는 것이다. 큰 찻잔에 차를 그득 담아서 자리
에 모인 사람들이 차례로 돌려가며 마시는 것이다. 차를 한 그릇에 담
아 여럿이 돌려 마시는 풍습은 일본에 없던 낯선 것이었는데, 이 모습
이 원효의 무애차에서 비롯된 것이라고 했다.[10]

이러한 해석은 김경희의 연구에서도 그대로 수용되어 나타났다. 그
녀는 일본의 어떤 전설에는 무애 찻사발이라고도 한다고 소개하며, 그
렇게 큰 찻사발에 차를 담아서 나누어 마시는 서대사의 음다법은 원효
의 무애법(舞涯法)에서 비롯된 것이라 해석했다.[11] 이처럼 다수의 한국
차문화 연구가들은 서대사의 「오차모리식」 다회는 신라 원효의 무애
차의 영향을 받아 성립된 것으로 보고 있다.

---

9 김정신·전재분(2009) 「無碍茶의 현대적 행다법」, 『유라시아연구』(제6권 제4호),
   한국유라시아학회, pp.303-305.
10 김도공(2016), 앞의 논문, p.72.
11 김경희(2020) 「백제의 문화가 일본 차문화에 미친 영향에 관한 연구」, 『민족사상』
   제14권 제3호, 한국민족사상학회, p.239.

그림 3 일본 고산사의 원효초상화

　이러한 것들이 설득력을 가지려면 그것을 입증할 수 있는 증거들이 있어야 한다. 그러므로 무엇보다 원효의 무애차에 대해 알아볼 필요가 있다. 사실 우리나라에는 차와 관련된 원효의 전승과 기록들이 몇 가지 있다. 먼저 구비전승으로서는 차나무 발견 설화가 있다. 이것에 대해 정상권은 다음과 같이 서술했다.

　원효대사는 676년 6월 갑화양곡(지금 기장)의 불광산에서 관세음보살에게서 나뭇가지를 받는 꿈을 꾸고 차나무를 발견하여 절에서 만들던 대로 차를 쪄서 말리려 했으나 도구가 없어 햇볕에 널어 말려 두고 기도를 한 뒤 역병이 돌아 고통에 빠진 마을 사람들에게 찻잎을 끓여 마시게 하

여 낮게 하였다 한다. 이 조다법은 그냥 찻잎을 말리기만 하였으므로 무애백차(無碍白茶)의 시작이다.[12]

이같은 설화가 부산 기장지역에서 발견되었다는 것은 대단히 매우 흥미로운 사실이다. 그러나 그것이 언제 어디에서 누구에 의해 채집되었는지 출처를 밝히지 않아 신빙성이 담보되지 않는 결점이 있다. 더구나 기장과 가까운 부산을 비롯한 양산지역에는 분포된 원효의 설화를 수집하고 분석한 정천구,[13] 김구한[14] 등의 연구에 의하면 원효의 차 발견 설화는 보이지 않는다. 그러나 만일 이것이 사실이라면 지역민들은 원효를 차와 밀접한 인물임을 인식하고 있는 것이 된다.

원효가 차를 마셨을 가능성은 그의 아들인 설총(薛聰: 655~730)이 쓴 「화왕계(花王戒)」에서 약간 엿볼 수 있다. 그것에는 「비록 주위에서 받들어 올리는 것들이 넉넉하여 기름진 음식으로 배를 채우고 차와 술로 정신을 맑게 한다」고 한 내용이 있다.[15] 그가 차와 술을 언급하고 있다는 것은 당시 차가 술과 함께 존재하였으며, 그도 차를 마셨을 것이며, 그의 아버지인 원효도 차를 마셨을 가능성을 완전히 배제할 수는 없다.

실제로 원효가 차를 마셨다는 기록은 이규보의 『남행월일기(南行月

---

12 정상권(2016) 『다시 쓰는 우리 茶 이야기』 도서출판 장원 차문화 교류회, pp. 92-93.

13 정천구(2021) 「부산 지역 원효 설화의 의미 고찰 - 『삼국유사』 설화들과 비교를 통해」 『항도부산』(42권), 부산광역시사편찬위원회, pp.303-331.

14 김구한(2010) 「양산 지역 구비문학의 전승양상과 지역적 특성」 『민속연구』(20집), 안동대 민속학연구소, pp.174-185.

15 薛聰의 「花王戒」: 「竊謂左右供給雖足 膏粱以充腸 茶酒以淸神」

日記)』의 「원효방(元曉房)」이 유일하다. 차와 관련된 부분을 소개하면 다음과 같다.

　　다음날 부령 현령(扶寧縣令) 이군(李君) 및 다른 손님 6~7인과 더불어 원효방(元曉房)에 이르렀다. 높이가 수십 층이나 되는 나무 사다리가 있어서 발을 후들후들 떨며 찬찬히 올라갔는데, 정계(庭階)와 창호(窓戶)가 수풀 끝에 솟아나 있었다. 들건대, 이따금 범과 표범이 사다리를 타고 올라오다가 결국 올라오지 못한다고 한다. 곁에 한 암자가 있는데, 속어에 이른바 '사포성인(蛇包聖人)'이란 이가 옛날 머물던 곳이다. 원효(元曉)가 와서 살자 사포(蛇包)가 또한 와서 모시고 있었는데, 차를 달여 효공(曉公)에게 드리려 하였으나 샘물이 없어 딱하던 중, 이 물이 바위 틈에서 갑자기 솟아났는데 맛이 매우 달아 젖과 같으므로 늘 차를 달였다 한다. 원효방은 겨우 8척쯤 되는데, 한 늙은 중이 거처하고 있었다. 그는 삽살개 눈썹과 다 해어진 누비옷에 도모(道貌)가 고고(高古)하였다. 방 한가운데를 막아 내실(內室)과 외실(外室)을 만들었는데, 내실에는 불상(佛像)과 원효의 진용(眞容)이 있고, 외실에는 병(甁) 하나, 신 한 켤레, 찻잔과 경궤(經机)만이 있을 뿐, 취구(炊具)도 없고 시자(侍者)도 없었다. 그는 다만 소래사에 가서 하루 한 차례의 재(齋)에 참여할 뿐이라 한다. 나의 배리(陪吏)가 슬그머니 나에게 말하기를, "이 대사는 일찍이 전주에 우거했었는데, 이르는 곳마다 힘을 믿고 횡포하매, 사람들이 모두 성가시게 여기더니 그 뒤 간 곳을 몰랐는데, 지금 보니 바로 그 대사이옵니다."하였다.[16]

16　李奎報『東國李相國集』제23권 / 記/「南行月日記」:「明日。與扶寧縣宰李君及餘客六七人至元曉房。有木梯高數十級。疊足凌兢而行。乃得至焉。庭階窓戶。上出林杪。聞往往有虎豹攀緣而未上者。傍有一庵。俗語所云蛇包聖人所

그림 4 서대사의 중창조 에이손좌상

이상에서 보듯이 『남행월일기』에서 원효가 변산반도의 능가산에 머물렀을 때 사포가 차를 달여 바쳤다고 했다. 이것이 사실이라면 원효는 차를 마시는 다인이었을 가능성이 높다. 이같이 서술한 이규보는 원효가 찻물로 이용하였을 우물물을 마셔보고 「다천(茶泉)은 찬 구슬처럼 고였는데, 한 웅큼 마셔보니 젖같이 단맛이네(茶泉貯寒玉 酌飮味如乳)」라는 내용의 시를 남긴다.

昔住也。以元曉來居故。蛇包亦來侍。欲試茶進曉公。病無泉水。此水從巖罅忽湧出。味極甘如乳。因嘗點茶也。元曉房才八尺。有一老闍梨居之。厖眉破衲。道貌高古。障其中爲內外室。內室有佛像元曉眞容。外則一瓶雙屨茶瓷經机而已。更無炊具。亦無侍者。但於蘇來寺。日趁一齋耳。予陪史竊語予曰。此師嘗遇全州。所至恃力橫暴。人皆病之。其後莫知所去。今見之則其師也.」
한국고전변역원, https://db.itkc.or.kr/(검색일:2022.10.04.).

149

이처럼 원효의 기록과 전승을 통하여 원효가 차를 마셨을 것이라는 추정은 가능하나, 정작 그가 어떻게 차를 마셨으며, 또 중생들에게 어떻게 차를 베풀었는지에 대해서는 알 수 없다. 다시 말해 원효의 무애차란 실체가 없는 것이었다.

그럼에도 불구하고 무애차를 「구걸하여 얻어온 음식을 한 바가지에 담아서 와서는 그것을 가운데 놓고 둘러앉아서 함께 나누어 먹고는 박을 두드리며 춤을 추고 노래를 불렀는데, 이것이 농차의 기원」이며, 일본 「서대사의 차 돌려 마시기는 원효가 경주의 거지들과 함께 살면서 실천했던 무애차에서 비롯된 것이다」고 한 정동주의 언설은 그야말로 상상 속에서 만들어낸 가설임에 틀림없다. 또한 원효의 차정신을 나눔, 차별없는 무애, 상생의 차로 정의한 김도공의 이론도 마찬가지이다.[17]

그렇다고 「무애」란 말이 없었던 것은 아니다. 그러나 그 말은 차가 아니라 노래와 춤을 두고 한 말이었다. 그것에 대해 일연(一然: 1206~1289)의 『삼국유사(三國遺事)』(권4) 「원효불기(元曉不羈)」에는 다음과 같이 설명하고 있다.

원효가 이미 계(戒)를 잃어 설총을 낳은 후로는 속복(俗服)을 바꿔 입고 스스로 소성거사(小姓居士)라 하였다. 우연히 광대를 만나 큰 박을 무농(舞弄)하였는데, 그 형상이 기괴하였다. 원효가 그 형상대로 한 도구를 만들어 이름을 『화엄경』의 "일체 무애인(無㝵人)은 한결 같이 생사를 벗어난다."란 것으로써 무애(無㝵)라 명명하여 노래를 지어 세상에 퍼뜨렸다.

---

17   김도공, 앞의 논문, pp.73-74.

일찍이 이를 가지고 수많은 촌락을 돌아다니며 노래하고 춤추어 화영(化詠)하고 돌아왔으므로 가난하고 무지몽매한 무리들까지도 모두 불타(佛陀)의 호를 알게 하여 누구나 나무아미타불(南無阿彌陀佛)을 할 줄 알았으니, 원효의 법화가 크도다.[18]

여기서 보듯이 「무애」란 『화엄경(華嚴經)』의 "일체무애인 일도출생사(一切無㝵人一道出生死)"에서 유래한 말이다. 원효가 파계하고 한 때 속인(俗人) 행세를 하며 소성거사(小性居士)라 일컬을 때, 광대들이 큰 바가지를 들고 춤추며 노는 것을 보고 그 모습을 본떠 「무애」라 이름하고 이 노래를 지어 부르며 방방곡곡을 돌아다녔으며, 이에 불교를 민중에게 널리 전파할 수 있었다고 한다. 이처럼 원효가 부른 노래가 「무애가」라고 설명하고 있다.

그에 비해 이규보는 그것과 조금 다르게 설명했다. 그의 저서 『파한집(破閑集)』에서는 「무애」를 다음과 같이 설명했다.

예전에 원효대성이, 백정과 술장수 사이에 섞여 살면서, 일찍이 목이 굽은 조롱박을 어루만지며 저자거리에서 노래하고 춤추었는데, 이름을 「무애」라고 하였다. 이후에 호사가들이, 금으로 만든 방울을 위에 매달고, 아래쪽에는 무늬 비단을 늘어뜨려 장식하고, 두드리면서 앞뒤로 움직이니, 모두 음절에 맞았다. 이에 경론에서 요점을 뽑아 게송을 지었는데, 「무애가」라 불렀으며 늙은 농부들까지도 또한 이를 본받아 놀이로 삼았다.[19]

---

18 이병도역주(1984) 『삼국유사』 광조출판사, p.402.

19 昔元曉大聖, 混迹屠沽中, 嘗撫玩曲項胡蘆, 歌舞於市, 名之曰無㝵。是後好事者, 綴金鈴於上, 垂彩帛於下以爲飾, 拊擊進退皆中音節。乃摘取經論偈頌, 號曰無㝵

151

위에서 보듯이 이규보는 원효가 백정과 술장수와 섞여 살면서 표주박을 어루만지면서 저자(市)에서 노래 부르며 춤추니, 이것을 무애라하였다는 것이다. 이를 좋아하는 후세 사람들이 표주박에 금방울을 달고 채색 비단을 장식하고는 두드리면서 음절에 맞게 춤을 추었는데, 밭가는 늙은이들까지도 이를 본받아 놀았다고 한다. 이처럼 원효의 춤을「무애」라 하고, 부르는 노래를「무애가」라 하였다고 했다.

「무애」란 원효가 대중들의 교화를 위해 대중들과 함께 살면서 저잣거리에서 춘 춤과 노래를 가리키는 말이었다. 즉, 그것은 차와 아무런 관련이 없는 말이었다. 따라서「무애」를 차와 관련하여 실체가 없는「무애차」를 만들어내고, 그것을 일본의「오차모리」에 영향을 주었으며, 그것이 발전하여 일본 초암차의 원형을 형성하였다는 담론은 너무나 근거가 없는 논리적 비약이 아닐 수 없다.

그리고 한국의 연구자들이 오해하는 것이 있다. 그것은 서대사의 오차모리가 처음부터 오늘날과 같이 큰 사발에 차를 담아 나누어 마시는 것으로 생각하고있다는 점이다. 사실은 다르다.

여기에 대해 일본연구자들은 다른 시각을 가지고 있다. 가령 테라다 다카시게(寺田孝重)에 의하면 서대사의「오차모리」가 오늘날에는 다완을 비롯해 물 끓이는 솥(釜)도 차선도 모두 대형으로 되어있으나, 물론 처음부터 그러한 것은 아니라고 했다.[20] 이처럼 서대사의「오차모리」가 처음부터 큰 다완에 마셨던 것이 아니라고 보았다.

歌, 至於田翁亦效之以爲戲。
20 寺田孝重(2014)「奈良佐保短期大学の近辺に存在する茶関係の史跡について(3) ─西大寺, 元興寺 稱名寺─」『奈良佐保短期大学研究紀要』(22), 奈良佐保短期大学, p.41.

차사발이 커진 이유에 대해 다카키 요이치(高木庸一)는 작은 다완으로 수많은 대중들에게 차를 접대하는 일은 용이하지 않아 커다란 다완에 차를 담아 점다하여 돌려 마셨기 때문에「오차모리」라고 불리게 되었다고 했다.[21] 즉, 처음에는 작은 잔으로 하였던 것을 일시에 많은 대중들에게 차대접하기 위해 큰 잔으로 바뀌었다는 것이다. 그리고 나카무라 요이치로(中村羊一郎)에 의하면 서대사의「오차모리」의 본래 모습은 나무통에 차를 넣고 격불한 것을 작은 그릇에다 나누어 마셨던 사원의 행사이었다고 했다.[22] 다시 말해 분차의 형식을 취했다는 것이다. 이처럼 일본의 학계에서는 초기의 다완은 크지 않았으나 후대에 이르러 모두 커진 것이라고 보고 있다.

그렇다면 그것은 언제부터 커진 것일까? 정확히 말해 근대 이후이다. 서대사의「오차모리」가 메이지시대(明治時代: 1868~1912) 말기에서 다이쇼시대(大正時代: 1912~1926) 초기에 걸쳐 잠시 중단된 적이 있다. 그러던 것이 1915년에 나라의 관계자들의 노력으로 다시 부활되었는데, 이때 당시 우라센케(裏千家) 12대 이에모토(家元) 우묘재(又妙齋: 1852~1917)[23]가 관여하여 오늘날과 같은 모든 다도구를 크게 만들었다.[24] 그 결과 차사발도 차선도 모두 커진 것이다. 즉, 커다란 차사발과 차선은

---

[21] 高木庸一(2001)「日本仏教におけるホスピスの源流」『駒沢女子大学研究紀要』(第8号), 駒沢女子大学, p.118.
[22] 中村羊一郎(2014)『番茶の民俗学的研究』神奈川大學 博士論文, p.249.
[23] 11대 玄玄齋에게는 2남1녀가 있었는데, 장남이 요절, 차남도 17세 때 사망. 그 후 외동딸 유카코(猶鹿子)를 통해 角倉多宮玄寧의 차남을 사위양자로 맞아들이니, 그가 12대 우묘재 지키소 소시쓰(直叟宗室)이다. 그의 부인 유카코는 당대 제일의 여류다인이다. 이들 사이에 아들 코마키치(駒吉)가 있다. 그가 13대의 元能齋 宗室이다. 고마키치가 14세 되던 1885년 우묘제는 야마자키(山崎)의 묘희암(妙喜庵)으로 은거했다.
[24] 神津朝夫(2021)『茶の湯の歴史』角川文庫, p.87.

새롭게 만들어진 전통이었다.

그러한 의미에서 서대사의 「오차모리」가 원효의 무애차에서 그 기원을 찾고 있는 최석환, 정동주, 김도공을 비롯한 여러 한국의 연구자들의 해석은 이같은 역사성을 무시하고 오늘에 남겨진 현상만을 보고 내린 성급한 결론이었다. 더구나 그와 같은 해석은 있지도 않은 원효의 무애 찻사발을 전제하는 것이었기에 출발부터 허구이었다.

3. 오차모리의 기원

그렇다면 서대사의 오차모리는 언제부터 시작된 것일까? 한국의 여연스님은 「율종의 노장이었던 에이손 선사가 1239년 정월 보살도 정진을 마치고 차를 올린 뒤 그 차를 여러 스님들에게 마시게 했다. 이것이 서대사의 큰 차담기 시초가 되었다」고 했다.[25] 여기서 보듯이 여연스님은 오차모리를 「큰 차담기」라 표현했다. 이것이 1239년 정월 에이손이 행한 정월 보살도에서 비롯된 것으로 보았다.

한국의 노근숙도 그와 유사한 해석을 한 적이 있다. 그 내용을 잠시 소개하면 다음과 같다.

　　1239년 정월 에이손이 서대사 진수신(鎭守神)을 참배할 때 갑자기 눈이 내렸다. 아름답게 내린 눈 풍경에 감사하며 헌다를 하게 되었고, 참배자의 건강을 기원하며 또한 참배자가 부처님의 가피(加被)에 감사하는

25　여연(2006) 「일본차의 유래」

그림 5 서대사 방장 상단의 장식물

마음을 갖도록 하는 의도에서 모든 사람에게 차를 마시도록 했다. 이것
이 오차모리의 기원이다.[26]

이같이 노근숙도 오차모리의 기원을 중창조 에이손의 1239년 정월
행사에서 찾고 있다. 그 때 서대사의 에이손이 사원의 수호신에게 차
를 올렸고, 그것을 참배자들에게 건강기원, 부처님의 가피에 대한 감
사하는 마음을 갖게 하기 위해 나누어 준 것이 「오차모리」의 기원이
되었다고 설명하고 있는 것이다.

한편 에이손이 하치만신에게 차를 올리던 그 날 아침 눈이 소복하게
내려 있었다. 이를 본 에이손은 아름다운 설경에 마음을 빼앗겨 감탄
했다. 현재 서대사의 「오차모리」 공간인 방장(方丈)의 상단에 하치만
궁 지붕에 눈이 하얗게 내린 정경을 꾸며놓고 있는 것도 이같은 고사에

---

26 노근숙(2008) 『일본 초암차의 형성과정을 통해 본 차문화 구조에 관한 연구』 원광
    대 박사논문, p.29.

기인하여 장식한 것이다.[27]

여기에 비해 일본의 연구는 좀 더 구체적이다. 가령 무라이 야스히코(村井康彦)에 의하면 에이손이 1239년(延応元) 정월에 후칠일(後七日: 8일부터 14일까지)에 행하는 보살류(菩薩流)의 연시수법(年始修法)을 한 다음, 그 결원의 날 진수신(鎭守神)인 하치만궁(八幡宮)에 바친 차를 내려 승려들에게 마시게 한 것이 그 기원이라고 설명하고 있다.[28] 그러나 이것은 어디까지나 서대사측의 전승이지 기록에 의거한 것이 아니다.

「차모리(茶盛)」이란 말이 기록에 처음 사용된 것은 서대사가 아닌 흥복사의 문헌 『대승원사사잡사기(大乘院寺社雑事記)』이다. 그것의 1483년(文明15) 6월 10일 기사에 그 말이 처음 나온다. 그것에 의하면 대안사(大安寺=己心寺)의 장로 양산방(良算坊)이 대승원에 「차모리(茶盛)」를 하기 위해 병풍을 빌려달라는 내용이 있다. 그 「차모리」는 귤사(橘寺)의 장로가 된 양산방이 자신을 맞이하러 온 귤사의 사자를 접대하기 위함이었다.[29] 이처럼 「차모리」란 차로 손님을 대접하는 것이었다. 그러므로 「차모리」라는 말은 적어도 15세기 말에는 사용되고 있었음을 알 수 있다.

한편 서대사의 「오차모리」가 기록상으로 등장하는 것은 16세기부터라고 한다. 역사학자 나가시마 후쿠타로(永島福太郎: 1912~2008)에 의하면 1533년(天文2) 정월 14일에 망유(網維=執事)를 개최하는 「차모리(茶盛)」가 있고, 정월 15일에는 「고토차모리(御塔茶盛)」, 16일에는 「야마(山)의 차모리」가 있었는데, 그 중 「야마의 차모리」는 1558년에 금지되었다고 했다.[30] 이처럼 서대사의 「오차모리」가 언제부터 시작되었는

---

27 高橋隆博(2010) 『巡歷 大和風物誌』 関西大学出版部, p.179.
28 村井康彦(1985) 『茶の文化史』 岩波書店, p.54.
29 高橋隆博(2010) 『巡歷 大和風物誌』 関西大学出版部, p.178.

지 정확히 알 수 없으나, 이상의 사실로 보아 16세기에는 「차모리」라 는 이름의 차회는 있었다. 그러나 그 형식과 형태에 대해서도 정확히 알려진 바가 없다.

쓰쓰이 히로이치(筒井紘一)의 연구에 의하면 그러한 전승이 있는 것 은 사실이나, 이를 입증할만한 자료가 없다고 한다.[31] 실제로 에이손의 자전이라 할 수 있는 『금강불자예존감신학정기(金剛佛子叡尊感身學正 記)』에 의하면 1236년 에이손은 서대사가 황폐하여 해용왕사(海龍王寺) 에 거처를 옮기고 있다가 1238년 8월 서대사로 돌아왔다. 그리고 그는 1239년(延応1) 정월 1일부터 7일간 「삼시비법(三時秘法: 晨朝, 日中, 日沒 때 행하는 밀교의례)」을 행하였다고만 기록되어있을 뿐, 14일간 법회는 행 하고 있지 않다. 그 이후 에이손은 32년 간 정월이 되면 7일 동안 행하 는 「삼시비법」만 계속했다.[32] 그러므로 서대사의 「오차모리」가 1239년 정월에 실시된 에이손의 의례에서 시작되었다고 보는 견해는 전승의 영역에서만 존재하는 것이었다.

그렇다고 에이손의 시기에 큰 사발을 이용하여 차를 마시는 음다문 화가 없었다고 말할 수는 없다. 왜냐하면 에이손이 활약했던 가마쿠라 시대 말기 가네자와 사다아키(金沢貞顕: 1278~1333)가 칭명사(称名寺)에 보낸 서장에 다음과 같은 내용이 보이기 때문이다.

하품이지만, 차 세 꾸러미를 보내오니, 큰 찻사발(大茶碗)로 스님들께 서 나누어 마시길 바랍니다.[33]

---

30 高橋隆博(2010)『巡歷 大和風物誌』関西大学出版部, pp.177-178에서 재인용.
31 筒井紘一(2019)『茶の湯と仏教』淡交社, p.87.
32 神津朝夫(2021)『茶の湯の歷史』角川文庫、 pp.87-88.

이 서장이 언제 보낸 것인지 연대가 적혀 있지 않아 정확하지 않으나, 날짜는 7월 16일로 되어있다. 이것으로 보아 사다아키는 7월 15일 우란분회의 행사를 끝낸 승려들이 큰 사발에 차를 타서 돌려 마시도록 칭명사에 차를 보냈다. 아마도 그것은 연일 계속된 법회로 인해 피로에 지친 승려들로 하여금 차를 마시면서 피로를 풀게 하는 목적으로 보인다.

이처럼 이것은 처음부터 대중들을 위해 베푸는 차행사가 아니었다. 즉, 8일부터 14일까지 연시수법을 수행한 후 진수신에게 참배하고 차를 올린 다음, 그것을 제단에서 내려 승려들끼리 나누어마셨다. 일종의 음복다회이었다. 일반인이라면 술로 음복하였을 터인데, 금주를 계율로 삼는 승려들이기 때문에 차로 음복하였던 것이다.

이러던 것이 무로마치시대(室町時代: 1336~1573)에 접어들면 서민에게 확대되어 시다(施茶)의 형식을 갖추었다.[34] 그러므로 서대사의 「오차모리」는 정확하게 언제부터 시작되었는지 알 수 없으나, 그러한 형태의 음다행위는 13-14세기경 일본에 있었던 것은 확실하다. 승려에서 서민에게 까지 확대되었을 때 서대사의 「오차모리」는 대중들로부터 대단히 인기를 끌었던 모양이다. 그러한 상황을 다카키 요이치(高木庸一)는 다음과 같이 서술했다.

당시 일본에서는 차가 일반민중들에게 불로장수의 영약으로 여겨지던 때이었다. 이같이 귀중한 차를 서대사에서는 처음에는 행사를 끝낸

33　神津朝夫(2021), 앞의 책, p.88에서 재인용.
34　寺田孝重(2014), 앞의 논문, p.41.

승려들이 돌려마셨고, 나중에는 대중들에게 베풀었다. 절의 행사가 거듭됨에 따라 대중들은 서대사의 차를 받아 마시면 1년간 무탈하게 보낼 수 있다는 신앙과 고승 에이손이 베푸는 차라는 인식이 합쳐져 차를 받으려는 사람들이 구름처럼 모여들었다. 그리하여 커다란 다완에 차를 담아 대중들에게 베풀었기 때문에, 「오차모리」라고 불렸다.[35]

여기서 보듯이 다카키는 오차모리가 차를 담는 용기의 크기에서 발생하였다고 간주했다. 오차모리에는 다분히 그러한 요소가 있는 것은 사실이지만, 그것만이 전부가 아니라고 본다. 그 행사는 승려들이 힘든 불교 행사를 치르고 난 후 베푸는 일종의 연회와 같은 성격을 지니고 있기 때문이다.

그와 같은 성격이었다는 것이 「오차모리」라는 명칭에서도 나타난다. 일본에서는 술파티를 「사카모리(酒盛)」라 한다. 그러므로 「차모리(茶盛)」는 차 파티라는 의미도 있다.

그 말 앞에 큰 대(大)자를 붙였기 때문에 그것은 술을 대신하여 차로써 크게 파티를 즐긴다는 의미이다. 즉, 이것은 술마시는 것을 금지하는 불음주계(不飮酒戒)가 있는 사원에서는 차가 술을 대신하였던 것이다. 그러므로 이 다회는 딱딱한 분위기의 의례적인 다회라기보다는 웃음이 나오는 연회적 성격의 다연(茶宴)이었다. 이처럼 오차모리는 승려들의 차연회가 오늘날에는 승려들의 점다로 대중들이 즐기는 음다문화로 바뀌어 있는 것이다.

---

35 高木庸一(2001), 앞의 논문, p.118.

4. 서대사 오차모리의 상징적 의미

서대사의 오차모리는 큰 차사발에 담은 말차를 커다란 차선을 가지고 격불한 다음, 여러 명이 돌려 마시는데 그 특징이 있다. 그렇게 마시는 이유는 무엇일까? 여기에 대해 김정신과 전재분은 정적의 차에 독약을 넣어 독살하는 일이 빈번했던 시대에 큰 그릇 안에 차를 담아 최고의 실력자가 먼저 마신 다음 돌려가면서 함께 차를 마시는 행위는 차회에 참석한 관료들을 편안하게 하는 것이며, 또 그것을 통하여 상호의 신뢰와 평등 그리고 존경을 나타내는 것이라고 하였던 것이다.[36]

이들의 말대로 큰 그릇 안에 담겨진 차를 참가자들이 조금씩 나누어 마신다는 것은 서로 간에 배려가 필요하다. 자신이 마시고 난 뒤 다음 사람이 마시기 때문에 그 사람이 꺼려 할 만한 사항을 하지 않는 것이 최소한의 기본적인 예의이다. 그러므로 마시고 나자마자 준비한 약간 물기가 있는 종이 수건으로 자신이 입을 댄 곳을 3회 정도 닦은 후에 상대에게 넘기는 것도 바로 그것을 위한 것이다. 이러한 의미에서 상호간의 신뢰와 존경의 바탕 위에 「오차모리」가 성립되어있다고 보는 것은 사실이다.

그러나 그러한 음다법에 대해 독살의 위험성이 없음을 나타내기 위한 것이라는 해석에는 약간의 무리가 따른다. 왜냐하면 서대사의 「오차모리」는 불교사원에서 승려 및 행사에 참여한 대중들에게 베푸는 시다행위이기 때문이다. 그럴 가능성이 있다면 정치적으로 민감한 무

---

36 김정신 · 전재분(2009), 앞의 논문, p.305.

사들의 다회일 가능성이 높다. 하지만 무사들의 다회라 하더라도 그럴 가능성은 그다지 높지 않다. 왜냐하면 주인이 손님을 위해 점다하여 내어놓으면 손님들이 순서에 따라 나누어 마시기 때문이다. 즉, 그것을 주인이 먼저 마시지 않는 것이다. 따라서 주인이 먼저 마심으로써 그 속에 독이 들어있지 않다는 것을 증명한다는 것도 일본 다도를 제대로 이해하지 못하고 단편적인 부분만을 보고 내린 해석이다.

일본에서 말차의 음다법에는 크게 두 가지 종류가 있다. 「박차(薄茶)」와 「농차(濃茶)」가 그것이다. 박차는 1명당 1다완으로 차를 마시지만, 농차는 하나의 다완으로 순서에 따라 복수의 인원이 돌려가며 나누어 마신다. 이것의 기원이 서대사의 「오차모리」에 있을 수 있으나, 이를 처음으로 다도에 적용한 사람은 일본다도의 완성자 센노 리큐(千利休: 1522~1591)이다.

1626년(寬永3)에 교토(京都) 서원사(誓願寺) 앞에 자리한 겐타로(源太郎)가 출판한 다도 입문서 『초인목(草人木)』에 의하면 「옛날에는 1명이 한 잔씩 마셨기 때문에 (차통에서 차를 넣는 횟수는) 세 숟가락이다. 리큐 때부터 「스이차(吸茶)」가 되었기 때문에 따로 정할 필요가 없다」고 했다.[37] 여기서 「스이차」란 하나의 다완에 담긴 차를 여러 사람들이 나누어 마시는 것을 말한다. 그것이 센노 리큐 때부터 시작되었다고 설명하고 있는 것이다. 실제로 센노 리큐가 히데요시의 거처인 쥬라쿠테이(聚樂第)에서 손님들에게 1인당 1잔씩 점다한 기록도 있다. 그러던 것을 센노 리큐가 「스이차」의 음다법을 다도에 적극 활용하였던 것이다.

이러한 음다법은 자연스러운 것이 아니라 의도적으로 만든 것이기

---

[37] 「むかしハ独ニ一服つつの故ミすくい也. 利休よりはすい茶なる故に、猶定なし」.

161

그림 6 조선에서 건너간 이도다완 쓰쓰이즈쓰(筒井筒)

에 초기에는 다소 생소했다. 그리하여 흥미로운 에피소드가 생겨나기도 했다. 나라(奈良) 흥복사(興福寺)의 탑두(塔頭) 다문원(多聞院)의 승려이었던 에이슌(英俊: 1518~1596)[38]이 쓴『다문원일기(多聞院日記)』에 다음과 같은 내용이 있다.

즉, 어느 다회에서 히데요시가 점다하여 객들에게 "스이차로 마시게나." 하자 5명의 객들이 앞 다투어 서로 하나의 명물다완을 차지하려고 다투는 바람에 결국 그 다완은 5조각으로 깨어지고 말았다. 이 다완이 조선에서 건너간 「쓰쓰이즈쓰(筒井筒)」라는 고려다완이다. 이것은 쓰쓰이 준케이(筒井順慶: 1549~1584)[39]가 히데요시에게 헌상한 명물로 히데

---

[38] 흥복사 다문원주(多聞院主). 호는 長実房. 야마토 호족으로 흥복사 大乗院方坊人의 도이치치(十市氏) 일족 출신. 1528년 11세때 흥복사 묘덕원(妙徳院)에 들어가 1533년 妙徳院長蓮房英繁을 스승으로 득도. 長実房이라는 호를 얻었다. 1534년 모친의 상기간 중 赤童子에게 구원을 받는 꿈을 꾸고 일생을 수학에 바칠 결의를 하다. 그 후 정진수행하여 다문원주가 되고, 법인권대승도(法印権大僧都)로 승진했다.

[39] 야마토(大和) 고오리야마성(国郡山城) 성주. 득도하여 준케이(順慶)이라고 칭하기 전에는 후지카쓰(藤勝), 후지마사(藤政)라는 이름을 사용했다. 준케이는 야마토의 전국다이묘(戦国大名)로서 격동의 시대에 파란만장한 생애를 보냈다. 그의 부친은 흥복사 승병 우두머리 筒井順昭이었다. 그러나 그의 2살 때 부친이 병으로 사망하자 가독권을 상속했다. 당시 야마토는 오다 노부나가(織田信長)의 휘

그림 7 나라시 伝香寺의 쓰쓰이 쥰케이(筒井順慶: 1549-1584) 좌상

요시가 애지중지하던 것이었다. 그러므로 순간적으로 일제히 긴장하지 않을 수 없었다. 바로 그 때 와카(和歌)의 달인 호소가와 유사이(細川幽斎: 1534~1610)[40]가 기지를 발휘하여 「쓰쓰이즈쓰 다섯조각으로 깨어

하에 있는 마쓰나가 히사히데(松永久秀)의 세력이 강해 본거지인 쓰쓰이성(筒井城)에서 쫓겨나기도 하였지만, 일족과 신하에 지지와 협력에 의해 겨우 세력을 유지하고 있다가 1577년(天正5) 쥰케이가 숙적인 히사히데(久秀)를 시기산성(信貴山城)에서 멸망시키고, 야마토의 고오리야마(郡山)에 입성했다. 그 후 쥰케이는 노부나가(信長)와 히데요시(秀吉)의 휘하에 들어가 각지의 전장터의 누볐다. 그리고 1584년(天正12)년 36세의 나이로 병사했다. 그의 묘소는 야마토고오리야마시(大和郡山市)에 세워졌다. 1983년 쓰쓰이 쥰케이(筒井順慶)의 400주기를 맞이하여 그의 후손들에 의해 전국쓰쓰이치동족회(全国筒井氏同族会)가 결성되고, 쥰케이의 원찰인 나라시 전향사(伝香寺)에 順慶堂를 건립하고 쓰쓰이 쥰케이(筒井順慶) 좌상을 안치했다. 전향사는 1585년(天正13) 쓰쓰이 쥰케이의 명복을 빌기 위해 그의 어머니인 芳秀尼가 발원하여 건립한 불교사원이다.

40 전국시대 영주, 가인(歌人). 幼名은 만키치(万吉). 성인식 이후의 이름은 藤孝. 雅号는 幽斎. 법명은 玄旨. 처음에는 무로마치막부(室町幕府) 13대 쇼군・아시카가 요시테루(足利義輝)의 가신이 되었고, 그의 사후에는 오다 노부나가의 협력을 얻어 15대 쇼군・아시카가 요시아키(足利義昭)의 옹립에 진력했다. 그후 요시아키가 노부나가를 적대시 하여 교토에서 추방되자, 노부나가의 뜻에 따라 성씨를 나가오카(長岡)로 바꾸고, 勝竜寺城主를 거쳐 丹後国宮津 11만석의 영주가 되었다. 노부나가의 사망 이후 삭발하고 가독을 타다오키(忠興)에게 넘기고 은퇴했다. 그

진 이도다완 그 죄를 물으신다면 내가 지겠나이다」라는 노래를 지어 불러 히데요시의 노여움을 거두고, 다회도 무사히 치러졌다고 한다.⁴¹

이 일화는 역사적 사실이 아니며, 전승의 영역에 머무는 이야기일 가능성도 있다. 그러나 그러한 이야기가 회자된다는 것은 다완 하나에 나누어 마시는「스이차」라는 음다법이 당시 권력층에 있어서도 그다지 보급되어 있지 않았음을 나타내는 것으로 볼 수 있다.

그렇다면 센노 리큐는 어찌하여 이러한 다법을 자신의 다도에 적용시킨 것일까? 이것을 알려주는 기록이 있다. 그것은 1731년(享保16) 오하리번(尾張藩)의 사무라이 치카마쓰 시게노리(近松茂矩: 1697~1778)⁴²가 편찬한 『다탕고사담(茶湯故事談)』인데, 그것과 관련하여 내용을 소개하면 다음과 같다.

옛날에 농차를 한명 한잔씩 마셨기에 너무나 시간이 많이 걸려 주객 모두 지루하게 느꼈다. 그리하여 리큐가 스이차(吸茶)로 하였다.⁴³

러나 그 후에도 도요토미 히데요시, 도쿠가와 이에야스에게 중용되었고, 근세 히고(肥後) 호소카와가(細川家)의 기초를 다졌다. 또 二条流의 歌道伝承者 三条西実枝로부터 古今伝授를 받고, 근세 가학(歌学)을 대성시킨 관대일류(当代一流)의 문화인이었다.

⁴¹ 이것과 내용이 다른 전승도 있다. 즉, 히데요시가 애지중지하던 이도다완을 시동이 잘못하여 떨어뜨려 깨지고 말았다. 이에 화가 난 히데요시가 그를 죽이려고 하던 순간 마침 그 자리에 있었던 호소가와 유사이가 노래를 불러 위기를 모면할 수 있었다는 이야기도 있다.

⁴² 에도중기(江戸中期)의 병학자. 일전류병학(一全流兵学)의 창시자. 통칭은 彦之進. 호는 南海, 囊玄子. 『다탕고사담(茶湯故事談)』의 題言末에「元文四年次己五月望採毫於尾州名古屋城押泥江邑錬兵堂南窓 近松彦之進藤原茂矩」라고 적혀있어 그의 저서임을 알 수 있다. 그의 주요 저서로는『昔咄』『鉄砲茶話附尾問答』『火砲習録』『田猟射・田猟銃』등이 있다.

⁴³ 「むかしハ濃茶を一人一服づつにたてしを、其間余り久しく、主客共に退屈なりとて、利休が吸茶に仕そめしとなん」.

즉, 이같은 음다법은 시간을 단축하기 위해 만든 것이었다. 농차는 박차와 달리 점다하는데 시간이 많이 걸린다. 다량의 말차를 적은 양의 뜨거운 물로 녹일 필요가 있기 때문에 차선에 힘을 주어 몇 번이나 반복하여 휘저어야 한다. 그 때문에 농차는 「탄다」, 또는 끓여 낸다는 의미의 말인 「다테루(点てる)」를 사용하지 않고, 「이긴다」, 반죽하다는 의미의 말인 「네루(練る)」로 표현한다. 따라서 복수의 인원을 상대함에도 1명에 1잔씩 준비한다는 것은 시간이 많이 걸리거니와, 리큐의 말처럼 주객 모두 단조롭고 지루할 수밖에 없다. 이것을 극복하기 위해 새롭게 개발되었다는 위의 설명에는 상당히 일리가 있어 보인다.

그 단적인 예가 『종담일기(宗湛日記)』에서도 보인다. 이 일기는 16, 7세기 때 활약했던 하카다(博多)상인이자 저명한 다인이기도한 가미야 소탄(神谷宗湛: 1551~1635)[44]의 다회기(茶会記)이다. 1586년(天正14) 11월 말부터 1613년(慶長18) 12월까지 소탄이 직접 참가한 다회의 상황을 적은 것으로 당시 다인들의 동정, 도구의 모양과 거래되는 가격 등이 극명하게 기술되어있어서 일본 다도사의 연구에 있어서 매우 중요한 의미를 지닌 문헌자료이다.

여기에 히데요시가 1587년(天正15) 정월 오사카성(大坂城)에서 개최된 대다회(大茶會), 같은 2월 야마자토(山里) 스키야(数寄屋)에서 개최된 대다회가 자세히 서술되어 있다. 그 중 우리의 주목을 끄는 찻자리가 전자의 정월 3일 오사카성의 히로마(廣間)에서 열린 차회이다. 이때 소탄은 히데요시에게 초대되어 오사카로 갔다. 그 이후 그는 엄청난 히

---

[44] 하카다(博多) 상인, 다인. 가미야치(神屋氏)의 제6대 당주. 출가 전의 諱는 貞淸. 島井宗室 · 大賀宗九과 더불어 「하카다의 3걸」이라 불린다.

그림 8 이시다 미쓰나리(石田三成:
1560~1600)〈東京大学史料
編纂所 소장〉

데요시의 전쟁자금을 지원하고 있었다. 그러므로 히데요시의 그에 대
한 접대는 남달랐다.

그 자리에서 그는 리큐를 처음 만나 인사했다. 그리고 대기실에 들
어가자 이미 그곳에는 사카이(堺)의 상인이자 다인 5,6명이 이미 대기
하고 있었다. 그 중에는 당대를 대표하는 다인 쓰다 소규(津田宗及:
?~1591)[45]도 있었다. 그는 그들과 함께 대기실에서 대기하고 있었다. 그
러자 이시다 미쓰나리(石田三成: 1560~1600)[46]가 나타나 소탄만을 불러 주

---

45 사카이의 거상, 다인. 부친은 쓰다 소타쓰(津田宗達). 텐노지야(天王寺屋), 통칭
助五郎, 宗及, 天信 또는 更幽斎라 함. 60여명의 제자를 둔 다인으로서 명성을 얻었
으며, 宗久, 센노 리큐(千利休)와 더불어 노부나가(信長)의 다두(茶頭)가 되었고,
1574년(天正2) 4월의 상국사(相国寺)에서 개최된 다회에서는 리큐와 함께 정창원
(正倉院)의 란쟈타이(蘭奢待)를 하사받았다. 노부나가가 본능사(本能寺)에서 사
망할 때 그는 사카이에서 도쿠가와 이에야스(徳川家康)를 접대하고 있었다. 그 후
도요토미 히데요시의 다두가 되었고, 대덕사(大德寺), 기타노(北野)의 대다회에
중요한 역할을 하였으며, 규슈 출병과 칸도(関東) 공격 때도 히데요시를 동행했다.
그는 「다회기(茶会記)」를 남겼으며, 그의 묘는 사카이의 남종사(南宗寺)에 있다.
46 일본의 무장·영주. 도요토미 히데요시의 가신. 佐和山城主. 도요토미정권(豊臣

변에 놓여진 히데요시의 차 도구를 보게 했다.

그리고 잠시 후에 히데요시가 나타나 다짜고짜「쓰쿠시(筑紫)의 승려(坊主)는 누구냐?」고 소리치며 소탄을 친절하게 불러 영주들과 사카이의 다인들이 대기한 상태에서 히데요시와 마주 앉아 식사를 했다. 이 때 소탄은 삭발한 승려의 모습을 하고 있었고, 이시다 미쓰나리가 급사역할을 했다.

이 때 준비된 메뉴는 연어구이, 연어회, 유자를 감은 무, 연어나 송어의 알을 소금물에 절여서 만든 하라코, 그리고 국, 밥, 술 한 잔이었다. 그리고 다과로는 밤(打栗), 백청(白青)으로 색을 입은 부채꼴(扇形)의「센센(仙煎)」, 이리카야(イリカヤ)이었다고 소탄은 상세히 묘사했다.

식사가 끝나고 차의 시간이 되자, 소탄에게는 혼자서 듬뿍 마시게 하라고 하며, 리큐에게 점다를 시켰다. 그야말로 그를 특별대우를 하였던 것이다. 이 때 소탄은 리큐의 점다에 대해「이도다완(井戸茶碗)을 사용했고 차는 미지근하게 했다」고 적고 있다. 리큐가 차를 담았던 그릇은 조선에서 만들어진 다완이었다. 이때 주목할 만한 사항은 히데요시가 영주들과 사카이의 다인들에게는「인원 수가 많으니, 3인이 1조가 되어 마셔라」고 말하고 있다는 점이다. 즉, 히데요시는 소탄을 제외한 나머지 사람들에게는 하나의 다완으로 돌려가며 마시는「스이차」를 권하였던 것이다. 이러한 음다법에는 단조로움을 깨고 시간을 절약하는 효과가 있었다.

政権)의 奉行으로서 활동하여 五奉行 중 한명이 되다. 히데요시의 사후 도쿠가와 이에야스 타도를 위해 결기하여 모리테루모토(毛利輝元)를 비롯한 여러 영주들과 함께 서군을 조직하나, 세키가하라(関ヶ原) 전투에서 패배, 교토 로쿠조 가와라(六条河原)에서 처형당하다.

그러나 그것에는 그 이상으로 중요한 의미가 있다. 그것은 다름 아닌 그 찻자리에 참석한 사람들의 관계를 결속시키는 의미가 있다. 즉, 참석자들의 마음을 하나로 묶어주기 위한「일미동심(一味同心)」의 사고가 반영되어있다. 이 말은 하나의 맛으로 마음을 같이 한다는 뜻으로「한 솥밥 먹는다」는 말과도 같다.[47] 동일한 음식을 함께 나누어 먹는 것이 서로 간에 친밀감을 유발하여 결속력을 다지는데 효과가 있다.

일본의 다실은 좁고 어둡다. 그러한 곳에서 농차를 돌려가며 나누어 마시는 이유는 하나의 잔을 통해 주객의 마음을 하나로 하기 위한 것이었다. 그리고 솥에서 끓는 물소리와 정적감, 그리고 바깥에서 들어오는 희미한 햇빛 등으로 주객은 차에 모든 것이 집중될 수밖에 없다. 그러한 상태에서 차를 돌려가며 마심으로써 주객의 일체감이 극에 달하게 된다. 다시 말해 차 한 잔으로 결속과 신뢰를 확인하는 것이다. 이것이 일좌건립(一座建立)과도 연결된다. 이처럼 농차의 음다법은 통합의 상징성을 지니고 있는 것이었다.

하나의 용기로 함께 차를 나누어 마시는 것은 술의 습속에서 나온 것이다. 서로의 친밀감과 연대감을 높이기 위해 술잔을 돌려가며 마시는 음주문화가 바로 그것이다. 이 점은 다도에 있어서 하나의 다완으로 함께 나누어 마시며 결속과 신뢰를 확인하던 농차의 의미와 같다.

여기에 좋은 사례가 이시다 미쓰나리와 오타니 요시쓰구(大谷吉継: 1565~1600)의 농차 일화이다. 그 내용을 대략 정리하여 소개하면 다음과 같다.

---

47 熊倉功夫(1985)『昔の茶の湯 今の茶の湯』淡交社, p.99.

1587년(天正1) 오사카성에서 열린 다회에 초청된 히데요시의 휘하 여러 영주들은 다완에 담긴 차를 차례로 한모금씩 나누어 마시고 있었다. 그 때 요시쓰구는 한센병에 걸려있었다. 당시 한센병은 불치의 병으로 간주되어있었다. 피부가 갈라지고 반점들이 생기는 등 모두가 그와의 접촉을 싫어했다. 그리고 요시쓰구의 얼굴에서 고름이 다완에 떨어져 있었다. 이를 본 참가자들은 마시려고 들지 않았다. 「스이차」는 순서대로 마셔야 하기 때문에 그 뒷 순서의 사람들은 마시는 흉내만 낼 뿐 마시지 않았다. 그러나 미쓰나리는 이를 태연하게 받아서는 벌컥벌컥 들이키고는 「맛이 있어서 전부 마셨다. 한잔 더 달라」고 말했다. 이에 감격한 요시쓰구는 미쓰나리와 함께 훗날 서군을 조직하여 도쿠가와 이에야스와 맞서서 싸웠으며, 이 두 사람의 우정은 죽을 때까지 변함없이 지켰다.[48]

이 이야기도 실제로 있었던 것인지 알 수는 없다. 흔히 요시쓰구는 전생의 죄업으로 말미암아 한센병에 걸려 있었고, 무너진 얼굴을 흰 천으로 가리고 있었다고 하나, 사실 에도중기(江戸中期)까지 그러한 모습으로 묘사된 자료는 존재하지 않는다. 역사가 혼고 가즈토(本郷和人)에 의하면 위의 이야기는 명치시대(明治時代: 1868~1912)의 언론인 후쿠모토 니치난(福本日南: 1857~1921)이 쓴 『영웅론(英雄論)』에서 보이는 것이 가장 오래된 것으로 보인다고 했다.[49] 그렇다면 위의 이야기는 근세

---

48 일본의 무장. 영주. 도요토미 히데요시(豊臣秀吉)의 가신. 에치젠쓰가루성주(越前敦賀城主). 통칭은 紀之介, 호는 白頭. 官途는 刑部少輔. 보통 오타니 교부(大谷刑部)라 불림. 업병(業病)을 얻어 실명이 되는 등 고충이 심했음. 세키가하라(関ヶ原) 전투에서는 가마를 타고 지휘하였으나, 고바야가와 히데아키(小早川秀秋) 등의 이반으로 패전하자 가신·유마사 다카사다(湯浅隆貞)의 카이샤구(介錯)로 할복자결하였다.

에 만들어졌을 가능성도 있다.

그러나 요시쓰구가 신체에 문제가 있었던 것은 사실이다. 『세키가하라 합전지기(関ケ原合戦誌記)』, 『세키가하라군기대성(関ケ原軍記大成)』 등의 자료에서는 그것이 눈병으로 묘사되어있다. 그보다 더욱 분명한 것은 1594년(文禄3) 10월 나오에 가네쓰구(直江兼続: 1560~1620)[50]에게 보내는 서한에서 요시쓰구는 눈병 때문에 사인(花押)이 아니라 도장(印判)을 사용한다는 내용이 들어있다. 이것으로 보더라도 그는 실명에 가깝게 간 눈병으로 고충을 겪고 있었음을 알 수 있다.

이 이야기가 비록 역사적 사실이 아니라 할지라도 그것이 담고 있는 의미는 따로 있다. 즉, 다완 하나에 담긴 차를 돌려가며 마시는 음다법에는 하나의 이상을 복수 사람들이 공유한다는 의미가 깃들어 있는 것이다. 그것이 참가자들의 결속과 신뢰를 고양시키는 의식으로서 기능이 작동되고 있었음을 반증해준다고 할 수 있다.

이러한 의미에서 서대사의 오차모리는 중요한 상징적인 의미를 지닌다. 즉, 같은 잔으로 나누어 마심으로써 상호간의 경계를 무너뜨리고 동질의식을 고조시켜 일미동심(一味同心)과 일미화합(一味和合)이라는 말 등으로 표현될 수 있는 차 파티이라는 점이다.

---

49 本郷和人(2015) 『戦国武将の明暗』 新潮社, pp.31-32.
50 일본 무장. 요네자와번(米沢藩(主君 上杉景勝))의 가로(家老). 요네자와성(米沢城) 성주. 세키가하라 전투때 가케카쓰(景勝)는 도쿠가와 이에야스(徳川家康)와 적대시하여 30만석으로 감봉(減封)되었으나, 가네쯔구(兼続)는 家宰의 입장을 유지하며 요네자와성의 정비 · 번정(藩政)의 확립에 힘썼다.

제5장

칭명사에서 만난 무라다 쥬코

1. 칭명사에서 만난 무라다 쥬코

나라시 쇼부이케초(菖蒲池町)에는 칭명사(称名寺)라는 사원이 있다. 1265년(文永2) 흥복사의 학승이었던 센에이(專英), 린에이(琳英)의 승려 형제가 상행염불(常行念佛)의 도량으로서 창건되었다. 당초는 흥복사의 별원으로 흥복사의 북쪽에 위치해 있기 때문에 흥북사(興北寺)라고도 불렸다. 현재는 정토종(浄土宗) 서산파(西山派)에 속해 있다. 본존은 목조 아미타불좌상, 목조 석가여래좌상, 목조 미타여래좌상의 3존이다.

일반인들에게는 거의 알려져 있지 않은 절이기에 일반 관광객들이 찾는 곳이 아니다. 나는 이곳을 두 번이나 방문했다. 첫 번째는 2022년 12월이었다. 그 날은 이른 아침이었는지 문이 굳게 닫혀 있어서 바깥에서 경내를 볼 수밖에 없었다. 두 번째는 2024년 1월이었다. 이때는 지인을 통해 미리 연락을 해놓은 탓에 겨우 경내에 들어가 다실을 볼 수 있었다.

이곳을 두 번이나 방문한 이유는 다름 아닌 이곳이 일본 초암다도의 아버지로 일컬어지는 무라다 쥬코(村田珠光: 1422~1502)가 출가한 곳이기 때문이다. 쥬코는 1422년 나라시 나카미카도초(中御門町)에서 태어났다. 그의 부친은 검교(検校) 무라다 모쿠이치(村田杢市)이다. 아명은 모키치(茂吉), 모쿠잇코(木一子)이었다.

쥬코는 11세 때 나라의 칭명사에서 출가를 했다. 11세 때 칭명사의 말사인 법림암(法林庵)에 거주했다.[1] 「쥬코(珠光)」라는 이름은 승명(僧

---

1   伊藤古鑑(1966) 『茶と禅』 春秋社, p.26.

173

그림 1 칭명사의 입구

名)이다. 이것은 『관무량수경(觀無量壽經)』의 어구 「일일주(一一珠), 일
일광(一一光)」에서 따서 지은 것이다.

　그런데 그의 절 생활을 원만히 하지 못했던 것 같다. 20세가 되기 이
전 칭명사에서 추방되었다. 이유는 정확하지 않지만, 투차에 빠져 절
의 일을 게을리 한 탓이라는 견해가 있다. 그 이후 경력은 불분명하다.
아마도 여러 지역을 다니며, 자신을 돌아보는 시간을 가졌던 것 같다.

　그 때 그는 「지하다탕(地下茶湯)」을 철저히 경험을 한 것 같다. 「지하
다탕」이란 서민들에게 유행했던, 간소하고 소박한 성격을 띤 것으로
거친 말차를 마시는 끽다관습을 말한다. 25세 때 교토로 나와서 산조
초(三条町)에서 소암(小庵) 「남성암(南星庵)」을 짓고 살았다. 그리고 노
아미(能阿彌: 1397~1471)에게 꽃 장식(立花)과 당물(唐物)의 감정을 배웠
다. 그리고 30세경에는 대덕사의 진주암(珍珠庵)에 들어가 잇큐 소준
(一休宗純: 1394~1481)[2]에 참선을 배웠으나 수마(睡魔)에 약했다. 이에 스

승인 잇큐가 수마를 극복하기 위해 「차를 마셔라」고 권한 것이 그가
다도에 빠지게 된 계기가 되었다. 그 후 잇큐의 인가(印可)를 얻어 원오
극근(圜悟克勤: 1063~1135)³의 묵적을 받았고, 그것을 다실의 도코노마에
건 것이 일본 다실에 거는 묵적의 출발이 되었다.

그는 교토에서 다인으로서 활약했다. 그의 다도는 선(禪) 사상을 말
차의 끽다에 적용시킨 것에 특징이 있다. 쥬코가 시작한 차를 마실 때
의 마음자세와 4장반이라는 크기의 다실은 훗날 센노 리큐(千利休 1522~
1591)에 의해 「초암다도」로서 완성되었다.

「오닌(応仁)의 乱」(1467~1477)⁴이 일어났을 때 그는 고향인 나라로 돌

---

2 일본 임제종 승려. 교토 출신. 잇큐(一休)는 道号, 宗純은 시호. 또 夢閨·狂雲
子·瞎驢·国景·曇華 등의 호도 사용. 카소 소돈(華叟宗曇: 1352~1428)의 법을
계승. 교토·사카이 등지의 소암(小庵) 또는 민가를 전전하면서 교화에 힘썼다.
1474年(文明6) 대덕사의 주지가 되었고, 「오닌(応仁)의 난(1467~77)」에 의해 황
폐해진 절의 재건에 노력했다. 그의 언동은 기발, 풍광(風狂)으로 알려져 있으나,
명리(名利)의 전통인 선(禪)을 배척하고, 탈속 풍류로 간소한 생활을 칭송하며 스
스로를 임제선의 정통을 책임지는 자로 자처하며, 형식적인 계율을 지키는 것보
다 견성오도(見性悟道)를 제일의 목적으로 삼는다는 입장을 취한다. 그의 글과
말은 지극히 노골적인 것이 있고, 세상에 꺼리는 것도 없었다. 그리고 선의 민중화
에 큰 족적을 남겼다. 법사(法嗣)는 없으나, 그의 곁에는 많은 문인들이 참선하였
고, 그 중에서도 무라다 쥬코(村田珠光)를 비롯한 사카이 상인과의 만남은 다도
가 선에서 생겨나는 계기가 된다. 주요저서로는 『자계집(自戒集)』, 『일휴화상가
명법어(一休和尙仮名法語)』, 『광운집(狂雲集)』 등이 있다.
3 중국 송나라의 임제종 양지파(楊枝派)에 속한 스님. 한국불교에서 인정하는 조사
선맥에서, 석가모니 이래 제48대 조사 스님이다. 사천성 사람으로 속성은 낙(駱)
씨다. 휘가 극근(克勤)이고, 자는 무착(無著). 원오는 남송 고종에게 받은 사호(賜
號)이다. 북송 휘종은 불과선사(佛果禪師)라는 호를, 남송 고종은 진각선사(眞覺
禪師)라는 호를 내려 극진히 존경했다. 원오극근 스님은 제47대 조사 스님인 5조
법연(法演)의 수제자다. 불안청원(佛眼淸遠), 태평혜근(太平慧懃), 원오극근(圜
悟克勤)을 오조법연 문하의 세 부처라고 한다. 제48대 조사 원오극근의 법은 제49
대 조사 호구소융에게 이어졌지만, 원오극근의 유명한 제자로 대혜종고가 있다.
대혜종고는 현재 한국불교의 주류 참선 방법인 간화선을 만들었다. 북송 휘종(徽
宗)과 남송 고종(高宗)의 존경을 받았으며 『벽암록』의 저자로서도 유명하다.
4 무로마치시대 중기인 1467년(応仁元)에 발생하여 1477년(文明9)까지 약 11년에
걸쳐 벌어진 내전이다. 무로마치막부 管領家의 하타케야마치(畠山氏)와 시바치

그림 2 무라다 쥬코의 초상화

아갔으나, 칭명사에는 가지 않았다. 그는 동대사 부근 기타가와바타초(北川端町)에 암자를 지어 거주했다. 당시 그곳은 민가 없는 전원이었다(『奈良坊目拙解』). 즉, 초암에서 은둔자와 같이 생활을 하였다. 그러면서 흥복사 존교원(尊教院)의 하부(下部: 절의 잡무를 담당하는 남자)이었던 소쥬(宗珠: 생몰년미상)를 양자로 삼았다.

그는 전쟁이 끝나고 정치가 안정에 접어들면 다시 교토로 나와 다인으로서 시간을 보냈다. 만년을 교토 산조 류수이초(柳水町)에서 살다가 1502년(文亀2) 5월 15일 80세의 나이로 사망했다.

(斯波氏)가 각각 가독권 다툼으로 발생하여, 아시카가 쇼군가의 후계자 문제를 둘러싸고 막정(幕政)의 중심이었던 초소가와 카쓰모토(細川勝元)와 야마나 소센(山名宗全)의 양대 유력 수호대명(守護大名)의 항쟁이 되어 막부세력이 동서로 나뉘어져 싸우는 전란으로 발전하여 각 영지마다 싸우는 대란이 되었다. 11년에 걸친 전란은 서군이 해체됨으로써 수습이 되었으나 주요 전장이 된 교토 전역은 괴멸적인 피해를 입고 황폐해졌다. 오닌(応仁) 원년에 일어났기 때문에 일반적으로 「応仁의 난(乱)」이라 하나, 전쟁이 계속되어 応仁은 불과 3년이며, 문명(文明)으로 된 시간이 길었다. 그로 인해 근년에는 「応仁・文明의 乱」라는 사람도 있다.

2. 일본다도의 아버지 무라다 쥬코

이러한 경력을 가진 그에게 다인으로서 이름을 날릴 기회가 찾아왔
다. 야마노우에 소지(山上宗二: 1544~1590)[5]의 『산상종이기(山上宗二記)』
에 의하면 어느 날 무로마치막부 쇼군의 측근인 노아미(能阿弥: 1397~
1471)의 소개로 막부의 8대 쇼군 아시카가 요시마사(足利義政: 1436~1490)
를 만나게 되었다. 그 때의 상황을 자세히 소개하고 있는데, 내용을 정
리하여 소개하면 다음과 같다.

어느 날 쇼군 요시마사가 노아미에게 다음과 같은 말을 했다. "옛날부
터 세상에 있는 놀이란 놀이는 모두 다 해보았다. 이제 곧 겨울이 된다.
겨울이 되면 설산을 누비며 사냥도 해보았다. 이것도 해를 거듭할수록
싫증이 났다. 이러한 것 말고 특별히 재미있는 놀이가 없는가?" 이 말을

---

5   옥호는 사쓰마(薩摩), 호는 瓢庵. 본성은 石川. 아들로는 야마노우에 도시치(山上
道七)가 있다. 리큐에게 20년간 차를 배웠다. 리큐와 함께 다회에 참석한 것이 당
시 다회기에서 확인된다. 도요토미 히데요시, 오다 노부나가의 다도사범을 하였
다는 설도 있다. 1584년(天正12) 이비곡직(理非曲直)의 발언으로 히데요시의 노
여움을 사 추방되어 낭인이 된다. 그 후 마에타 도시이에(前田利家)의 다도 사범
이 되나, 1586년(天正14) 다시 히데요시의 노여움을 사고 고야산(高野山)으로 도
망했다. 1588년(天正16)경부터 자필의 비전서 『산상종이기(山上宗二記)』의 사
본을 여러 사람들에게 나누어준다. 그 후 오다하라(小田原)로 가서 호조씨(北条
氏)의 다도사범이 되었다. 1590년(天正18) 히데요시가 호조씨를 공격할 때 그는
오다하라에서 농성하는 호조씨 세력과 함께 있었다. 그 때 미나가와 히로테루
(皆川広照)가 히데요시의 포위군에 투항할 때 그도 동행했다. 그 이후 리큐의 중
재에 의해 히데요시와의 면회가 이루어진다. 이때 히데요시는 그를 사면하고 재
등용하려고 하였으나, 찻자리에서 전에 모셨던 호조 겐안(北条幻庵)과의 의리를
지키는 발언을 하여 또 다시 히데요시의 노여움을 사서 귀와 코가 베어지고 목이
베어지는 형벌을 받았다. 그 때 그의 나이 46세이었다. 하코네 유모토(箱根湯本)
의 조운사(早雲寺)에는 그의 추선비가 있다. 일본 다도사에서는 그 당시 사카이
의 다인의 차를 이해할 수 있는 기본사료 『산상종이기』의 필자로서 중요하다. 그
밖의 저서로는 『다기명물집(茶器名物集)』, 『다탕진서(茶湯珍書)』 등이 있다.

들은 노아미는"지금까지 하신 놀이가 싫증이 나셨다면 즐거움의 세계에
는 다탕(茶湯)이라는 것이 있습니다."라고 말했다. 그리고 이어서 「나라
의 칭명사에는 쥬코라는 자가 있습니다. 다탕에 30년간 투신하여, 다도
에 조예가 깊은 자입니다. 그는 다탕과 관련한 공자 성인(聖人)의 길(道),
다탕자로서 자세, 계절에 따라 장식도 변화되어야 하며, 그에 따른 명물
의 가치 등을 말합니다. 솥에 끓는 물은 솔바람을 시기하고, 꾸밈으로써
도리를 깨달을 수 있습니다. 이것과 관련하여 말씀을 드리면 오로지 선
종의 묵적을 다실에 거는 것은 그 유래는 잇큐 소준에서 받은 원오극근의
족자를 쥬코가 다실에 거는 것에 있습니다.[6] 그 이후 오로지 유일한 취미
(数奇)로서 즐기게 되었습니다. 다탕과 묵적의 관계는 불법 그 자체입니
다.」고 하며, 눈물을 흘리는 것이었다.[7]

이 말을 들은 요시마사는 쥬코를 불렀다. 그 때의 상황을 대덕사 제
273대 다이신 기토(大心義統: 1657~1730)[8]의 『다조전(茶祖伝)』(1730년)에서

---

[6] 원오극근 필 1폭이 도쿄국립박물관에 소장되어있다. 이 묵적은 제자인 호구 소륭
(虎丘紹隆)에게 써 준 인가장(印可状)의 전반부로서 현존하는 선승의 필적 중 가
장 오래된 것이다. 선이 인도에서 중국에 전해진 뒤 송나라 시대에 이르러 분파된
경위를 서술하며 선의 정신을 설명하고 있다. 파격적인 서체이지만 엄격한 수행
을 거쳐 도달하게 된 고담한 맛이 있어 예전부터 최고의 묵적으로서 다도관련 집
안에서 중시되어 왔다. 이 묵적은 오동나무통 속에 넣어진 채 사쓰마(薩摩) 지방
의 보노츠 해안에 표착해왔다는 구전에 따라 「나가레 엔고(流れ圜悟)」라고도 불
리운다. 다이토쿠지(大德寺) 절의 다이센인(大仙院), 사카이(堺) 지방의 거상이
자 다인인 다니 소타쿠(谷宗卓) 집안을 거친 뒤 다테 마사무네(伊達政宗)의 요망
에 따라 후루타 오리베(古田織部)가 반으로 절단했다고 추측되고 있다. 이후 상
운사(祥雲寺) 절에 전해진 뒤 다인으로도 유명한 마쓰에(松江) 지방의 영주인 마
쓰다이라 후마이(松平不昧)가 금화 2천5백냥과 매년 쌀 30가마니를 쇼운지 절에
기증하는 조건으로 손에 넣었다.
[7] 竹内順一(2018)『山上宗二記』淡交社, pp. 15-17.
[8] 일본 임제종 승려. 교토 출신. 속성은 下村. 자는 総持. 호는 巨妙子이다. 天倫宗
忽의 법을 계승, 1706년(宝永3) 대덕사 교토를 역임했다. 고기록에 능통하고, 오

다음과 같이 묘사되어있다.

　　요시마사가 쥬코에게 "다도란 무엇인가?"라고 물었다. 그러자 쥬코
　　는 「차란 유흥이 아니고 예(藝)도 아닙니다. 오로지 일미청정(一味清浄)
　　이며, 법희선열(法喜禅悦)의 경지에 있습니다」고 하며, 차(茶)는 예(礼)를
　　본의(本義)로 하며 「근, 경, 청, 적(謹分, 敬分, 清分, 寂分)」이라 했다.[9]

　이로 인해 쥬코는 요시마사의 다도사범이 되었고, 요시마사는 점점
쥬코의 다도에 경도되었다. 이것이 훗날 리큐가 제창했던 「화, 경, 청,
적(和, 敬, 清, 寂)」이라는 다도의 근본정신이다. 이를 「사체(四諦)」라고
도 한다. 쥬코의 「근경(謹敬)」을 리큐는 「화경(和敬)」으로 바꾼 것이었
다. 사실 「근경」과 「화경」이란 말도 쥬코와 리큐가 만들어낸 말이 아
니다. 원래 「근경」은 이미 중국의 고전 『한비자(韓非子)』의 「내저설하
(内儲説下)」에서 보이고,[10] 「화경」 또한 『예기(礼記)』의 「악기(楽記)」에
보이는 말이다.[11] 또 13세기 도겐선사(道元禅師: 1200~1253)[12]의 『영평청

　　모테센케(表千家) 전래 唐津茶碗 「桑原」의 상자글씨(箱書き)가 남아있다. 저서
　　로는 『영회일감(霊会日鑑)』 등이 있다.
9　다이신 기토(大心義統)의 『다조전(茶祖伝)』: 「一味清浄、法喜禪悦。趙州如
　　此、陸羽未曾至此。人入茶室、外卻人我之相、内蓄柔和之德、致相交之間、
　　謹分敬分清分寂分、卒以及天下太平」.
10　『韓非子』(第三十一篇)의 「内儲說下」: 令尹甚傲而好兵, 子必謹敬, 先毆陳兵堂下
　　及門庭(영윤은 매우 오만한 분으로 무기를 좋아하시니, 안방에서 사랑채까지 무
　　기를 진열하는 것이 좋을 것입니다.).
11　『禮記』의 「楽記)」(제19): 是故樂在宗廟之中, 君臣上下同聽之, 則莫不和敬 在族
　　長鄉里之中, 長幼同聽之, 則莫不和順. 在閨門之內, 父子兄弟同聽之, 則莫不和親
　　(이런 까닭으로 악이 종묘 안에 있으면 군신이 함께 들으므로 화경하지 않을 수 없
　　고, 향당 안에 이어 장유가 함께 들으면 화순하지 아니 하지 못하며, 규문 안에 있
　　어 부자형제가 함께 들으면 화친하지 않을 수 없다.).
12　가마쿠라시대 초기의 선승. 일본 조동종의 개조. 만년에는 희현(希玄)이라는 이

그림 3 칭명사의 무라다 쥬코
공양탑

규(永平淸規)』의 「중료잠규(衆寮箴規)」에서도 「초심자와 만학(선배)은 서
로 화합하고 존경하며 순리를 따라야 한다(初心晩学和敬随順)」라는 말이
있다. 즉, 초보자는 선배의 말을 순수한 마음으로 따르고, 고참 선배들
은 후배의 초보자를 존경하고, 화합하여 정진하라는 것이다. 이를 쥬
코와 리큐가 발견하여 다도의 정신을 나타내는 말로서 이용하여, 에도
시대 후기가 되면 다인들이 다도의 정신을 나타내는 말로 통용했다.

쥬코가 살았던 무로마치시대는 쇼군가가 중국에서 수입된 당물(唐
物)을 감상하는 끽다문화가 유행했다. 그러므로 중국에서 전해진 천목
다완(天目茶碗)과 청자다완(靑磁茶碗)이 선호되었고, 도구의 훌륭함을

름을 사용하기도 했다. 종문(宗門)에서는 고조승양대사(高祖承陽大師)로 존칭된
다. 시호는 불성전동국사(仏性伝東国師), 승양대사(承陽大師). 諱는 希玄. 도겐
선사(道元禅師)라고도 불린다. 주요저서로는 『정법안장(正法眼藏)』이 있다.

칭송하고, 그것을 통해 서로 경쟁하듯이 자랑거리로 삼았다.

한편 쥬코는 조잡한 도구도 소중히 다루어, 점다하며 마음의 안정을 추구했다. 즉, 다도에서 도구란 물질적인 시점이 아닌 차를 행하는 자의 정신적 가치를 중시했다. 그리하여 다도에서 인간평등, 주객이 갖추어야 할 마음자세, 주색의 금지 등을 주장하며, 종래의 통속적이고 유흥적이었던 차의 흐름을 완전히 바꾸어 버렸다. 한 때 투차에 빠졌던 그가 선승 잇큐를 만남에 따라 내면적인 가치를 추구하는 차가 태어난 것이었다.

그와 동시에 다실은 종전의 서원식 넓은 방 히로마(広間)에서 다다미 4장반을 기준으로 삼았다. 그리고 다실에 거는 족자를 당물에서 선사들의 묵적으로 하는 것을 가장 가치 있는 것으로 정했다. 또 차 숟가락(茶杓)은 종전과 같이 상아 또는 은이 아니라 대나무로 만든 것을 사용했다. 이처럼 구체적으로 눈에 보이는 부분도 중국풍의 것을 일본풍으로 바꾸었다. 이는 중국 도구를 중심으로 하는 도구차가 아닌 일본 독자적인 차로 돌아서는 분기점이 되었다고 해도 과언이 아니다. 이로 말미암아 무라다 쥬코는 일본다도의 아버지가 된 것이다.

그의 첫 제자로는 후루이치 초인(古市澄胤: 1452~1508)이 있다. 후루이치는 흥복사의 승병이자 무장이었다. 원래 야마토(大和) 후루이치(古市郷)의 토호였다. 그는 14세 때 숙부인 후루이치 노부타네(古市宜胤: 1452~1508)가 있는 흥복사의 발심원(発心院)으로 출가하여 처음에는 윤근방(倫勧房)이라 했다.

그 후 그는 흥복사 대승원(大乗院) 문적(門跡)[13]의 육방중(六方衆)[14]이 되

---

13 황족·귀족이 주지로 있는 특정의 사원. 寺格의 하나. 원래는 일본 불교 개조의

었다. 1475년(文明7) 그의 형인 인에이(胤栄)가 절에서 나와 은거(隱居)에 들어가자 가독을 상속했다. 「오우닌의 난」 때에는 흥복사 승병들을 통솔하여 장인 오치 이에히데(越智家栄: 1432~1500)와 하다케야마 요시히로(畠山義就: 1437~1491)와 결탁하여 쓰쓰이 준순(筒井順尊: 1451~1489), 도오치 도오키요(十市遠清: ?~1495), 하시오 타메구니(箸尾為国: ?-?)를 추방하고, 야마토에서 세력을 확장했다.

1493년(明応2)에는 야마시로(山城国)의 슈고(守護)[15]를 겸하는 무로마치 막부 만도코로노시쓰지(政所執事)인 이세 사다미치(伊勢貞陸: 1463~1521)에 의해 남산성(南山城)의 소라쿠(相楽)・쓰즈키(綴喜) 두 개 군의 슈고에 임명되어 남산성에 들어가 「야마시로의 반란」을 진압했다. 그 이후 호소가와 마사모토(細川政元: 1466~1507) 휘하의 무장인 아카자와 토모쓰네(赤沢朝経: 1451~1507)가 야마토에 침공할 때 협력하기도 했다. 그 결과 이들은 나라지역의 반을 지배하는 영주가 되었고, 그러자 후루이치 하리마(古市播磨)라는 법사의 이름으로 활약했다. 그리고 6만석의 성(古市城)을 세우고 위세를 떨쳤다. 1508년(永正5) 호소가와 스미모토(細川澄元:

정식 후계자를 가리키는 말로서 「門葉門流」를 뜻하는 것이었다(이 경우는 門主라고도 했다). 가마쿠라 시대 이후는 위계가 높은 사원을 나타내기도 했다. 이같은 절은 황실에서 특별 예우와 특권을 부여되었고, 주지는 각 종파의 관장(管長)과 동등한 대우를 받는다.

14 나라 흥복사의 六方組織에 속하는 본사・말사의 승려를 말함. 육방법사)六方法師. 육방대중(六方大衆), 육방중도(六方衆徒), 방중(方衆)이라고도 함. 6방이란 북서(戌亥)의 당마사(當麻寺), 북동(丑寅)의 부귀사(富貴寺), 남동(辰巳)의 명왕사(明王寺), 남서(未申)는 사원명이 전해지지 않고, 용왕원(竜花院)이 있는 방향에는 장곡사(長谷寺), 보리원(菩提院)이 있는 방향에는 해주산사(海住山寺) 등이 잇다. 이들은 각각 말사를 가지고 승병으로서 무장하여 군사, 경찰권을 행사했다.

15 일본의 가마쿠라막부・무로마치막부가 둔 무가(武家)의 직제로 지역 단위로 설치된 군사지휘관・행정관을 말한다. 설립당시 주된 목적은 각 지역의 장원을 관리하는 지두(地頭: 영주)를 감독하는 일이었다.

1489~1520/政元의 양자) 휘하의 무장인 아카자와 나가쓰네(赤沢長経: ?~
1508/朝経의 양자)에 속해 가와치(河内国) 다카야성주(高屋城主)인 하타케
야마 히사노부(畠山尚順: 1475~1522)를 공격하였으나, 실패하고 도주하
다 도중에 자해하여 목숨을 끊었다.

이른바 초인은 벼락출세한 지방출신 영주이며, 일시에 수백관을 거
는 투기도박을 즐겼으며, 명마를 타고 사냥하는 등 사치스러운 행동을
하는 한편, 신불(神仏)에 대한 신앙심도 두터워 귀인, 귀족, 고승, 여러 예
능인들과도 교제하며, 다도, 노래, 연극(能·猿楽), 샤쿠하치(尺八) 연주에
도 뛰어났다. 그리고 문인으로서도 이름을 떨쳤으며, 미의식을 겸비한
인물이었다. 렌가시(連歌師) 이나와시로 켄사이(猪苗代兼載: 1452~ 1510)로
부터는 『심경승도정훈(心敬僧都庭訓)』을 받았으며, 그가 지은 시가 소기
(宗祇: 1421~1502)가 선별하여 편집한 『원진(園塵)』에 수록되기도 했다.

3. 후루이치의 임한다탕과 쥬코의 「마음의 글」

선원에서는 『청규(清規)』에 의해 월 4, 9가 붙는 날짜에 「개욕(開浴)」
이라 하여 입욕하는 것이 정해져 있으나, 여름에는 신체 청결을 위한
임시 입욕을 「임한(淋汗)」이라 했다. 개욕은 정식의 입욕이므로 「욕사
백배(浴司百拜)」라는 의식을 행하는 것에 비해, 「임한」은 정식의 개욕
이 아니기 때문에 의식이 행하지 않는 특징이 있다.

후루이치 일족은 목욕과 함께 차를 즐겼다. 이를 사람들은 「임한다
탕(淋汗茶湯)」이라 했다. 기억을 되살리는 의미에서 이들의 「임한다탕」

을 간략히 소개하면 다음과 같다. 목욕탕 이외에도 정원에 송죽(松竹)을 심고, 산과 폭포를 만들고 주위에는 꽃으로 장식하며, 실내에는 중국그림(唐絵), 향로, 찬합(食籠) 등을 놓고서 손님으로 100명 이상 초대하여, 먼저 화려한 장식을 한 욕탕에서 혼욕을 즐기고, 식물을 보면서 차를 마시며, 소면을 먹고 술을 마시며 투차를 즐겼다.

이같이 차를 즐기던 후루이치 초인이 무라다 쥬코를 만났다. 그는 쥬코에게 다화(茶花)에 관해 질문을 던졌다. 그 때 쥬코가 그에게 준 글이 있는데, 그 내용을 소개하면 다음과 같다.

이 길에서 가장 나쁜 것은 자만심과 아집이다. 능한 자를 시기하고, 초심자를 깔보는 일은 좋지 못한 일이다. 능한 자를 가까이 사귀어 자기의 미숙함을 자각하여 가르침을 구하고, 또 초심자를 어떻게 해서든지 키워야 한다. 이 길에서 가장 중요한 것은 화한(和漢)의 경지를 융합하는 것이다. 이것이 가장 조심해서 경계해야 할 것이다. 또 당시 와비의 경지에 이르렀다며 초심자가 비젠 도자기나 시가라키 도자기 등을 가지고, 세상도 인정하지 않는 사물의 극지에 이르렀다 함은 언어도단이다. 와비라 함은 이미 좋은 도구를 가지고 그 맛을 잘 알고, 깊은 경지를 깨달아 두고 두고 와비의 경지의 참뜻을 즐기는 것이다. 또 어느 정도 와비의 경지에 이르기 전에 다도구에 너무 얽매이지 말아야 한다. 아무리 능숙한 사람이라도 자기의 미흡함을 깨닫는 겸허함이 중요하다. 스스로 아집에 빠져서 있는 일은 옳지 않지만, 이 길을 가려면 의지가 없어서는 안된다. 그 길에 대한 금언으로 다음과 같은 말이 있다. 「마음의 스승이 되어라. 마음을 스승으로 해서는 안된다」라고 고인께서도 말씀하셨다.[16]

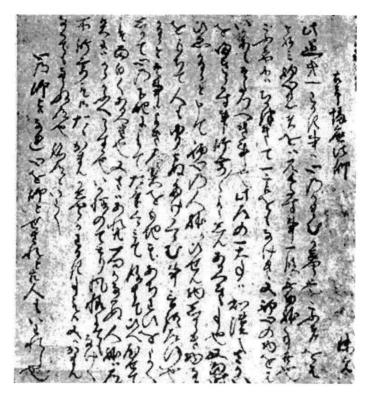

그림 4 무라다 쥬코 「마음의 글」

---

16 千宗室監修(1977)『茶道古典全集』第3卷 同朋舍 pp.3-4
「此道，第一わろき事ハ，心のがまむかしやう也、こふ者をばそねミ、初心の
者をハ見くだす事、一段無勿躰事共也、こふしやにハちかつきて一言をもな
けき、又，初心の物をはいかにもそだつへき事也、此道の一大事ハ、和漢之
さかいをまきらかす事、肝要肝要、ようしんあるへき事也、又、当時、ひゑ
かるゝと申て、初心の人躰がひせん物・しからき物なとをもちて、人もゆる
さぬたけくらむ事、言語道断也、かるゝと云事ハ、よき道具をもち、其あち
わひをよくしりて、心の下地によりてたけくらミて、後まてひへやせてこそ
面白くあるへき也、又、さハあれ共、一向かなハぬ人躰ハ、道具にハからか
ふへからず候也、いか様のてとり風情にても、なけく所、肝要にて候、たゝ
かまんかしやうかわるき事にて候、又ハ、かまんなくてもならぬ道也、銘道
二いわく、心の師とハなれ、心を師とせざれ、と古人もいわれし也」

이 글은 쥬코의 「마음의 글」이라 한다. 노근숙은 이것을 다도 역사
상 다인으로서의 쥬코의 면모와 다도관을 이해할 수 있는 아주 중요한
사료이며 와비의 선언문이라고 평가했다.[17] 또 조용란은 잇큐선사의
영향을 받은 소박한 마음가짐과 의지를 강조한 글이라고 했다.[18]

이 글은 「후루이치 하리마법사에게 보내는 쥬코의 일지(古市播磨法
師宛珠光一紙)」, 「마음의 스승의 글(心の師の文)」, 「마음의 일지(心の一紙)」
라고도 하는데, 나라의 마쓰야 집안에 전해지던 것을 후세 고보리 엔
슈(小堀遠州: 1579~1647)가 발견하여 세상에 알려지게 되었다 한다.[19]

이상의 내용을 간략히 정리하면 다음과 같다. 첫째, 다도에서 가장
나쁜 것은 자만과 아집이다. 그러므로 달인(巧者)을 시기하거나, 초보
자를 얕보는 것은 정말 좋지 않은 일이다.

둘째, (본래) 달인에게는 다가가 칭찬하며 가르침을 구하고, 초심자
는 도와서 정성껏 길러내는 것이다.

셋째, 여기서 무엇보다 중요한 것은 일본과 중국의 경계를 무너뜨리
는 것이다. 이를 명심하고 주의를 해야 한다. 「고담한적(枯淡閑寂=冷え
枯る)」을 내세워 초심자가 비젠(備前), 시가라키(信楽) 등을 소지하고 사
람들에게 과시하는 것 등은 언어도단이다. 이것은 좋은 도구를 가지
고, 그 맛을 잘 알고 자랑할 것이 아니라, 높은 마음의 품격에 따라 사용

17 노근숙(2008) 『日本 草庵茶의 形成過程을 통해 본 茶文化 構造에 관한 硏究』 원광
    대 박사논문, p.69.
18 조용란(2008) 「다도의 정신 일고찰-와비를 중심으로-」 『일본학보』(74), 한국
    일본학회, p.279.
19 박전열(2007) 「심문(心の文)」을 통해본 일본다도형성기의 다도이념」 『일본학보』
    (73), 한국일본학회, p.381.

하고, 그 후 모든 것을 부정하고「고담한적」의 경지에 이르러서야 깊이가 있는 것이다. 여기서「고담한적」이란 조용하고 차분하며 화려하지 않은 담백한 정취를 말한다. 그러기 위해서는 사회적인 명성과 개인적인 이익에서 벗어나 담백한 성품을 갖추었을 때 비로소 한적한 정취를 즐길 수 있다. 이러한 것을 강조한 것이다.

넷째, 도구와 장소에 얽매이지 말 것이며, 또 자만과 아집은 나쁜 것이지만, 때로는 자만이 필요할 때도 있다고 했다.

다섯째, 옛사람도 마음의 스승이 되더라도, 마음을 스승으로 삼지 말라고 하였다. 이 말은『대반야열반경(大般涅槃經)』(제28)의「마음의 스승이 되기를 원하고 마음을 스승으로 삼지 않는다(願作心師不師於心)」에서 기인하는 것 같다.[20] 스승이 제자를 가르쳐 인도하듯이, 자신의 마음을 부처의 가르침에 따라 지키듯이 마음이 내키는대로 함부로 행동해서는 안된다는 것이다.

이 글에서 중요한 사실은 쥬코가 다도라는 말이 없었던 시대에 이미 차를 정신적 가치를 추구하는 도(道)로 보고 있다는 점이다. 그를 다도의 시조로 보는 이유도 바로 여기에 있다. 이러한 다도 수행에 가장 방해가 되는 것이 자만과 아집이라 했다. 그러면서도 자만과 아집이 없

---

20 『大般涅槃經』(제28): 寧當少聞, 多解義味, 不願多聞, 於義不了; 願作心師, 不師於心; 身口意業不與惡交, 能施一切衆生安樂; 身戒、心慧不動如山; 欲爲受持無上正法, 於身命財不生慳悋; 不淨之物不爲福業; 正命自活, 心無邪諂(차라리 조금 듣고 뜻을 많이 이해할지언정 많이 듣고 뜻을 알지 못함을 원치 않으며, 마음의 스승이 되기를 원하고 마음을 스승삼지 않으며, 몸과 입과 뜻으로 짓는 업이 악한 일과 어울리지 않으며, 모든 중생에게 안락함을 베풀고, 몸의 계행과 마음의 지혜가 산과 같아서 움직이지 않으며, 위없는 바른 법을 받아 지니기 위해서는 몸과 목숨과 재물을 아끼지 않으며 부정한 물건은 복업으로 여기지 않으며, 정당한 생업[正命]으로 살아가고 삿된 마음이 없어지길 원합니다.)

이는 성취할 수 없는 것도 도라고 역설하고 있다. 얼핏 보아 이것은 역설적으로 들리지만, 그것들은 수행의 동기로서는 소중하며, 실제로 자기 향상에 중요한 수단이 되기 때문이다.

한편 다도의 전수에는 초심자는 선배들에게 진실되게 묻고 배우고, 선배들은 이를 정성껏 가르쳐 후학 양성에 힘써야 하며, 도구는 중국과 일본의 경계를 초월하여 조합과 융합이 이루어져야 하며, 또 근래 유행하는 비젠, 시가라키에서 생산되는 도자기에 집착하는 것도 어리석은 행동이라고 꼬집고 있다. 즉, 소박함과 화려함의 조화를 강조한 것이다. 도구는 어디까지나 자신을 나타내는 세속적인 가치가 아닌 「고담한적」의 정신적 경지에 다다라야 한다고 했다. 그리고는 자만과 아집에 사로잡힌 마음가는대로 하지 말고, 자신이 마음을 이끄는 스승이 되라는 말로 마지막을 장식했다.

이것은 쥬코가 「임한다탕」에 빠져 있는 제자 후루이치에게 들려주는 질책과 격려의 글이었다. 이로 인해 후루이치는 쥬코의 제일의 제자가 되었다.

리큐의 제자 야마노우에 소지가 저술한 『산상종이기』에서 「나라(和州)의 후루이치 초인은 다인이며 명인이자 쥬코의 제1의 제자이다. 그리고 명물을 다수 소지한 사람」이라고 평가하고 있다. 즉, 노아미(能阿弥)·센노 리큐(千利休)와 더불어 다도의 「3대 명인」으로서 자리매김을 하고 있는 것이다. 또 그의 제자로는 쥬코 전래의 「마쓰야 3명물(松屋三名物)」을 소장한 마쓰야 히사유키(松屋久行: 생몰년미상)가 있다.

에도시대에는 후루이치 초인의 후손인 후루이치 료와(古市了和: ?~1657)가 궁마술(弓馬術)·예의작법의 명가인 오가사하라가(小笠原家) 총

188

영가(総領家: 小倉藩主)의 다도 스승(茶道頭)을 맡았다. 이처럼 쥬코로 부터 1호 제자인 초인에게 전승된 다도 및 작법은 오가사하라 가문의 가풍과 융합되어 오가사하라가 다도고류(茶道古流)로서 현재까지도 계승되어지고 있다.

4. 칭명사의 다실 독로암

칭명사에는 속칭 주광암(珠光庵)이 있다. 이 다실을 별칭으로 독로암(獨盧庵)이라고도 한다. 무라다 쥬코가 교토에 살면서 자신의 출가 사원인 칭명사에 암자 하나를 지었다. 이것이 독로암의 출발이었다. 그러나 1704년 화재로 소실되었고, 그 후 재건되었으나, 1762년에 대화재로 다시 소실되었다. 이를 1800년대에 당사의 제24대 란코상인(鸞空上人)이 재흥한 것으로 전해진다.

다실 내부는 기본적으로 다다미 4장반의 크기이다. 다실로 들어가는 입구로 니지리구치(躙口)와 기닌구치(貴人口)[21]가 모두 갖추고 있다. 그리고 점다공간인 테마에자(点前座)에는 나카바시라(中柱)와 소데카베(袖壁)가 있다. 「도코노마」는 턱(框)이 생략되어 있어 높이가 방 안의 다다미와 같으나, 도코노마의 밑바닥은 나무를 깔아 방과 도코노마의 구분을 짓는 「후미코미도코(踏込床)」의 형식을 취하고 있다. 도코노마

---

[21] 다실 출입구의 하나로, 허리를 굽혀 들어가는 좁은 문을 「니지리구치(躙口)」라 하며, 그것과 별도로 귀인들이 선 채로 출입할 수 있도록 만든 출입문이 「기닌구치(貴人口)」이다. 후자는 대개 빛이 들어올 수 있도록 창호지를 바른 두 장의 장지 문인 경우가 많다.

그림 5 칭명사 다실 독로암의 내부

의 내부는 모두 흙칠하여 깊게 보이게 했다. 천정은 천정의 나무를 지탱하는 것으로 대나무를 사용했다. 특히 이 다실의 흥미로운 점은 니지리구치를 통해 들어갔을 때 접하는 다다미 1장의 공간을 분리할 수 있도록 착탈식(着脱式) 장치가 되어있다는 것이다. 즉, 그곳에 장지문을 달면 다다미 3장의 다실이 되지만, 그것을 떼어내면 4장반의 다실로 이용할 수 있는 구조로 되어있는 것이다. 독로암 다실의 로지에는 쥬코가 사용했다는 우물도 보존하고 있을 뿐만 아니라 쥬코의 공양탑도 세워져 있다.

5월 15일은 무라다 쥬코의 기일이다. 매년 이 날이 되면 쥬코를 기념하여 나라의 사찰에서는 쥬코다회를 일제히 개최한다. 그 때는 오모테센케(表千家), 우라센케(裏千家), 무샤노코지센케(武者小路千家), 엔슈류(遠州流), 세키슈류(石州流), 야부우치류(藪内流), 소헨류(宗徧流) 의 소위 7

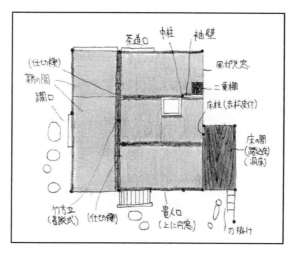

그림 6 나라 칭명사의 다실 독로암 내부도

개 유파들이 차시연을 펼친다. 그리하여 그 날에는 전국으로부터 다도 애호가들이 나라에 모여든다.

나라에는 무라다 쥬코가 좋아한 것으로 전해지는 「쥬코모치(珠光餅)」가 있다. 이것은 일종의 떡꼬치(餅田楽). 설날 딱딱해진 떡을 구워, 산초(山椒)를 넣어 만든 흰 된장(白味噌)의 팥소(고물=餡)를 살짝 발라 내는 떡. 이것이 훗날 「쥬코모치(珠光餅)」라고 불리게 되었다.

이처럼 오늘날 나라인들은 무라다 쥬코를 기리는 다실과 공양탑 그리고 쥬코모치라는 음식을 개발하고 보존하고 있다. 그리고 쥬코의 기일에 맞추어 쥬코다회를 개최하고 있다. 정작 쥬코는 자신의 고향 나라에서는 뜻을 펼치지 못했지만, 지금은 역사관광의 자원이 되어 나라에 돌아와 있는 것이다.

제6장

흥복사의 임한과 다탕

1. 흥복사를 산책하다.

나라를 방문할 때마다 흥복사(興福寺)는 항상 저녁 산책길에 들린다. 어둔 밤임에도 불구하고, 5층목탑과 남원당을 중심으로 돌아보고 그 앞에 있는 사루사와이케(猿澤池)를 둘러보고 숙소로 돌아오곤 했다. 이번에도 예외는 아니었다. 그러나 여느 때와 다른 것은 3명의 차문화연구가들과 함께 하였다는 점이다.

흥복사는 법상종의 대본산으로 본존은 중금당의 석가여래이며, 현재「고도(古都) 나라의 문화재」의 일부로서 세계문화유산에 등록되어 있다.

이 사찰은 아스카시대의 최대의 권력자 후지와라노 가마타리(藤原鎌足: 614~669) 부인 카가미노 오키미(鏡王女: ?~683)가 남편의 병 치유를 위해 가마타리 발원의 석가삼존상을 본존으로 하고 669년(天智8) 야마시로(山背国) 야마시나(山階: 현재 京都府京都市山科区)에서 창건한 산계사(山階寺)가 기원이다. 672년(天武元) 산계사는 후지와라쿄(藤原京)로 옮기고는 그곳 지명인 다카이치군(高市郡) 우마야사카(厩坂)를 따서 구판사(厩坂寺)라 했다. 그러다가 710년(和銅3) 헤이조쿄(平城京)으로 천도하게 됨에 따라 가마타리의 아들 후히토(不比等: 659~720)가 구판사를 현재의 위치인 헤이조쿄 사쿄(左京)로 이전하여「흥복사」라고 이름을 바꾸었다. 그러므로 그 해가 실질적인 흥복사의 창건된 해라 할 수 있다. 그리고 중금당은 헤이조쿄 천도 직후에 개시된 것으로 보여진다. 이렇게 창건된 흥복사는 고대와 중세에 걸쳐 승병조직을 갖춘 막강한 세력을 가졌던 사원이었다.

2. 나라차를 가마쿠라에 보낸 흥복사 승려 킨렌보

흥복사 산책을 함께 간 사람들이 다인들이어서 자연스럽게 흥복사의 차문화를 생각하지 않을 수 없었다. 차와 관련된 흥복사의 기록은 13세기부터이다. 이 시기는 가마쿠라시대(鎌倉時代: 1185~1333) 중기에 해당되는 시기이다. 이 시기는 「승구(承久)의 난(乱)」[1] 이후 전반은 비교적 정치적으로 안정되어있었으나, 후반은 몽골의 침입이 있어 점차로 정치적, 사회적으로 불안정했다.

그러나 당시 차문화를 알 수 있는 자료는 적지 않게 발견되는데, 그 중 하나가 흥복사 문서인 「因明短釈 法自相 紙背文書」이다. 그 내용 중에 가마쿠라에 있는 승려 손에이(尊栄: 생몰년미상)가 흥복사의 킨렌보(勸蓮房)에게 보낸 차의 증답과 관련이 있는 4통의 서장이 있다.

손에이는 가마쿠라막부가 발탁되어 가마쿠라의 사원으로 부임한 승려이었다. 그의 소속 사찰이 어디였는지는 서장에 나타나 있지 않아 확실하지 않으나, 1300년경 편찬된 역사서 『오처경(吾妻鏡)』에 1257년 (正嘉元) 대자사(大慈寺) 재건공양 때 행해진 만다라공(曼茶羅供)[2]의 직승(職僧) 30명 중 「아사리 손에이(阿闍梨尊栄)」이라는 이름이 보인다. 만일 그 이름이 손에이와 동일인물이라면 대자사 혹은 그에 필적할 만한 가마쿠라 쇼군 집안이 건립한 가마쿠라의 큰 절에 소속되었을 것으로 추

---

1   1221년(承久3)에 고도바상황(後鳥羽上皇)이 가마쿠라 막부 싯켄(執権)인 호조 요시토키(北条義時) 토벌할 것을 명하여 전쟁을 벌였으나 막부측에 패배한 병란. 귀족정권을 이끄는 고도바상황과 가마쿠라 막부의 대립항쟁이다. 이로 인해 천황의 정치 세력은 급속히 약화되고, 막부의 힘이 더욱더 굳건해지는 동기가 되었다.
2   진언종에서 両部의 만다라를 공양하는 법회. 821년 구카이가 처음으로 행한 것으로 알려져 있다.

그림 1 나라의 흥복사

정된다.

한편 킨렌보는 흥복사 동보리원(東菩提院) 중랍(中臘)이다. 중랍이란 지위가 낮지도 높지도 않은 중간지위의 승려를 말한다. 그와 손에이는 도반이었던 것 같다. 흥복사 승려 킨렌보는 매년 가마쿠라에 있는 손에이에게 차를 보내고 있었다.

1249년(建長元)의 서장(『鎌倉遺文』7153号) 추신 부분에 다음과 같은 내용이 있다.

매년 보내오는 차 중 특히 올해의 것은 품질이 좋았습니다. 스님들이 차가 온 것을 기뻐하여 제가 있는 곳에 와서 「마시고 싶다」고 하여 나누어 마셨더니 불과 2, 3개월 만에 없어지고 말았습니다. 그러므로 내년에는 차를 6두(斗)로 늘려주시길 바랍니다. 지난봄에도 상일법사(常一

法師)가 가마쿠라로 갔을 때 차 운송비로 350문(文)을 사용하셨습니다. 내년에는 일부러 인부를 고용하여 나라에서 가마쿠라로 운반할 생각입니다.

이같은 내용을 보면 가마쿠라의 손에이가 나라의 킨렌보로부터 차를 받는 방법은 인편을 이용한다는 점이다. 가마쿠라로 가는 승려에게 부탁하고 있었다. 보내는 횟수는 연 1회이며, 다 마시고 나면 그 다음 해까지 기다렸다. 이 서장에는 어느 정도 차를 보냈는지 알 수 없지만, 그 다음해는 6두로 올려달라고 부탁하고 있다.

1250년 월일 미상의 서장(『鎌倉遺文』7707号)에는 다음과 같은 내용이 확인된다.

또 차 1석(石)정도를 보내주시오. 이전과 같이 하루 빨리 건인사(建仁寺)로 보내주신다면 내년 7월경 대번역(大番役)의 인편으로 가마쿠라에 운송할 생각입니다.

『겸창유문(鎌倉遺文)』의 7153号의 6두와 7707号의 1석을 비교하면 10斗=1石이므로 7707号의 것이 무릇 4두가 증가되어있음을 알 수 있다. 또 차를 운반할 때 나라에서 먼저 교토의 건인사에 보내고, 그곳에서 교토 오반야쿠(京都大番役)[3]의 임기를 마친 고케닌(御家人)이 가마쿠라로 돌아갈 때 운반되는 경우도 있었다. 교토의 건인사의 개산조는

---

3 가마쿠라 막부의 고위무사인 고케닌(御家人)의 의무 중 하나로 지방무사에게 교토의 경호를 담당했다. 이것은 교대제(交代制)이었다.

일본 다조인 에이사이(栄西)가 가마쿠라막부 2대 쇼군 미나모토노 요리이에(源頼家: 1182~1204)의 지원을 받아 창건한 절이다. 그러므로 절이라 해도 가마쿠라 막부의 교토 출장기관과 같은 곳이었다. 그러한 성격의 기관을 나라에서 가마쿠라로 보내는 차를 운반하는 중계지로서 이용하였던 것이다.

또 킨렌보가 가마쿠라에 갈 때 손에이는 직접 가지고 오기를 부탁하는 문서도 있다. 가령 연대미상의 6월 25일付 서장(『鎌倉遺文』 7709号)에는 「이번 가마쿠라에 올 때 나라에 있는 차를 가지고 오라」는 내용이 있고, 또 연월 미상의 22일付 서장(『鎌倉遺文』 7710号)에서도 「가을에 가마쿠라에 올 때 산차(山茶)를 가지고 오라」고 의뢰하고 있다. 이같이 나라의 킨렌보가 직접 가마쿠라에 갈 때 하인들을 이용하여 차를 운반하는 경우도 있었다.

가마쿠라시대 중기 차는 여전히 희소품이었다. 차생산은 나라와 교토라는 중앙에서만 이루어졌다. 그러므로 지방인 가마쿠라에서는 아직 차재배가 시작되지 않고 있었다. 그 때문에 차는 중앙에서 지방으로 유통되었다. 흥복사의 승려 킨렌보가 가마쿠라의 승려 손에이에게 보낸 차는 나라지역에서 생산된 차를 보냈을 것이다. 당시 나라는 815년 사가천황(嵯峨天皇: 786~842)의 명에 의해 다원이 조성된 이래 중세에는 서대사(西大寺/奈良市), 반야사(般若寺/添上郡)・실생사(室生寺/宇陀市) 등지에서 차밭을 조성하고 차를 생산하고 있었다.

3. 흥복사 승려들의 투차와 임한다탕

중세의 흥복사의 승려들은 투차와 임한을 즐겼다. 이를 알 수 있는
자료로는 『경각사요초(経覚私要抄)』를 들 수가 있다. 이는 흥복사 대승
원(大乗院)의 문적(門跡) 교카쿠(経覚: 1395~1473)[4]가 1415년(応永22)부터
1472년(文明4)까지 쓴 자필일기이다. 이 일기에 의하면 1444년(嘉吉4)
정월 17일에 개최된 다회에는 교카쿠를 비롯해 케이쥬(慶壽), 사미 죠
칸(乗観), 료킨보(良均房), 에이세이(英盛), 키쿠쥬(菊壽), 미야쓰루(宮鶴)
가 참석했다. 이들 모두 흥복사 승려들이었다. 그 중 케이쥬가 1승(一
勝)하였다는 기사가 있다. 즉, 이 다회가 경품을 걸고 하는 투차임을 알
려주는 것이다.

1447년(文安 4) 정월 10일에도 투차회가 있었다. 밤에 열렸는데, 이
때는 젊은 승려 18명이 참가했다. 경품은 교카쿠가 내었는데, 그 내용
은 활(弓)·스기하라(杉原)·거울(円鏡)·머리 깎는 칼(髪剃)·부채(扇)
이었다. 이들은 낮부터 주연을 즐겼고, 밤이 되어서는 투차를 한 후에
「대음이퇴산(大飲而退散)」이라고 표현하였듯이 크게 취하여 모두 해산
했다고 했다. 비록 승려들의 투차이었으나, 이들은 먼저 주연을 즐긴
다음, 투차를 하였고, 그런 연후에 다시 주연을 열었다. 이처럼 흥복사
승려들은 투차를 즐겼다.

---

[4] 무로마치시대(室町時代) 법상종의 승려. 부친은 관백(関白)·구조 쓰네노리(九
条経教), 모친은 정토진종(浄土真宗) 오타니본원사(大谷本願寺) 출신. 외가 친척
의 인연으로 본원사 8대 렌뇨(蓮如)를 제자로서 받아들였다. 이로 인해 종파를 초
월하여 생애에 걸쳐 사제의 관계를 유지했다. 흥복사 별당인 사무대승정(寺務大
僧正)을 4번이나 역임했다. 시호는 후오대원(後五大院)이다.

그림 2 진손(尋尊: 1430~1508)
〈흥복사 소장〉

흥복사 승려 중 투차에 대해 기록한 또 한명의 승려가 있다. 그는 흥복사 대승원 문적(門跡)을 역임한 진손(尋尊: 1430~1508)[5]이었다. 그의 일기인 『대승원사사잡사기(大乘院寺社雜事記)』에 의하면 1458년(長祿2) 정월 14일에 「안위사(安位寺)가 가끔 「십종차(十種茶)」를 개최하였는데, 진손 자신이 참가했다」고 했다. 그리고 1458년 정월 24일에도 「십종차를 개최가 되었는데, 그 때는 20명이 넘는 참가자가 있었고, 그들의 대부분이 승려이었으며, 갈식(喝食)[6]도 참가했다」고 했다. 또 1462년

---

5 무로마치시대중기에서 전국시대(戰国時代)에 걸쳐서 활약한 흥복사의 승려. 부친은 이치조 가네라(一条兼良), 모친은 나타노미카도 노부토시(中御門宣俊)의 딸. 흥복사(興福寺) 180대 별당. 대승원(大乘院) 제20대 문적(門跡). 대승원에 전해지는 일기류를 편찬하여 대승원일기목록을 작성했다. 견문한 것을 많이 기록에 남겼다. 특히 자신의 일기 「심존대승정기尋尊大僧正記)」는 흥복사에 관한 것뿐만 아니라 다시 시대상을 이해하는데 중요한 사료이다. 그의 일기와 훗날 문적을 역임한 政覚 · 経尋의 일기를 합하여 『대승원사사잡사기(大乘院寺社雜事記)』라 한다.
6 선원에서, 식사 때에 대중들에게 탕과 반찬의 종류를 알리는 소임. 또 선원에서, 식사 때에 심부름하는 아이를 말함.

정월 4일에 다회가 개최되었으나, 투차는 없었다. 여기서 십종차란 참가자들이 경품을 걸고 10종의 차를 마시면서 본차(本茶: 栂尾 · 宇治)와 비차(非茶: 그 밖의 지역)를 판별하는 놀이이다. 이러한 투차를 흥복사 승려들이 즐겼다.

한편 이 일기에는 목욕과 다회가 합쳐진 형태의 행위도 보인다. 일본의 목욕 중에는 「시욕(施浴)」이라는 것이 있으며, 그 시원이 나라이다. 「시욕」이란 목욕을 타인에게 베푸는 종교적인 행위를 말한다. 이는 불교도들이 불상을 따뜻한 물로 깨끗하게 정화시키는 것에서 시작된 것으로 알려져 있다. 그러나 그것이 시간에 흐름에 따라 시욕은 사원의 승려들이 입욕 후에, 인근 주민들에게 목욕의 기회를 무료로 제공하는 것을 가리키는 말로 사용되었다. 그것의 유래를 설명하는 설화가 12세기 후반에 편찬된『건구어순례기(建久御巡礼記)』에 다음과 같이 서술되어있다.

고묘황후가 동대사 법화사 등을 지은 후, "나의 공덕, 모두 이루어 가득 찼다."라고 말씀하시니, 하늘 위, 구름 속에서 소리가 있어 고한다. "그대 공덕, 아직 차지 않았다."라고 말했다. 황후가 선언하길 "무슨 공덕이 아직 다 이루지 못했다고 하시는가"라고 답하시니, "온실의 공덕이다." 라고 답한다. 그래서 그 곳에 온실을 만들어서 탕실(湯) 만들고 물을 끓게 하시고, 오늘 제일 먼저 입욕을 하러 오는 사람이 있으면 내가 손수 때를 밀어주겠다고 맹세하셨다. 얼마 되지 않아 시미즈자카에서 온 한 사람이 용감하게 내려와 조심성 없이 몸을 씻는다. 차별하지 않는 것이 공덕이 되므로 가만히 보고 있었더니, (이 병자는) "자, 빨리 황후 나의 등을 밀어주시오.” 라고 말하니 황후가 망설였다. 이를 보고 병자가 말하길 “만일 나의 때를 밀어주지 않는다면 황후의 기원은 더렵혀질 것이오.”라고 했다. 이 말은 참으로 이치에 맞는 말이었다. 그리하여 “정말로 사람을 차별해서는 안 된다”며 손을 뻗어서 공손히 불결하고 더러운 번뇌를 마음속으로 빌면서 때를 밀어주고는 말했다. “그렇지만 내가 손수 이렇게 때를 밀어주었다고 다른 사람에게는 말하지 마시오.”라고 하자, 그 노인이 “나 아축불 역시 이곳에 와서 목욕했다고 황후는 소문내지 마시오”라고 말하고는 빛이 발하더니 향기를 내면서 하늘로 올라가버렸다. 이때의 자취를 황후는 그리워하고 슬퍼하여 이곳의 온실을 절로 만들어 아축사(阿閦寺)라고 이름을 붙였다.

이상의 설화는 쇼무천황의 아내인 고묘황후가 동대사, 법화사 등 많은 불사를 행한 후에 목욕탕을 만들어 첫 번째 찾아온 병든 노인의 몸을 직접 씻어주는 시욕을 베풀었다는 이야기이다.

그에 비해 코칸 시렌(虎關師鍊: 1278~1346)에 의해 편찬된 『원형석서(元亨釋書)』에는 다소 내용이 다르게 기록되어 있다. 그것에는 「천연두로 많은 사람이 죽자, 고묘황후는 부처님의 자비로 중생을 구제하기 위해서 법화사(法華寺)에 욕탕을 설치해서 귀천을 불문하고 1000명의 더러움을 씻어주기로 결심했다. 그런데 마지막 한사람은 피부병이라 악취가 심했다. 그래도 황후는 주저하지 않고 피고름을 입으로 빨아서 뱉어 없애고 몸을 씻어주고는 이 사실을 비밀로 하라고 했다. 그러자 병자는 빛을 발하면서 ‘나는 아축불이다. 여기서 목욕한 사실을 아무에게도 말하지 말라’고 하고 하늘로 올라갔다. 황후는 놀라서 바라보는

데 마음에는 기쁨이 가득했다.」 이처럼 시욕은 자비심으로 타자에게 몸을 씻어주는 어디까지나 종교적인 행위이다. 이러한 목욕문화가 나라에서 비롯되었다.

그러나 흥복사의 승려들과 그 절의 중도(衆徒)인 후루이치(古市) 일족들은 시욕과는 전혀 다른 성격의 목욕을 즐기고 있었다. 그것은 다름 아닌 「임한다탕(淋汗茶湯)」이라는 것이었다. 후루이치 일족들은 나라의 후루이치지역을 기반을 둔 호족으로 흥복사의 경비와 관리 등을 담당하는 무사들이었다.

임한다탕이란 여름 목욕을 의미하는 임한과 다탕(茶湯)이 합쳐진 말이다. 그들의 우두머리였던 후루이치 인에이(古市胤栄: 1439~1505)[7]가 행한 기록에 의하면 목욕탕 이외에도 정원에 송죽(松竹)을 심고, 산과 폭포를 만들고 주위에는 꽃으로 장식하며, 실내에는 중국그림(唐絵), 향로, 찬합(食籠) 등을 놓고서 손님으로 100명 이상 초대하여, 먼저 화려한 장식을 한 욕탕에서 혼욕을 즐기고, 식물을 보면서 차를 마시며, 소면을 먹고 술을 마시며 투차를 즐겼다. 좀 더 구체적인 사실을 알기 위해 교카쿠의 일기『경각사요초』의 1469년(文明元) 5월 23일 일기를 보기로 하자. 그것에는 다음과 같이 서술되어있다.

---

[7] 무로마치시대 중기부터 전국시대에 걸쳐 활약한 승려이자 무장. 흥복사의 衆徒. 부친은 후루이치 인센(古市胤仙). 동생은 초인(澄胤). 그는 풍류를 즐겼고, 목욕과 차를 합한 임한다탕을 즐겼다. 그 후 아우인 초인과 함께 무라다 쥬코의 제자가 되었다. 후루이치씨(古市氏)의 후예가 에도시대(江戸時代), 小笠原総領家(小倉藩主)의 다도사범을 하여 小笠原家茶道古流의 시조로서 이름을 남겼다. 그는 또 풍류춤을 좋아해9살 때 이미 박자를 맞추는 역할인 하야시테(囃子手)를 한 바 있다. 1469년(文明元)에 목욕탕 솥이 부서졌을 때 수리비용을 마련하기 위해 당시 나라에서 금지되었던 풍류춤을 출 수 있는 작은 집을 만들어 입장료를 6文 받았다. 이것이 대성황을 이루어 3千명이나 몰렸다. 이를 두고 역사학자 야스다 쓰구오(安田次郎)는 「일본 최초의 유료 댄스 홀」이었다고 평가하고 있다.

오늘 임간(林間)하는 첫째 날이다. 데리고 있는 부하들과 후루이치 일족의 젊은이들이 함께 물을 데워 목욕을 한다는 연락이 왔다. 목욕장에서 다탕을 즐겼다. 차는 상하 두 종류이다(하나는 우지차, 또 다른 하나는 椎茶). 백과(白瓜) 두 동이, 산 복숭아 한 쟁반, 또 소면이 있었다. 그릇 대신 연잎을 준비했다. …(생략)… 내가 목욕을 마치고 곧 술을 한잔 씩 마신 후에 후루이치(古市) 이하 일족 나가이(長井), 요코이(橫井), 이즈하라(嚴原) 등 약 150명 정도 들어갔다. 남자들이 마친 후에 후루이치 일족의 여자들이 들어갔다.

이상에서 보듯이 목욕과 다탕을 즐기는 행위가 비교적 자세히 서술되어있다. 교카쿠는 이를 임간(林間)이라고 했다. 먼저 후루이치 일족 청년들이 목욕 준비를 하고 경각을 포함한 홍복사의 고승들을 불렀다. 이에 응한 승려들은 우지차(宇治茶)와 추차(椎茶)라는 두 종류의 차로 욕탕에서 목욕을 하면서 투차를 즐겼다. 그리고 욕탕에서 나와 주최측이 마련한 과일과 소면을 먹었다. 이들이 목욕을 마치자 주최 측의 후루이치 남자들이 들어가 목욕을 하였고, 그들이 나오면 여인들이 들어가 목욕을 했다.

여기서 임간이란 다른 말로 「임한(淋汗)」이라고도 하는데, 「임한」의 「임(淋)」은 물을 끼얹는다는 뜻이다. 15세기경에 성립되었을 것으로 추정되는 『광본절용집(広本節用集)』에 의하면 임한을 「여름철 바람이 일고 햇볕이 내려쬐는 날 승가에서는 이를 이용했다(夏中風日也、僧家用之也)」라고 했고, 『염낭사(塩嚢紗)』(七)에는 「선가(禪家)에서 목욕을 하는 것을 말하며 임한(淋汗)이라고 쓴다. 임한은 여름 목욕을 말하는 것

그림 3 국립나라박물관 내 팔창암의 풍경

이다」는 설명이 있다. 또『탕산연구초정(湯山聯句抄停)』에서는「선원청규에 의하면 엄동설한 때에는 5일에 1번 입욕하고, 한 여름에는 매일 임한을 한다」고 했다. 그리고『동상승당청규(洞上僧堂清規)』(권2)의「개욕법(開浴法)」에도 그러한 내용이 서술되어있다. 이처럼 임간이란 선종사원에서 여름 목욕을 의미하는 말로 사용했다.

그러나 그것이 한여름에만 실시된 것은 아니다. 나카무라 슈야(中村修也)의 지적에 따르면 5~8월에 걸쳐 실시되었다고 한다.[8] 즉, 초여름과 초가을까지 걸쳐서 행하여진 것 같다.

위의「임한다탕」은 후루이치 일족이 교카쿠를 위해 마련한 목욕 파티였다. 그러므로 제일 먼저 입욕한 것은 교카쿠였다. 그리고 후루이치 일족 중 150명의 남성들이 먼저하고, 그 뒤에 여성들이 목욕을 했다.[9] 목욕을 끝내면, 우지차와 추차의 2종류의 차가 준비되어있었다.

---

[8]　中村修也(2003)「『經覺私要鈔』の茶」『言語と文化』, 文教大学大学院言語文化研究科付属言語文化研究所, p.167

[9]　위의 문장에는 없지만, 그 뒤에 이어지는 문장에 의하면 그 다음날에는 동네사람

다식으로는 백과와 산복숭아였고, 가벼운 식사로 소면이 제공되었다.
그리고 양념으로 검은 소금이 연잎 위에 올려져 있었다.

이것이 투차일 가능성은 「차는 상하 두 종류이다(하나는 우지차, 하나는
추차)」라는 기록이다. 이것에 대해 나가시마 후쿠타로(永島福太郎),[10] 구
와다 타다치카(桑田忠親),[11] 구마쿠라 이사오(熊倉功夫)[12] 등은 상차란 품
질이 좋은 차를 말하며, 이것은 곧 우지차이며, 그에 비해 하차는 품질
이 좋지 않은 차를 말하며, 곧 추차를 말하는 것이며, 추차는 잡차(雜茶)
라고도 표기한다고 했다. 이를 근거로 본차와 비차를 가리는 투차를
하였다고 본 것이었다. 이것이 사실이라면 이들은 목욕을 하며 우지차
와 추차를 골라 마시며 연회를 즐겼다고 볼 수도 있기 때문이다.

이들은 같은 해 7월 3일[13]과 10일[14]에도 임간다탕을 개최했다. 전자
는 후루이치 일족이 아니라 영복사의 승려들이 임간을 행하였다. 이
때 이들은 술통 3개, 음식을 넣은 상자 2개를 마련했다. 즉, 술잔치가
벌어졌던 것이다. 그 뿐만 아니라 꽃꽂이까지 화려하게 장식해놓음
으로써 장관을 이루었다. 그리고 후자 7월 10일에는 임한(淋汗)이 열렸
는데, 목욕장에 2폭의 병풍을 치고, 그림 1폭, 2폭의 족자를 걸었다.
그리고 향로와 꽃병으로 장식하고, 손님들이 목욕장에서 나오면 파

들에게도 목욕할 기회를 제공했다. 이것으로 보아 원래 나라의 임한은 호족 및 승
려들이 개최하고 그들이 먼저 목욕한 다음, 마을사람들에게 베푸는 시욕적(施浴
的) 성격을 가지고 있었다.

10 永島福太郎(1948)「茶道の成立」『中世文芸の源流』河原書店, p.149.

11 桑田忠親(1976)『日本茶道史』河原書店, p.75.

12 熊倉功夫(2021)『茶の湯』中央公論新社, pp.115-117.

13 7월 3일:「今日有林間、又有茶湯、又披立花、風呂中荘観見物なる者也」

14 7월 10일:「又懸字二幅東西懸之、立花又水舟之上に小屏風を立て、懸絵一幅
在之、花二瓶、香炉一置之、湯舟の天井の上におしまわして花を立、郷者共
衆人令群集見物」

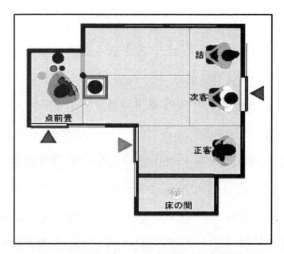

그림 4 팔창암의 내부도(화살표 청은 니지리구치, 녹은 給仕口,
적은 茶道口)

티가 열렸고, 점심으로는 과일과 소면이 제공되었다. 이를 보기 위해
먼 곳에서 사람들이 모여들었다고 했다. 그만큼 그들이 목욕을 하고
차를 마시며 본차와 비차를 구분하는 투차놀이는 많은 사람들부터 눈
길을 끌었다.

4. 흥복사의 다실

(1) 팔창암

과거 나라에는 유명한 다실이 많았다. 그 중에서 동대사 사성방(四聖
坊)의 「팔창석(八窓席=隱岐錄)」, 흥복사 대승원(大乘院)의 팔창암(八窓庵),
그리고 흥복사 자안원(慈眼院)의 「육창암(六窓庵)」이다. 이 3개의 다실

그림 5 도쿄국립박물관 내 육창암(六窓庵)

을 사람들은 「야마토 3대 다실(大和三茶室)」이라 불렀다. 이 중 동대사의 「팔창석」은 도쿄로 이축되었으나 전화로 소실되었고, 흥복사의 「육창암」은 현재 도쿄국립박물관(東京国立博物館)에 보존되어있으며, 흥복사 대승원의 「팔창암」만이 대승원이 아닌 국립나라박물관의 정원에 보존되어있다. 이는 대승원이 폐사가 된 후 보존을 바라는 어느 독지가에 의해 1892년(明治25) 제국나라박물관(帝国奈良博物館: 현재 奈良国立博物館)에 기증되어 현재 박물관 경내에 위치하게 된 것이다.

우리가 이 다실을 찾은 것은 2024년 1월 14일이었다. 그 날은 일요일이거니와 공개도 하지 않는 날인데도 불구하고 특별히 박물관 측의 배려로 우리를 위해 다실과 정원을 모두 공개해주었다. 그날 팔창암은 우리들만이 독차지했다. 그리하여 정원을 거닐며 감상하고, 다실 안에도 들어가 마음껏 관찰도 할 수 있었다. 그야말로 행운이 아닐 수 없었다.

이 다실은 에도시대 중기 후루타 오리베(古田織部: 1544~1615)가 지었다고 하나, 확증된 것은 아니다. 「함취정(含翠亭)」이라는 다른 이름을 가지고 있으나, 「팔창암」이라는 이름으로 널리 알려져 있다. 그 이름은 8개의 창을 가지고 있는 다창식(多窓式)의 다실이라는 특징에서 붙여진 것이었다.

이 다실을 지었다는 후루타 오리베는 일본 다도 완성자 리큐(利休)의 7대 제자로서 리큐의 사후 리큐의 다도를 기반으로 무사 다도를 만들어낸 인물이다.[15] 그는 리큐와는 전혀 다른 차의 세계를 전개했다. 상인출신이었던 리큐와는 다르게 영주이었던 그의 다실은 리큐의 것보다 일단 넓고 밝았다. 그러므로 개방적인 성격을 지녔다고 할 수 있다. 그렇다고 스승이 이룩해놓은 초암의 성격을 훼손시키지 않고 있다. 이러한 특징이 잘 드러낸 것이 「팔창암」이다.

이 다실의 묘미는 정문을 통해 들어가는 것 보다 박물관의 서신관(西新館)을 통해 들어갔을 때 발휘가 되는 것 같다. 박물관의 팔창암의 로지에 들어서면 기다란 「ㄴ」자형의 코시가케마치아이(腰掛待合)가 있고, 그곳에 앉아 앞에 펼쳐지는 광경을 바라다보면 호수 건너 초암다실의 모습을 한 팔창암이 보인다. 호수는 이승(현실/속세/번뇌)과 저승(이상/정토/해탈)과 같았다. 이 두 세계를 연결해주고 있는 것이 다리였다. 다리 건너 우측 바로 옆에는 동백나무가 한 그루가 있는데, 필자가 방문하였을 때는 가지에는 하얀 동백이 피어있고, 주위에는 가지에서 떨어진 하얀 동백꽃들이 늘려 있었다. 마치 번뇌가 가득찬 현실세계를

---

15 嶋內麻佐子(2001)「慶長年間における武家相応の茶の湯」『長崎国際大学論叢』(第1巻), 長崎国際大学, p.131.

그림 6 렌지마도(連子窓)

떠난 사람에게 이상향을 입구에서 반갑게 맞이하는 것과 같았다. 그 이상향은 완벽하게 설계된 계획도시가 아니라 논밭이 있고, 개와 닭도 키우는 목가적인 전원의 세계이었다. 동아시아인들이 그리는 무릉도원(武陵桃源)이 바로 여기에 있다는 생각이 들 정도이었다. 그 안을 들어서면 또 하나의 로지가 있다고 알리는 이엉으로 이은 가야문(萱門)을 만난다. 이 문을 통과하여 돌다리를 따라가면 쓰쿠바이(蹲踞)가 있고, 그 옆에 오리베 등롱(織部燈籠)[16]이 서있다. 다인들은 이곳에서 쓰쿠바이에 담겨진 물로 다실에 들어가기 전 정화의 의미에서 자신들의 손을 씻고 입을 헹구었을 것이다.

다실의 외관적 특징은 상부를 팔삭형으로 만든 이리모야즈쿠리(入母屋造り)형이며, 지붕을 수수, 갈대, 이엉 등으로 이은 가야부키야네(茅葺屋根) 형태를 취하고 있다. 그러므로 전형적인 일본 농가의 분위기를 자아낸다. 지붕 아래 차양은 판자로 촘촘히 쌓아 너와집 분위기를 방불케 했다. 차양을 반을 잘라 벽을 만들고, 우측에 칼걸이 선반과 니

---

[16] 몸통 아래 부분에 사람이 서있는 조각이 되어있는 석등을 말함. 이를 지장신앙에 의탁하여 예수상을 새긴 것이라고 보는 설도 있어, 이를 기리시탄(크리스챤) 등롱이라는 용어도 사용한다.

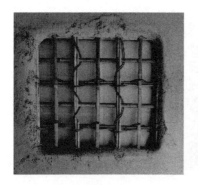
그림 7 시타지마도

그림 8 후로사키마도(風炉先窓)

지리구치(躙口)를 두었다. 옛 무사들은 다실에 들어서기 앞서 칼걸이 선반에 자신의 칼을 놓아두었을 것이다. 니지리구치 들어가는 입구에는 다른 것들보다 다소 큰 후미이시(踏石)가 놓여져 있다. 이 돌은 니지리구치의 입구를 나타내는 것이도 하지만, 돌다리의 최종목적지까지 다다랐다는 신호이기도 하다. 이 돌 위에 발을 올리고 허리를 굽혀 다실 안으로 들어갔을 것이다.

다실 내부는 다다미 4장반이었다. 천정은 도코노마 앞에서 점다공간(点前座)까지는 부들줄기로 평평한 모양(蒲平天井)으로 되어있다. 나카바시라(中柱)에서 창측(窓側)은 모두 케쇼야네우라(化粧屋根裏)[17]로 되어있다. 〈그림 4〉에서 보듯이 니지리구치로부터 안쪽으로 3장의 다다미가 깔려 있고, 그 안에 반장 크기의 점다공간이 있고, 그것을 구분해주는 소데카베(袖壁)라는 가림벽이 있고, 아래부분이 뚫려져 있어 답답하게 느껴지지 않는다. 그리고 가림벽을 지탱하는 중간기둥(中柱)가 구부러져

---

17 평면의 천정이 아닌 사면으로 되어있는 경우가 많으며, 천정을 만들지 않고 지붕의 서까래를 그대로 노출되어있는 것을 말함.

그림 9 시키시마도(色紙窓)〈나라의 당마사 다실 지족암〉

있어 운치를 더해준다. 또 점다공간 안에는 히바리다나(雲雀棚)라는 2단
으로 된 선반이 벽에 달려있는 것도 또 하나의 특징으로 꼽을 수 있다.
도코노마에는 햇빛이 들어오는 묵적창(墨蹟窓)이 있다. 또 그 앞에 다다
미 한 장이 깔려 있는데, 도코노마와 가장 가까운 곳이 상석이라는 점을
감안하면 그곳은 정객이 앉는 자리이다. 그렇다면 정객과 함께 온 상반
객들은 니지리구치에 가까운 곳에 앉게 되는 구조로 되어있다. 이같이
다다미 한 장을 별도로 귀인이 앉는 자리 귀인좌(貴人座)를 마련하고 있
는 다실구조는 에도시대(江戸時代) 초기에 유행하였다 한다.

이 다실의 최대의 특징은 창이 많다는 점이다. 점다공간(点前座)의
창은 〈그림 9〉와 같이 상하를 어긋나게 하는 형태인 시키시마도(色紙
窓)[18]으로 되어있다. 위의 것은 〈그림 6〉과 같이 렌지마도(連子窓), 아래
의 것은 〈그림 7〉과 같이 시타지마도(下地窓)으로 되어있다. 점다 공간
측의 앞 벽에는 〈그림 8〉과 같이 후로사키마도(風炉先窓)라는 창이 있

---

[18] 두 개의 창을 중심축을 어긋나게 하여 상하로 배치한 창을 말함. 창을 배치한 모양
이 마치 색종이를 붙인 것과 닮아있다 하여 붙여진 이름이다.

다. 그리고 상반석 앞 공간에도 시타지마도와 렌지마도가 있고, 또 니
지리구치 위에도 렌지마도와 옆에 시타지마도가 있다. 그리고 도코
노마에 있는 묵적창을 합하면 모두 8개가 된다. 모양과 크기 그리고 위
치도 일정치 않아 통일된 느낌이 전혀 없다. 그렇지만 이를 통해 단조
로움을 피할 수 있으며, 각 방향에서 들어오는 빛의 양을 조절하여 방
안의 분위기를 얼마든지 새롭게 변화시킬 수 있다. 이러한 특징은 좁
고 어두운 리큐의 다실과는 전혀 다른 개방적인 느낌을 준다.

(2) 육창암(六窓庵)

홍복사의 또 하나의 다실은 「육창암」이다. 이것은 원래 자안원(慈眼
院)에 있었다. 경안연간(慶安年間: 1648~1652)에 가나모리 소와(金森宗和:
1584~1657)[19]의 취향으로 만들어진 것으로 알려져 있다. 외양적 특징은
팔창암과 같이 지붕은 이리모야즈쿠리(入母屋造り)의 가야부키야네(茅
葺屋根)로 되어있는 초담다실 형태이며, 차양도 팔창암과 같이 판자를
올려 너와 지붕으로 했다. 그리고 렌지마도 아래 니지리구치가 있고,
우측에 칼걸이 선반이 있고, 그 밑에 커다란 돌다리 칼걸이 돌(刀掛石)
이 놓여져 있다.

육창암은 창이 6개이어서 붙여진 이름이었다. 니지리구치 위에 렌
지마도 1개, 객들이 앉는 자리의 벽에 렌지마도와 시타지마도가 각각
나란히 1개씩 있고, 점다공간(点前座)에 후로사키마도 1개, 렌지마도와

---

19 에도시대 초기의 다인. 기나모리류(金森流) 다도의 개조. 히다 다카야마성주(飛
騨高山城主) 아리시게(可重)의 장남. 이름은 시게치카(重近). 교토 대덕사(大德
寺)의 紹印和尚에게 출가했으며, 귀족 및 다인들과 교류를 했다. 利休, 道安의 계
보를 이어 한 유파를 세웠다.

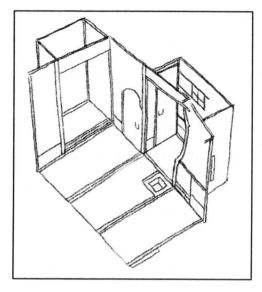

그림 10 육창암의 내부도

시타지마도가 각각 1개씩 있어 모두 6개이다.

　다실 내부는 〈그림 10〉에서 보듯이 객들이 앉는 공간에 다다미 3장
을 나란히 깔고 안 쪽으로 도코노마를 두었고, 그곳에 별도로 묵적창
을 두지 않았다. 3장 다다미 중 안쪽 다다미 끝에 큐지구치(給仕口)[20]를,
중앙의 것 끝 맞은 편에 점다공간을 배치하고, 그곳에 주인이 출입하
는 사도구치(茶道口)를 두었다.

　이 다실은 유감스럽게도 나라 흥복사에 있지 않고 현재 도쿄국립박
물관에 이축되어있다. 그러한 데는 다음과 같은 일화가 있다.

　도쿄국립박물관이 창설되던 시기에 다실의 이축이 계획되었다.
1875년 관장이었던 마치다 히사나리(町田久成: 1838~1897)[21]가 리큐(利休)

20　손님에게 요리(懷石)를 낼 경우 찻자리에 출입할 수 있는 문. 가무로구치(禿口),
　　가요이구치(通口)라고도 함. 일반적으로 급사를 위해 직접 찻자리에 들어가기 쉽
　　게 만든다.

가 최초로 지었다는 야마자키(山崎)의 대암(待庵)을 구입하려고 오사카의 사카이로 갔다. 그 때 그는 깜짝 놀랐다. 그 다실은 인근의 농가가 창고로 사용하고 있었다. 그러므로 그 다실은 황폐해져 보잘 것 없이 초라했다.

이에 실망한 그는 나라로 향했다. 당시 홍복사가 신불분리(神佛分離) 정책으로 인해 불법을 폐하고 부처의 가르침을 버리는 폐불훼석(廢仏毀釈)[22]으로 쇠퇴해져 탑두(塔頭) 사원이었던 자안원도 사람이 살지 않아 황폐해져 있었다. 나라의 3대 다실이라 불렸던 육창암도 메이지(明治: 1868~1912) 초기에 이미 화가였던 다카시나 아리하루(高階在晴)에게 팔려 넘어갔고, 마치다 히사나리가 나라를 방문하였을 때는 아리하루도 사망한 뒤이어서 그야말로 육창암은 제대로 관리되지 않고 있었다. 이를 히사나리를 통해 도쿄국립박물관이 구입했다.

도쿄박물관이 이를 오사카항을 통해 해로로 운반 중에 이즈(伊豆) 앞바다에서 폭풍우를 만나 전복되었다. 그러나 다행히 바다로 유실된 재목은 유실되지 않고 만으로 된 해변에 표착한 것을 회수하여 1877년(明治10)에 이축되었다. 그 후 세계 제2차 대전이 발발하였을 때는 다시 해체되어 잠시 피신하였다가 1947년(昭和22) 9월에 다실 건축의 장인 기무라 세베이(木村淸兵衛)에 의해 현재의 도쿄국립박물관 정원에서 재건되었다.

---

21 메이지시대(明治時代) 일본의 관료, 승려. 구사쓰마번사(旧薩摩藩士). 통칭 民部, 호는 石谷. 1865년(慶応元) 영국런던대 법문학부 청강생으로 유학. 도쿄국립박물관의 초대관장을 역임했다. 나중에 출가하여 삼정사(三井寺) 광정원(光浄院)의 주지가 되었고, 승정(僧正)이 되었다.

22 메이지 정부가 불교 사원과 승려들이 받고 있던 특권을 무너뜨리기 위해서 사원, 불경, 불상 등을 훼손한 사건을 말한다.

　이상에서 보듯이 홍복사 두 개의 다실은 모두 원래의 자리에 있지 않고, 하나는 나라국립박물관에, 또 하나는 도쿄국립박물관에 있다. 이러한 데는 근대에 접어들어 정부의 신불분리 정책으로 인해 그 다실을 가지고 있었던 사원이 폐사가 되었기 때문이었다. 이로 인해 제대로 관리되지 못하고 황폐해져 헐값으로 팔려간 뼈아픈 역사가 있다. 그나마 자리를 옮겼지만 뜻있는 자들에 의해 복원되었다는 것은 의미 있는 일이라 생각된다.

제7장

자광원의 세키슈 다실

1. 자광원과 카다기리 세키슈

자광원은 나라현 야마토 고오리야마시(大和郡山市) 고이즈미초(小泉町)에 위치한 불교사원이다. 이 절은 1663년(寬文3) 고이즈미번(小泉藩) 2대 영주인 카다기리 세키슈(片桐石州: 1605~1673)가 그의 부친이자 초대 영주인 사다다카(貞隆: 1560~1627)의 원찰로서 건립하여, 교토 대덕사(大德寺) 185대 주지 교쿠슈 소반(玉舟宗璠: 1600~1668/大徹明應)[1]를 개산조로 맞이했다. 그러므로 이 절은 임제종 대덕사파에 속하는 사원이다.

이 절을 건립한 세키슈는 영주이면서 에도막부(江戸幕府) 쇼군가의 다도 사범을 맡았다. 그러므로 에도시대 후기의 일본 다도를 주도한 인물이었다. 쇼군가의 다도사범은 처음에는 센노 리큐(千利休)의 제자인 후루타 오리베(古田織部: 1544~1615)가 하였고, 오리베가 사망하자 고보리 엔슈(小堀遠州: 1579~1647)가 그 뒤를 이었고, 엔슈의 뒤를 이은 자가 바로 세키슈이었다. 그가 쇼군가의 다도사범이었다는 것은 무사다도 에서 중심을 이루었다는 것을 의미한다.

이 절의 다실과 정원은 세키슈의 선(禪)과 차(茶)의 경지인 「와비(わ び)」 정신이 잘 표현된 것으로 알려져 있다. 그리고 이 절에는 카다기리 세키슈상(片桐石州像)을 볼 수 있다. 이것은 현재 본당 내부에 안치되어 있는데, 세키슈가 자신을 위해 대덕사 안에 세운 「고림암(高林庵)」에 안

---

1 속성은 이토(伊藤)씨. 호는 春睡, 靑霞山人. 시호는 대철명응선사(大徹明応禅師). 교토 출신. 임제종 대덕사의 교쿠시쓰 소하쿠(玉室宗珀: 1571~1641)의 법을 계승하고 주지를 역임했다. 다인 카다기리 세키슈가 건립한 대덕사 고림암(高林庵), 야마토의 자광원의 개산이 되다. 다탕을 즐겼고, 한줄 묵적을 많이 남겼다. 주요 저서로는 『춘수고(春睡稿)』, 『벽암비초(碧巖秘鈔)』 등이 있다.

그림 1 자광원 본당 내
「카다기리 세키슈좌상」

치된 것이며, 34세 때 자신의 모습을 직접 만들었다고 한다. 그것은 명치기에 폐불훼석(廃仏毀釈)이 일어나 고림암이 폐사가 되자 자광원으로 옮겨진 것이라 한다. 그런데 그 목상이 들고 있는 홀(笏)에는 자신의 또 하나의 이름인 「만리일조철(万里一条鉄)」으로 「아무 생각도 하지 않고 지내며, 어떠한 것을 만난다 하더라도 또한 무엇을 고민하겠는가(なに事も思はでくらす面影にむかひてもまた何かおもはん)」라는 시를 적었다. 이 시의 뜻은 어떤 것도 생각하지 않고 밝게 생활하고 있는 일상시간에 모습이 있는 사물을 만난다 하더라도 깨달음을 얻은 지금 무엇을 두려워하겠는가 하는 것이다. 이처럼 이시는 일종의 요염한 와카(和歌)의 풍정과 불교 선어(禅語)를 미묘하게 조합시켰다는 데 특징이 있다. 그야말로 이는 세키슈의 세련된 미의식을 느낄 수 있는 한 수의 시라 할 수 있다.

세키슈는 1620년(元和6)경부터 그의 가신인 구와야마 소센(桑山宗仙: 1560~1632)²에게 차를 배웠다. 구와야마는 리큐의 실제 아들 센 도안(千

道安: 1546~1607)³의 제자이다. 구와야마가 1632년 사망하였으므로 아마도 세키슈는 그에게서 약 20년간 차를 배웠을 것이다. 따라서 세키슈의 다도는 구와야마가 만년에 걸쳐 센 도안 직계의 다도를 전수하였을 것으로 보인다. 그러므로 그의 다맥은 리큐(利休)→도안(道安: 리큐의 장남)→소센(宗仙)→세키슈(石州)로 이어졌다고 할 수 있다.

한편 세키슈는 대덕사 교쿠시쓰 소하쿠(玉室宗珀: 1571~1641/大德寺147世)⁴에게 참선을 지도받았다. 그 때 소하쿠로부터 「만리일조철(萬里一條鐵)」이라는 공안을 받아 수행했다. 이 공안은 여념(余念)을 섞지 않고 정념(正念)을 「무한으로 이어지는 한 가닥의 쇠(鐵)」와 같이 초지일관으로

---

2   에도시대의 무사. 구야야마 시게하루(桑山重晴)의 3남. 이름은 貞晴, 重長. 호는 洞雲. 도요토미 히데나가(豊臣秀長), 그가 죽자 히데요시(秀吉), 그리고 이어서 도쿠가와 이에야스(德川家康)의 가신이 되다. 다도를 센노 리큐의 장남 센 도안에게 배워 리큐의 다풍을 전했다. 제자로는 카다기리 세키슈가 있다.

3   에도초기의 다인. 처음에는 紹安, 나중에는 도안(道安)이라고 함. 호는 可休齋, 不休齋, 眠翁, 泉南道安老人 등을 사용했다. 사카이 센케(堺千家)의 당주. 센노 리큐(千利休)의 장남. 모친은 宝心妙樹. 千家의 적자이지만, 모친이 죽고 리큐가 재혼하자, 리큐와 사이가 좋지 않아 젊은 시절에 가출한 적이 있다. 그 후 리큐와 화해하였으나, 리큐의 재혼상대가 데리고 온 자식과 같은 나이인 센 쇼안(千少庵)과 사이가 나빠, 평생 다회에 두 사람이 같이 참석하는 일은 없었다. 다도의 실력을 인정받아 도요토미 히데요시의 茶頭八人衆에 들어갔으며, 리큐 사망 후는 히다 다카야마영주 가나모리 나가치카(金森長近)에게 몸을 의탁했다. 1594년(文禄3) 사면되어 고향인 사카이(堺)로 돌아와 千家의 가독을 계승했다. 그 때 쇼안의 아들인 센 소탄(千宗旦)이 千家再興에 노력했다. 히데요시 사후 1601년(慶長6)에는 호소카와 산사이(細川三齋)의 다두가 되어 豊前水崎에서 300석을 받았다. 1607년(慶長12) 豊前에서 사망한 것으로 알려져 있다. 오사카부(大宰府)의 숭복사(崇福寺)에 잠들었다. 현재 묘소는 오사카부 사카이시(堺市)의 남종사(南宗寺)와 도쿠시마시(德島市)의 본각사(本覚寺)에 있다.

4   일본 임제종 승려. 교토 출신. 속성은 園部. 자는 玉室, 諱를 宗珀라 하였으며, 호를 睡眠子라 했다. 春屋宗園(1529—1611)의 법을 계승함으로써 타쿠안 소호(沢庵宗彭)와 코게쓰소칸(江月宗玩)과 형제제자가 된다. 36세로 대덕사 147대의 주지가 되었으며, 고요제이천황(後陽成天皇)의 귀의를 받았으며, 천황으로부터 「直指心源禅師」라는 시호를 받았다. 그 후 大源庵, 高林庵, 芳春院 등을 창건했으나, 「紫衣事件」으로 3년간 奧州 아카다테(赤館)로 유배된 적도 있었다. 다탕을 즐기고, 그의 서화도 유명했다.

나아가는 경지이다. 『선다록(禅茶録)』에서는 점다에 있어서 초지일관
하여 점다에 정신을 집중시켜 거침없이 점다하는 것을 「기속점(気続点)」
이라 하며, 이를 「선다(禅茶)」의 진수로 삼고 있다. 「만리일조철」이라는 공
안을 통해 세키슈의 참선수행을 통한 깨달음의 깊이를 엿볼 수 있다.

　이러한 선적경험과 지식을 토대로 리큐의 다맥을 이은 세키슈의 다
도는 시중에 없는 영주의 품격을 갖춘 「와비 차(茶)」이었다. 그리하여
유력한 영주들에게 큰 인기를 끌었다. 그리하여 세키슈 당시 「세상의
차는 세키슈류(石州流), 검술은 야규류(柳生流)」라는 말까지 유행한 바
있다. 사실 에도시대에는 엔슈류(遠州流), 세키슈류(石州流)가 다도의
주류를 이루었다. 오늘날 주류를 이루는 3센케(千家)는 그 당시는 비주
류에 속하는 다도이었다.

2. 세키슈의 다도관

　세키슈는 1633년(寛永10)에서 1641년(寛永18)까지 교토 지은원(知恩
院)을 재건하는 총관리감독을 맡았다. 이 때 그는 아야코지야나기노반
바(綾小路柳馬場)에 거처를 정하고 살면서 당시 대표하는 다인 가나모리
소와(金森宗和: 1584~1657)[5], 고보리 엔슈(小堀遠州: 1579~1647)[6], 쇼카도 쇼

5　에도시대 초기의 다인. 가나모리류(金森流) 다도의 개조. 히다 다카야마영주 아
　리시게(可重)의 장남. 이름은 重近. 교토 대덕사(大徳寺)의 紹印和尚에게 출가.
　귀족, 다인들과 교류를 가졌으며, 利休, 道安의 계통의 다도를 계승하여 일파를
　세웠다.

6　아즈치모모야마시대(安土桃山時代)에서 에도시대(江戸時代)전기에 걸쳐 활약
　한 영주, 다인, 건축가, 조경가, 서예가. 近江国 小室藩 초대 영주. 遠州流 다도의

조(松花堂昭乘: 1582~1639)[7] 등과의 교류를 가졌다. 이들은 모두 당대를 대표하는 다인들이었다. 그 해 정월 세키슈는 엔슈의 저택에서 개최된 아침 다회에 정객으로 참석한 적이 있다. 『송옥회기(松屋会記)』에 의하면 그 때 이타미 켄사이, 나카이 고로스케(中井五郎助), 후지모리 소겐(藤林宗源: 1608~1695), 마쓰야 히사시게(松屋久重: 1567~1652)가 함께 참석했다. 그 때 엔슈는 세키슈에 대해 매우 특이한 행동을 취했다. 이를 『송옥회기』는 다음과 같이 묘사했다.

엔슈(遠州)가 차선을 씻을 때 덜컹덜컹 소리를 내기도 하고, 점다가 끝났을 때도 정주(亭主)로 부터 정객에 인사하는 것이 정례인데, 이것도 하지 않고 끝을 맺었다. 또 객으로 부터 배견(拝見)의 소망이 있었음에도 불구하고, 인사도 하지 않고 무언으로 차항아리(茶入れ)를 내기도 하고, 차항아리를 넣는 주머니(仕服)는 못에 걸어둔 것을 그대로 잡아서 객 앞에 던지는 등 무모한 행위를 했다.[8]

시조. 「遠州」는 武家官位의 受領名인 遠江守에 유래하는 통칭으로 본명은 마사카즈(政一)이다. 道号는 大有宗甫, 庵号는 고봉암(孤篷庵)이다.

7　에도시대 초기 진언종의 승려, 문화인. 성은 키다가와(喜多川), 아명은 辰之助, 통칭은 滝本坊, 별호로는 惺々翁 · 南山隠士 등이 있다. 속명은 나카누마 시키부(中沼式部). 사카이 출신. 서도, 회화, 다도에 능했으며, 특히 서예가로서 이름이 높다. 글씨는 고노에 사키히사(近衛前久)에게 배워 大師流와 定家流도 배운 후 독자적인 松花堂流(=滝本流)라는 서풍을 세웠다. 고노에 노부사다(近衛信尹), 혼아미 코에쓰(本阿弥光悦)와 더불어 「三筆」이라 불렸다. 다도는 고보리 엔슈에게 배웠다. 쇼카도벤토(松花堂弁当)는 일본요리점 「길조(吉兆)」의 창시자가 쇼카도의 다회 점심으로 내게 되었을 때 여러가지 고민 끝에 「4등분 나무도시락」를 내었다. 이때 쇼카도 쇼조가 매우 좋아했다. 이에 길조 주인이 쇼조에게 경의를 표하고 「쇼카도 벤토」라는 이름을 사용하게 되었다는 설이 있다.

8　嶋内麻佐子(2005)「寛永 · 寛文年間における武家茶道─片桐石州の茶道(1)─」『長崎国際大学論叢』(第5巻), p.20.

이러한 엔슈의 태도에 대해 권위있는 일본다도사 연구자인 구와다 타다치카(桑田忠親)는 이 글을 적은 마쓰야 히사시게와는 다른 입장의 해석을 가했다. 그는 이를 「전성기를 맞이한 세키슈 다풍의 생경함에 대해 노장의 엔슈가 나타낸 일종의 훈계」로 보았다.[9] 다시 말해 작법과 점다만이 다도가 아니라는 것을 묵언의 암시하였다는 것이다. 특히 누구든 전성기를 맞이하였을 때 다도는 형태를 우선하기 쉽고, 그 결과 마음의 다도로 가지 않는 경우가 많다. 이러한 사항들을 포함하여 세키슈의 다도 기량을 시험하기 위한 행위로도 해석될 수 있다. 아마도 이 같은 경험은 세키슈에게 정신적인 요소를 중시하게 되는 중요한 계기가 되었을 것이다.

세키슈의 다도관은 한마디로 자기의 분수에 맞는 다도를 강조하는 것이었다. 이는 다른 면에서 보았을 때 그것은 권력자에게는 매우 편리한 다도관이었다. 그렇다고 세키슈가 무조건 권력에 굴종적인 태도를 취한 것은 아니다. 오리베(織部)와 엔슈(遠州)가 「다도에 있어서는 모두 평등」이라고 주장한 것에 대해 세키슈는 「평등에도 차별이 있다」고 주장한 것이었다. 그의 선배 다인 소지(宗二), 리큐(利休), 오리베(織部), 엔슈(遠州) 등이 권력자와 충돌하여 불행의 죽음을 맞이한 사람들이었다. 이러한 점을 감안하면 그가 주장한 「분수에 맞는 다도」는 봉건시대를 살아가기 위한 일종의 지혜였다.

그러나 「영주는 영주답게, 무사는 무사답게, 남의 흉내를 내지 않고 지위나 신분 · 장소를 이해하고 그것에 맞는 예절을 중시하고, 자신의 다도를 펼쳐라」라고 하며 초암다도를 추구한 것은 세키슈의 독자적인

---

9 桑田忠親(1980)『茶道と茶人』(3巻), 秋田書店, p.161.

사상이었다. 이것이 당시 주목을 끌었다.

그가 4대 쇼군 도쿠가와 이에쓰나(德川家綱: 1641~1680)의 다도사범이 되었을 때 영주 및 막부의 고위무사로부터 하급무사에 이르기까지 그의 세키슈의 무가다도가 급속히 확산되어 유파가 형성이 되었다. 그리고 그의 제자로는 도쿠가와 미쓰쿠니(德川光圀: 1628~1701), 호시나 마사유키(保科正之: 1611~1673), 마쓰라 시게노부(松浦鎭信: 1549~1614), 마쓰다이라 하루사토(松平治鄕=不昧: 1751~1818), 사카이 타다자네(酒井忠以=宗雅: 1756~1790), 이이 나오스케(井伊直弼=宗観: 1815~1860) 등 유력한 봉건영주들이 많았다. 지금도 무가다도로서 세키슈류(石州流)가 존재한다.

세키슈의 차사상은 1661년 그의 나이 51세 때 쓴 일명 「와비(侘び)의 글(文)」에 가장 잘 나타나 있는데, 그 내용을 소개하면 다음과 같다.

내가 생각하기로는 대개 표주박(瓢箪) 숯 소쿠리(炭斗)로 알고 있다. 가난한 농가의 담이나 처마 끝에 달려 자연스럽게 와비(侘び)한 모습으로 생겨나 (자신의 성격을) 드러낸다. 다양한 형태가 있고, (그에 따라) 여러 가지 사비(さび)를 나타내는 것은 태어나면서 얻어지는 것이다. (그것은) 인위(人為)가 멀리 미치지 못하는 곳에 있다. 소에키(宗易=利休)가 이것을 그대로 숯 소쿠리로 사용하고, 훌륭한 찻자리에서 좋은 도구와 나란히 두어도 전혀 손색이 없음은 표주박이 차도구로서 적합한 모양을 하고 있기 때문이다. 다인(数寄者)은 여기에 주목할 필요가 있다. 달밤(月夜), 눈 내린 아침(雪朝)을 즐기는데 굳이 미기(美器)와 진보(珍宝)에 의지할 필요가 있겠는가. 기물을 사랑하고, 풍정(風情)을 좋아하는 것은 형태

를 즐기는 다인이다. 이러한 자는 진정한 다인이라 할 수 없다. 오로지 마음을 즐기는 다인이야말로 진정한 다인이라 할 수 있다. 그러므로 다도는 가난한 자가 하기는 쉬우나, 부자가 하기는 어려운 것이다.[10]

이상의 글에서 보듯이 세키슈는 다도가 농가의 담에 매달려 있는 표주박과 같이 자연스러워야 한다고 했다. 이는 자연스러운 「사비」한 것은 바람직하나, 그렇다고 고의로 인위적인 힘을 가하여 「사비」롭게 하는 것은 옳지 못하다는 것을 강조한 글이다. 그리고 마음을 즐기는 다인이 진정한 다인이라고 하며, 기물과 형태를 중시하는 다도에서 벗어나기를 강조하고 있다.

그는 또 봉건 영주와 같은 고위직에 있는 자가 하층계급 빈자(貧者)의 와비(侘び)를 흉내 내어 자신의 특징으로 삼는 것은 바람직하지 않다. 그러므로 다도는 부자보다도 가난한 자가 실천하기 좋다고 하였던 것이다. 이처럼 그의 다도는 「사비」한 것은 좋으나, 일부러 「사비」롭게 한 것은 옳지 못하며, 그 「사비」란 신분의 분수를 알고 신분에 맞는 행동을 하는 것이라고 했다. 이같은 그의 다도를 후세인들은 곧잘 엔슈와 비교했다. 즉, 엔슈는 밝고 화려한 「아름다운(綺麗) 사비」의 다풍인 것에 비해, 세키슈는 리큐의 「와비차(侘び茶)」에 경도(傾倒)되어 있는 점이 특색이라 하였다.

그 이유는 그의 다맥에 있다고 여겨진다. 그의 차스승은 앞에서도 언급하였듯이 구와야마 소센이었고, 소센의 스승은 센 도안(千道安)이

---

10 片桐石州『侘の文』野村瑞典(1985)『定本石州流 第1巻 片桐石州』光村推古書院 所収/ 安部直樹(2007)「大名茶の系譜 ―武辺の茶の統治機能―」『長崎国際大学 論叢』(第7巻), 長崎国際大学 人間社会学部 国際観光学科, p.18에서 재인용.

그림 2 명기를 부수어버리는 세키슈

었다. 도안은 리큐의 친아들이면서도 센케(千家)의 뒤를 계승하지 못했으나, 리큐의 요소를 가장 많이 계승한 천재적인 재능을 가진 다인으로 평가받고 있다. 그러한 도안에게 배운 소센은 리큐적인 다풍을 가진 다도를 세키슈에게 계승시켰기 때문이었다.

세키슈와 관련한 홍미로운 일화가 있다. 그것은 다름 아닌 명기라하더라도 한번 잘못 사용된 것은 부수어버린다는 것이다. 그 내용을 소개하면 다음과 같다.

세키슈가 참근교대(參勤交代)로 인해 영지인 나라의 고이즈미를 떠나에도로 향하는 도중 어느 여관에 머물렀다. 그 때 우연히 주인이 모르고 오줌통(尿甁)으로 사용하고 있는 것을 발견하고는 그것을 주인에게 팔라고 하자, 주인은 "아무리 진기라 하더라도 이같이 변기로 사용한 것이기 때문에 어떤 가치가 있겠습니까. 원하신다면 아무런 댓가를 받지 않고 드리지요."라고 했다. 이 말을 들은 세키슈는 "아닐세. 아무런 대가 없이 받는다는 것은 도리가 아닐세"하며 대금을 치르고 그것을 자신의 것으로 하자마자 그것을 부하들에게 깨뜨려 버리라고 명했다. 이에 주위의 사람들이 놀라 그 이유를 묻자, 세키슈는 "이것은 중국에서 건너온 오래된 기물이다. 만일 감정가가 본다면 틀림없이 구입하여 물을 담는 용기라고 속이고 비싼 가격으로 팔 것이다. 구입한 자는 그것이 한번은 더러운 용기로 사용되었다는 것을 모르고 고액으로 구입하여 보물로서 소중하게 간직할 것이다. 나는 그렇게 되지 못하도록 지금 파괴하여 후환을 제거하는 것이다."고 대답했다. 이를 들은 사람들은 모두 감탄했다.[11]

이 이야기는 아무리 천하의 명물이라도 한번 나쁘게 사용되면 이미 명기가 아니라는 것이다. 이러한 것으로 차를 마시는 사람이 나오는 것을 바람직하지 않으며, 만일 그렇게 될 바에는 이 세상에서 사라지는 것이 좋다고 판단했다는 것을 의미한다. 또 도구와 관련하여 다음과 같은 일화도 있다.

어느 날 세키슈는 당물(唐物)을 담뱃불을 붙이는 숯불통(火入)으로 사용했다. 그러한 것을 어떤 자가 보고 "이것은 당물입니다. 향로로 사용하시는 것이 좋을 듯합니다. 아무래도 숯불통으로 사용하는 것은 참으로 아깝습니다."라고 말했다. 그러자 세키슈는 "다인의 마음은 그러한 것에 있다. 사람이 이 기물을 칭찬하는 것은 이것이 숯불통이기 때문이다. 이것을 숯불통으로 사용하면 상급의 물건이 되지만, 향로로 사용하면 하급

---

11   熊田華城(2018)『茶道美談』宮帶出版社, pp.252-253.

의 물건이 되어버린다. 상급의 숯불통으로 하지 않고 하급의 향로로 사용하는 것은 오히려 도구를 죽이는 것과 같다. 무릇 기물을 살려 사용하는 것이야말로 중요한 것이다. 사람을 경영하는 것도 이것과 마찬가지이다. 사용법에 따라 어리석은 자도 도움이 되고, 현명한 자에게도 도움이 되지 않는 법이다. 모두 사용자의 능력에 따른다. 이것은 숯불통과 향로의 도리에도 마찬가지이다."고 말했다.[12]

이처럼 그는 명물을 보는 안목도 가지고 있었으며, 기물에 대한 철학도 분명히 가지고 있었다. 그리고 세키슈는 장난기가 심한 다인이기도 했다. 그것과 관련하여 다음과 같은 일화가 있다.

세키슈가 자신의 영지에 머물고 있었을 때 지역에는 다도를 즐기는 사람들이 적지 않았다. 그들은 모두 세키슈의 찻자리에 초대되기를 학수고대했다. 이에 세키슈는 기꺼이 그들을 초대했다. 그 때 카이세키요리(懷石料理)의 일품(一品)으로서 푸른 두부산적(田樂豆腐)이 나왔다. 객인(客人)들은 맛있게 먹는 것까지는 좋았으나 그 후가 고민이 되었다. 그 이유는 다음과 같이 생각했기 때문이다. 「나온 것은 모두 먹어야 하는 것이 작법인데, 꼬치라 해도 남기는 것은 실례가 된다」고 생각한 끝에 모두 꼬치를 품 안에 넣기로 했다. 다회가 끝난 후 객들이 세키슈에게 인사할 때 세키슈는 먼저 모두에게 손님으로서 작법(客振り)을 칭찬하고 나서 이렇게 말했다. 「여러분은 이빨이 튼튼하여 두부산적의 꼬치까지 하나도 남김없이 드셨다는 것은 정주(亭主)로서도 매우 기쁩니다」고 했다. 이를 들

12 　熊田葦城(2018)『茶道美談』宮帶出版社, pp.251-252.

은 정객(正客)은 꼬치를 돌려주어야 한다고 생각했으나, 이미 때가 늦어 어쩔 수 없이 「원래는 돌려주어야 하나, 꼬치가 길이가 적당하고 너무나 잘 다듬어져 있어 이를 표본으로 삼아야겠다고 생각하고 모두 의논하여 품 안에 넣었습니다」고 대답했다. 이를 들은 세키슈는 적어도 다인은 그렇게 해야 한다고 하며 매우 좋아했다 한다.

이 일화는 다인들에게 금세 소문이 나 유명해졌다. 이 때 심술궂은 세키슈가 튼튼한 잇빨로 꼬치까지 다 먹었느냐고 비꼬는 물음에 그것이 너무나 잘 다듬어져 있어 표본으로 삼겠다는 마음으로 품속에 숨겼다고 답한 정객(正客)의 태도에 대해 동시대의 유명 다인 야마다 소헨(山田宗徧: 1627~1708)[13]은 높게 평가했다. 본래 꼬치의 처리는 먹고 난 후 닦은

---

13 에도시대 전기 다인. 소헨류(宗徧流) 다도를 일으킨 인물. 다호(茶号)는 四方庵・不審庵・今日庵. 1627년(寬永4) 동본원사(東本願寺)의 말사인 京都上京二本松 장덕사(長德寺)의 주지・明覚(長德寺四世)의 아들로서 장덕사에서 태어났다. 모친은 山田監物(松江藩主・堀尾忠晴重臣)의 딸이었다. 승명은 周学. 부친으로부터 절의 주지직을 계승하였으나, 환속하여 다도에 뜻을 두고 고보리 엔슈(小堀遠州)에 입문하여 배웠다. 1644년(正保元), 18세 때 센 소탄(千宗旦)의 제자가 되었다. 1652년(承保元) 소탄의 皆伝을 받아 교토교외의 鳴滝村 삼보사(三宝寺)에 다실을 지었다. 이때 소탄은 축하선물로 센노 리큐의 전래품인 四方釜을 건네 주었다. 또 대덕사의 翠巌和尚으로부터 「四方庵」이라는 다호를 받았다. 1655년(明暦元) 소탄의 천거로 三河国吉田藩의 영주 小笠原忠知에게 다도를 가르쳤으며, 그 댓가로 30石5人 扶持(100石格)을 받았다. 또 장덕사를 떠났기 때문에 외가의 성씨인 山田를 취해 「山田宗徧家定」라고 이름을 바꾸었다. 부친 明覚도 山田道玄으로 개명했다. 이때 이미 만년의 센 소탄에는 리큐 이후의 庵号「不審庵」및 宗旦의 庵号「今日庵」을 사용하는 것을 허락받았다. 臨済寺(同市東田町)에서 참선득도하고, 栽松庵을 개설했다. 또 이무레(飯村: 同市飯村町)와 코자카이(小坂井: 豊川市小坂井町)에 영주접대의 다옥(茶屋)을 설립했다. 이후 40년 이상 오가사하라가(小笠原家)의 가신으로 있었다. 1697년(元禄10) 요시다(吉田) 오가사하라(小笠原家)의 다도사범을 二世인 宗引에 물려주고 요시다를 떠나 에도로 가서 거처를 마련하고 소헨류 다도를 일으켰다. 사후 浅草本願寺中인 願竜寺에 잠들었으나 유언에 따라 묘석을 세우지 않았다. 그의 법명은 不審庵周学宗徧居士이며, 주요저서로는 『茶道便蒙抄』, 『茶道要録』 등이 있다. 또 유일하게 남은 그의 다실 「淇篆庵」은 愛知県岡崎市의 明願寺에 있다.

연후에 상 위에 올려 두고, 상을 물릴 때는 젓가락과 함께 두는 것이 예의이다. 이같이 세키슈는 장난기가 가득찬 다인이기도 했다.

한편 세키슈는 요리에도 일가견이 있었다. 요시다 코이치(吉田幸一: 1909~2003)의 『지능초(智能抄)』에는 그것과 관련한 일화를 소개하면 다음과 같다.

세키슈는 음식을 내는 것에 대해서도 뛰어난 재주를 가지고 있었다. 그는 항상 찻자리에서 음식을 가볍게 내지만 매우 풍미가 있었다. 또 약간 손이 가한 것 같은 요리는 더욱 맛이 있었다. 이를 본 사람들은 세키슈에게 배우고 요리를 하였지만 그러한 맛이 나오지 않았다, 그리하여 어느 날 누가 세키슈에게 같이 물었다. "가벼운 이즙이채(二汁二菜)의 요리를 열심히 흉내를 내어 만들어 보았으나, 전혀 풍미가 전혀 나지 않는데, 어떤 비결이 있을까요?"라고 했다. 그러자 세키슈는 "요리는 참으로 재미있는 것이다. 우선 가벼운 요리를 맛있게 만들려고 하면 먼저 무거운 요리를 만들고, 그것에서 나온 가벼운 것이 맛이 있다. 또 가벼운 것을 근본으로 삼으면 모두가 대충 만들게 된다. 그러므로 가벼운 요리하는 법을 알 필요가 있다. 또 훌륭한 요리를 잘 만든다 하더라도, 가벼운 요리를 만드는 법을 잘 모르면 풍미가 나지 않고 끈적거리며 나쁘게 되어버린다. 그 이유는 무거운 것이 끈적거리고 시원찮은 부분이 있기 때문이다. 이것이 무거운 요리의 난점이라는 것을 잘 알고 만들어야 한다. 그러므로 「가벼운 것은 무거운 것에서 나오고, 무거운 것은 가벼운 것에서 나온다」. 모든 요리가 그렇다고 생각하고 하지만 정성이 없다면 마땅히 맛 조절에 어려움이 있을 것이다. 또 국물을 담는데도 적게 담는 것이 좋다.

그림 3 세키슈의 2장반 다실(자광원)

또 국을 객이 좀 더 달라고 하였을 때 그 그릇 안을 보고, 국물이 줄어 있다면, 국물을 듬뿍 담아내는 것이 좋다. 또 건데기의 내용도 객이 먹은 것을 보고 담는 것이 좋다.」고 말했다.

이처럼 세키슈는 다도뿐만 아니라, 음식과 상차림에 대해서도 뛰어난 식견을 가지고 있었다. 또 이러한 일도 있었다.

쇼군 이에쓰나(家綱)가 병이나 치료 중에 무료하여 다회를 개최할 것을 신하들에게 명했다. 그 때 측근 중 한사람인 이나바 마사노리(稲葉正則: 1623~1696)가 다회를 열었다. 그리고 전반부가 끝나고 잠시 쉬는 나카다치(中立)시간이 끝나고 후반부의 다회가 시작되자, 크고 작은 무늬가 들어있는 화려한 복장으로 갈아입고서 정주(亭主) 역할을 했다. 이것이 화제가 되

어 근엄한 찻자리에 어울리지 않는 작법이라는 비판을 받았다. 여기에 대
해 당시 다도의 제1인자인 세키슈에게 질문하는 사람이 있었다. 이에 세
키슈는 「그것이 바로 다도이다. 반드시 정해진 해답이 있을 수 없다」고 하
며, 찻자리에서 「옷을 갈아입는 것은 급사(給仕)를 하거나, 꽃을 꽂거나,
옷이 더럽혀졌을 때 갈아입고 자리에 나가는 것이다. 이것은 손님에게 실
례가 되지 않기 위한 정주의 배려이다. 그러나 일반적인 다회에서는 옷을
갈아입지 않으나, 다만 장소에 어울리는 대응이 필요하다. 이번에는 쇼군
의 병문안 찻자리이므로 색다른 시도를 한다는 마음자세는 나쁘지 않다.
다도에서 중요한 것은 인간생활의 모든 부분의 상황을 파악하고, 그 정신
을 상황에 맞춘 형태로 표현하는 것이 중요하다고 말했다.

이 이야기는 야마시나 도안(山科道安: 1677~1746)이 귀족 고노에 이에
히로(近衛家熙: 1667~1736)의 다도(茶道), 화도(華道), 향도(香道) 등에 관한
언행을 기록한 『괴기(槐記)』에 소개되어있는 것인데, 이를 통해 알 수
있는 것은 세키슈가 「다도에는 정해진 해답이 없다. 그 때의 상황에 맞
추어 대응하는 것이 중요하다」고 강조하고 있다는 사실이다. 즉, 기본
을 지키는 것이 중요하나, 때와 장소에 따라 정주(亭主)의 움직임으로
분위기를 바꾸는 것도 다도에서 중요한 요소 중 하나라는 것이다. 이
처럼 세키슈는 어떤 형식에도 구애받지 않는 자유롭고 독창적인 발상
을 추구했다.

그림 4 한다실(什麼)

3. 자광원의 두 개의 다실

자광원은 정원이 유명하다. 서원에 들어서서 바깥을 내다보면 잘
가꾸어진 정원이 한눈에 들어온다. 툇마루에 앉아 한참을 바라보아도
질리지 않을 풍경이다. 이러한 곳에 두 개의 다실이 있는데, 하나는 세
키슈가 만들었다 하고, 또 다른 하나는 센 도안의 취향으로 만들었다
고 한다.

(1) 양(陽)의 다실 「고림암(高林庵)」

세키슈는 1671년 자광원에다 다실을 짓는다. 1783년(天明3)의 기록
에 의하면 다실은 다다미 2장과 점다공간을 가지는 다실이라는 설명
이 있다.[14] 아마도 이것은 현재 고림암이라는 다실을 두고 말하는 것으

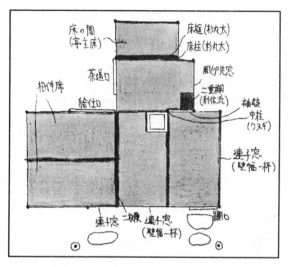

그림 5 자광원 다실 고림암의 내부도

로 보인다. 고림암은 일본 전역에서 현존 다실 가운데 시대, 작자, 형상 등 증명될 수 있는 것들 중 가장 오래된 다실이다.

들어가는 입구에 「고림암」이라는 편액이 상반석과 기닌구치(貴人口)의 사이에 걸려 있다. 이 글은 대덕사 제147대 주지 교쿠시쓰 소하쿠가 쓴 것이다. 그 현판에는 「세키슈의 요구에 응하여 쓴다」고 적혀 있다.

다실의 내부는 앞에서도 언급하였듯이 다다미 2장과 점가공간이 있는 기본적인 형식을 취하고 있으나, 사실 그렇지 않다. 〈그림 5〉에서 보듯이 2장의 상반석이 첨가되어있기 때문이다. 상반석과의 경계부분에 착탈식 문을 달 수 있도록 되어있어서 문을 달면 2장의 크기가

---

14 浅野二郎外2人(1990)「侘び茶と露地茶庭の変遷に関する史的考察」『千葉大園学報』(第43號), 千葉大學, p. 160.

되지만, 문을 제거하면 다다미 4장 크기의 다실로도 이용이 가능하다. 객들이 앉는 자리에는 두 개의 렌지마도(連子窓)가 있어서 밝고 개방적인 느낌을 준다. 다실의 로지에 들어가면 그 렌지마도와 함께 니지리구치(躙口)가 눈에 들어온다.

천정은 점다공간을 포함하여 모두 높이를 똑같이 한 평천정(平天井)이다. 이러한 성격에서 보듯이 비교적 창과 천정은 매우 소박하고 단순한 설계이다. 그리고 점다공간과 차별성을 두기 위해 설치된 가림벽을 지탱하고 있는 나카바시라(中柱)는 껍질이 그대로 붙어있는 상수리나무를 사용하였는데 윗부분이 약간 구부러져 있어 자연미를 자아낸다. 특히 세키슈는 상수리나무를 좋아했다고 한다.

이 다실의 가장 큰 특징은 정주(亭主)가 앉는 점다공간 안에 「도코노마(床の間)」가 있다는 점이다. 그러므로 정주가 도코노마와 가까운 자리에 앉아서 점다를 하게 되어있다. 이같은 양식의 다실을 「테이슈도코(亭主床)」라 한다. 일반적으로 일본에서는 손님을 모시는 상석은 도코노마와 가까운 곳에 위치한다. 가까울수록 상석이 되는 것이다. 말석은 그와 정반대이다. 이러한 상식으로 볼 때 이 다실은 주인이 상석에 앉고, 객이 말석에 앉게 되어있다. 막부의 다도사범을 지낸 세키슈가 이를 모를 리가 없다. 이것에 힌트를 주는 일화가 고노에 이에히로의 『괴기』에 다음과 같이 서술되어있다.

야마시나 도안이 고노에에게 "도대체 좁은 다실 안에서 상석을 어떻게 정하면 좋은 것입니까?"하고 물었다. 그 때 고노에는 "대체로 리큐식으로 하면 도코노마에 가까운 곳을 상석으로 한다. 그러나 사도구치(茶

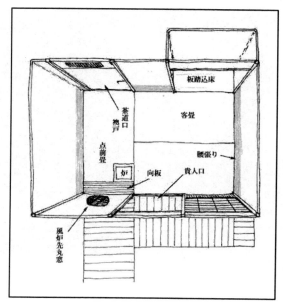

그림 6 한다실의 내부도

道口)가 있는 곳은 말석으로 보는 것도 있다."고 말했다.[15]

이같은 관점으로 다시 고림암을 들여다보면 방의 구조를 좀더 깊이 있게 이해하게 된다. 즉, 점다공간에 주인이 사용하는 「사도구치」라 는 출입문이 있다. 그러므로 그 자리가 말석이었다. 그러한 관점에서 고림암의 내부를 보게 되면 도코노마를 안쪽으로 배치하고, 그 앞을 점다공간으로 한 것은 객들이 앉는 공간을 밝고 개방적으로 보이기 위 한 의도가 숨겨져 있는 것이다.

---

15 中村昌生(2002)『茶室を読む─茶匠の工夫と創造─』淡交社, pp.141-142.

그림 7 다다미 3장의 다실 「閑茶室」

(2) 음(陰)의 다실 「한다실(閑茶室)」

또 하나의 다실은 다다미 3장 크기의 「한다실(閑茶室)」이다. 이는 리큐의 친아들 센 도안의 취향이라고 전해진다. 「니지리구치」가 없고, 복도를 따라 가면 「기닌구치」를 통해 들어가게 되어있다. 「기닌구치」 위에는 「한(閑)」이라는 편액이 걸려져 있고, 그 앞 정원에는 손을 씻는 세면대(手水鉢)가 나무에 살짝 가려져 있다. 안으로 들어가면 내부의 천정은 식물의 잎으로 짠 「아시로천정(網代天井)」이다. 〈그림 6〉에서 보듯이 「기닌구치」에서 바라보이는 정면에는 도코노마가 있고, 그곳의 바닥은 다다미가 아닌 나무로 되어있다. 도코노마와 「기닌구치」 사이에 다다미 2장이 깔려져 있고, 그 좌측에는 다다미 1장 크기의 점다 공간이 있고, 북쪽에는 「사도구치」가 있고, 남쪽 우측에 로(炉)가 설치되어있고, 화로와 가까운 벽에는 원형으로 된 둥근 후로사키마도(風爐

240

先丸窓)를 만들어 바깥에서 햇빛이 들어오게 했다. 이러한 점다공간에서는 주인이 객에게 왼손으로 다완을 내미는 구조로 되어있다. 이러한 다실을 일본에서는 「삼첩역승수(三疊逆勝手)」라 한다. 이같은 분위기는 초암풍의 와비사비(侘び寂び)를 표현된 것으로 보인다.

이곳을 빠져 나와 방장이 있는 곳에서 보면 「한다실(閑茶室)」을 바라다 보면 지붕 바로 밑 박공 부분에 「什麼」라고 적혀있는 또 하나의 현액이 걸려져 있다. 이것은 옛날 선승들이 열심히 수행한 끝에 잠시 스승을 만나면 자주 받는 질문이 「이 뭐꼬?」이다. 이 말을 자광원의 개조 교쿠슈 소반(玉舟宗璠)이 써 붙이고 「이 뭣꼬」라고 아침 저녁으로 자문자답을 한 것이다. 「한다실」은 고림암과 비교하면 다실은 약간 어둡다. 그리하여 고림암이 양(陽)의 공간이라면 「한다실」은 음(陰)의 공간이라 할 수 있다. 즉, 자광원은 음양을 나타내는 두 개의 다실을 소유하고 있는 것이다.

제8장

당마사의 다실

1. 당마사

나라현(奈良県) 카쓰라기시(葛城市) 타이마(當麻)라는 마을에 「당마사(当麻寺)」라는 절이 있다. 일본어로 그 절을 「타이마데라」라 한다. 「당마」를 「타이마」라 하고, 절을 「데라」라 한다. 그 절의 이름이 지역에서 유래함을 알 수 있다. 즉, 「타이마데라」는 타이마(當麻)에 있는 절이라는 뜻이다.

「타이마」는 고대의 문헌에 나오는 오래된 지명이다. 원래 이곳을 타기마(当岐麻)라 했다. 그것이 두 글자로 축소화 됨에 따라 「타기마」가 「타이마」로 된 것이다. 「타기」는 원래 길이 구불구불하고, 울퉁불퉁하여 걷기 어려운 험악한 땅을 가리키는 말이었다. 일본 최고의 역사서 『고사기(古事記)』의 「경행단(景行段)」에 야마토다케루(倭建命)라는 신화적 영웅이 타기노(当芸野)에 도착하였을 때 다리가 풀려 걸을 수 없게 되었기 때문에 그곳을 「타기」라 했다고 한다.[1] 이처럼 고대의 「타이마」는 험준한 오지라는 이미지가 있었다.

『일본서기(日本書紀)』에 의하면 이곳 타이마에 「타이마 케하야(當麻蹴速)」라는 자가 있었는데, 그는 손으로 소뿔을 꺾을 정도로 괴력의 소지자이었다. 그러한 그가 평상시에 "이 세상에서 나와 힘을 겨눌 자는 없을 것이다"고 호언장담하고 했다. 이를 들은 천황은 신하들에게 "그와 상대할 사람은 없는가"하고 물었다. 그러자 그 중 한 사람이 "이즈모(出雲)에 노미스쿠네(野見宿禰)라는 인물이 있습니다. 그를 불러 대적케하면 좋을듯합니다"고 진언했다. 이를 들은 천황은 크게 찬성하고 수

---

1   노성환역주(2009) 『고사기』 민속원, p.198.

그림 1 당마사 인근 타이마 케하야의 무덤

인(垂仁)천황 7년 7월 7일에 「노미스쿠네」와 「타이마 케하야」로 하여
금 서로 힘겨루기를 하게 하였다. 그리하여 두 사람은 서로 다리를 올
려 차고, 오랫동안 겨룬 끝에 케하야가 드디어 목숨을 잃고 말았다.[2] 이
것이 일본 스모의 기원이 되었다고 한다. 이처럼 「타이마」는 일본 씨
름 스모의 발상지이기도 하다. 그리하여 지역에서는 매년 7월 「타이
마 케하야」를 현창하는 「케하야 법요」를 행하고 있다. 이러한 곳에 당
마사(当麻寺)가 위치해 있는 것이다.

　당마사의 창건자는 쇼토쿠태자(聖德太子: 574~622)의 이복 동생 마로
코노미코(麻呂古王)로 되어있으나, 명확하지 않다. 종파는 특이하게도
진언종과 정토종의 두 개의 종파에 속해 있는 사찰이다. 법호는 선림
사(禪林寺)이며, 산호(山号)는 니조산(二上山)이다. 나라시대와　헤이안
시대 초기에 건립된 두 개의 삼층탑(東塔·西塔)이 있다. 이는 근세 이전
에 건립된 동서양탑이 남아있는 일본 유일한 사찰이다. 이 절은 무엇
보다 유명한 것은 현재 본존으로 모셔져 있는 「타이마만다라(当麻曼茶

2　井上光貞監譯(2020)『日本書紀』(上), 中央公論社, pp.237-238.

그림 2 당마사의 타이마만다라(일본국보)

羅)」(국보)이다. 창건 당시부터 그것이 본존이 아니었다. 처음의 본존
은 미륵불(금당)이었다. 그러나 언제부터인가 당마사는 「타이마만다
라」 사원으로 알려졌다. 「타이마만다라」는 나라시대에 조성된 것이
다. 그것과 관련된 전승이 쥬조히메(中将姫)의 이야기이다. 그 내용을
소개하면 다음과 같다.

쥬조히메는 747년(天平19) 후지와라 도요나리(藤原豊成)의 딸로서 당
시 수도였던 나라에서 태어났다. 관음에게 기도하여 낳은 자식으로, 쥬
조히메도 관음에 대한 신앙이 두터웠다. 4살 때『화찬정토경(称讚浄土経)』
과 만났고, 어릴 때부터 경전을 읽었다. 그러나 그녀의 생애는 순탄치 않
았다. 5살 때 어머니를 잃고, 도요나리는 후처를 맞이했다. 그러자 계모
는 학대하여 심지어 목숨까지 노렸다. 주위의 도움으로 목숨을 구했으
나, 계모의 미움은 사라지지 않았다. 그리하여 14살 때 되던 해에 그녀는
운작산(雲雀山)으로 도망쳤고, 그곳에서 독경삼매(読経三昧)의 은거생활

그림 3 『仏像画像集』의 쥬조히메

을 보냈다. 그 때 상황이 『쥬조히메산거어(中将姫山居語)』에 남아있다. 그것에 의하면 「남녀의 경계도 없기 때문에 애욕의 번뇌도 없다」고 시작하여, 「산 속에서 등을 켤 수 있는 기름도 없으나, 자신의 마음의 달을 빛나게 하면 된다」는 등의 심정을 서술한 말들이 적혀있다.

은거생활에서 나라로 돌아온 그녀는 『칭찬정토경』의 사경을 시작했다. 매일 붓을 들어 경전을 적어 1000권의 사경을 했다. 그 때 그녀의 나이가 16살이었다. 그녀는 어느 날 해가 기울어가는 서쪽 하늘에 빛나는 광경을 보았다. 그 때 석양 속에 아미타불이 나타나 저녁 하늘에 극락정토의 광경을 펼쳐 보여주었던 것이다.

그 광경에 마음이 빼앗긴 쥬조히메는 석양 속에 본 아미타불을 섬기겠다고 마음먹고 관음을 염(念)하며 히메는 길을 떠났다. 그리고 관음의 손에 이끌리듯이 도착한 곳이 니조산 기슭이었고, 그곳에 당마사가 있었다. 당시 당마사는 비구의 수행도량이었으며, 여인금제(女人禁制)이었다.

그럼에도 불구하고 산문 앞에 있는 돌 위에서 일심으로 독경을 계속했다. 수일 후에 그 돌에는 독경의 공덕으로 히메의 발자국이 새겨졌다. 그 기적에 감동한 당시 당마사 11대 별당(別当=住職) 지쓰가화상(実雅和尚)이 여인금제를 풀고 히메를 맞아 들였다. 그 때의 영석(靈石)은 「쥬조히메의 맹세석(盟誓石)」로서 현재 쥬조히메 삭발당(剃髪堂) 옆에 옮겨져 있다.

그 이듬해 히메는 중원(中院)의 소당(小堂: 現 · 쥬조히메삭발당(中将姫 剃髪堂))에서 체발의례를 치렀다. 763년(天平宝字7) 6월 15일의 일이다. 히메는 효노(法如)라는 승명으로 비로소 비구니가 되었다. 16일, 효노는 삭발한 자신의 머리카락을 실로 만들어 아미타, 관음, 세지의 범자(梵字)를 자수를 놓았다. 그리고 그 날 석양 속에서 본 아미타불의 모습 그리고 저녁 하늘에 펼쳐진 정토의 광경을 한번 더 보고 싶다는 일념으로 기도를 올렸다. 그러자 17일에 한 노비구니가 나타나 「연 줄기를 모아라」고 알려주었다.

그 말에 따라 부친 도요나리의 협력을 얻어 야마토(大和)를 비롯해 가와치(河内), 오우미(近江)에서 연 줄기를 모았더니 수일 만에 100타(駄) 정도 연줄기가 모였다. 1타는 한 마리 말에 실을 수 있는 짐의 양이다. 그러므로 그것은 엄청난 양이었다. 그 때 다시 나타난 노비구니와 직녀의 도움을 받아 연 줄기에서 실로 뽑고, 인근에 있는 석광사(石光寺)에서 그것을 오색으로 물을 들였다(어떤 전승에는 그 실을 우물에서 씻자, 신기하게도 오색으로 물이 들었다는 것도 있다). 그러자 22일 황혼녘에 한 젊은 여성이

그림 4 당마사의 25보살 練供養会式

나타나 오색에 물든 실을 확인하더니 효노를 데리고 천수당(千手堂) 안으로 들어갔다. 그리고 시간이 흘러 23일 아침 효노의 눈앞에는 오색의 거대한 직물이 생겨나 있었다. 그녀가 하룻밤 사이에 수를 놓아 짠 것이었다. 그런데 그것에는 효노가 그 날 본 정토의 세계가 펼쳐져 있었다. 이것이 「타이마만다라(當麻曼茶羅)」이며, 본존으로 모셔져 있는 것이다. 사실 이것은 「관무량수경변상도(観無量寿経浄土変相図)」이다. 그녀를 도운 비구니는 아미타불이었고, 직녀는 관음보살의 화신이었다. 이윽고 쥬조히메는 아미타여래의 성중들이 맞이하여 29세의 나이로 살아있는 채로 극락으로 갔다고 한다.

이러한 이야기를 바탕으로 당마사에서는 히메가 극락으로 가는 모

습을 매년 매년 5월 14일에 재연하는 야외극을 연출하는데, 이를 「성
중래영연공양회식(聖衆来迎練供養会式)」이라 한다. 이 때 25명의 보살이
등장하여 히메의 화신으로 표현된 작은 상을 연화대에 태워 극락정토
로 인도하는 내용으로 되어있다.

2. 당마사 나카노보의 두 개의 다실

당마사 중에서도 나카노보(中之坊)는 당마사에서도 가장 오래된 탑
두사원(塔頭寺院)³이다. 전설로는 엔노교쟈(役行者: 634~701)⁴가 도량을

---

3 중국 선종사원에서는 본래 주지를 역임하고 은퇴한 자는 동당·서당의 승당에서
운수(雲水)들과 공동생활을 생활하는 것이 원칙이었다. 그것이 후대에는 경내에
소암(小庵)을 짓고 생활하는 것이 나타났다. 이는 一禅僧 一代에 국한하는 조치
이었다. 이같은 중국의 관습이 일본에 전해지자 개산 등 선사에서는 특히 중요한
인물의 묘소로서 탑두(塔頭)·탑원(塔院)과 동일시되어 영속적인 시설이 되어 일
본 독자의 탑두라는 존재가 인정되게 되었다. 그리하여 이것이 더욱 시간이 흐르
면 탑두는 보다 광의적인 의미로 사용되어 묘소 뿐만 아니라 고승이 살았던 소암
또는 관련이 있는 곳으로서 그 위업을 후세에 전하기 위해 설립하게 되어 전 불교
종파에 적용하게 되었다.
4 아스카시대(飛鳥時代)의 주술자. 엔노오즈누(役小角), 엔우바새(役優婆塞)라고
도 함. 인물상은 후세의 전설적 요소가 많고, 前鬼와 後鬼를 제자로 삼았다고 전해
짐. 天河大弁財天社와 오미네산(大峯山) 龍泉寺 등 많은 수험도(修験道)의 霊場
에서 그를 시조로 모시고 있으며 그곳을 그가 수행지로 삼았다는 전승이 있다. 그
의 성씨 엔노우지(役氏), 엔노기미(役君)는 미와계(三輪系) 씨족에 속하는 지기
계(地祇系) 씨족이며 카쓰라기류(葛城流) 카모씨(賀茂氏)에서 나온 씨족이므로
가모노엔노기미(加茂役君、賀茂役君)라고도 불렸다. 역민(役民)을 관장한 일족
이었기에 「役」字가 붙은 성씨가 되었다. 이 씨족은 大和国·河内国에 많이 분포
되어있다. 大和国 葛上郡 茅原郷 출신. 부친 大角은 이즈모(出雲) 출신으로 데릴
사위. 모친은 白専女(전설에서는 刀良女). 탄생지에는 吉祥草寺가 건립되어있
다. 650년(白雉元) 16세 때 山背国에 志明院을 창건, 17세 때 元興寺에서 공작명
왕(孔雀明王)의 呪法을 배웠다. 그 후 葛城山에서 산악수행을 하고, 또 熊野와 大
峰의 산에서 수행을 거듭하여 吉野의 金峯山에서 金剛蔵王大権現을 감득하고 수
험도의 기초를 쌓았다. 20대에 후지와라노 가마타리(藤原鎌足)의 병치유를 했다

그림 5 나가토보(中之坊)의 다실 환창석 내부

열었다고 한다. 옛날은「중원(中院)」이라 했고, 쥬조히메(中将姬: 747~
775)의 스승인 지쓰가(實雅) 그리고 홍법대사 구타이의 제자가 된 짓벤
(實弁) 등과 같은 고승들이 주석했던 곳이기도 하다. 이곳의 영보전(靈
宝殿)에는 일본에서 가장 오래된 면도칼인「쥬조히메 삭발도」가 상설
전시되어있고, 쥬조히메가 삭발한 삭발당(剃髮堂)과 쥬조히메의 맹세
석(盟誓石)이 있는 곳으로 유명하다.

이러한 곳을 나는 지난 2024년 1월 황급히 찾은 적이 있다. 그 이유
는 이곳에 카다기리 세키슈가 지었다는 다실 두 개와 차선총(茶筅塚)이
있기 때문이었다.

는 전설이 있는 등 주술에 뛰어나고, 신불조화(神仏調和)를 주창했다. 명령에 따르
지 않으면 주술로 귀신을 포박했다. 사람들은 그가 귀신을 부려 물을 퍼고, 땔감을
하게 한다고 했다. 제자로는 국가의 의료·주금(呪禁)을 관장하는 전약료(典薬
寮)의 장고나 전약두(典薬頭)를 역임한 가라구니노 히로타리(韓国広足)가 있다.
699년 6월 26일 그는 사람들을 혹세무민하였다 하여 이즈시마(伊豆島)로 귀양을
갔다. 2년 후인 701년(大宝元) 1월에 대사면이 이루어져 茅原로 돌아오나, 같은
해 6월 7일에 미노산(箕面山) 용안사(瀧安寺)가 있는 텐죠가타케(天上ヶ岳)에서
향년 68세로 입적했다. 또 시코쿠의 이시쓰치야마(石鎚山)에서 사망했다는 전설
도 있다.

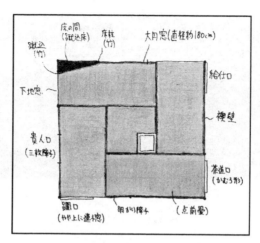

그림 6 나카노보 환창석 내부도

절은 마을 안 산 쪽에 위치해 있었다. 들어가는 길의 양쪽에는 주택이 늘어서 있는 조용한 시골마을이었다. 그리고 노인이 운영하는 구멍가게도 있어 편의점에 익숙해 있는 현대인들에게 과거에 대한 향수를 불러일으키기도 했다.

나카노보(中之坊)안으로 들어가자 손님을 맞이하는 현관이 나타나는데 그곳에서 입장권을 팔았다. 그런데 그곳에서 우리의 눈길을 끄는 것이 있었다. 그것은 다름 아닌 커다란 가마솥이 걸려 있고, 「다라니스케(陀羅尼助)」라는 약을 팔고 있다는 것이다. 사찰 측의 설명에 의하면 이것은 아스카시대(飛鳥時代) 엔노교쟈가 제조한 일본에서 가장 오래된 약으로서 어떤 것에도 잘 듣는 만능의 약인데, 특히 위장약으로 유명하다고 한다. 그 약을 처음으로 제조한 곳이 나카노보이며, 1982년까지 가마솥을 이용했다고 한다. 지금도 매년 대한(大寒)이 되면 3石6斗의 물과 32貫目의 약초를 다라니를 외우며 3升3合이 될 때 까지 달

그림 7 지족암의 내부

여 고아 만든다고 했다.

　이곳에서 입장권을 구입하고 오른쪽으로 건물을 돌아가면 정원이 펼쳐진다. 이 정원을 사찰측은 「향우원(香藕園)」이라고 했다. 향기나는 연근(蓮根)의 정원이라는 뜻이다. 모모야마시대(桃山時代: 1573~1603)에 조성된 야마토 3대 명정원(竹林院, 慈光院)의 하나이며. 지천회유식(池泉回遊式)의 정원이다. 동탑을 차경으로 심자지(心字池)를 중심으로 조형한 것이 특징이다. 에도막부 제 4 대 쇼군 도쿠가와 이에쓰나(德川家綱: 1641~1680)의 다도사범이었던 세키슈가 현재의 모습으로 개보수하였다 한다.

　내정(內庭)과 외정(外庭)을 구분 짓는 흙벽을 낮게 하여 그다지 넓지 않음에도 넓고 그윽한 맛을 느낄 수 있게 설계한 것으로 보인다. 그 정원에서 보면 건물이 서원식 양식인데, 넓은 서원의 방이 있고, 그것에 이어서 쌍탑암과 지족암이라는 이름을 가진 두 개의 다실이 있다.

(1) 쌍탑암의 환창석

　쌍탑암(双塔庵)은 그곳에서 동과 서에 각각 서있는 두 개의 탑을 관람

할 수 있기 때문에 붙여진 이름이었다. 이 다실의 다른 이름으로 「환창석(丸窓席)」이라고도 하는데, 이는 이름 그대로 둥근 창을 가지고 있기 때문이다. 이 다실은 에도막부의 다도사범이었던 카다기리 세키슈(片桐石州: 1605~1673)[5]가 1653년 111대 천황 「고사이천황(後西天皇: 1638~1685)」이 이곳에 방문하였을 때 그를 접대하기 위해 만든 다실로 알려져 있으나, 확실한 증거는 없다.

다실에 들어가기 앞서 앉아서 주인 측의 안내를 기다리는 공간 마치아이(待合)가 있는데, 그것에는 둥근창과 사각형으로 된 창이 각각 1개씩 있는데, 그 모양과 높이가 서로 다르다. 아마도 이것은 단조로움을 피하기 위해 고안된 것으로 보인다.

다실 내부는 다다미 4장반의 크기이었다. 〈그림 6〉에서 보듯이 니지리구치를 통해 들어가면 북서 쪽 모퉁이에 납작한 3각형의 모양을 한 도코노마(床間)가 있다. 삼각형으로 되어있다는 것도 특이한데, 그것이 방쪽으로 나와 있다는 것도 특징적이었다. 보통의 경우 안쪽으로 들어간 우치도코(內床)의 형식을 취하는 데, 이 다실은 방쪽으로 나와 있는 것이다. 이를 「데도코(出床)」라 한다. 그것도 전체의 흐름에 방해가 되지 않고 약간 앞으로 나온 것이었다. 솔직히 일본문화를 전공하는 나도 이같은 모양의 도코노마는 여기서 처음으로 보았다. 그만큼

---

5 小泉藩(奈良県大和郡山市小泉町) 2대 영주 「카다기리 세키슈(片桐石州)」는 「지은원(知恩院)」의 普請奉行 등을 역임한 영주. 카다기리 세키슈의 스승은 구와야마 소센(桑山宗仙)이며, 구와야마 소센은 센노 리큐의 장남 「千道安」와 후루타 오리베(古田織部)의 제자이다. 스승 구와야마 소센의 다풍을 계승한 카다기리 세키슈는 봉건영주 유파의 하나인 「石州流」 다도의 개조이다. 그는 1665년 4대 쇼군 도쿠가와 이에쓰나(德川家綱)」의 소망에 의해 다탕의 작법을 피로. 그 후 도쿠가와 이에쓰나의 「다도사범」이 되었다.

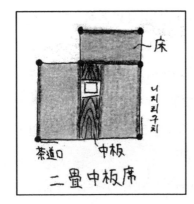

그림 8 당마사 지족암의 내부도

희귀하거니와 이 다실의 가장 큰 특징 중 하나로 꼽을 수 있다.

그러나 도코노마가 다다미 한 장 높이로 올려 만들어진 것은 다른 경우와 같았다. 도코노마에서 발견한 또 하나 특징은 도코바시라(床柱)와 도코노마의 테두리가 대나무로 되어있다는 점이었다. 대개 이 경우 수목을 사용하는 것이 보통인데, 이를 모두 대나무로 되어있는 것이다. 더구나 이는 리큐가 선호하지 않은 것이어서 더욱더 나의 눈길을 끌었다. 도코노마의 바닥에는 판자를 깔았다. 이를 이타지키(板敷)라 한다. 아마도 이것은 공간이 너무 좁아 다다미보다 판자로 하는 것이 경계를 짓는데 효과적이라는 판단이 작동했을 것으로 보인다.

도코노마의 오른쪽에는 약 5척 2촌정도 되는 커다란 둥근 창(大円窓)이 있다. 그와 같은 창이 있는 방으로 우리나라의 창덕궁 낙선재에서도 보인다. 얼핏 보아 양국의 두 개의 환창은 쌍둥이처럼 닮아있다. 어쩌면 서로 관련이 있을지 모르겠다는 생각이 들었으나 아직 확증할 만한 자료를 찾지 못했다. 이 방에 둥근 창을 둔 것은 쥬조히메를 연상시키기 위한 공간을 만들기 위함이라는 해석이 있으나, 사실은 맞은편에 있는

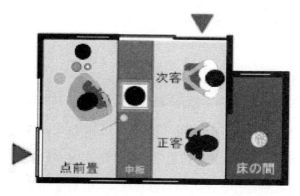

그림 9 지족암의 가상 점다도(화살표 적색은 사도구치(茶道口),
자색은 기닌구치(貴人口)

사람의 그림자를 비추기 위해 만들어진 것이다. 둥근 창의 맞은 편 후실
(後室)은 원래 천황이 방문했을 때 신변을 지키는 호위무사들을 숨기는
공간이었는데, 현재는 불당(仏堂)으로 사용하고 있었던 것이다.

　도코노마가 있는 왼쪽 벽에 「시타지마도」가 있어 빛이 들어오게 하
였고, 그 옆에 「기닌구치」를 두었는데, 무릇 3장의 장지문이다. 그리
고 「니지리구치」 위에 「렌지마도(連子窓)」가 있고, 또 그 옆에 빛이 들
어오는 작은 장지문이 달려 있어 비교적 햇빛이 풍부한 밝은 다실이
다. 점다공간인 「테마에다다미(点前疊)」에는 주인이 드나드는 사도구
치(茶道口)가 윗부분이 둥근 모양으로 되어있는 것도 이채로웠다. 사도
구치를 열면 안쪽으로는 서원풍의 다다미 5장의 다실이 있다. 이것은
환창석보다 나중에 만든 것으로 엄숙한 형식과 절차를 요구하는 초암
다실에서 벗어나 편안한 자세와 마음으로 다회를 할 때 사용하는 공간
이다. 그리고 이 다실에 딸린 도구를 씻고 준비하는 「미즈야(水屋)」는
이례적으로 다다미 10장이나 되는 넓은 공간이다. 이것 또한 흥미로

257

운 특색으로 지적될 수 있을 것이다.

(2) 지족암

또 하나의 다실은 지족암(知足庵)이다. 이것 또한 세키슈가 환창석보
다 늦게 만들었다고 하나 분명치 않다. 이 다실의 크기는 다다미 2장이
다. 그러므로 1대 1로 손님을 접대하기 위한 공간이다. 이를 일객일정
(一客一亭)의 다실이라 한다. 명쾌하고 개방적인 환창석에 비해 개별적
이고 어두운 분위기에서 머무는 형태의 공간이다.

니지리구치를 통해 들어가면 〈그림 7〉과 〈그림 8〉에서 보는 것처럼
중앙에 나무가 깔려 있고, 그 곳을 중심으로 다다미 한 장씩 깔아 놓아
있다. 이를 일본에서는 「니다다미나카이타(二疊中板)」이라 한다. 다다
미 두 장 가운데 판자라는 뜻이다. 그러므로 점다의 모양은 〈그림 9〉과
같다. 객들이 앉는 공간의 뒤편에 윗부분을 둥글게 하여 마치 동굴과
같은 느낌을 주는 도코노마가 있다. 도코노마 앞 벽에는 높이를 달리
하는 사각형의 창이 각각 1씩 달려 있다. 이것 또한 단조로움을 피하고
햇빛 조절을 위해 장치된 것이다. 그리고 점다공간에는 사도구치를 달
았다. 이러한 형식의 다실도 이곳에서 나는 처음 보았다. 그만큼 당마
사의 두 개의 다실 모두 특색이 있다 하겠다.

(3) 차선총(茶筅塚)

당마사는 차선총을 가지고 있다. 차선총이란 사용하고 버려지는 차
선의 영혼을 위로하고 공양하는 차선의 무덤을 말한다. 절의 관계자에
따르면 그것은 1936년에 건립되었으며, 매년 11월 16일에 차선을 모

그림 10 당마사의 차선총

아 불에 태운 다음 그 재를 안치한 것이라 설명했다. 차선은 많은 차도구 중에서도 대체가 가능하지 않은 기술과 정신이 깃든 공예품이다. 그러나 가늘게 자른 대나무를 찻물에 적시어 격불해야 하므로 끝 부분이 다완의 내면과의 접촉을 피할 수 없는 필연적인 소모품이다. 원래는 1회 사용하고 버리고, 정중히 다루어도 십여 차례 사용하면 차솔 끝이 꺾여 버린다. 그리하여 사용이 다 끝난 차선을 태워서 감사의 뜻을 나타내는 것이 다인의 관습이어서 바늘공양(針供養), 붓공양(筆供養) 등과 마찬가지로 차선공양을 행하여야 한다는 의식에서 생겨난 민간습속이다.

그 이면에는 일본인들은 항상 사용하는 물건에는 사용자의 영혼이 깃든다는 신앙이 있다. 그로 말미암아 함부로 버리지 못하는 것들이 많다. 대표적인 예가 바늘, 부엌칼, 붓, 인형 등이 그것들이다. 특이한 사항은 수많은 차도구 가운데 차선만이 차선총을 가지고 있다. 이것은 차선이 다른 것에 비해 사용하고 버려지는 물건이기 때문일 것이다.

　　역사적으로 볼 때 이같은 습속은 그다지 오래된 것은 아니다. 일본
에서 가장 오래된 차선총으로 알려진 것은 시마네현(島根縣) 마쓰에시
(松江市)의 월조사(月照寺) 경내에 있는 것으로 1877년(明治10)경에 조성
된 것으로 알려져 있다.[6] 그러므로 차선총 신앙은 근대에 접어들어서
시작된 것으로 볼 수 있다. 이러한 관점에서 보았을 때 당마사 나카노
보(中之坊)의 차선총이 1936년에 조성된 것으로 보아 일본의 차선총들
가운데 상당히 이른 시기에 생겨난 것으로 볼 수 있다.

6　熊倉功夫(2021)『茶の湯』中央公論新社, p.168.

제9장

나라의 다인들

1. 나라의 다인들

나라의 차역사는 깊고 오래되었다. 전승과 기록에 의하면 8세기의 쇼무천황(聖武天皇)의 「행다의(行茶儀)」가 있고, 9세기에는 홍법대사 구카이가 당나라에서 가지고 온 차종자를 제자인 켄네(堅惠)에게 전해주는 불륭사의 전승이 있고, 사가천황(嵯峨天皇)의 칙명으로 차밭이 조성되었다는 『일본후기(日本後紀)』의 기록도 있다.

그 이후 나라의 차문화가 성행하지 못했고 쇠퇴의 길을 걸었던 것 같다. 그러다가 12세기 송나라에서 귀국한 에이사이(栄西)로부터 받은 차를 묘에(明惠)가 교토의 토가노(栂尾)에서 차밭을 조성함에 따라, 이것이 나라에 전해져 야마토차의 원류가 되었다. 가마쿠라시대(鎌倉時代)에는 서대사(西大寺) 등 여러 사원들을 부흥시킨 에이손(叡尊)이 차를 사람들에게 베푸는 시다(施茶)를 행하였다. 그리고 서대사와 말사인 반야사(般若寺)에는 다원이 조성되었다. 그 후 차재배는 점차 나라의 동부 지역으로 확대되어 근세에는 거의 오늘날과 같은 차생산지의 원형이 형성되었다. 그리고 근대에는 차가 수출품으로서 각광을 받자, 나라차의 생산도 크게 발전했다. 이러한 역사적 발전과정을 통해 나라의 차산업이 존재하는 것이다.

사실 나라의 지역민들은 일본문화의 발상지라는 긍지와 함께 차문화에 대한 자부심이 대단하다. 일본다도의 시조라 할 수 있는 무라다 쥬코(村田珠光)가 나라출신이며, 그가 출가한 절도 나라의 칭명사이다. 그러므로 일부 나라의 다인들은 나라를 일본 다도의 발상지라는 의식도 가지고 있다. 그리고 쥬코 이후 나라에는 수많은 다인

들을 배출했다. 이번에는 나라의 다인들을 생각하지 않을 수 없었
다. 그리하여 이들을 시대별로 다음과 같이 정리하여 보았다.

2. 마쓰나가 히사히데의 명물 「쓰구모나스」와 「히라구모」

(1) 마쓰나가 히사히데(松永久秀: 1508~1577)

마쓰나가 히사히데는 전국시대 야마토 지역을 지배했던 영주이었
다. 그의 고향은 야마시로(山城), 또는 세쓰(攝津)라는 설이 있으나 명확
하지 않다. 그에 대한 역사적인 평가는 결코 우호적이지 않다. 일본 역
사상 최악의 사나이라고 극단적인 표현을 사용하는 사람이 있을 정도
이다. 특히 그가 저지른 악행 3가지를 들고 있는데, 첫째는 그의 주군
이었던 미요시 나가요시(三好長慶: 1522~1564)가 사망하자, 그 권력을 탈
취하였다는 것이고, 둘째는 무로마치 막부 쇼군 아시카가 요시테루(足
利義輝: 1536~1565)를 습격하여 암살하였다는 것이며, 셋째는 동대사를
불태웠다는 것이다.

이러한 인물인 히사히네가 1559년(永禄2) 야마토(大和)로 들어간 쓰
쓰이 준케이(筒井順慶: 1549~1584)의 「쓰쓰이성(筒井城)」을 함락하였고,
그 이듬해에는 「흥복사(興福寺)」의 승병들을 격파하고 야마토를 평정
했다. 그 이후 그는 「타몬야마성(多聞山城)」과 「시기산성(信貴山城)」을
구축하여, 실질적으로 야마토를 지배하게 된다.

그는 다케노 조오(武野紹鴎: 1502~1555)에게 다도를 배웠다. 그리고 나
라와 사카이(堺)의 다인들과의 교류도 활발히 가졌다. 그리하여 『천왕

그림 1 落合芳幾의 『太平記英勇伝: 松永弾正久秀』

사옥회기(天王寺屋会記)』와 『송옥회기(松屋会記)』 등의 다회기에도 그의 자취를 남겼다.

　마사히데가 다회기에 처음으로 기록을 보이는 것은 그가 미요시 나가요시와 함께 세쓰 아쿠다가와성(摂津芥川城)에 있었던 1555년(天文23) 정월의 일이다. 정주(亭主)는 사카이 다도의 시조이자 리큐의 스승인 다케노 조오이었다. 객은 마사히데와 사카이의 거상 이마이 소큐(今井 宗久: 1520~1593)이었다. 소큐는 조오의 사위이며, 훗날 노부나가(信 長)·히데요시(秀吉)의 다도사범인 다두(茶頭)를 역임할 정도의 큰 인물이다. 이것으로 보아 히사히데는 일찍부터 사카이의 유력자들과 교류가 있었던 것으로 보인다.

그의 거점을 야마토(나라)로 옮긴 후에도 그들과의 교류는 계속 되었다. 1560년(永禄3)에는 사카이의 거상이자 다인으로서 이름이 높은 쓰다 소타쓰(津田宗達: 1504~1566)¹의 다회에 초대되어 참석했다. 그 이듬해 정월에는 나라의 거부 하치야 쇼사(鉢屋紹佐)의 다회에도 참가하고 있다. 또 1563년(永禄6) 정월에는 타몬야마성에 지은 다실에서 자신이 정주가 되어 다회를 개최했다. 이때 객으로 참석한 사람으로는 나라의 옷칠장인이며, 나라를 대표하는 다인 마쓰야 히사마사(松屋久政)와 사카이의 거상이자 무라다 소슈(村田宗珠)의 제자인 와카사야 소카(若狭屋宗可), 교토(京都)의 명의이자 마사히데의 시의(侍医)이기도 한 마나세 도산(曲直瀬道三: 1507~1594)²이었다. 또 1565년(永禄8) 정월에도 타몬야마성에서 다회를 개최하였는데, 그때는 센 소에키(千宗易=利休)의 이름도 보인다. 이처럼 그는 역사적으로는 부정적인 평가를 받았지만, 다인으로서는 높게 평가된 인물이었다.

---

1   전국시대(戦国時代) 사카이의 거상이자 다인. 텐노지야(天王寺屋). 宗伯의 아들이자, 소규(宗及)의 부친. 통칭은 하야토(隼人), 남종암(南宗庵)의 후루다케 소코(古岳宗亘)으로부터 소타스(宗達)라는 법호를 다이린 소토(大林宗套)로 부터는 大通이라는 거사호(居士号)를 받다. 다회기에는 사카이를 비롯해 기내(畿内)의 거상 畠山・三好党의 무장들이나 本願寺坊官 시모쓰마치(下間氏)와도 교류를 가졌고, 또 아우인 道叱들과 함께 규슈와의 교역도 행하였다. 1548년(天文17)부터 1566년(永禄9)의 다회기를 남긴다. 사카이의 남종사(南宗寺)에 그의 묘가 있으며, 또 寺内의 대통암(大通庵)은 아들 쇼규가 부친의 명복을 빌기 위해 창건한 것이다.

2   전국시대에서 아즈치모모야마시대(安土桃山時代)에 활약한 일본 의사. 道三은 호. 위는 마사모리(正盛) 또는 마사요시(正慶). 자는 一渓, 雖知苦斎, 翠竹庵, 啓迪庵 등을 사용했다. 본성은 미나모토노 아손(源朝臣), 훗날 다치바나 아손(橘朝臣). 이마오지(今大路) 가문의 시조. 일본의학 중흥조로서 田代三喜・永田徳本 등과 더불어 「의성(医聖)」으로 칭송됨. 양자로는 마나세 겐사쿠(曲直瀬玄朔)가 있으며, 그 이후 2대째 「道三」라는 이름을 습명했다.

(2) 히사히데의 명물

당시 일류다인으로서 인정받기 위해서는 명물 다기를 가지고 있어야 했다. 마사히데도 많은 명기들을 소지하고 있었다. 그 중에서도 「쓰구모나스(つくも茄子)」라는 차항아리와 「히라구모(平蜘蛛)」라는 이름을 가진 차솥(茶釜)은 특히 유명하다. 이 두 개는 그도 애지중지 아꼈던 것 같다.

「쓰구모나스」는 마사히데가 1천관(千貫)이나 되는 거금을 주고 구입한 명물이다. 그가 나라로 거점을 옮기기 전인 1558년(永禄元) 9월 히사히데는 키타무키 도친(北向道陳: 1504~1562)과 야마노우에 소지(山上宗二: 1544~1590), 이마이 소큐와 같은 거물급 다인들을 초청하여 다회를 개최하였으며, 그 때 「쓰구모나스」를 선을 보였다. 이같이 히사히데가 자랑하는 「쓰구모나스」는 당시 다인들에게 있어서 주목의 대상이 되어있었으며, 루이스 · 프로이스의 기록에도 등장할 정도로 대명물이었다.

「쓰구모나스」는 「作物茄子」, 「付藻茄子」, 「九十九茄子」, 「九十九髪」, 「九十九髪茄子」, 「松永茄子」 등으로도 표현된다. 이같은 명칭에서 가지를 뜻하는 「나스(茄子)」라는 이름이 붙는 것은 그 모양이 둥글게 생긴 가지의 모습과 닮아있기 때문이다.

그리고 「쓰구모나스」는 마쓰모토나스(松本茄子), 후지나스(富士茄子)와 더불어 일본에서 「천하 3대 나스 항아리」라고 불리는데, 그 중에서도 가장 높게 평가되는 명물 중의 명물이다. 이 차항아리의 전래 역사에 관해 약간 언급하면 다음과 같다.

이것은 무로마치막부의 3대 쇼군 아시카가 요시미쓰(足利義満: 1358~

그림 2 「쓰구모나스(付藻茄子) 차항아리(静嘉堂文庫美術館)」

1408)가 비장했던 당물이며, 그 후 쇼군가에서 대대로 전래되다가 8대 쇼
군 요시마사(義政: 1436~1490) 시대에 야마나 마사토요(山名政豊: 1441~1499)
에게 주었으나, 15세기 말에 요시마사의 다도사범이었던 무라다 쥬코
(村田珠光: 1422~1502)의 손에 들어갔다. 쥬코는 이를 99관문(貫文)으로 구
입했다. 그리고 그는 일본 고전소설인 『이세물어(伊勢物語)』에 등장하
는 사이고쥬조(在五中将)의 노래 중 「백살에서 한 살이 모자라는 나이를
먹은 퍼석퍼석한 백발의 노파가 나를 그리워하고 있는 것 같다. 환영
이 되어 보인다(百年に一とせ足らぬ九十九髪　我を恋ふらし俤にみゆ)」라는
내용에서 「쓰구모」라는 이름을 생각하여 지었다 한다.[3] 즉, 그 뜻은 백

---

3 『이세물어(伊勢物語)』六十三 つくも髪: 어떤 남자를 그리워하는 여자가 있었다.
   애정이 깊은 그 남자를 만날 수 있다면 좋겠지만 그런 말을 꺼낼 계기도 없다. 그
   래서 3명의 자식을 불러 꿈 이야기를 했다. 그러자 첫째와 둘째는 대충 성의 없게
   대답했지만 셋째는 「반드시 좋은 상대 남자가 분명 나타날 것」이라며 꿈 풀이를
   하자 그 여인은 기분이 매우 좋았다. 셋째는 「다른 남자는 정이 없다. 정이 많기로
   소문난 어머니가 그리워하는 사이고 쥬조(在五中将)을 어머니와 만나게 해 주고

살에서 한 살이 모자라는 99세라는 것이다.

쥬코의 손을 떠난 후에도 여러 사람들의 손을 거치면서 가격도 급상
승했다. 에치젠(越前) 이치죠타니(一乘谷)의 아사쿠라 소테키(朝倉宗滴:
1477~1555)⁴가 입수하였을 때는 500관(貫), 그 후 법화종 신자이자 본능
사(本能寺)의 대단월(大壇越)인 에치젠(越前) 부중(府中)의 거상 고소데야
(小袖屋)의 손에 들어갔을 때는 1천관이었다. 그리고 에치젠의 전란을
피하기 위해 고소데야는 교토의 거상 후쿠로야(袋屋)에게 이 차항아리
를 맡겼다.

그러나 1536년(天文5) 3월 교토에서 「천문법화(天文法華)의 난」⁵이 일
어나 히에잔(比叡山) 연력사(延曆寺)와 오우미(近江)의 롯카쿠씨(六角氏)
로부터 공격을 받은 교토 법화종 21개 본산은 괴멸의 위기에 처해진
다. 1548년(天文16)에 겨우 법화종 승려가 교토 거주가 허용되자, 「쓰구
모나스」는 본국사(本圀寺)의 유력한 신도이기도 한 히사히데의 손에
들어가 있었다. 정확한 입수시기와 경로는 불분명하나, 히사히데는 1
천관이나 되는 거금을 투자하여 구입했다고 한다. 이를 보아 그의 경

싶다」는 생각을 했다. 셋째는 쥬조가 사냥을 하러 이곳저곳 걸어 다니는 것을 만
나 자신의 마음을 전했다. 그러자 쥬조는 마음이 움직여 여자에게 찾아와 동침을
했다. 그 후 남자가 찾아오는 일은 없어서 여인은 남자 집에 가서 몰래 엿보았다.
노래는 남자가 들여다보는 여자를 보고 읊었다. 곱슬머리는 100에서 1을 빼고 99
로 「쓰쿠모」라 한다. 그 숫자에서 엄청난 노령의 머리가 짧고 푸석푸석해졌음을
의미한다. 또 백에서 한 번 닿지 않는 데서 백(白)자의 첫 획을 떼면 백(百)자가 되
므로 백발을 의미하는 상징적인 말이 되기도 한다. 쥬조는 아보신노(阿保親王)의
5남으로 右近衛權中将이었기 때문에 이렇게 불렸다.

4 　전국시대의 무장. 에치젠(越前国)의 전국다이묘. 아사쿠라씨(朝倉氏)의 가신. 朝
　　倉貞景 · 朝倉孝景(宗淳) · 朝倉義景의 3대 아사쿠라씨 당주를 일족의 숙로(宿老)
　　로서 잘 보좌하고, 각 전투에서 무공을 세웠다. 諱는 教景이며, 宗滴은 법명. 다
　　기 · 쓰구모나스(九十九髮茄子)를 소장하고 있었다.

5 　법화종과 대립하는 연력사 승려(衆徒)들이 교토의 일련종 승려를 습격하고 21개
　　사원을 태운 사건.

제력이 이미 영주의 가로(家老)를 능가할 정도로 갖추고 있었던 것으로 보인다. 그 뿐만 아니라 당시 그도 차에 심취해 있었고, 그것을 통해 인적 네트워크를 구축하려고 하였음을 알 수 있다.

히사히데는 「쓰구모나스」를 아시카가 요시아키(足利義昭: 1537~1597)를 옹립하고 교토로 온 오다 노부나가에게 헌상하고 노부나가의 가신단에 들어갔다. 노부나가가 본능사(本能寺)에서 죽음을 당하였을 때 이 명물은 본능사에 있었다. 그 후 잿더미 속에서 기적적으로 발견되었고, 그것이 하시바 히데요시(羽柴秀吉=豊臣秀吉)의 손에 들어갔고, 그 후 히데요리(秀賴: 1593~1615)에게 전해져 오사카성(大坂城)에 소장되어 있다가 「오사카성의 여름전투」에서 또 다시 병화를 입었다. 전투가 끝나고 1615년 도쿠가와 이에야스(德川家康: 1543~1616)의 명을 받아 후지시게 토겐(藤重藤元: 생몰년미상)[6] · 토간(藤巖)의 부자가 오사카 성 잿더미 속에서 찾아내어 옻으로 정교하게 수선했다. 이에 감탄한 이에야스는 토겐에게 하사했다. 그 이후 후지시게(藤重) 가문에 대대로 내려오다가 메이지(明治: 1868~1912)가 되어 미쓰비시재벌(三菱財閥)의 이와사키 야노스케(岩崎弥之助: 1851~1908)의 소유로 되었다가, 현재는 도쿄 세다가야(世田谷)의 세이카도문고미술관(静嘉堂文庫美術館)에 보존되어있다.

한편 「히라구모」도 당시 다인들에게 널리 알려진 명물이었다. 이를 더욱더 유명하게 만든 일화가 있다. 이야기의 배경은 다음과 같다.

그는 노부나가와 사이가 좋지 않았다. 특히 아시카가 요시아키(足利義昭: 1537~1597)와 오다 노부나가(織田信長: 1534~1582)와의 관계가 악화

---

6   에도전기의 옻칠장인. 나라 출신. 본성은 다루이(樽井). 뚜껑을 길게 한 차항아리를 창시했다고 전해진다.

그림 3 X선을 통해서 본「쓰구모나스(付藻茄子) 차항아리」

되자 히사히데는 요시아키의 편에 섰다. 1573년(元龜4) 노부나가가 요시아키를 공격하였고, 이에 따라 히사히데의 정세는 나빠져, 그 이듬해 1574년(天正2)에 항복했다. 그 이후 그는 노부나가의 휘하에 들어가 있었으나, 1577년(天正5) 8월이 되자 다시 노부나가에게 반기를 들었다. 이에 놀란 노부나가는 마쓰이 유칸(松井有閑: 생몰년미상)을 파견하여 그 이유를 물었다. 그러나 히사히데는 유칸을 만나려고도 하지 않았다. 같은 해 8월 10일 반기를 든 히사히데에 대해 오다 노부나가는 장남 노부타다(信忠: 1557~1582)를 총대장으로 임명하고 쓰쓰이 준케이 세력을 주력으로 하여 군대를 파견했다. 그리고 같은 해 10월에는 시기산성을 포위했다. 그러자 히사히데는 궁지에 몰렸다.

이 때 노부나가는 히사히데에게 명기인「히라구모」를 내어놓으면 목숨만은 살려주겠다고 제안한다. 그러나 히사히데는「히라구모와 나의 목은 노부나가에게 넘겨줄 수 없다. 그러므로 산산이 부수어버리

271

겠다」고 회답했다. 「히라구모」는 이름처럼 거미가 기어가는 것처럼 납작한 모양으로 생긴 차솥이었다. 이것을 히사히데가 가지고 있다는 것을 노부나가가 알고 있었던 것이다.

이를 들은 노부나가는 인질이었던 히사히데의 손자 2명을 교토 로쿠조 가와라(六条河原)에서 처형했다. 그리고 이윽고 오다군이 총공세를 취하자, 히사히데의 패색이 짙어졌다. 이윽고 히사히데는 천수(天守)에서 「히라구모」를 두드려 깨고 같은 해 10월 10일에 폭사(爆死)했다. 일설에 의하면 차솥(茶釜)에 폭약을 집어넣고 자폭했다고도 전해진다. 이러한 역사를 가진 두 명물 중 「쓰쿠모나스」는 현존하지만, 「히라구모」는 시기산성이 함락될 때 스스로 폭파시켰기 때문에 현존하지 않는다.

3. 마쓰야 가문의 명물과 다회기

(1) 마쓰야 가문

나라의 테가이고(転害郷)에 「마쓰야」라는 매우 유복한 옻칠 장인의 집안이 있었다. 그들의 시조는 마쓰야 히사유키(松屋久行)이었다. 이들은 무라다 쥬코의 다풍을 계승한 집안이었으며, 특히 중국 화가 서희(徐熙: 생몰년미상)[7]의 「백로도(白鷺圖)」, 「마쓰야 카타쓰키(松屋肩衝)」라는

---

7   중국 오대의 남당(南唐: 937~975)를 대표하는 화가. 새로운 화조화법(花鳥画法)을 완성하여 이른바 서씨본(徐氏体)의 시조가 되었다. 강남(江南)의 鐘陵(현 江西省南昌) 출신으로 남당의 관리를 지낸 명문가 출신으로 화조화에 탁월하였으며, 소박한 화조를 통해 자연의 아름다움을 느끼게 하는 것이 특징이다. 또 魚藻, 고양이, 매미, 나비 등의 묘사에도 뛰어났으며, 종전에 그림으로 그리지 않던 야채까지도 화제(画題)로 삼았다. 그가 창시했다는 서치본은 黃筌의 황치체(黃氏体)

차항아리, 「존성장분(存星長盆)」이라는 옻칠한 용기를 담는 쟁반을 소
지하는 것으로도 저명했다. 이를 일본 다도계에서는 「마쓰야 3대 명
물(松屋三名物)이라 한다.

그 뿐만 아니라 이 가문의 당주이었던 히사마사(久政), 히사요시(久

와 더불어 송초(宋初)의 화조화단을 대표했다. 그의 서씨체는 당풍의 장식적인
작풍에서 수묵화적인 요소가 강했다. 이것이 후세의 문인화가에 다대한 영향을
끼쳤다. 그리고 그의 손자(일설에는 아들)인 서숭사(徐崇嗣)도 북송의 궁중화가
이며, 화조화가로서 이름을 떨쳤다. 중국 오대(五代, 909~979)의 화가. 대대로 남
당(南唐:937-975)에 벼슬하던 강남의 명족(名族)으로, 강소성(江蘇省) 강녕(江寧:
현재 南京) 출신이라고 하는데, 일설에는 강서성(江西省) 종릉(鍾陵:현재 進賢縣
의 서북쪽) 출신이라고도 한다. 회화에 관한 총론(總論)을 비롯하여, 당(唐)나라
(618-907) 말·오대·북송(北宋: 960-1126) 1074년(熙寧7)까지 활약하였던 화가
의 경력을 열거한 곽사의 『도화견문지(圖畵見聞志)』(6권) 등에서는 송나라
(960~1270) 때의 인물로 다루고 있다. 이는 남당이 말기에 가서 후주(後周:
951~960)와 송나라의 속국이 되었기 때문인 것 같다. 그러나 송나라가 남당을 평
정하기 전에 죽은 것으로 추정된다. 지조와 절개가 고매하며 호방하고 통달하여
매인 데가 없었으며, 평생 벼슬길에 나아가지 않고 회화에 온 힘을 기울였다. 화조
화(花鳥畵)·화죽임목(花竹林木)·초충도(草蟲圖)에 능하였고, 고도의 문화적
수양과 독창성을 지닌 천재 화가로, 강호(江湖)·산야(山野)·전원(田園) 그림은
풍격이 청신하고 새로우면서도 거리낌이 없었다. 또한 채색을 하는 데도 뛰어나,
그로부터 장식용의 '포전화(鋪殿畵)'·'장당화(裝堂畵)' 같은 궁정화(宮廷畵)가
발전하였다. 남당의 이욱(李煜:937-978), 후주 무왕(后主 武王), 송나라 태종(太
宗: 939~997), 미불, 이치(李廌) 등이 모두 그의 작품을 매우 중시하였다. 그러나
그의 작품은 황실의 심미적인 요구에 부합되지 않았기 때문에 북송 때는 황전파
만큼 성행하지 못하였다. 휘종(637) 때에 이르러 화원(畵院)에서 점차 그의 화풍
(畵風)을 배웠다. 원(元)나라(1271-1368)·명(明)나라(1368~ 1644)·청(淸)나라
(1616-1912) 이래로 사의(寫意)의 수묵화법(水墨畵法)을 기초로 한 화조화가 화
단(畵壇)에서 성행하였는데 이는 그의 영향을 주로 받은 것이었다. 손자 서숭사
(235)·서숭구(徐崇矩)의 그림에서도 '할아버지의 풍격을 다분히 띠고 있었다.'
고 한다. 서숭사는 할아버지의 화법을 이어받은 위에 황전파의 장점을 흡수하여
5색으로 칠함으로써 붓질한 흔적이 보이지 않는 몰골화(沒骨畵)를 만들어 냈다.
『선화화보(宣和畵譜)』(20권)에는 서희·서수사·서숭구 3명의 작품이 모두 405
폭 실려 있었는데 지금은 한 폭도 남아 있지 않다. 남아 있는 작품 중 낙관이 없는
「사생협접도(寫生蛺蝶圖)」·「설죽도(雪竹圖)」·「옥당부귀도(玉堂富貴圖)」와
휘종의 작품이라고 전해져 오는 「유아훤안도(柳鴉萱雁圖)」·「하당추만도(荷塘
秋晚圖)」 등은 그의 화풍을 연구하는 데 참고가 된다. 또 「두화청정(荳花蜻蜓)」이
라는 자그마한 한 폭의 그림은 서숭사의 작품일 가능성이 있다. 청나라의 화가 운격
은 스스로 자신의 화초화 화법이 서숭사에게 유래한다고 밝혔다.

好), 히사시게(久重)의 3대가 약 120년간에 걸친 다회를 기록한 것이 『송옥회기(松屋会記)』이다. 여기에는 다케노 조오, 센노 리큐 등의 기사도 있으며, 초기의 다도사정을 알 수 있는 귀중한 사료로 평가되고 있다.

(2) 서희의 「백로도」

많은 다인들이 나라의 마쓰야 가문을 찾아가 이를 감상했다. 특히 센노 리큐의 스승인 다케노 조오가 히사마사의 집을 방문한 일화는 유명하다. 조오가 32세 때 어느 날 히사마사의 집을 방문하여 서희의 「백로도」를 보고, 무라다 쥬코가 추구한 다도의 의미를 깨달았다는 전승이 바로 그것이다. 원래 이 그림은 매우 아름다운데다가 표장(表裝)도 화려했다. 이를 쥬코가 표장을 정반대의 이미지인 고담(枯淡)한 것으로 바꾸어버렸다. 이를 본 조오는 고담한 표장과 아름다운 그림이 전혀 어색하지 않고 잘 어울리는 조합에서 쥬코의 미학을 발견했다는 것이다. 이것이 다인들 사이에 소문이 나가 시작했고, 센노 리큐에 의해 더욱 널리 퍼졌다. 그 결과 다인들 사이에서는 히사마사가 가지고 있는 「백로도를 보지 않은 사람은 다인이 아니다」는 말이 나돌 정도로 유명세를 떨쳤다.

(3) 마쓰야 카타쓰키

「마쓰야 카타쓰키」는 13-14세기경에 중국 복건의 복주(福州)에서 만들어진 것으로 높이가 7.7cm, 구경 4.6cm, 밑지름 4.7cm이다. 양쪽 어깨가 올라간 듯한 모양의 차항아리를 카타쓰키(肩衝) 차항아리라 하는데, 다른 것들에 비해 약간 키가 작으나, 그것이 오히려 당당한 품격의

그림 4 마쓰야 카타쓰키 차항아리(松屋肩衝茶入)

자세를 보이고 있다는 점에서 매력이 있다. 색은 흑갈색의 바탕에 다유(茶釉)가 흐르는 모양새를 갖추고 있다.

원래 이것은 마쓰모토 슈호(松本珠報: 생몰년미상)가 가지고 있었기 때문에 마쓰모토(松本)라고도 한다. 슈호는 이를 아시카가 요시마사(足利義政: 1436~1490)에 헌상했고, 요시마사는 그것을 쥬코에게 하사했다. 그리고 쥬코는 이를 제자인 후루이치 초인(古市澄胤: 1452~1508)에게 넘겼고, 초인이 마쓰야 히사유키(松屋久行: 생몰년미상)에게 양도하여, 마쓰야 가문의 소유물이 되었고, 그 결과 「마쓰야 카타쓰키」라 불리게 된 것이다.

1587년(天正15) 10월 이 차항아리는 기타노대다탕(北野大茶湯)[8]에서

8 　기타노대다탕(北野大茶湯): 1587년(天正15) 10月1日에 교토 기타노텐만구(北野天満宮) 경내에서 도요토미 히데요시(豊臣秀吉)가 개최한 대규모의 다회를 말한다. 그해 7월에 규슈 평정을 마진 히데요시는 교토의 조정과 민중들에게 자신의 권위를 나타내기 위해 자신의 성인 쥬라쿠테이(聚楽第) 조성과 더불어 대규모의 행사를 기획했다. 7월말 부터 전국의 영주, 귀족과 교토, 오사카, 사카이의 다인들에게 10월 상순에 다회를 개최한다는 취지 내용이 담긴 주인장(朱印状)을 발송하

도 선을 보였다. 또 레이겐천황(靈元天皇: 1654~1732)과 쇼군 도쿠가와 히데타다(德川秀忠: 1579~1632)와 같은 최고의 지위자를 비롯해 호소가와 산사이(細川三斎: 1563~1646), 후루다 오리베(古田織部: 1544~1615), 고보리 엔슈(小堀遠州: 1579~1647), 카타기리 세키슈(片桐石州: 1605~1673) 등의 영주 다인들도 감상하며 칭찬을 아끼지 않았다. 그리고 리큐는 그것을 위해 넣을 수 있는 주머니를 선물하였고, 산사이는 상아로 만든 뚜껑(象牙蓋)과 그것을 넣어 보관할 수 있는 가죽주머니와 오동나무 상자를 선물했다.

마쓰에(松江)의 영주인 마쓰다이라 후마이(松平不昧: 1751~1818)는 이 것을 자신이 가지고 싶어 했다. 관정연간(寛政年間: 1789~1801)에 그가 에도에서 고향으로 돌아가는 도중에 후시미(伏見)의 한 여관에서 이를 감상했다. 감상이 끝나자 주인이 마쓰야가 그것을 가지고 나가려고 하였을 때 후마이의 가신이 나서서 마쓰야를 다른 방으로 안내했다. 그 방

고, 이어서 7월 28에 교토의 고조(五条) 등에 다음과 같은 내용이 담긴 포고문이 붙었다.
(1) 기타노의 숲에서 10월 1일부터 10일간 대규모의 다회를 열고, 히데요시가 직접 명물 도구를 다인들에게 공개한다.
(2) 다인이라면 노소, 신분을 가리지 않고, 솥 하나, 조병(釣瓶) 하나, 마시는 것 하나, 차도구가 없는 자는 대신할 수 있는 어떤 것이라도 허용하니 지참하여 참가할 것.
(3) 장소는 기타노의 솔밭이며, 그곳에 다다미 2장을 깔고, 복장, 신발, 자리순서 등은 자유이다.
(4) 일본은 물론 차에 관심있는 자라면 외국에서도 참가할 수 있다.
(5) 먼곳에서 오는 자를 배려하여 10일까지 개최한다.
(6) 이러한 배려에도 불구하고 불참자는 앞으로 다탕을 행하여서는 아니된다.
(7) 다탕의 마음자세를 갖춘 자에 대해서는 장소, 출자(出自)를 막론하고 히데요시가 직접 눈 앞에서 점다한다.
이러한 내용이 담긴 서장은 하카다(博多)의 거상 가미야 소탄(神屋宗湛)에게도 보내어 참가할 것을 촉구했다. 실무면은 마에다 겐이(前田玄以)·미야기 요리히사(宮城頼久) 등이 맡았고, 9월부터 행사장의 공사가 본격적으로 진행되었다.

에서 천량(千両)이 든 상자 3개를 보여주면서 팔라고 간절히 부탁했다. 그러나 마쓰야는 조상대대로 물려받은 보물이어서 금전으로 바꿀 수 없다고 하며, 끝까지 응하지 않았다.[9]

안정연간(安政年間: 1854~1860)에 마쓰야가문은 가세가 기울었다. 그리하여 당주인 마쓰야 이에히사(松屋家政)가 3명물을 오사카의 도구상인 이토 토베이(伊藤勝兵衛: 생몰년미상)에게 담보로 잡혔다. 이를 시마즈가문(島津家)가 1만량(万両)으로 구입했다는 이야기가 있다. 그 때 시마즈 가문이 구입한 것이 마쓰야 카타쓰키(松屋肩衝)뿐이었는지, 아니면, 서희의「백로도」와「존성장분」도 함께이었는지 분명치 않다. 그러나 시마즈가(島津家)에서도 이 차항아리를 1928년(昭和3)에 경매장에 내놓았고, 그 때 정치가이자 네즈 재벌의 창시자인 네즈 카이치로(根津嘉一郎: 1860~1940)[10]가 낙찰을 받아 오늘에 이르고 있다.

(4)「존성장분」

한편「존성장분」도 중국에서 만들어진 것인데, 지금까지 어디에 있는지 알 수 없다. 아마도 현존하지 않는 것으로 보인다.「존성(存星)」이란 중국에서 만들어진 칠기(漆器)의 일종이다. 센노 리큐도 직접 본 것

---

9 이때 후마이(不昧)가 마쓰야(松屋)에게 보낸 礼状에는「昨日は両種久々にて致一覧、大慶不過之候、別而肩衝如我等可賞品とは不被存候、不備　　出羽一々土門源三郎様」라고 되어있다.

10 일본의 정치가, 실업가. 고슈(甲州=根津) 재벌의 창시자. 동무철도(東武鉄道)와 난카이철도(南海鉄道, 현재: 南海電気鉄道) 등 일본 국내 다수의 철도 부설 및 재건사업에 관여하여「철도왕」이라 불려졌다. 현재 무사시대학(武蔵大学) 및 무사시 중고교(武蔵中高校)의 전신인 구제(旧制) 무사시고등학교(武蔵高等学校)의 창립자이기도 하다. 그는 다인으로서도 이름을 날렸다. 호는「青山」. 많은 차도구 및 고미술을 수집했다.

그림 5 명대의 존성장분(存星長盆: 도쿄국립박물관 소장)

은 3점밖에 없었다고 할 만큼 매우 희귀했다. 「존성」이란 호칭은 일본
에만 있는 것이지 그것을 만든 중국에서 사용하는 용어가 아니다.

그러나 그것의 근본적인 작풍이나 조건이 분명치 않아 확정적인 정
의를 내리기는 어렵다. 왜냐하면 현존하는 문헌도 적을 뿐만 아니라,
그것에 있는 설명도 단편적이기 때문이다. 기술적인 면으로는 기태(器
胎)에 채칠(彩漆)을 두껍게 입히고, 갈고 닦은 후에 색칠(色漆)로 문양을
그려넣고 윤곽과 세부(細部)를 선을 파거나 판 곳에 별도의 채칠로 매
우고 침금(沈金)으로 처리한 것을 말한다.

이같은 칠공예가 중국에서는 명나라 때 유행했다. 다도구로서는 향
합(香合), 찬합(食籠), 다기(茶器), 쟁반(盆), 그릇(椀), 합자(盒子), 상자(箱)
등이 있다. 이러한 기법을 중국에서는 전칠(塡漆) 또는 조전(彫塡)이라
한다. 그러나 기술의 발달로 시대에 따라 조금씩 변모하여 「존성(存星)」
이라고 불리는 기법과 조건 그리고 그 모습은 한마디로 정의를 내리기

278

어렵게 된 것 같다.

마쓰야 가문에서 가지고 있던 「존성장분」은 여러 기록에 등장한다. 구보 곤다유(久保権大夫: 1571~1640)의 『장암당기(長闇堂記)』에는 「마쓰야 겐사부로는 다탕을 할 때 존성장분을 보기 원한다면 향(香) 상자와 함께 낸다(松屋源三郎茶湯の時、存成の長盆所望あれハ、はり物の香箱すへて出せる)」라고 하였고, 이나가키 큐소(稲垣休叟: 1770~1819)의 『다도전제(茶道筌蹄)』에는 「존성의 유명세는 마쓰야 카도쓰키(松屋肩衝) 정도가 되는 긴 쟁반이다(存星名高きは、松屋肩衝の許由の長盆なり)」라고 했다.

이러한 3대 명물이 히사유키(久行), 히사마사(久政), 히사요시(久好), 히사시게(久重)로 상속되어 많은 다인들의 관심을 끌었다. 쓰다 소규(津田宗及: ?~1591)의 『다탕일기(茶湯日記)』에 의하면 1565년(永禄8) 5월에 마쓰나가 히사히데(松永久秀)가 동대사를 포함하여 나라 시가지에 불을 지를 때 미리 마쓰야가에 엄밀히 통보하여 마쓰야 가문의 3대 명물을 피신시키게 했다고 기술되어있다. 이같이 그러한 물건들은 다인들에게 소중하게 여겨졌다. 오모테센케 (表千家) 5대 이에모토(家元) 즈이류사이(随流斎: 1650~1691)도 『随流斎延紙ノ書』에 「마쓰야가의 백로도, 카다쓰기 차항아리 명물, 백로도에는 인장이 찍히지 않았고 쥬코가 가지고 있다(松屋鷺絵、肩衝茶入名物、鷺絵ジヨキ筆、印なし、珠光所持)」라고 했다. 이러한 글을 쓴 그도 나라에 가서 마쓰야 가문의 3대 명물을 보았을 것이다.

(5) 마쓰야 히사마사와 센노 리큐

『송옥회기(松屋会記)』에는 흥미로운 기사가 많다. 그 중 리큐가 어렸

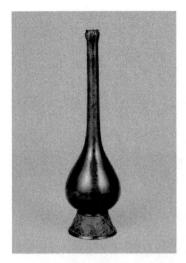

그림 6 학의 일성(도쿠가와 미술관)

을 때의 모습도 보인다. 가령 1537년(天文6) 9월 13일의 기록이다. 그 때 리큐가 16세 때이었는데, 다회를 열고 오로지 마쓰야 히사마사(松屋久政)만을 객으로 초청했다. 그야말로 그것은 히사마사 한사람만을 위한 다회이었다. 그 때 리큐는 꽃병으로는 그의 소중품 「학의 일성(鶴의 一声)」을 내었고, 다완으로는 천목을 사용했다.

리큐가 낸 「학의 일성」은 「학의 부리(鶴의 嘴)」, 「자동학수(紫銅鶴首) 차항아리」라는 별명도 가지고 있는데, 정확히 말하면 구리로 만든 것인데, 그 모양이 학의 기다란 목과 같이 생겼다. 그리하여 「자동학수 차항아리」이라고도 한다. 이 꽃병은 원래 히데요시가 가지고 있었던 것인데, 리큐가 손에 넣어 가장 아꼈던 차도구 중 하나이었다. 야마노 우에 소지(山上宗二: 1544~1590)도 그의 저서인 『산상종이기(山上宗二記)』에서 「학의 일성」은 「사카이의 소에키(宗易=리큐)」가 소지하는 것인데, 오래된 구리에 문양이 없는 꽃병이다. 엷은 판자 위에 있다.」라고 언

그림 7 長谷川等伯의 센노 리큐(千
利休)초상화(不審菴 소장)

급했다.[11] 이 꽃병은 1587년(天正15) 그의 아들 센 도안(千道安: 1546~1607)
의 다회에 사용되었으며, 1599년(慶長4)에는 안코쿠지 에케이(安国寺恵
瓊: 1539~1600)의 다회에 사용되었다.

그런데 그 이후에 대해서는 이론이 있다. 즉, 1657년 3월에 일어난
「명력(明曆)의 대화재」로 인해 소실되었다는 설과 그러한 것이 아니라
계속 보존되어 2대 쇼군 도쿠가와 히데타다(德川秀忠: 1579~1632)에 넘어
갔고, 그 후 다시 도쿠가와 이에미쓰(德川家光: 1604~1651)를 거쳐 미토(水
戶)의 도쿠가와가(德川家)에 양도되었다가 현재는 「도쿠가와 미술관」
에 보관되어있다는 설이다.

이것에 「학의 일성」이라는 이름이 붙여진 것은 그 만큼 다른 것에
비해 월등히 낫다고 평가되었기 때문이었다. 「참새의 천마디보다 학

---

11 竹内順一(2018)『山上宗二記』淡交社, p.132.

의 한마디」라는 속담이 있을 정도로 그것은 군계일학과 같은 평가를
받는 꽃병이었다. 어린 리큐는 이러한 꽃병을 사용하여 마쓰야 히사마
사를 초청하는 다회를 개최하였다. 그만큼 리큐에게 히사마사는 일류
다인이었고, 그로부터 실력을 인정받고 싶었다.

또 『송옥회기』의 1542년(天文11) 조에는 히사마사가 사카이의 다인
들에게 접대받는 다회기가 있다. 제일 먼저 참가한 것이 다케노 조오
(武野紹鴎: 1502~1555)의 다회이다. 그 일부를 소개하면 다음과 같다.

> 4월 3일에 히사마사 등 3명의 나라 다인들이 조오의 다회에 참가했다.
> 이어서 히사마사 일행은 4일에 텐노지야 소타쓰(天王寺屋宗達), 5일에 미
> 쓰다 죠안(満田常庵), 6일에 아부라야 조겐(油屋浄言), 7일에 사쓰마야 소
> 킨(薩摩屋宗忻), 8일에 묘인(妙印)의 도안(道安), 9일에 키타무키 도친(北
> 向道陳)에게 갔다. 나라 다인들의 사카이의 차여행이라 할 수 있을 것이
> 다. …(생략)… 히사마사 일행은 조오 다회를 제일 먼저 선택했다.

이상의 기록에서 나타나듯이 나라의 히사마사 일행들은 당시 사카
이를 대표하는 다인들을 찾아 다도를 경험했다.

그리고 1544년(天文13) 2월에도 히사마사는 칭명사(称名寺)의 에쥰보
(恵遵坊)와 함께 사카이에 가서 18일에서 25일까지 연일 다회에 참가하
였고, 하루 쉬었다가 27일의 센노 리큐(千宗易)의 다회에 이르기까지 사
카이 다인들의 다회에 참가했다.

이때 리큐는 젠코 향로(善幸香炉)와 쥬코 다완(珠光茶碗)을 동시에 냈
다. 이때 마쓰야 히사마사(松屋久政)는 다음과 같이 기술했다.

「향로는 마치 뱃전과 같이 두텁다…크고 작은 열문(裂紋)이 있고, 색이
흙처럼 짙고 푸르다. 그리고 밑바닥에는 스하루라고 글씨가 새겨져 있
고, 높이는 2촌 8분 정도 된다(香炉セカイ内角アツク…ヒヽキ大小アリ、色
青シ、フキスミアリ、土紫色也、底ニテスハル、高二寸八分余アルト也)」[12]

이상에서 보듯이 이 글은 리큐의 젠코 향로에 대해 설명한 것이다.
젠코 향로란 오토미 젠코(大富善幸: 생몰년미상)[13]가 가지고 있었던 향로
라는 것이다. 이것을 리큐는 손에 넣어 사각형의 쟁반에 올려놓고 다
실의 도코노마에 장식하였던 것이다.[14] 이를 히사마사가 관찰하여 기
록한 것이다.

이것에 의하면 젠코 향로는 열문(裂紋)이 크고 작은 것이 있었다. 「열
문」이란 도기에 생겨난 잔잔한 금을 말한다. 그것도 하나가 아니라 크
고 작은 것이 여러 개가 있었다. 그리고 향로를 배에 비유하였는데, 그
모양이 뱃전과 같이 두터웠다. 그리고 표면은 짙은 흙색에 가까운 푸른
색을 띠고 있었다.[15] 향로의 밑바닥에는 「스하루(スハル)」라는 글씨가
새겨져 있었다. 전체로 보아 그것은 소박한 형태의 향로이었다.

히사마사는 「젠코 향로」의 출현에 놀라 향로의 모양을 꼼꼼히 관찰
하고, 열문의 크기까지 상세히 기술했다. 왜냐하면 다른 다회에서는
본 적이 없는 도구이었기 때문이다. 1544년(天文13) 이전 즉, 『송옥회기』

---

12 筒井紘一(2015)『利休茶会記』角川学芸出版, p.218.
13 교토출신. 무라다 쥬코(村田珠光)에게 다도를 배우다. 음양술(陰陽術)에도 정통
    해 있었다. 이름은 善幸. 호는 德斎, 沙界이었다.
14 村井節子(1975)「宗旦の茶考」『美学・美術史学科報』(3), 跡見学園女子大学, p.40.
15 吉慶(2023)「千利休の侘び茶における美学─唐物から和物(楽茶碗)への変化を
    中心に─(上)」『HABITUS』(27), 西日本応用倫理学研究会, p.181.

그림 8 쥬코의 청자다완(出光美術館 所藏)

가 기록한 리큐 이외의 다인들의 다회에서 「젠코 향로」는 한 번도 나타나지 않았다.[16] 이는 아마도 리큐 이외의 다인들이 싸구려 티가 나는 향로를 좋아하지 않았기 때문일 것이다. 한편 젊은 리큐는 독자적인 다회에서 종래의 다회의 법칙을 깨고 이국풍스럽고 소박한 다기를 손님에게 보이고 싶었을 것이다. 이같은 「젠코 향로」를 「쥬코 다완」과의 조합에 대해서도 위화감을 가지지 않았을 것이다.

1560년(永禄3)까지 「쥬코 다완」과 「젠코 다완」은 대표적인 도구로서 기물의 「형태(ナリ)」는 「와비(侘び)」로 보이지 않으나 소박한 표면 색깔과 추상적인 문양이 와비를 표현했다. 쥬코 다완에 비하여 젠코 다완은 불완전한 모양이다. 따라서 이국풍의 발상이 약간 표출되게 마련이다. 사실 1599년(永禄2) 모월 23일에도 리큐가 연 아침 다회에 히사마사가 죠사(紹佐)와 함께 참석했을 때도 리큐는 쥬코 다완을 낸 적이 있다.

이같이 리큐는 정취가 있는 도구로써 독자의 미를 창출하려고 했다. 아마도 이것은 젊은 날의 리큐는 와비의 완성에서 준비단계에 들어갔

16　吉慶(2023) 앞의 논문, p.181.

음을 보여주는 것이라 볼 수 있다.

그 이후 1567년(永祿10) 12월 26일 리큐의 아침 다회에도 하리야 죠사
(針屋紹佐), 마사미치(正通)와 함께 참석했다. 이때 리큐는 고려다완(高麗
茶碗)을 사용했다. 그 때 매우 특이한 점은 꽃병이다. 그것에 대해『송
옥회기』에 다음과 같이 기술되어있다.

> 「세수간에 도코노마에 학 다리 꽃병을 도판(塗板)에 두고 꽃은 넣지 않
> 고 물만 넣었다(手洗間ニ床ニ鶴のハシ花入　塗板ニ置て花は不入ニ水斗(バ
> カリ)入)」

이 부분은 매우 흥미롭다. 다사(茶事)에서는 도코노마에 초좌(初座)
에는 족자를 걸고, 후좌(後座)에는 꽃을 꽂은 꽃병(花入)을 두는 것이 일
반적이다. 그런데 이 경우 리큐는 초좌에서 족자를 건 것은 여느 경우
와 같았으나, 후좌에는 「학의 일성」을 놓고, 꽃을 꼽지 않고 물만 넣은
것이다. 이는 다른 사람이 흉내낼 수 없는 리큐의 창의라 하지 않을 수
없다. 이처럼 히사마사는 리큐와도 오랫동안 친분이 있었다.

(6) 히사시게와 후루다 오리베

센노 리큐의 뒤를 이어 막부의 다도사범이 된 후루다 오리베(古田織
部: 1543~1615)[17]가 두 차례나 나라로 찾아가 마쓰야 히사마사를 만났다.

---

17 에도시대 초기의 무장, 영주, 다인. 초명은 가게야스(景安). 별명은 오리베(織部)
　이며 일반적으로 후루타 오리베로 불린다. 센노 리큐와 다도를 집대성하여 아즈
　치모모야마 시대부터 에도시대 전기까지 다기, 회석구제작, 건축, 정원가꾸기(作
　庭) 등의 유행을 불러왔다. 부친은 도요토미 히데요시 사후 할복으로 순사했던 후

그림 9 후루다 오리베(古田織部:1543-1615)〈佐川美術館 소장〉

1585년 5월 26일이 오리베는 세타 사마노죠(勢田左馬丞)와 함께 나라의
마쓰야 히사마사를 찾았다. 목적은 마쓰야가 가지고 있는 명물, 서희
의 작품인 「백로도」를 보기위한 것이었다. 이 그림은 리큐로부터 다도
(=數奇)의 극의(極意)를 상징하는 것이라고 까지 칭송받은 명작이다. 그
리하여 리큐는 "서희의 해오라기 그림을 통해 감득(感得)한다면 천하
의 「다도」를 알게 될 것이다. 만일 이해가 되지 않는다면, 자신이 다도

루타 시게사다이며, 양부는 시게사다의 형이자 시게나리의 백부 후루타 시게야
스이다. 조카는 시게카쓰, 시게하루 등이 있다. 직부의 이름은 장년기에 종5위하
인 「오리베 스케(織部助)」의 관위에 서임된 것에서 유래한다. 「오리베노카미(織
部正)」는 자칭으로 여겨진다. 「단가보(斷家譜)」, 「계도찬요(系図纂要)」에서는
휘는 주젠(重然). 첫 이름은 가게야스(景安) 또 편지에는 고오리베(古織部), 후루
타 오리베, 후루타 오리베스케(古田織部助), 후루타 무네야(古田宗屋)라고 자서
했다. 서예가로서 오리베의 글씨는 왼쪽으로 비슴듬히 누운 것이 특징인데, 이는
혼아미 코에쓰(本阿弥光悅)에게 영향을 주었다는 설도 있다. 오리베에 관해 가토
토구도(加藤唐九郎)는 「리큐는 자연스러운 것에서 미를 발견하였으나 만든 사람
이 아니다. 그에 비해 오리베는 美를 만들어낸 사람으로, 예술로서 도기는 오리베
에서 시작된다」고 했다.

를 하는 마음이 이르지 않았다는 것을 알아야 한다."고 강조했다. 그 결과 "하루 빨리 나라로 가라"라고 한 것이었다. 그리하여 오리베는 곧장 나라로 향한 것이었다.

오리베는 1601년(慶長6) 또 다시 이 그림을 보기 위해 나라의 마쓰야를 만나 16년 전에 보았던 해오라기의 그림을 다시 보았다. 그리고는 "다시 보니 그 전에 느꼈던 것 보다 한층 더 훌륭해 할 말을 잃었다."고 말했다고 전해진다.[18]

그 이후 고보리 엔슈(小堀遠州: 1579~1647)[19]의 부친인 고보리 마사쓰구(小堀正次: 1540~1604)도 마쓰야 가문이 개최하는 다회에 참석하고, 또 자신의 다회에도 마쓰야 가문의 사람들을 초청하는 등 친교를 가졌다. 그리하여 1594년(文禄3) 2월 3일 엔슈가 16세 때 부친과 함께 마쓰야 가문을 방문하여 해오라기 그림을 보았다. 그러나 유감스럽게도 이 그림은 소실되고 현재 볼 수 없다.

---

18 矢部良明(2014) 『古田織部의 正體』 角川文庫, p.17.
19 오우미(近江) 고무로(小室)의 영주이자 에도 초기의 다인. 오우미(近江) 출신. 어릴 때부터 부친 마사쓰구(正次)의 영재교육을 받으며, 리큐, 오리베를 이어 막부의 다도사범이 되었다. 1608년(慶長13) 순푸성(駿府城) 건설작업에 책임을 맡았다, 그 공으로 諸太夫從五位下遠江守에 임명되어 「遠州」라 불렸다. 일생동안 400회에 이르는 다회를 개최했으며, 초대된 사람들이 영주, 귀족, 고위무사·상인 등 무릇 총 2천명에 이른다. 서화、와카(和歌)에도 뛰어나 왕조문화의 이념과 다도를 연결짓는 「화려한 사비(綺麗さび)」라는 새로운 개념인 「유현(幽玄)」과 「유심(有心)」의 다도를 창조했다. 또 그는 桂離宮, 仙洞御所, 二条城, 名古屋城 등의 건축·조경에도 재능을 발휘했다. 대덕사 고봉암(孤篷庵), 남선사(南禅寺) 금지원(金地院) 등은 그의 대표적인 정원이다. 미술공예에서는 「中興名物」의 선정이며, 高取·丹波·信楽·伊賀·志戸呂 등 국내 도자기의 지도에도 다대한 업적을 남겼다. 또 중국, 조선, 네델란드 등의 해외의 다도 주문에도 주력했다.

4. 무라다 소슈와 명물다기

무라다 소슈(村田宗珠)는 통칭 시로(四郎)라 했고, 호를 명창(明窓), 인설재(引説斎)라 했다. 그는 원래 나라 홍복사 존교원(尊教院)의 하인(下僕)이었다.[20] 『산상종이기』에 의하면 그는 무라다 쥬코의 후계자로 되어있다.[21] 즉, 쥬코는 제자인 그를 양자로 삼은 것이다.

1510년(永正7) 대덕사(大徳寺) 진주암(真珠庵)의 「잇큐화상(一休和尚) 33회기(回忌) 출전장(出銭帳)」에 「시모교(下京) 쇼슈(宗殊)」라는 이름이 보인다. 그 때 그는 500문을 냈다. 이것으로 보아 당시 그는 교토의 시조(四条)에 있는 「나라야(奈良屋) 무라다 사부로에몬(村田三郎右衛門)」의 저택에 「오송암(午松庵)」이라는 초암을 짓고 살았다. 그곳은 무라다 쥬코가 살았던 곳이며, 상공업자들이 밀접해 있는 곳이었다. 그러므로 그는 쥬코의 가치를 계승하여 「시중한거(市中閑居)」를 즐기는 다인의 모습을 추구하였다. 이러한 그를 사람들은 시모교 다탕자(下京茶湯者)라 불렀다. 「시중한거」란 다른 말로 「대은조시(大隱朝市)」라고도 하는데, 깨달음을 얻은 참된 은자는 산중이 아닌 사람들이 많은 도심지 속에 생활한다는 뜻으로 사용한다.

1526년(大永6) 8월 15일 렌가시(連歌師) 사이오쿠켄 소초(柴屋軒宗長: 1448~1532)[22]가 소슈의 다실인 오송암을 방문했다. 그 때의 상황을 그의

20 渡辺誠一(1988)「侘茶の系譜-『山上宗二記』—(II)」『人文科學論叢』(35), 明治大学経営学部人文科学研究室, p.10

21 竹內順一(2018)『山上宗二記』淡交社, p.180.

22 스루가(駿河国) 시마다(島田: 현재 静岡県 島田市)에 대장장이 五条義助의 아들로서 태어나 일찍부터 이마가와 요시타다(今川義忠)의 가신이 되었다. 요시타다의 사후에는 교토로 가서 잇큐 소쥰(一休宗純)의 문하에서 참선 수행을 하고, 당

일기 『종장수기(宗長手記)』에 자세히 서술하고 있다. 이것에 의하면 소초가 그를 방문하였을 때 쇼슈에게는 다다미 4장반, 6장의 다실 두 개를 갖추고 있었다. 그리고 다실 문 입구에는 커다란 소나무와 삼나무가 있었고 이를 둘러싸고 있는 담도 유달리 아름다웠다. 또 5개 또는 6개가 되는 담쟁이 잎이 떨어져 있었다. 이는 오늘 아침이 아니면 간밤에 분 세찬 바람으로 떨어진 낙엽이었다. 이를 소초는 시를 지을 만한 정취를 느꼈다고 했다. 마치 그의 다실은 산속에 자리 잡은 초암을 방불케하는 분위기를 자아냈던 것이다.

특히 4장반의 다실은 불교에서 말하는 유마거사가 거처한 방장(方丈)을 의미한다. 그러므로 비록 그것이 도시에 있다고 하지만 세속을 일탈한 은자의 공간이자 탈속의 구도자 공간이다. 그는 또 6장 크기의 다실도 가지고 있었다. 이는 무사들의 서원차(書院茶)를 의미한다. 이처럼 그는 4장반으로 대표되는 「와비차(わび茶)」와 6장으로 대표되는 「서원차」를 함께 겸비한 다도를 하고 있었다.

1532년(享禄5) 5월 6일에는 와시노오 다카야스(鷲尾隆康: 1485~1533)[23]가 그의 다실을 방문했다. 그 때 상황을 다카야스는 「산속에 있는 것 같은 느낌을 들고, 가히 시중에 은자라고 할 만하다(山居之躰尤有感、誠

시 連歌界의 제1인자이었던 소기(宗祇: 1421~1502)에게 렌가(連歌)를 배웠다. 이윽고 렌가사(連歌師)로서 두각을 나타내고 1496년 스루가에 돌아가 또 다시 이마가와가(今川家)의 가신이 되었다. 1504년에는 宇津山 기슭에다 「柴屋軒」을 짓고 살면서 교토를 자주 왕래했다. 1532년 3월 6일, 스루가의 부중(府中: 静岡市)에서 85세로 일기를 마감했다. 주된 작품으로는 句集에 『壁草』, 『老耳』가 있으며, 렌가 이론서에는 『連歌比況集』 등이 있다. 그리고 『宗祇終焉記』는 하코네 유모토(箱根湯本)에서 스승 소기의 죽음을 지켜보았을 때 적은 기행문이다.

23 무로마치시대의 귀족 · 시인. 四辻季経의 아들, 隆頼의 양자. 正二位権中納言에 이르다. 저서로는 『二水記』, 『新菟玖波集』가 있다.

可謂市中隱)」라고 감탄했다. 그리고는 소슈를 「당시 다인의 장본인(當時
數寄之張本)」이라고까지 표현했다. 이처럼 그는 시중산거를 표방하는
다인이었다.

한편 그는 청련원문적(青蓮院門跡) 손친호 신노(尊鎭法親王: 1504~1550)[24]
와 만수원문적(曼殊院門跡) 손운포 신노(尊運法親王: 1466~1537) 등 귀족의
다회에 참가하고 있듯이 당시 그는 최고의 귀족들을 비롯해 승려 다이
큐 소큐(大休宗休: 1468~1549)[25], 닌죠 슈교(仁如集尭: 1483~1574)[26], 그리고 렌
가시(連歌師) 사이오쿠켄 소초 등과도 교류가 있었다.

1564년(永禄7) 8월 25일 녹원원(鹿苑院)의 닌죠 슈교가 개최한 다회에
초청되어 참가한 것이 그의 마지막 활동기록이다. 1571년(文亀2) 2월
26일 쓰다 소큐(津田宗及: ?~1591)가 쇼슈의 손자인 소지(宗次=宗治)의 아
침 다회에 참가하여 쇼슈가 사망하였다는 사실을 알게 된다. 이것으로

---

24 전국시대 後柏原天皇의 5남.
25 전국시대의 임제종 승려. 위는 宗休. 도호는 大休. 시호는 円満本光国師. 어릴 때
    교토의 동복사(東福寺) 永明庵에서 출가하여 수행하였으며, 훗날 용안사(龍安寺)
    의 特芳禅傑에게 사사받아 참선수행하여 인가를 받았다. 特芳의 사후는 서원원
    (西源院) · 용안사(龍安寺)의 주지를 거쳐 묘심사(妙心寺)의 주지가 되었다. 만년
    에는 영운원(靈雲院)을 개창하여 그곳에서 주석했다. 이마가와 요시모토(今川義
    元)의 초청에 의해 駿河国에 임제사(臨済寺)를 개산하였고, 묘심사(妙心寺) · 尾
    張国 서천사(瑞泉寺) 등에 주석하기도 했다. 고나라천황(後奈良天皇)에게 임제
    종의 종의를 강설하였으며, 원만본광국사(円満本光国師)라는 시호를 받았다. 그
    에 관한 유명한 일화가 많은데, 그 중 하나를 소개하면 다음과 같다.
    大休禅師에게는 항상 찾아오는 손님들이 많았다. 그 손님들 중에 누군가를 칭찬
    하는 말을 하면 선사는 그 때마다 되물었다. 「그렇게 훌륭한 분은 사망했느냐?」하
    고 물었다. 그 사람이 죽었다면 더 이상 아무 말도 하지 않으나, 그 사람이 살아있
    다는 대답이 돌아오면 선사는 다시 「죽지도 않았는데, 어찌하여 그 사람을 칭찬할
    수 있는가? 앞으로 그 사람이 어떻게 살 것인지 아무도 모른다. 나쁜 일도 할 지도
    모른다. 그러므로 일시의 모습으로 사람의 평가를 내릴 수 없다」고 했다.
26 전국시대의 일본 임제종 승려. 시나노(信濃) 출신. 속성은 이노우에(井上). 별호
    는 睡足, 雲泉斎라 했다. 亀泉集証에게서 법을 전수했다. 하리마(播磨)의 법운사
    (法雲寺) 등을 거쳐 天文13년 교토 상국사(相国寺)의 주지를 역임한 후, 상국사 녹
    원원(鹿苑院)에 들어가 僧録司가 되었다. 유고집으로는 『鑢氷集』이 있다.

보아 그는 1565년(永禄8)에서 1570년(文亀元)의 사이에 사망한 것으로 추정할 수 있다.

만년에 다이큐 소큐에게 자신의 수상(寿像)에 찬해주길 청했다. 여기서 수상이란 살아있는 동안에 만들어 두는 상을 말한다. 그 때 다이큐는 다음과 같은 시를 적어 주었다.

四海九州唯一翁　세상천지에 오직 한 분 어르신[27]이

伝茶経外得新功　다경을 재야에 전하고 새로운 보람을 얻으셨네

前丁後蔡春宵夢　정위(丁谓)가 앞서고 채양(蔡襄)이 뒤따르니 봄밤 꿈만 같아라

吹醒桃花扇底風　복사꽃이 그려진 부채[28] 밑의 바람[29]을 깨우는구나.

다이큐는 1549년(天文18) 입적했다. 그러므로 이 글은 다이큐 생전에 받은 글이다. 그 시기는 소슈가 가장 활발하게 활동했던 시기이기도 하다.[30]

그는 쥬코가 잇큐 소쥰(一休宗純: 1394~1481)로부터 받은 「원오의 묵적」, 「나게즈킨(抛頭巾)」이라는 다호(茶壺), 그리고 「쇼카(松花)」라는 큰 다호 (大茶壺) 그리고 쥬코가 노아미(能阿弥: 1397~1471)에게서 받은 『군태관좌우장기(君台観左右帳記)』 등 각종 명물을 물려받아 가지고 있었다.

---

[27] 와비차의 창시자 村田珠光(1422~1502)를 가리킴.
[28] 복숭아꽃 부채는 노래하고 춤출 때 사용되는 부채로, 복숭아꽃이 그려져 있다.
[29] 송대 晏几道의『鷗鴣天 · 彩袖殷勤捧玉钟』에 歌尽桃花扇底风이 나옴. 여기에서 인용한 구절. 노래하고 춤추는 동안 부채의 바람이 다하면서 노래와 춤이 멈추지 않고 계속되는 상태를 비유함.
[30] 永島福太郎(1959)「研究資料 宗珠と珠光秘書」『美術研究』(202), p.37.

그 중 『군태관좌우장기』는 노아미(能阿弥: 1397~1471)[31]와 소아미(相阿弥: ?~1525)[32]가 무로마치막부(室町幕府) 쇼군 아시카가 요시마사(足利義政: 1436~1490)의 어전 장식에 관해 기록한 것이다. 구성은 3부로 되어있는데, 제1부는 육조에서 원나라까지 중국 화가의 품평(상, 중, 하)와 설명, 제2부는 서원장식, 제3부는 「다탕붕식(茶湯棚飾)」,「말다호도형(抹茶壺図形)」,「토물류(土物類)」,「조물(彫物)」에 관한 그림 도해로 되어있

---

31 무로마치시대의 수묵화가, 다인, 렌가시(連歌師), 감정가, 표구사. 성은 나카오(中尾), 이름은 사네요시(真能), 법호는 真能, 호는 鴎斎, 春鴎斎子. 아들은 게이아미(芸阿弥), 손자가 소아미(相阿弥)가 있다. 원래 그는 越前 朝倉氏의 가신이었으나, 足利義教, 義政의 同朋衆으로서 노아미(能阿弥)라 칭하고, 막부의 書画等(唐物)의 감정과 관리 및 東山御物의 제정을 맡았다. 특히 수묵화에 뛰어나 阿弥派의 개조로 칭송되었다. 특히 학그림을 그려 쇼군 義政로부터 절찬을 받았다. 그의 작품「花鳥図屏風」와「白衣観音図」등은 중국화가 牧谿의 도상을 그대로 영향을 받은 것도 있다. 다도에서는 서원장식의 완성, 台子장식의 방식을 제정하기도 하여 오가사하라류(小笠原流)의 예법에 영향을 주었다. 『山上宗二記』에서는 「同朋 중의 명인(名人)」으로 기술되어있다. 그 밖에 렌가(連歌), 입화(立花), 향도에도 조예가 깊었고, 連歌로는 七賢 중의 1명으로 꼽힌다. 저서로는 『君台観左右帳記』, 東山御物의 목록인『御物御絵目録』(相阿弥 때 완성), 그리고 自筆巻子로서「集百句之連歌巻」(天理大学附属天理図書館蔵)이 있다.

32 무로마치시대의 화가, 감정가, 連歌師. 성은 나카오(中尾), 이름은 신소(真相), 호는 松雪斎・鑑岳. 노아미의 손자이다. 조부・부친에 이어 쇼군가(将軍家)의 同朋衆으로서 唐物奉行을 맡았다. 아미파(阿弥派)의 회화를 대성하고, 서원장식을 완성하고, 서화의 관리・감정, 조경, 향, 렌가(連歌), 다도 등 다방면에서 활약했다. 가노 마사노부(狩野正信)에 대해 画題・画本의 선택과 화사(画事)의 상담을 하기도 했다. 또 正信의 아들 狩野元信은 묵(墨) 사용법을 소아미에게 배워야 한다는 충고를 받았다는 이야기도 있다. 화가로서는 산조니시 사네다카(三条西実隆)의 『実隆公記』와 게이죠 슈린(景徐周麟)의 『翰林胡蘆集』에 그의 활약기사가 보인다. 그곳에서는 그를 「国工相阿」라고 했다. 또『翰林胡蘆集』에는 소아미가 그린 書斎図에 제하기를 「(原叔首座이)国工相阿에 그림을 청하고 또 나에게 찬사를 구했다」고 했다. 일반적으로 오산문학에서 화가에 그림을 구할 때 상투적인 표현은 「工에 명하여」라는 말을 사용하며, 화가의 이름을 밝히지 않는다. 그것에 비해 「일본의 명화공(名畫工) 소아미에게 그림을 부탁했다」식의 표현은 매우 정중한 것으로 보아 소아미의 그림이 일반 화공보다 월등하였음을 알 수 있다. 그의 제자로는 単庵智伝가 있다. 감정가로서의 측면을 보면『蔭涼軒日録』에 의하면 소아미가 당물(唐物)의 가격을 결정하는 기사가 빈번하게 나온다. 이는 「오닌(応仁)의 난」이후 東山御物의 명품이 시장에 쏟아져 나와 사카이의 거상과 수집가들의 손에 들어가는 일이 많았는데, 소아미도 그 일에 직접 관여하였을 것으로 추정된다.

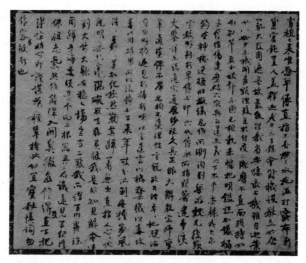

그림 10 원오극근의 인가장(도쿄국립박물관 소장)

다. 이러한 내용을 담은 『군태관좌우장기』는 중국화의 감정, 다도구
를 중심으로 한 미술공예사와 다도, 화도, 향도에 관한 기초사료로서
가치가 높다.

원오의 묵적은 원오극근(圜悟克勤: 1063~1135)[33]이 제자인 호구소융(虎
丘紹隆: 1077~1136)[34]에게 준 인가장(印可狀)의 전반부분으로 현존하는 선

---

[33] 중국 송나라의 임제종 양기파(楊枝派)에 속한 승려이다. 한국불교에서 인정하는
조사선맥에서, 석가모니 이래 제48대 조사이다. 사천성 사람으로 속성은 락(駱)
씨다. 휘가 극근(克勤)이고, 자는 무착(無著)이며, 원오는 남송 고종에게 받은 사
호(賜號)다. 북송 휘종은 불과선사(佛果禪師)라는 호를, 남송 고종은 진각선사
(眞覺禪師)라는 호를 내려 극진히 존경했다. 원오극근은 제47대 조사인 오조법연
(五祖法演)의 수제자다. 불안청원(佛眼淸遠), 태평혜근(太平慧懃), 원오극근(圜
悟克勤)을 오조법연 문하의 세 부처라고 한다. 제48대 조사 원오극근의 법은 제49
대 조사 호구소융에게 이어졌지만, 원오극근의 유명한 제자로 대혜종고가 있다.
대혜종고는 현재 한국불교의 주류 참선 방법인 간화선을 만들었다.

[34] 북송시대의 임제종 양기파(楊岐派) 승려. 그 법계는 호구파(虎丘派)라 한다. 和州
含山県 출신. 속성은 미상, 仏慧院에서 출가하여 長蘆의 浄照崇信, 宝峰의 湛堂文
準, 黃龍의 사심오신(死心悟新) 아래에서 수행한 후 협산(夾山)의 원오극근(圜悟

293

승의 묵적 중 가장 오래된 것이다. 원오극근은 중국·북송시대의 선승
이다. 북송의 휘종과 남송의 고종으로부터 존경을 받고, 『벽암록(碧巖
錄)』의 저자로서 유명하다. 묵적의 주된 내용은 인도에서 시작된 선(禪)
이 중국에 전해졌고, 송대에 이르러 분파된 경위를 설명하고, 선(禪)의
정신을 설파하는 것으로 되어있다. 글씨는 파격이나, 엄격한 수행을
거쳐 다다른 고담미(枯淡味)가 있다. 그리고 일본에서는 옛부터 제1의
묵적으로서 다인들에게 주목을 받았다. 그리고 이 묵적은 오동나무 통
에 담긴 채로 사쓰마(薩摩)의 보노즈(坊ノ津) 해안에 표착했다는 전설에
서 『표착 원오(流れ圜悟)』라는 별명을 가지고 있다.

이 묵적은 대덕사(大德寺) 대선원(大仙院)과 사카이의 거상이자 다인
인 타니 소타쿠(谷宗卓)를 거쳐 다테 마사무네(伊達政宗: 1567~1636)[35]의 손
에 들어가 마사무네의 요청에 의해 후루타 오리베(古田織部: 1543~1615)
가 분할한 것으로 되어있다. 그 후에 상운사(祥雲寺)로 넘어갔다가 다
이라노 후마이(松平不昧)가 금자(金子) 천냥과 매년 부지미(扶持米) 30표
(俵)를 상운사에 보내는 조건으로 넘겨 받았다.

한편 「나게즈킨」은 쥬코가 구입하였을 때 감동하여 덮어져 있던 두
건을 던졌기 때문에 생긴 이름이라는 속설이 있다. 『산상종이기』에
의하면 이 다호는 히데요시의 소장품 쇼카(初花), 나라시바(楢柴)와 더

克勤)을 법을 이었다. 20년간 스승을 모신 다음 귀향하여 和州의 開聖禪院, 宣州
의 彰敎禪院를 거쳐 호구산(虎丘山) 雲巖禪寺의 주지가 스승의 저작을 정리했다.
제자들에 의해 「虎丘隆和尙語錄」이 편찬되었다. 법사에는 応庵曇華이 있고, 법손
인 密庵咸傑의 법계는 크게 융성했다.

35 出羽国와 陸奥国을 다스린 무장·전국대명. 伊達氏의 제17대당주. 근세 영주로
서는 仙台藩의 초대영주이다. 다탕에도 경도되어 후루다 오리베(古田織部)에게
배운 다인이다. 만년에는 쇼군 秀忠·家光의 다회에 相伴하기도 했다. 향도 즐겨
자신이 직접 쓴 문향기록(聞香記錄)이 있다.

그림 11 唐物茶壺(松花)德川美術館

불어 천하의 3대 명물 다호라고 하는데, 그 중 다인의 관점에서 본다면
「나게즈킨」이 가장 으뜸이라 했다.[36] 그러나 쥬코는 이 다회에 저급차
를 넣는 용기로 사용했다.[37]

그 이후 이것은 콘다야 소타쿠(誉田屋宗宅: 생몰년미상)－키타무키 도친
(北向道陳: 1504~1562)－키타무키 도마이(北向道眛)－오다 노부나가(織田信
長: 1534~1582)－오다 노부타다(織田信忠: 1557~1582)－도요토미 히데요시
(豊臣秀吉)－히데쓰구(秀次: 1568~1595)－아부라야(油屋) 오쇼지지로자에
몬(大小路次郎左衛門)－도쿠가와 이에야스(德川家康)－도쿠가와 요시나
오(德川義直: 1601~1650)－오하리(尾張)의 도쿠가와 가문으로 전래되었다.

한편 「쇼카」는 13~14세기경 중국에서 만들어진 큰 차항아리(大茶壺)

36　竹內順一(2018)『山上宗二記』淡交社, pp.136-138.
37　山舘優子(2019)「千利休の村田珠光観」『日本思想史研究』(51), 東北大学大学院
　　文学研究科 日本思想史研究室, p.29.

이다. 높이 39,7cm, 구경 11,6cm, 밑지름 12.7cm이다. 대차호인 「쇼카」
와 같이 윗부분에 4개의 고리가 달려있는 항아리는 중국에서는 대개
13~15세기경 활발하게 만들어졌다. 이같은 항아리가 기록으로는 나
카하라노 모로모리(中原師守: 생몰년미상)가 작성한 『사수기(師守記)』의
1340년(曆応3) 정월 3일에 「히키데모노노다호(引出物茶壺)」라는 이름으로
처음 나온다. 그리고 원래 이것은 중국에서는 향신료 등을 넣는 용기
이었으나 13세기 경 일본에 전래되면서 잎차를 넣는 용기로 사용되었
다. 또 천문연간(天文年間: 1532~1555)에는 찻잎을 넣는 것 보다 서원 또는
넓은 방 히로마(広間)의 장식물로 사용되게 되었다. 이를 더욱더 확대
시킨 것이 오다 노부나가와 도요토미 히데요시이었다. 이들은 전쟁터
에 나가 전공을 세운 무장들에게 상으로 이러한 종류의 다호를 주었
다. 이때는 그것의 가치가 1국1성(一国一城), 수만석, 때로는 수십만석
의 은상과도 같다는 말까지 생겨날 정도로 인기가 높았다.

　이러한 명물을 가지고 있었던 무라다 소슈는 「쥬코의 기일에는 원
오의 묵적을 걸고 「나게즈킨」에다 저급차를 넣고 다탕을 해달라」[38]는
유언을 남긴 것으로 유명하다.

5. 소세이의 만두

　다케노 조오(武野紹鴎: 1502~1555)는 일본다도의 완성자 센노 리큐(千利
休: 1522~1591)의 스승이다. 그는 대흑암(大黒庵)이라고 칭하고, 그의 본

---

[38]　竹内順一(2018)『山上宗二記』淡交社, pp.137-138.

그림 12 다케노 조오(武野紹鴎:1502~1555)(사카이 박물관 앞)

가는 가와야(皮屋)라는 택호를 가진 무기상인이었다. 그의 집안은 부유한 거상이었으며, 그 덕으로 젊은 시절 교토로 가서 가학(歌学)의 권위자이었던 산조니시 사네다카(三条西実隆: 1455~1537)에게 가학을 배우며, 렌가(連歌)에 몰두했다.

또 동시에 차를 배웠다.『산상종이기』에 의하면 그의 최초의 차 스승은 후지다 소리(藤田宗理)이며, 그 후 소리의 스승인 무라다 소슈(村田宗珠)에게 직접 배웠다 한다. 소슈는 무라다 쥬코의 양아들이었다.

한편『남방록(南方録)』및『계경(堺鏡)』에는 그는「쥬코의 제자인 소친(宗陳)・소고(宗悟)」에게 차를 배웠다고 하고, 또『사카이 다인들의 이야기(堺数寄者物語)』에는 그의 차스승이「소슈(宗珠)・소고(宗悟)」로 되어있다. 이처럼 약간의 차이를 보인다. 그러나 그 중「소친」이라는 다인은 역사상 존재하지 않는다. 그리하여 쇼슈(宗珠)의 「주(珠)」 자가 잘못 표기하여 「소친(宗陳)」으로 된 것 같다. 이같은 추정이 맞는다면 그는 앞에서 말한 쇼슈에게 차를 배운 것이 된다.

한편 또 한명의 스승인 「소고(宗梧)」는 『산상종이기』에 의하면 소슈의 제자인 쥬시야 소고(十四屋宗伍: ?~1552)를 가리킨다고 한다. 그러나 이것도 후지다 소리(藤田宗理)의 「理」라는 글자를 잘못 오기하였을 가능성을 제시하는 사람도 있다. 아무튼 조오는 무라다 쥬코의 제자들인 무라다 쇼슈와 후지다 소리에게 차를 배운 것은 사실인 것 같다.

그러나 그는 처음부터 와비차를 한 것은 아니었다. 젊은 시절의 조오는 「와비차(侘び茶)」와는 거리가 멀었다. 그는 막강한 재력을 바탕으로 당물(唐物) 등의 명물도구를 사서 모으며, 차를 즐겼던 사람이었다. 그러한 그에게 변화를 일으켰던 것은 나라와의 관계가 있다.

그가 30대 젊은 시절에 나라의 마쓰야 히사마사(松屋久政)를 방문하여 명물인 서희의 「백로도」를 보고, 돌아가는 길에 「와비 다인(侘び茶人)」으로 알려진 소세이(宗栖)를 방문했다. 소세이는 매일 아침 밭일을 하고 나서 몸을 깨끗이 하고 좋아하는 소박한 도구로 차를 즐기고 있었다. 그는 누구를 가리지 않고 찾아오는 사람들에게 격의 없이 차를 베풀었다. 그리하여 사람들은 그를 깨끗한 마음을 가진 「와비 다인」으로 존경했다.

살림이 넉넉지 않았던 소세이는 조오가 온다는 전갈을 받고서, 기쁜 마음으로 둘이서 함께 먹으려고 커다란 만두 2개 준비를 했다. 그러나 조오는 혼자가 아닌 시자 1명과 함께 방문했다. 그러나 이에 소세이는 전혀 흔들림 없이 2개의 만두를 나무 쟁반(八寸盆)에 담아서 가지고 나왔다. 그리고 먼저 손님 앞에 그것을 내어 놓더니, 곧바로 자신의 앞으로 당기고는 그 중 하나를 집어 입에 넣고 우물우물 먹어 치웠다. 그리고 나머지 하나를 두개로 성큼 잘라 잘라 손님에게 내밀며 「드시지요」라고 했다. 그리하여 조오와 시자는 쟁반에 두개로 잘린 만두 반쪽씩 먹었다.

조오는 어느 누구의 시선도 아랑곳 하지 않고 자연스럽게 만두를 먹어 치우는 소세이의 동작을 보고 미혹에서 벗어나 진리를 얻은 자라는 느낌을 받았다. 이때 그는 이것이 「와비차(侘び茶)」의 진수라고 생각했다. 그날 그는 시간을 잊고 소세이와 즐거운 담소를 즐겼다. 그 후 조오는 소세이를 마음의 스승이라 여겼다. 그리고 두 사람은 한 모기장 안에서 같이 자기도 하고, 또 소세이를 사카이(堺)의 자기 집에 초청하는 등 친교를 가졌다.

6. 도로쿠의 차항아리

오모테센케(表千家)의 5대 이에모토(家元) 즈이류사이(随流斎: ?~1691)가 「나라에는 조오(紹鴎)시대 도로쿠(道六)라는 와비다인이 있었다」고 기술한 바 있다. 도로쿠(道六)는 현재 나라의 고모리샤(子守社=이사가와신사=率川神社) 부근에 살았기 때문에 흔히 고모리 도로쿠(子守道六)라고도 불렸다.

그의 본명은 이시다 마사쓰구(石田正継)이며, 대대로 오우미(近江)에서 도검을 만드는 생업으로 삼아 살던 집안 출신이다. 처음에는 무예를 익혔으나, 리큐에게 차를 배우고 27세 때 오다 노부나가의 아들 노부타다(信忠)의 다도 사범이 되었고, 그 후 노부나가의 아우 노부가네(信包: 1543~1614), 노부나가의 중신 시바다 가쓰이에(柴田勝家: ?~1583)의 다도사범을 하기도 했다.

그의 가장 큰 공적은 리큐의 추천을 받아 1587년에 기타노대다회(北野大茶會)를 열기 위해 히데요시의 명을 받아, 수개월에 걸쳐 준비를 했다는 것이다. 기타노대다회는 히데요시가 자신이 최고의 권력자가 되었다는 것을 공포하는 자리이기도 하지만, 도로쿠에게는 자신의 재능을 알리는 좋은 기회이었다.

그는 그 공로로 1591년(天正19)에 도요토미 히데요시로부터 다완「당물진궁(唐物真弓)」을 하사받았다. 그 후 1592년(天正20) 히데요시가 개최한 「쥬라쿠다이대다회(聚楽第大茶会)」에 참가하여 히데요시로부터 다완「코세도 코모가이(古瀬戸熊川)」를 하사받았다. 그리고 1598년(慶長3)에 히데요시가 개최한 「방광사대다회(方広寺大茶会)」에도 출석하여 히데요시로부터 당물(唐物) 다완「후도기리(唐物不動切)」를 하사받았다. 이로 말미암아 그의 이름은 널리 알려지게 되었다.

도로쿠는 1600년(慶長5) 세키가하라 전투(関ヶ原の戦い)에서 서군(西軍)에 배속되어 패배하여 교토에서 칩거에 들어갔다. 그러나 1603년(慶長8) 도쿠가와 이에야스에 의해 해제가 되어 교토로 돌아가 다도에 전념했다. 도로쿠는 다도 이외에 서화(書画)와 와카(和歌)에도 뛰어났으며, 문인으로서도 활약했다. 그러다 1614년(慶長19) 72세의 일기로 사망했다.

그의 다실은 고모리샤(子守社) 경내에 있었다. 그는 신사의 관계자로

서 살고 있었기 때문에, 다실은 소박하여 리큐의 와비차 정신이 잘 반
영된 것으로 알려져 있었다. 그는 또 리큐 이외에도 후루타 오리베(古
田織部), 쓰다 소규(津田宗及), 호소가와 타다오키(細川忠興: 1563~1646) 등
당대의 유력한 다인들과도 교분을 가졌다. 그는 1610년에 사망한다.
그 이후 그의 다실은 도요토미 히데요시에게 넘어가 교토의 히데요시
의 자택인 쥬라쿠데이(聚楽第)에 이축되었다. 쥬라쿠데이가 폐절되자
그의 다실은 대덕사로 옮겨져 지금까지 남아있다.

도로쿠에 관해 자세한 기록이 많지 않으나, 『송풍잡화(松風雜話)』라
는 다서에 다음과 같은 일화가 서술되어있다.

「나라의 도로쿠는 리큐시대의 와비다인으로 농업을 업으로 삼고 살
았는데, 매일 들에서 돌아오면 가래(鋤)와 괭이(鍬)를 깨끗이 씻어서 정
리했다. 그는 당물(唐物)의 차항아리(茶入)를 가지고 있었는데, 병이 들
자 두 명의 아들을 불러 모았다. 그리고는 말하기를 "세상에 많은 차항
아리 가운데 이 차항아리는 리큐도 조오도 칭송한 것이다. 나의 와비한
다탕에 어울리는 차항아리로서 칭송을 받은 것이다. 그러나 도로쿠는 이
차항아리가 형제불화의 원인이 될지도 모른다."라며 그것을 부수어 없
애버렸다」

이상의 내용에서 알 수 있듯이 도로쿠가 소지한 차항아리는 도로쿠
의 와비차에 어울린다고 리큐와 조오 모두 칭송했다는 것이 강조되어
있다. 도로쿠는 리큐와도 교류가 있었으며, 도로쿠가 리큐에게 보낸
서신이 지금도 남아있다.

7. 쓰쓰이 쥰케이와 고려다완

쓰쓰이 쥰케이(筒井順慶: 1549~1584)는 전국시대 말기 무장이다. 고오리야마성(郡山城)이 완성되어 옮기기 까지는 현재 킨테쓰 카시하라선(近鉄橿原線)・쓰쓰이역(筒井駅) 일대에 근거를 두었다. 그는 야마토의 쓰쓰이성(筒井城) 성주 쓰쓰이 쥰쇼(筒井順昭: 1523~1550)의 아들로 태어났다. 쥰쇼는 흥복사의 승병 대표직인 관부중도(官符衆徒)이었다. 쥰쇼가 불행히도 28세 젊은 나이에 병으로 사망하여 쥰케이가 불과 2살의 나이로 가독권을 계승했다. 당시 야마토는 마쓰나가 히사히데(松永久秀)가 세력을 떨치고 있을 때이어서 쓰쓰이씨(筒井氏)에게는 매우 힘든 시기였다. 이를 잘 알고 있었던 쥰쇼는 죽기 직전 가신들을 불러 모으고는 아들인 쥰케이에게 충성을 맹세시킨 다음, 적을 속이기 위해 자신의 목소리와 모습이 닮은 모쿠아미(木阿弥)라는 나라의 맹승 비파법사(琵琶法師)를 대신으로 병상에 눕혀놓고 찾아오는 손님을 맞이하는 등 3년간(일설에는 쥰케이가 성인이 될 때까지) 자신의 죽음을 숨기라고 명했다. 모쿠아미는 그 덕분으로 호사를 누렸으나, 쓰쓰이 가신단들이 쥰케이를 중심으로 체재를 갖추자, 원래의 신분으로 돌아갔다. 이로 인해 「前 모쿠아미」이라는 고사가 생겨났다.

이러한 쓰쓰이에게는 하나의 고려다완을 가지고 있었는데, 그것은 다름 아닌 「오이도(大井戸) 쓰쓰이즈쓰(筒井筒)」이다. 이것은 조선전기의 다완으로 구경14.5cm 굽의 구경은 4.7cm, 전체 높이가 7.9cm이다. 이른바 「오이도」라 불리는 큰 다완이나, 다른 「오이도」에 비하면 조금 작다.

그림 13 쓰쓰이 준케이(筒井順慶) 浮世絵의 『太平記英勇伝 十一 筒井陽舜
坊順慶(부분)』(도쿄도립 중앙도서관 특별문고실 소장)

원래 이 다완은 이도 요시히로(井戸良弘: 1533~1612)가 가지고 있었던
것이다. 요시히로는 유자키(結崎) 이토이신사(糸井神社)의 악두직(楽頭
職)이었던 칸제(観世)일족이 제아미(世阿弥)가 몽환의 노(能)「쓰쓰이(井
筒)」를 완성시킨 기념으로 선물한 것이었다. 리큐의 제자인 야마노우
에노 소지(山上宗二)가 이를 보고「이도다완(井戸茶碗)」이라는 이름을
짓고 칭송하였기에 순식간에 다인들로부터 주목을 받았다. 이러한 다
완을 1566년(永禄九) 여름 준케이에게 헌상했다. 이에 기쁜 나머지 성
안의 우물에서 솟아나는 명수(名水)로 차를 끓여「쓰쓰이즈쓰 쓰쓰이
우물 아래에서 쏟아나는 바위의 맑은물 오늘아침 동쪽에서 피어오르
는 구름이여(つゝ井筒、筒井の底の 岩清水 結ぶ手多き 今朝の東雲)」라는 노

래를 지어 부르며, 출진(出陣) 다회를 개최했다.

그러나 그는 이 다완을 오랫동안 가지고 있지 못했다. 그 이유는 다음과 같다. 히데요시가 야마자키 전투를 시작하면서 쓰쓰이에게도 출전명령을 내렸으나, 그는 전세를 관망하면서 이긴 쪽에 붙으려는 속셈으로 출전하지 않았다. 이 때 히데요시가 승리를 거두자, 출전하지 않은 것을 사과하며 히데요시에게 용서받기 위해 이 다완을 바쳤기 때문이다. 이를 받고 히데요시는 그를 용서해 주었다. 이것으로 그는 목숨을 부지할 수 있었다.

이렇게 목숨을 이은 준케이도 36세의 젊은 나이로 병사를 했다. 그는 자식이 없었다. 그리하여 양자의 사촌인 사다쓰기(定次)가 뒤를 이었으나, 준케의 사후 31년이 되던 해에 도요토미가(豊臣家)와 내통했다는 의혹이 불거져 영지가 바뀌고, 결국 자해처벌을 받아 사망했다.

한편 히데요시는 이 다완을 애지중지했다. 1588년 10월 기타노대다회 때 직접 차를 달여 이 다완에 농차를 담아 마시기도 했다. 그런데 이 다완은 온전하지 않다. 현재 깨어진 것을 수리한 모습이다. 여기에 대해 다음과 같은 두 개의 이야기가 있다.

하나는 어느 날 코쇼(小姓)³⁹가 잘못하여 떨어뜨려 5조각으로 깨지고 말았다. 이에 격노한 히데요시가 코쇼의 목을 치려고 하였을 때 그 자리에 있었던 호소카와 유사이(細川幽斎: 1534~1610)가 「쓰쓰이즈쓰 다섯 개로 갈라진 이도다완, 책망하려거든 차라리 나에게 하시오」라는 노래를 불렀다. 즉, 그 죄를 자신이 지겠다는 의미의 노래이다.

---

39 귀인의 옆에서 잡역을 맡는 자. 또 사원에서 주지를 보좌하는 사람. 대개 소년이며, 남색의 대상이 되기도 한다. 또는 무장의 측근에서 잡역을 맡아서 하는 자를 말하기도 한다.

그림 14 大井戶茶碗 銘 筒井筒

　이것은 『이세물어(伊勢物語)』에 기인한 것이다. 그 배경은 다음과 같다. 어릴 때 서로 알았던 남녀가 성인이 되어 만나, 남자가 「옛날 우물가에서 놀면서 키 재기 했던 나의 키가 오랫동안 만나지 못했던 동안 훌쩍 자라 이제 우물 테두리를 넘기고 말았네(筒井つの　井筒にかけし　まろがたけ　過ぎにけらしな　妹見ざるまに)」를 응용한 것이었다.

　「쓰쓰이(筒井)」란 원통형으로 파내려간 우물을 말한다. 「즈쓰(筒)」는 우물 테두리(담)를 말한다. 이에 여인은 그 때 정답게 키를 재던 나의 머리도 지금은 어깨보다 훨씬 길게 자랐는데, 그리운 당신이외에 어느 누구에게도 결코 떠올릴 생각이 없습니다(比べこし　振分髪も　肩すぎぬ 君ならずして　誰かあぐべき)라는 의미가 담긴 노래로 응수했다는 것이다. 이러한 고사를 잘 알고 있었던 호소카와 유사이가 남자의 노래를 응용하여 즉흥적으로 노래를 불렀던 것이다. 이를 듣고 히데요시가 감정을 억눌렀다는 일화가 있다.[40]

40　熊田葦城(2018) 『茶道美談』宮帯出版社, pp.121-123.

또 다른 하나는 다회에서 히데요시가 차를 타서 참석자들에게「다 같이 마셔라」고 하자, 5명의 손님들은 서로 먼저 다완을 잡으려고 하다가 그만 5조각으로 갈라지고 말았다는 것이다.

그 후「쓰쓰이즈쓰」는「금선(金繕)」으로 수리되었다. 1950년에 중요 문화재로 지정되었고, 현재는 가나자와(金沢)의 후작 가문인 사가가(嵯 峨家)가 소장하고 있다.

8. 나카쓰기의 창안자 후지시게 토간

다도의 역사와 다도구에 관심이 있는 사람들은 후지시게(藤重)라는 이름을 종종 듣는다. 여기서 후지시게는 오사카성의 잿더미 속에서 발견한「쓰구모나스(付藻茄子) 차항아리를 수리한 후지시게 토겐(藤重藤 元: 생몰년미상)과 그의 아들 후지시게 토간(藤重藤巌: 생몰년미상)이다.

그러나 그 때 그것만 찾아낸 것은 아니다. 닛타 카타쓰키(新田肩衝)・시 키 카타쓰키(しき肩衝)・타마가키 분린(玉がき文琳)・코가타쓰키(小肩衝)・ 오시리하리(大尻張) 등의 차항아리도 찾았으나, 거의 파손되어있었다. 이를 기묘하게 수리(仮継)하여 6월 13일에 교토로 돌아가 이에야스에게 바쳤다. 이에야스는 이에 크게 기뻐하며 상으로 쌀 100석(石) 등을 하사 했다. 그리고는「파손한 것이 또 있을 것이다」며 다시 기물을 찾아낼 것 을 명하였다. 이 명을 받은 후지시게는 또 다시 오사카성으로 들어가 명 물을 찾고 쓰쿠모소케이 카타쓰키(付藻宗契肩衝), 하리야 엔자(針屋円座), 마쓰모토 나스(松本茄子) 등을 손에 넣었다. 이것들도 즉시 수선하여 같은

그림 15 「藤重造」라는 글씨가 적힌
나카쓰기의 차통

달 26일에 헌상했다. 이에야스는 크게 기뻐하며, 쓰쿠모소케이 카타쓰키를 부친인 토겐에게, 마쓰모토 나스는 아들 토간에게 하사했다.

이들은 나라 출신 옻칠장인이다. 옻칠기술을 발휘하여 도구를 수선했던 것이다. 이러한 기술을 「가리쓰기(仮継)」라 한다. 이것은 옻으로 도자기의 파손부분을 수선하는 기법인데, 아들 토간이 개발했다고 한다. 그는 차도구의 주머니를 만들거나 차항아리를 감정하는 탁월한 능력도 지니고 있었다.

그는 그뿐만 아니라 말차를 마실 때 사용하는 칠기로 만든 「나카쓰기(中次)」를 처음으로 만들어낸 사람으로 알려져 있다. 나카쓰기는 뚜껑과 몸통의 길이가 거의 같은 차통을 말한다. 특히 뚜껑과 몸통이 만나는 부분이 긴밀하게 밀착되어야 바람과 습기로부터 말차를 보존할 수 있다. 이것이 기술이었다. 〈그림 15〉는 조오시대(紹鴎時代: 1502~1555)에 만든 그의 작품 「나카쓰기」이다. 지름 7cm, 높이 7cm가 되는 차통으로 밑바닥 좌측에 「등중조(藤重造)」라고 새겨져 있다.

307

9. 구보 곤다유의 『장암당기』

구보 곤다유(久保權太夫: 1571~1640)는 에도시대 초기의 다인이자 본래 이름은 토시오(利世)이다. 나라 · 카스가 신사(春日神社)의 신직(神職) 가문에서 태어나 신관 곤다유(權大夫)이었기에 흔히 「곤다유」라 했다. 그는 신분이 낮고 가난한 자신이 명물도구를 보기 위해 어떻게 하면 좋을지 엔슈에게 물었다. 그러자 엔슈는 그렇다면 차도구를 넣은 주머니를 만드는 장인 「후쿠로시(袋師)」가 되라고 권했다는 이야기가 있다. 주머니를 만들기 위해서는 실제로 도구를 항상 가까이에 두지 않으면 안된다. 즉, 주머니를 만드는 동안에 여러 차도구를 보게 되는 것이다. 그리하여 그는 신관을 하면서도 다도구의 주머니를 만드는 「후쿠로시」가 되었다. 훗날 「후쿠로시」는 그의 아들 모쿠(杢)가 뒤를 이었다. 1645년 (正保2) 8월 22일 마쓰야 히사시게(松屋久重: 1567~1652)의 다회에 초대된 고보리 엔슈(小堀遠州)는 마쓰야 카타쓰키(松屋肩衝)의 주머니를 만든 곤다유를 「前의 모쿠(杢)」라고 부르고 있다.

그는 동대사의 슌조보(俊乘坊) 조겐(重源: 1121~1206)의 어영당(御影堂)의 옛자재로 방장(方丈)의 암자를 짓고 엔슈에게 편액을 부탁했다. 그것이 「장암당(長闇堂)」이었다. 이 이름은 사실인지 알 수 없지만 엔슈가 그를 가모노 초메이(鴨長明: ?~1216)에 비유하여 「초메이(長明)는 지식이 많고, 머리도 명석하지만, 그대는 지식이 없어 지혜(智)에도 어두워 암(闇)이다」는 뜻으로 장암당이라고 이름을 지었다는 이야기가 있다.

그 이후부터 그는 장암당이라는 자호(自号)로 사용했다. 1587년(天正

15) 10월의 기타노대다회에 매료되어 다인이 되고자 결심하고, 우선 리큐의 제자인 혼쥬보(本住坊) 소와(宗和)에게 사사를 받고서 나중에 엔슈를 비롯한 쇼카도 쇼조(松花堂昭乘: 1582~1639)⁴¹, 사가와다 마사토시(佐川田昌俊: 1579~1643) 등 당시 일류 다인들과 친교를 가지고 이름을 높였다. 그가 기타노대다회·다사(茶事)·차도구의 내력 내용 등을 저술한 『장암당기(長闇堂記)』는 당시 다도의 실태를 파악하는데 귀중한 문헌이다.

구보 곤다유는 1640년(寬永17) 6월 27일 70세의 일기로 사망했다. 이에 엔슈는 죽음을 애도하며 「봄날 햇빛이 내리는 법의 배, 맹세의 바다는 파도도 바람도 없도다(春の日の光をあふぐ法の舟 ちかひのうみは 浪かぜもなし)」라는 노래를 자필로 지었다.

---

41 에도시대 초기 진언종의 승려. 문화인. 성치는 키다가와(喜多川), 幼名은 辰之助, 통칭은 瀧本坊, 별호는 惺々翁·南山隱士 등. 속명은 나카누마 시키부(中沼式部). 사카이 출신. 서도, 회화, 다도에도 탁월함. 특히 서예가로서 이름을 날림. 글씨는 近衛前久에게 배웠고, 大師流와 定家流도 배워서 독자의 松花堂流라는 서풍을 만들었다. 近衛信尹, 혼아미 코에쓰(本阿弥光悅)와 더불어 「三筆」이라 칭했다. 다도는 고보리 마사이치(小堀政一)에게 배웠다. 또 쇼카도(松花堂)도시락은 쇼조(昭乘)가 원래 농가의 종자를 넣는 용기로 사용했다. 상자 안을 십자형으로 칸을 갈라 사용하는 용기를 힌트로 다회에서 사용하는 煙草盆과 그림 색깔 도구 상자로 사용했다. 그 증거로 에도시대에 엔슈류(遠州流)의 다인이 瀧本坊에서 행한 다회의 다회기에 「타기모토(瀧本)의 수묵화」가 있는 春慶이 칠한 그릇이 「瀧本好」의 잿멸이로서 기록되어있다. 대정시대 이후 쇼조의 원찰인 진승사(秦勝寺)에서는 같은 모양의 용기가 재기(齋器)로서 사용되었다. 소화초기에 일본요리·吉兆의 창시자가 쇼카도를 방문하고 쇼조가 좋아했던 「四つ切り箱」를 처음 보고, 용기의 촌법을 약간 축소시켜 높이를 약간 높이고, 요리가 맛있고 아름답게 담는 법을 고안하여 뚜껑을 덮어 다회의 점심에 내었다. 이같이 만들어진 도시락을 昭乘에 경의를 표하여 그의 이름을 따서 「쇼카도 도시락(松花堂弁当)」라고 지었다는 설도 있다.

10. 아카하다야키와 고보리 엔슈

(1) 아카하다야키의 기원과 역사

아카하다야키(赤膚焼)란 나라시(奈良市) 고죠야마(五条山) 일대의 구릉에서 제작되는 사기그릇을 총칭하는 말이다. 그 이름은 붉은 흙으로 굽는 것에서 생겨났다고 하나, 이를 증명할 만한 사료는 아직까지 발견되지 않는다. 특히 근년에는 신사와 사원 그리고 사슴 등 나라의 풍물을 그려 넣은 「나라에(奈良絵)」의 그릇들이 인기를 끌고 있다.

「나라에」란 도자기에 단순한 구도를 밝은 채색의 소박한 화풍으로 그린 그림이다. 이것은 원래 『과거현재인과경(過去現在因果経)』에 그려진 「야마토에(大和絵)」의 전통을 답습한 것이다.

아카하다야키가 언제부터 시작되었는지 분명치 않다. 혹자는 그 기원은 고대에 하니와(埴輪)를 제작했던 하지씨(土師氏)이라고 하며, 중세에는 춘일대사(春日大社)와 흥복사(興福寺) 등 신사와 사원에서 필요한 제기를 굽기도 했다고 한다.

그러나 유력하게 제시되는 것으로는 두 개의 전승이다. 하나는 천정연간(天正年間: 1573~1592)에 도요토미 히데요시의 동생 히데나가(秀長: 1540~1591)가 당시 나라의 고오리야마(郡山) 성주로 있었을 때 현재 아이치현(愛知県) 도코나베(常滑) 도공 요쿠로(与九郎)를 초청하여 그릇을 생산케 했다는 것이다. 또 다른 하나는 정보연간(正保年間: 1644~1648)에 교토(京都) 도공인 노노무라 닌세이(野々村仁清: 1648~1690)[42]가 나라에

310

그림 16 번(藩)의 관요로서 개설된 「赤膚山元窯」

서 가마를 연 것에서 시작되었다는 전승이 있다.

  에도시대 말기에 「아카하타야키」의 이름을 세상에 널리 알린 명도공이 등장하는데, 그가 오쿠다 모쿠하쿠(奧田木白: 1800~1871)이다. 본가가 고오리야마번(郡山藩)의 어용 잡화상(小間物商)으로 「카시와야(柏屋)」라고 했고, 모쿠하쿠(木白)라는 이름은 여기서 기인한 것이다. 장사를 통해 지역(藩)의 상급무사를 비롯한 사원과 거상들과도 교분이 있었고, 미술품의 감정 등의 문화적 교류를 거쳐 미술품의 감정 실력을 쌓았을 것으로 보인다.

앞에서 오무로가마(御室窯)를 열었다. 중세 이전의 도공은 무명의 직인에 불과하였으나, 닌세이(仁清)는 자기 작품에 「仁清」을 날인하여, 자신의 작품이라는 것을 나타냈다. 그러한 의미에서 닌세이는 근대적인 의미에서 「작가」, 「예술가」로서 의식을 가진 최초의 도공이었다고 할 수 있다. 닌세이라는 이름은 인화사의 「仁」과 세이에몬의 「清」字를 1자 씩 따서 문적(門跡)으로부터 받았다. 특히 그는 로쿠로(轆轤) 기술이 뛰어났다고 전해진다.

35세 때 취미로 시작한 라쿠야키(楽焼)가 우수하다는 평가를 받아 1850년에는 본격적으로 도자기를 생산하는 도공이 되었다. 그는 처음에는 각 지역의 그릇을 정교하게 베낀 것을 대량 만들었다. 그리하여 「제국모물처(諸国模物處)」라는 평을 받았다. 또 모쿠하쿠는 유약의 개발에도 힘을 기울인 인물이다. 그 중에서도 잿물·재(晒灰)·조약돌(礫)를 기본으로 하는 하기유약(萩釉)은 현재의 아카하다야키에 다대한 영향을 끼치고 있다. 현재 아카하다야키는 나라시 야마토고오리야마시(大和郡山市)에 7집이 가마를 열고 있다.

(2) 고보리 엔슈(小堀遠州)

이러한 아카하다야키는 고보리 엔슈(小堀遠州)와 관련이 있다. 엔슈의 부친 고보리 신스케(小堀新介: 1540~1604)는 1585년 도요토미 히데나가가 야마토(大和) 고오리야마번(郡山藩)의 영주로 부임하였을 때 히데나가의 고급관료 가로(家老)이었다. 그러므로 그의 어린 시절은 아카하다야키가 있는 고오리야마에서 보낸 셈이다.

히데나가는 야마노우에노 소지를 초청하기도 하고, 센노 리큐에게 다도를 배우기도 했다. 이를 지켜본 엔슈는 히데요시의 부하가 되어 리큐를 비롯한 구로다 요시다카(黒田孝高: 1546~1604), 구로다 나가마사(黒田長政: 1568~1623)와 같은 영주들과 친분을 쌓았다. 그리고 부친의 권유로 대덕사(大德寺)의 슌오쿠 소엔(春屋宗園: 1529~1611)에게 참선을 배웠다.

히데나가가 죽고, 그의 뒤를 이은 히데야스(秀保: 1579~1595)도 일찍 죽자, 엔슈는 1595년(文禄4)에 히데요시의 지키산(直参:녹봉 1만석 이하의

그림 17 나라그림(奈良繪)이 들어간 항아리

무사)이 되어 후시미(伏見)로 옮겼다. 그 때 그는 후루다 오리베(古田織部:
1543~1615)에게 다도를 배웠다. 그리고 도요토미(豊臣) 가문이 멸망하
자 도쿠가와가(德川家)의 가신이 되어 도오토오노가미(遠江守)가 되었
기 때문에 자신을 「엔슈(遠州)」라 했다. 그리고 「엔슈류(遠州流) 다도」
를 창립하고 도쿠가와 3대 쇼군 이에미쓰(家光: 1604~1651)의 다도사범
이 되었다. 또 67세 때 당시 고오리야마의 영주 혼다 마사카쓰(本田政勝:
1614~1671)에게 초대되어 다회에 참석하기도 했다.

그는 자신의 취향으로 만들어주는 7개 도요지가 있다. 이른바 「엔슈
칠요(遠州七窯)」이다. 물론 이 말은 엔슈가 만들어낸 것이 아니다. 에도시
대 후기 도구상들이 지어낸 것이다. 그것에 관해 기록이 처음으로 나타
나는 것은 1854년에 간행된 타우치 바이겐(田内梅軒=米三郎: 생몰년미상)의
『도기고(陶器考)』이다. 그것에 의하면 도오토오(遠江)의 시토로(志戸呂),

오우미(近江)의 제제(膳所), 야마시로(山城) 우지(宇治)의 아사히(朝日), 세쓰(摂津)의 코소베(古曾部), 치쿠젠(筑前)의 다카토리(高取), 후젠(豊前)의 아가노(上野), 야마토(大和)의 아카하다(赤膚)로 되어있다. 이처럼 나라의 아카하다는 엔슈 취향의 차도구를 만드는 「엔슈 칠요」 중의 하나이었다.

11. 야나기사와 야스미쓰

야나기사와 야스미쓰(柳沢保光: 1753~1817)는 야마토 고오리야마(大和郡山)의 3대 영주이다. 자신의 영지와 인접한 야마토 고이즈미(大和小泉)의 영주가 4대 쇼군 도쿠가와 이에쓰나(德川家綱: 1641~1680)의 다도사범이었던 카타기리 세키슈이다. 그리하여 야나기사와는 세키슈류(石州流)의 차를 열심히 배웠다. 그리고 극히 한정된 사람들에게만 전해지는 점다법도 전수받았다. 그는 다도를 통해 마쓰에(松江)의 마쓰다이라 후마이(松平不昧: 1751~1818), 히메지(姫路)의 사카이 소가(酒井宗雅: 1755~1790), 와카야마(和歌山)의 도쿠가와 하루토미(德川治宝: 1771~1853)와 같은 영주들과도 친분을 쌓았다. 그들의 「다회기」에 기재된 마쓰다이라 가이노가미(松平甲斐守)는 다름 아닌 야나기사와 야스미쓰이다.

그의 가장 큰 공적은 아카하다야키를 부흥시켰다는 점이다. 그는 다도를 배운 만큼 도구에도 관심이 많았다. 자신의 영지 고오리야마에는 아카하다야키라는 도요지가 있었으나 자신의 대에 이르러 거의 쇠락의 길에 들어서 있었다. 이를 본 그는 관정연간(寛政年間: 1789~1801)에 교토에서 도공 이노스케(伊之助)와 지헤이(治兵衛), 그리고 시가라키(信楽: 滋賀

314

縣)에서도 도공들을 초청하여 가마를 다시 열었다. 그리고 지헤이에게 「아카하다야키」라는 요호(窯号)와 「아카하다(赤ハタ)」라고 새긴 동인 (銅印)을 하사했고, 또 그의 요를 고오리야마번의 어용요로서 중용했다. 이로 인해 아카하다야키는 부활되었다. 당시 「고조야마(五条山)에는 동 의 요(東の窯), 중의 요(中の窯), 서의 요(西の窯)가 있다」고 할 만큼 「아카하 다 3요(赤膚三窯)」가 있었다. 그러나 쇼와시대(昭和時代 1926~1989) 초기에 접어들면 그 중 「중의 요」만 남아 오늘에 이르고 있다.

12. 근대 야마토차의 아버지 오카다 가메구로

나라시(奈良市) 후루이치(古市) 미나미초(南町) 공동묘지에는 나라의 차산업에서 잊지 못할 인물의 기념비가 있다. 그것은 다름 아닌 오카 다 가메구로(岡田亀久郎: 1845~1901)의 것이다. 그는 명치시대의 제다업 자이다.

나라의 차산업은 결코 평탄하지 않았다. 막부 말기부터 메이지 초기 (明治初期)에 걸쳐 나라의 제다업이 가장 성행했던 시기이다. 직접적인 계기는 1859년 에도막부가 유럽세력에 밀려 요코하마(橫浜), 나가사키 (長崎), 하코다테(箱館)의 3개 항구를 개항한 사건이었다. 이것으로 인해 일본에 외국상품도 많이 들어왔지만, 일본 상품도 해외로 많이 수출했 다. 수출상품으로는 생사가 압도적으로 많았고, 그 다음이 차였다. 이에 힘입어 과감하게 나라에 차재배를 착수한 인물이 오카다이였다.

그는 미에현(三重県) 이가(伊賀) 아헤군(阿拝郡) 출신이다. 그가 나라에 온 것은 그의 부친 영향이었다. 그의 부친은 쓰번(津藩)의 무사이었다. 그러한 부친이 야마시로(山城)와 야마토(大和) 지역에 있는 쓰번의 영지를 관할하기 위해 설치된 성화봉행소(城和奉行所)에 배속되어 후루이치에 부임한 것이었다. 그에 따라 그의 가족은 이가에서 나라의 후루이치로 거주지를 옮기게 되었다.

명치유신 이후 1871년(明治4)에 그는 다업의 경제성에 착목하고 나라현 소에가미(添上郡) 후루이치에서 차 재배를 착수했다. 그리고 1878년(明治11)에 정부가 「홍차전습소(紅茶傳習所)」를 시즈오카(静岡)에 설치하였을 때 그는 곧 그곳에 가서 기술을 습득하고, 1879(明治12)년 자신의 고장인 후루이치에 홍차전습소를 설립하고, 1881년(明治14)에 홍차제다소를 만들어 제품을 생산하여 오카다제(岡田製=古市製)로서 전국에 판매하여 이름을 알려졌다.

또 그는 코베항(神戶港)에서 수출하는 것도 착수하여 성공을 거두었다. 그러나 그 후 병에 의해 한쪽 눈을 실명하고, 제다공장이 화재로 인해 소실되고, 또 판매를 위탁하고 있던 수출회사가 도산하는 등 인생의 위기를 맞이한다. 이같은 고난을 거듭하면서도 뜻을 굽히지 않고 제다기술의 전파를 마지막까지 추진한 인물이다.

그러는 동안에 「일본다업조합중앙회본부(日本茶業組合中央会本部)」를 만드는데 노력하였고, 오사카부다업조합취체소(大阪府茶業組合取締所)의 소장(頭取)으로 취임했다. 또 나라현이 오사카부(大阪府)에서 독립한 1887년에는 나라현 다업조합연합회의소를 설립할 때도 창립위원으로서 활약했다. 1901년 (明治34)에 57세의 나이로 사망하였을 때, 그의 죽음을 안타깝게 생각한 전국의 뜻있는 사람들에 의해 1902년에

현재의 이 자리에 건립되었다.[43]

이처럼 나라의 다인으로는 무라다 쥬코만 있는 것이 아니었다. 옻
칠장인이자 다인인 마쓰야 가문의 사람들이 있었다. 그리고 쥬코의 양
자 무라다 소슈도 나라 출신이며, 리큐의 스승 다케노 조오를 감명시
킨 소세이도, 즈이류사이가 나라의 와비다인으로 꼽았던 도로쿠도 모
두 나라 지역 출신이었다. 그리고 잿더미 속에서 차도구를 건져내어
깜쪽 같이 수선하는 기술을 유감없이 발휘한 후지시게의 부자도 나라
인이었다. 특히 후지시게 토간은 차를 넣는 「나카쓰기」를 처음으로 만
든 사람이기도 하다. 또 다도사에서 중요한 사료인 『장암당기』를 저
술한 구보 곤다유도 나라 춘일대사의 신관 출신이었다.

한편 나라에는 봉건영주의 다인들도 있었다. 동대사를 불을 지른
악행의 대명사인 마쓰나가 히사히데도 다인으로서는 뛰어났다. 쓰쓰
이라는 고려다완을 소지한 쓰쓰이 쥰케이가 있었고, 아카하다야키의
발전에 도움을 준 막부의 다도사범 고보리 엔슈도 어린 시절을 나라에
서 보냈다. 그리고 야나기사와 야스미쓰는 다인일 뿐만 아니라 쇠퇴해
진 아카하다야키를 되살린 봉건영주이었다. 오늘날 야마토 차산업을
있게 한 근대의 인물 오카다 가메구로도 나라의 다인에서 빠뜨릴 수
없는 중요한 인물이다. 이처럼 나라에는 기라성같은 다인들이 많이 있
었다. 아마도 이 점은 오늘날에도 크게 변함이 없을 것으로 보인다. 이
점은 관심을 가지고 계속 지켜볼 필요가 있다.

---

[43] 寺田孝重(2013)「古市南町共同墓地付近奈良佐保短期大学の近辺に存在する茶
関係の史跡について(2)─岡田亀久郎顕彰碑, 松屋, 依水園, 吉城園, 八窓庵─」
『奈良佐保短期大学研究紀要』(第21号), 奈良佐保短期大学, pp.73-74.

제10장

나라에서 발견한 두 개의 차선

1. 다카야마와 나카조시의 차선

나라의 차문화에 크게 기여한 인물로는 가마쿠라시대(鎌倉時代)의 에이손(叡尊)과 무로마치시대(室町時代)의 무라다 쥬코(村田珠光)를 빼놓을 수 없다. 에이손은 차로써 대중들에게 베푸는 사원의 시다문화를 실시하였을 뿐만 아니라 서대사의 오차모리와 같은 독특한 음다문화를 만들어냈다. 한편 무라다 쥬코는 새롭게 간소한 다실을 고안하여 일본 다도의 기초를 다짐에 따라 그의 고향 나라에도 다도를 즐기는 사람이 확대되었다는 것이다.

이러한 영향으로 에도시대가 되면 나라에는 많은 다인들이 생겨났고, 그에 따라 많은 사원과 신사 그리고 다인들의 개인집에는 다실이 생겨났다. 그러한 가운데 동대사, 서대사, 대안사, 원흥사 등의 사원에서는 해마다 헌다 및 차 행사가 열리고 있다. 그러므로 다른 곳에서 찾아볼 수 없는 나라만이 가지는 차문화가 생겨날 수 있다.

한편 나라는 차도구 중의 하나인 차선에 있어서도 매우 중요한 위치를 지니고 있다. 그 이유는 이코마(生駒市)의 다카야마(高山)에서는 일본 차선의 90%가량을 생산하고 있는 곳이며, 또 카시하라시(橿原市)의 나카조시(中曾司)에서는 「히키차(挽き茶)」라 하여 매우 톡특한 음다법이 있는데, 이 때 사용하는 차선(茶筅)은 다도의 차선과는 전혀 다른 특이한 특이한 차선을 이용하여 차를 마시고 있다. 이같은 차선이 어찌하여 같은 지역에서 동시에 존재하는 것일까? 그리고 그것이 일본 차선의 발달사에서 어떠한 역사적 의미를 지니는 것일까?

이코마시는 나라현의 북서쪽에 위치해 있으며, 이코마산을 넘으면

곧 오사카로 연결되는 지역에 위치해 있으나, 차선을 생산하는 다카야
마는 이코마산 중에 있는 조용한 마을이다. 그에 비해 카시하라시는
나라현 중부에 위치해 있으며, 우리에게도 비교적 잘 알려져 있는 아
스카가 바로 이 시에 속해 있다. 이러한 지역적 특징을 가지고 있는
이코마의 다카야마와 카시하라시의 나카조시를 찾아 그 고장의 차
선의 형태를 살펴보고, 그것을 중심으로 일본 차선 발달사를 살펴본
다음, 나라의 두 가지 형태의 차선이 가지는 역사적 의미를 알아보기
로 하자.

2. 차선의 기원

먼저 다카야마의 차선을 보기 앞서 차선에 대한 기본적인 역사를 알
아 둘 필요가 있다. 차선은 말차를 격불할 때 사용하는 도구이다. 찻잎
을 다관에 넣어 우려마시는 음다법에는 필요하지 않은 도구이다. 그러
나 말차를 마실 때는 반드시 필요한 도구 중의 하나이다. 그러므로 이
것은 음다법과 직접적인 관련이 있다. 이러한 차선이 언제부터 생겨난
것일까? 이것의 기원은 일본이 아닌 중국에 있었다.

중국의 차문화연구가 관검평(關劍平)은 중국에서는 말차를 위진남
북조시대(魏晉南北朝時代: 220~589)에도 마셨으며, 그 때 차선과 같은 역
할을 하는 도구인「죽소(竹掃)」가 있다고 했다. 이것으로 거품을 일으
켰다는 것이다.[1] 이것이 사실이라면 기능상으로 보아「죽소」가 차선

---

[1]   關劍平(2015)「茶筅の起源と確立」『立命館東洋史學』(38), 立命館大學, p.509.

의 원형일 듯하다. 그러나 이 때 죽소를 어떤 단계에서 어떤 방법으로 격불하여 거품을 일으켰는지 분명치 않다. 그리고 죽소는 차가 아니라 술을 휘젓는 도구이었기 때문이다. 그러므로 「죽소」를 차선의 기원으로 단정 짓기는 아직 이르다.

용기에 담긴 차를 휘젓는다는 관점에서 본다면 8세기 당나라 때 등장한다. 당시 활약한 육우(陸羽: 733~804)가 지은 『다경(茶經)』에는 당시의 「음다법」이 상세히 서술되어있는데, 그곳에 차선과 유사한 기능을 하는 도구가 등장한다. 당시의 차는 병차(餅茶)이었다. 이 때의 음다법에 대해 육우는 다음과 같이 묘사했다.

> 처음 끓으면 물을 분량에 맞추고 소금맛으로 고른다. 먹던 나머지를 버리라고 이르는 것은 짜기만 하고 온갖 맛을 모을 수 없기 때문이 아니겠는가. 두 번째 끓음에 물 한 표주박을 떠내고 대젓가락으로 끓는 물의 가운데를 빙글빙글 심하게 휘저으면 곧 찻가루를 헤아려 마땅히 중심으로 떨어뜨린다. 잠깐 있다가 물의 기세가 마치 달리는 큰 물결이 물거품을 치듯이 되거든 떠낸 물로써 이를 멈추고, 그 가루를 기른다.[2]

이를 통해 알 수 있는 것은 이 시기의 음다법은 병차를 가루로 만들어 용기에 넣고 끓여서 마시는 것이 기본이었는데, 그 과정에서 「1차 끓음」과 「2차 끓음」이 있다. 그 중 「2차 끓음」에서 대젓가락으로 물을 휘젓고는 차를 넣는다고 했다. 이 대젓가락을 원문에서는 「죽협(竹筴)」

---

2   김명배(1988) 「다경」 『한국의 다서』 탐구당, pp.299-300.

이라 했다. 이를 육우는 「대젓가락은 간혹 복숭아 나무, 버드나무, 포
규나무로 만든다. 혹은 감나무의 속으로도 만든다. 길이는 한 자이며,
양쪽 끝을 은으로 싼다」고 설명하고 있다.³

여기서 등장하는 「죽협」을 차선의 기원으로 볼 수 있을지 모르겠으
나, 엄밀히 말해 그것이 차를 휘젓는 용도가 아닌 끓는 물을 휘젓는 것
으로 사용되었다는 점에서 차선과는 거리가 있다.

그러나 도규(刀圭)는 다르다. 이것이 차를 젓는 도구로 사용하는 예
는 백거이(白居易: 772~846)의 「이 낭중이 촉에서 새로 만든 차를 보내준
것에 감사하며(謝李六郎中寄新蜀茶)」라는 시에서 찾을 수 있다. 그 내용
을 소개하면 다음과 같다.

故情周匝向交親	지난날 옛정이 고스란히 살아 있어
新茗分張及病身	아픈 내게 새 차를 보내주었네
紅帋一封書後信	서찰에 이어 받아본 붉은 봉지 하나
綠芽十片火前春	푸른 빛깔 화전차 열 덩이가 들어 있네
湯添勺水煎魚眼	처음 끓기 시작한 물에 물을 조금 더하고
末下刀圭攪麴塵	가루차를 탕에 넣고 도규로 잘 저어주네
不寄他人先寄我	다른 사람 앞서서 내게 먼저 보내다니
應緣我是別茶人	차를 감별할 줄 안다 나를 믿어 그랬겠지

이 시의 제목에서 언급하고 있는 이육낭중(李六郎中)은 충주자사(忠
州刺史)를 지낸 이선(李善: 630~689)을 말한다. 그가 강주(江州) 즉, 현재 강

---

3   김명배(1988) 「다경」『한국의 다서』 탐구당, p.282.

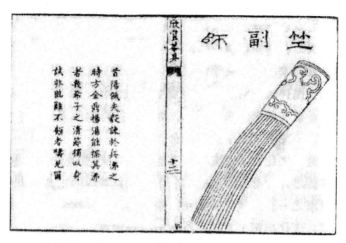

그림 1 남송 심안노인의 「축부수(竺副帥)」

서성 구강(九江)에 있는 백거이에게 사천성에서 생산된 차를 보냈다. 이를 받은 백거이는 기쁜 나머지 시를 지어 사의를 표한 것이다.

여기서 우리의 관심을 끄는 것은 「처음 끓기 시작한 물에 물을 조금 더하고, 가루차를 탕에 넣고 도규로 잘 저어주네(末下刀圭攪麴塵 湯添勺水 煎魚眼)」라고 표현한 그의 음다법이다. 그는 끓는 물에 가루차를 넣고서 「도규」를 사용하여 저어준다는 것이다.

「도규」란 한약을 담아서 무게를 재는 도구이었다. 모양이 칼과 같고, 그 끝이 숟가락과 같이 생겨있어서 그와 같은 이름이 붙여졌다. 백거이는 이것으로 말차를 넣고, 휘젓는 도구로서 사용하였던 것이다. 즉, 「도규」는 차 숟가락(茶匙)와 차선(茶筅) 역할을 겸하는 도구이었다. 뜨거운 물에 차를 젓는다는 점에서 도규가 차선의 원형일 가능성이 높으나, 그 재질이 금속이어서 죽제인 차선과는 아직도 거리가 있었다.

그러나 당나라 말기가 되면 점다법이 크게 발전한다. 전다법에서 점다법으로 바뀌기 시작하는 것이다. 먼저 말차를 다완에 넣고 끓인 물을 다완에 부으면서 휘저으면 탕과 말차가 서로 어울려 풀어지면서 거품이 나온다. 탕병으로 탕을 붓는 것은 점(点)이라 하고, 휘젓는 것을 격불(擊拂)이라 한다. 격불 때 생겨나는 거품을 「탕화(湯花)」라 하고, 이를 잘하는 명수는 「탕화」로 꽃, 새, 벌레, 물고기(花鳥虫魚)와 산천초목(山川草木)을 그릴 수가 있었다. 그로 인해 점다를 「탕희(湯戲)」, 「차백희(茶百戲)」, 「수단청(水丹青)」이라 했다.[4] 도곡(陶穀: 903~970)이 쓴 『천명록(荈茗錄)』의 「차백희」 항목에 다음과 같은 내용이 있다.

「차는 당나라 때에 이르러 극히 성행하게 되었다. 근래 탕을 부어 차 숟가락으로 휘저어 섞은 다음 탁월한 기교를 부려 다탕의 물무늬 모양을 어떤 모습으로 만드는데, 새, 짐승, 곤충, 물고기, 꽃, 풀 등 화초 따위의 무늬를 만들 수 있다. 마치 그림처럼 섬세한데 곧 그 상들은 순식간에 사라진다. 당시 사람들은 차백희(茶百戲)라 했다.[5]

이상의 기록에 따르면 차를 격불하여 일어난 거품으로 그림을 그리는 차백희는 당나라 때 생겨난 것인데, 그 때 거품도구가 「비(匕)」라고 했다. 여기서 비란 즉, 숟가락이다. 이 시기의 차 숟가락은 금속으로 되어있었다.

---

4   清水德藏(1988)「異文化への日中の対応比較(2)—日中の茶文化比較—」『アジア研究所紀要』(15), 亜細亜大学アジア研究所, p.35.

5   陶穀의『荈茗錄』「茶百戲」:「茶至唐始盛, 近世有下湯運匕, 別施妙訣, 使湯紋水脈成物象者, 禽獸虫魚花草之属, 纖巧如画。但須臾即就散滅。此茶之変也, 時人謂之茶百戲」

송나라 때에는 도규와 유사한 금속제 도구가 있었다. 그것이 바로 차칙(茶則)이었다. 이것도 외견상 특징은 금속으로 되어있고, 차 숟가락으로 사용하는 점 등은 도규와 같다. 그리고 기능에서는 도규는 가루차를 탕에 넣고 휘젓는데 사용하나, 차칙은 가루차를 넣은 다완에 탕을 붓고 휘젓는데 사용했다.[6] 이처럼 약간의 차이는 있다하나 각반한다는 점에서는 공통된다.

송대에는 편차와 산차가 주를 이루었는데, 이를 당대와 같이 차솥에 넣고 끓이는 것이 아니라 분말로 만들어 다완에다 넣고 뜨거운 물을 붓고 휘저어 점다하여 마시는 음다법이었다. 소금 등 첨가물을 넣지 않는 것도 당대와 달랐다. 이 때 탕을 각반하는 도구가 「차칙」이었던 것이다.

한편 송대에는 차 숟가락으로서 차를 휘젓는 사례도 있었다. 그것은 11세기 중엽 북송의 채양(蔡襄)이 지은 『다록(茶錄)』(하권)에 있다. 그에 대해 채양은 다음과 같이 설명했다.

> 차시는 무거워야 한다. 격불할 때 힘이 들어가기 때문이다. 황금으로 만든 것을 상등으로 치고, 일반적으로 은(銀) 또는 쇠(鐵)로 만든다. 대나무는 가벼워, 건안의 차에는 사용하지 않는다.[7]

여기에서 보듯이 차시는 차를 더는 숟가락으로도 사용하지만, 차를 휘젓는 행위인 격불할 때 사용하는 도구로도 이용되었다. 이처럼 채양

---

6   神津朝夫(2021)『茶の湯の歴史』角川文庫, p.29.
7   蔡襄의 『茶錄』(하권): 茶匙要重, 擊拂有力。黃金為上, 人間以銀鐵為之。竹者輕, 建茶不取.

의 「차시」는 오히려 백거이의 「도규」와 같은 용도이었다. 모양도 숟가
락과 같이 길고, 재질이 금, 은, 철과 같이 금속으로 되어있다는 점도
「도규」와 거의 같다고 할 수 있다. 이러한 점에서 차칙은 도규의 기능
을 그대로 답습하였다고 해도 과언이 아니다.

　여기에서 차를 더는 용도가 아닌 휘젓는 것만을 강조하는 것이라면
젓가락과 같은 기다란 막대기이라도 상관없었다. 실제로 그러한 사례
가 있는데, 당나라 때 학자 단성식(段成式: 800~863)⁸이 편찬한『유양잡조
(酉陽雜俎)』(卷4)의 「경이(境異)」조에 다음과 같은 기록이다.

　　근자에 어떤 해상(海商)이 신라로 가던 중에 한 섬에 잠시 정박했다. 그
　　곳은 온 땅이 모두 검은 칠한 숟가락과 젓가락으로 덮여 있었다. 그곳에
　　는 큰 나무가 많고, 사람들이 올려다보면 시저(匙箸)는 나무의 꽃과 털(鬚)
　　이었다. 그리하여 백여개를 주었다. 돌아와 사용해보았는데, 굵어서 제
　　대로 사용할 수 없었다. 그 후에도 가끔 차를 젓는데 사용했다. 차를 각반
　　하는데 사용함에 따라 차츰 사라졌다.⁹

　이처럼 차를 저어 마실 때 젓가락과 같은 막대기를 사용한 사례가

8　만당(晩唐) 때의 문인으로 자는 가고(柯古)이다. 상서랑(尙書郎)과 길주자사(吉
　州刺史) 등을 역임했으며, 박학하고 시문에도 뛰어났다. 특히 비서(秘書)에 관심
　이 많아 당대의 수많은 비서를 본 것으로 유명하다. 이 외에 불교에 조예가 깊어
　『유양잡조』에도 불교관련 정보와 이야기를 많이 수록하고 있다. 따로『여릉관하
　기(廬陵官下記)』를 지었으나 현재는 전해지지 않는다. 그의 시문의 편린이『전당
　문(全唐文)』과『전당시(全唐詩)』에 전한다.
9　段成式의『酉陽雜俎』(卷4): 近有海客往新羅, 吹至一島上, 滿山悉是黑漆匙
　箸。其處多大木。客仰窺匙箸, 乃木之花與須也, 因拾百餘雙還。用之, 肥不
　能使, 後偶取攪茶, 隨攪而消焉.

그림 2 金(南宋) 山西 汾陽에서 발굴된 王立伏墓의 점다도(원형은 차선부분을
확대한 것임)

있는 것이다. 비록 그 도구가 차를 저을 때 사용하였다 하지만, 그 도구를 「시저(匙箸)」라고 표현하고 있는 것처럼, 그것은 숟가락과 젓가락의 기능을 합친 것으로 받아들여지고 있다.

지금까지 살펴본 육우의 「죽협」, 백거이의 「도규」, 채양의 「차시」, 단성식의 「시저」는 거품을 많이 일으킬 수 없다. 그러므로 이것들은 격불도구가 아닌 뭉쳐진 차를 풀기 위한 젓기용의 도구이다. 이러한 점에서 격불만을 위해 대나무로 만들어진 차선과는 거리가 있다. 그렇다면 오늘날의 차선에 가장 가까운 것이 언제부터 보이는 것일까?

그 점에 관해서는 많은 사람들이 12세기 초엽 북송의 제8대 황제인 휘종(徽宗: 1082~1135)이 지은 『대관다론(大觀茶論)』에서 보인다고 한다. 사실 「차선」이란 용어가 처음으로 등장하는 것도 『대관다론』이다.

『대관다론』에서는 차선을 다음과 같이 설명했다.

> 차선은 젓가락을 만들던 오래된 근죽(筋竹)으로 만든다. 몸은 두텁고 무거워야 하며, 솔은 성글고 강해야 하며, (솔) 윗부분은 두껍고 끝은 가늘어야 한다. 그리고 모양이 마치 칼 등처럼 해야 한다. 알맹이가 두텁고 무거우면 다룰 때 힘이 들어가 운용하기 쉽다, 솔이 성글고 강하며 마치 칼등과 같으면 격불이 비록 지나치더라도 부말(浮沫)이 생기지 않기 때문이다.[10]

당시 음다법은 찻잎을 단차(団茶)로 만들지 않고 거칠게 갈아 가루차를 뜨거운 물을 붓고 마시는 것이었다. 그러므로 다완에 들어있는 차가루가 뭉치지 않게 휘젓는 도구가 필요했다. 이 때 등장한 것이 「차선」이었다. 이러한 의미에서 「차선」은 격불 전용도구로서 나온 것이었다. 그 재질은 대나무이며, 모양은 솔의 형태로 만들었다. 그러나 이상과 같은 『대관다론』의 설명만으로 그 모양이 어떻게 생겼는지 자세히 알 수 없다.

이를 알 수 있는 것은 남송의 심안노인(審安老人)이 찬한 『다구도찬(茶具圖讚)』이다. 그것에는 〈그림 1〉에서 보듯이 차선이 그려져 소개되고 있다. 그런데 명칭이 「축부수(竺副帥)」이다. 그러면서 그것을 다음과 같은 말로 찬하였다.

---

10 宋徽宗의 『大観茶論』: 筅、茶筅以筋竹老者為之。身欲厚重、筅欲疏勁、本欲壯而未必眇、當如劍瘠之状。蓋身厚重、則操之有力而易於運用。筅疎勁如劍瘠、則擊拂雖過而浮沫不生.

그림 3 유송년(劉松年)의 「연다도(撵茶圖)」

백이숙제가 전쟁이 한창일 때도 과감하게 간언을 했다. 솥에 물이 펄펄 끓을 때 그 뜨거움을 아는 자가 과연 몇 명이나 될까? 그대가 청절을 홀로 몸소 실천하니, 위급에 처해도 자신의 안위를 돌보지 아니한 자의 뜻이 보이는구나.[11]

「축부수」의 「부수」는 주장(主將)을 보좌하는 부관을 말한다. 차선을 부수로 칭한 것은 솥물이 한참 끓을 때 위험을 무릅쓰고 뛰어 들어가 가루차를 휘젓는 모습이 마치 전쟁터의 장수와 같다고 해서 무관인 부

---

11 審安老人의 『茶具圖讚』 「竺副帥」: 首陽餓夫，毅諫於兵沸之時，方金鼎揚湯，能探其沸者幾稀 子之清節，獨以身試，非臨難不顧者疇見爾.

수(副帥)로 의인화한 것이다. 마치 그 모습이 자신의 안위를 생각하지 않고 임금에게 간언하는 백이와 숙제와 같다고 칭송하였던 것이다. 그러므로 축부수는 별칭이지 본래의 이름이 아니다. 본명은『대관다론』에서 말한「차선」일 것이다. 왜냐하면 주권(朱權)의『다보(茶譜)』에도 차선으로 되어있기 때문이다. 주권의『다보』에는 차선을 다음과 같이 설명했다.

> 차선은 대를 잘라 만든다. 광동이나 귀주 지역에서 만든 것이 가장 좋다. 길이는 5촌정도이며, 차시에 찻가루를 담아 찻그릇에 넣고 탕수를 따라 차선으로 격불을 하며, 파도가 부딪쳐 거품이 하얗게 피어오르듯 운두와 우각과 같은 유화가 만들어지면 멈춘다.[12]

이 글에서 특징적인 것은「차시」와「차선」이 확실하게 구분하여 사용되고 있다는 점이다. 즉, 차시는 차가루를 담는 것이고, 차선은 격불 도구라고 확정하고 있는 것이다. 그런데 차선의 재질은 광동과 귀주 지역의 대나무가 가장 좋다고 했다. 그리고 격불은 운두(雲頭), 우각(雨脚)이라는 표현에서 보듯이 거품이 구름처럼 뭉게뭉게 피어오를 때까지 한다는 것이다. 이처럼 당시 음다법은 말차를 다완에 담고서 차선으로 격불하여 거품을 일으킨 다음 마셨던 것이다. 이처럼 차선은 새로운 음다법에 맞추어 탄생한 획기적인 도구였다.

2008년 산서성(山西省) 분양(汾陽)에서 발굴된 1196년에 조성된 금나

12　朱權의『茶譜』: 茶筅, 截竹爲之, 廣、贛製作最佳. 長五寸許, 匙茶入甌, 注湯筅之, 候浪花浮成雲頭、雨脚乃止. 이 문장은 〈짱유화(2016)『점다학』도서출판 삼녕당, pp.485-486〉의 번역문을 재인용한 것이다.

라 왕립(王立) 묘 벽화에서도 차와 술을 준비하는 모습이 묘사되어있는데, 〈그림 2〉에서 보듯이 왼쪽 남자는 말차가 담긴 다완을 들고 나가려 하는 한편, 오른쪽 남자는 차선으로 격불을 하고 있는데, 그 차선이 심안노인이 소개한 「축부수」와 거의 같은 모양을 하고 있다. 이것으로 보아 금나라의 음다법은 송나라의 말차 음다의 영향이 컸으며, 그 결과 같은 방법으로 차를 마셨음을 짐작하고도 남음이 있다.

남송대에는 두 가지 형태의 차선이 있었던 것 같다. 하나는 화가 유송년(劉松年: 1174~1224)의 〈그림 3〉「연다도(攆茶圖)」의 차선이고, 또 다른 하나는 〈그림 4〉 작자미상의 「명원도시도(茗園睹市圖)」의 차선이다. 전자는 차솔을 하나로 묶은 윗부분의 손잡이에 무늬가 들어있다. 이것에서 이 차선은 「축부수」와 거의 모양이 같다.

그러나 후자인 「명원도시도」에서는 다르다. 대나무로 만들어진 것은 같으나, 차와 만나는 차솔의 끝은 여러 갈래로 나뉘어져 있는데, 그것들이 하나로 묶여 있는 것이 아니라 공통된 몸통에서 뻗어 나오는 형태를 취하고 있다. 즉, 오늘날 사용되는 차선과 같이 하나의 대나무를 가지고 손잡이 부분은 그대로 두고 그 밑부분을 촘촘하게 갈라 솔을 만든 것이었다. 이것으로 보아 송나라 때 머리를 빗는 빗과 같이 생긴 차선을 만들었는가 하면, 이를 더욱 발전시켜 원형의 대나무를 그대로 살린 둥근형태의 차선도 만들어졌음을 알 수 있다.

더구나 「명원도시도」의 음다는 귀족들의 음다도가 아니다. 거리에서 차를 들고 다니면서 사람들에게 파는 차장수의 그림이다. 남송의 맹원로(孟元老: 생몰년미상)가 찬한 『동경만화록(東京夢華錄)』에는 거리에서 차병(茶瓶)을 달고 걸어다니면서 파는 사람이 묘사가 되어 있다.

333

그림 4 작자미상의 「명원도시도(茗園賭市圖)」

이들은 이미 마실 수 있는 상태로 만들어 가지고 다니다가 손님이 주문하면 다완에다 분말의 차를 넣고 뜨거운 물을 붓고, 〈그림 4〉에서 보듯이 둥근 형태의 차선으로 휘저어서 마시게 한 것으로 보인다.

같은 시대에 차선이 축부수와 같이 생긴 것과 둥근형태의 것이 존재한다는 것은 매우 흥미로운 점이다. 그것들은 용도가 달랐을 가능성이 있다. 즉, 전자는 귀족용의 고급차, 후자는 서민의 저급차이라는 것이다. 가령 전자에는 공납되는 복건산의 건차(建茶), 단차(團茶), 납차(臘茶)가 있다면 후자에는 서민들이 마시는 강남산의 강차(江茶), 초차(草茶)가 있다. 이를 두고 주희는 「건차는 중요지덕과 같고, 강차는 백이숙제와 같다(建茶如中庸之爲德, 江茶如伯夷叔齊)」고 했다. 즉, 건차는 중용에 비유했고, 강차는 속세를 떠나 사는 은자와 같다고 한

334

것이다.

『대관다론』은 궁중의 음다법이다. 그리고 축부수를 설명한『다구도찬』도 서민의 차를 대상으로 하고 있다고 보기 어렵다. 이들의 음다법은 격불시 거품을 많이 내어서는 안되었다. 그것을『대관다론』에서는 차선은 칼등과 같이 생겨야 한다고 하면서, 그 이유를 「칼등과 같아야 격불이 비록 지나치더라도 부말(浮沫)이 생기지 않는다(筅疎勁如劍脊, 則擊拂雖過而浮沫不生)」고 설명하고 있다. 즉, 궁중의 음다는 거품을 많이 내지 않는 점다법이었다. 그러므로 황제를 비롯한 귀족들은 거품을 많이 내지 않고 마셨던 것이다.

그에 비해 서민들은 고급차를 마실 수 없었다. 저급의 차는 거품을 많이 내지 않으면 그 맛이 떫고 쓰다. 그러므로 가능하면 거품을 많이 내어야 한다. 〈그림 4〉의 「명원도시도」의 차선은 그 기능을 최대한 살려 차선을 축부수와는 달리 둥글게 하고, 차솔을 길게 만들었다. 이처럼 차의 품질과 용도에 따라 사용하는 차선도 달랐다. 이처럼 중국의 차선은 음다법에 따라 휘젓는 각반의 도구에서 거품을 일으키는 격불 도구로 발전하는 과정에서 생겨난 것이었다.

차선이 중국에서 발생하였지만, 15세기 명대에 접어들어 말차문화가 없어지면 차선도 자연스럽게 소멸하고 만다. 그럼에 따라 지식인들 사이에서도 차선의 기억이 점차 사라졌다. 그 단적인 예로 오카구라 텐신(岡倉天心: 1863~1913)이 명나라 어느 훈고학자가 송대의 고전에 나타나있는 차선의 형태를 몰라 당혹해 했다는 일화를 소개하고 있을 정도이다.[13] 그러한 사정은 우리나라도 마찬가지였다. 명나라 영향이 컸

13　岡倉天心(1995)『茶の本』社會思想社, p.51.

던 조선시대에는 그것이 심해 이현일(李玄逸: 1627~1704)의 『갈암집(葛庵集)』에 잘 나타나 있다. 그것의 「강자진 찬의 문목에 답함(答姜子鎭贊問目)」에서 차선에 대해 다음과 같은 내용이 등장한다.

"정조(正朝), 동지(冬至), 초하루, 보름에는 사당에 참례한다."의 주에 "주부가 올라가 차선을 잡는다." 하였는데, '차선'이 어떤 물건인지 모르겠습니다. 정확히 어떤 기물인지 모르겠습니다. 그러나 일찍이 『가례석의』를 보니 찻가루를 담는 그릇이라고 하였는데, 아마도 그런 듯합니다.[14]

이처럼 이현일과 같은 조선의 지식인들은 차선을 찻가루 담는 기물로서 이해하고 있다. 이러한 것은 명나라의 영향을 강하게 받은 조선에서도 말차음다법이 사라졌기 때문에 차선을 모르는게 당연했다. 이처럼 중국과 조선에서 사라진 차선은 일본은 말차가 지금까지 일본다도에서 주류를 형성하고 있기 때문에 차선을 그대로 보존하고 발전시켰던 것이다.

3. 일본의 차선과 다카야마의 차선

그렇다면 일본 차선은 언제부터 등장한 것일까? 이에 대해 한국의

14　李玄逸의 『葛庵集』 「答姜子鎭贊問目」: 正至朔望則參註。主婦升執茶筅。茶筅未知何物。未能的知何器。然嘗見家禮釋義。以爲盛茶末之器。恐或然也. 번역문은 고연미(2018)의 「조선시대 『주자가례』 유입에 의한 차선(茶筅) 논의 양상」 『한국차학회지』(24), 한국차학회, p.38에서 재인용한 것이다.

고연미는 일본 우치야마 카즈모토(內山一元)(1974)의 연구를 인용하여 "일본 차선 생산의 시초는 무로마치시대 나라의 이코마군(生駒)의 다카야마(高山)에서 발생한 것이라 했다. 그녀에 의하면 그곳 출신 다카야마 소제이(高山宗砌: 1386~1455)가 무라다 쥬코(村田珠光: 1423~1502)와 의논하여 제작한 것이 최초라고 알려져 있다."고 했다.[15] 이것이 사실이라면 나라현의 다카야마가 일본 최초의 차선 생산지가 되는 셈이다.

그러나 일본 차선의 출발을 나라의 다카야마에서 찾고 있는 고연미의 설명에는 그대로 받아들이기 어려운 부분이 있다. 왜냐하면 그 주장이 사실이라면 일본에서 차전의 제작은 15세기에 이르러서야 이루어지는 것으로 되기 때문이다.

그 시기는 12세기 에이사이(榮西: 1141~1215)가 중국의 말차문화를 전래한 사실을 감안한다면 무릇 3세기나 차이가 난다. 에이사이가 중국 송대의 선원 차문화를 일본에 전래할 때 차선도 함께 전하였을 것이다. 그가 전한 차선은 어떠한 것이었을까? 그것은 다카야마의 소제이가 차선을 만들기 이전의 일본 차선은 어떠한 형태이었을까?

그러한 점에서 에이사이가 만년에 저술한 『끽다양생기(喫茶養生記)』를 들여다 볼 필요가 있다. 그것에는 「끽다법」에 관해 다음과 같이 언급하고 있다.

백탕이란 끓은 물을 말한다. 극히 뜨거운 것을 점하여 이를 마신다. 전대시(錢大匙)[16]로 2, 3개, 많고 적음은 뜻에 따른다. 다만 탕은 적은 것이

---

15 고연미(2009)「차그림에 나타난 茶筅연구」『韓國茶學會誌』(第15卷 第1號), 한국차학회, p.16.
16 동전 크기의 숟가락. 티 스푼 정도의 크기. /再治本에는 「方寸匙」이라고 표기. 이

좋으나, 그것도 뜻에 따를 일이다.[17]

이상의 기술에서 보듯이 에이사이는 「끽다법」을 너무도 간단하게 설명하여 자세한 음다법을 알기 어렵다. 끓인 물에다 말차를 넣고 마시는데, 말차와 물의 양은 취향에 따른다고 할 뿐이다. 그러므로 이 기술만으로는 뜨거운 물에 타서 마시는 차가 말차인지 병차인지 알 수 없다. 그러나 이 시대에는 병차도 가루를 내어 마셨기 때문에 결과는 같다고 할 수 있으나, 백탕에 들어간 가루차를 각반하는 도구가 무엇이었는지도 확실하지 않다.

여기에서 주목할 만한 도구가 「전대시(錢大匙)」이다. 「전대시」의 「대시(大匙)」는 큰 숟가락이라는 뜻이다. 그런데 어찌하여 그것의 머리에 돈을 의미하는 「전(錢)」자가 붙어있는 것일까? 일본 학자 요네다 마리코(米田真理子)는 동전 크기의 숟가락으로 해석했다.[18] 아마도 이러한 해석이 일본에서는 주류를 이루고 있는 것 같다. 그런데 『끽다양생기』「재치본(再治本)」에서는 이를 「방촌시(方寸匙)」라고 표기하고 있다. 즉, 사방의 한 치 정도의 크기라는 뜻이다. 류건집도 이를 의식하여 「작은 숟가락」이라고 번역했다.[19] 이를 종합하여 보면 「전대시」는 오늘날 티 스푼 정도 크기의 작은 차 숟가락을 가리키는 것으로 볼 수

정도는 3센티 四方의 匙. 米田真理子(2018)「茶祖、禅始祖」としての栄西—中世禅の再考≪9≫」『中外日報』, 2018.12.12.

17 栄西의『喫茶養生記』:「白湯、只沸水云也。極熱点服之、錢大匙二三匙、多少随意、但湯少好、其又随意」.

18 米田真理子(2018)「茶祖、禅始祖」としての栄西 — 中世禅の再考≪9≫」『中外日報』, 2018.12.12.

19 류건집(2011)『喫茶養生記 註解』이른아침, p.135.

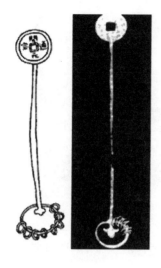

그림 5 고려의 차숟가락(국립중앙박물관)
고미연[20]의 논문에서 인용

있다.

　그러나 필자는 조금 다른 생각을 하고 있다. 왜냐하면 굳이 접두어로「錢」자를 사용한 것은 동전의 차 숟가락이 사용되었을 것으로 보기 때문이다. 실제로 그러한 차 숟가락이 있다. 〈그림 5〉는 고려의 차 숟가락인데, 한쪽이「개원통보(開元通寶)」라는 화폐 동전이 달려 있고, 다른 한쪽 끝에 작은 고리쇠가 달려있다. 이에 대해 일본인 나카오 만조(中尾萬三: 1882~1936)는 개원통보가 달린 쪽은 찻가루를 측량하고 뜨는 차 숟가락으로, 고리가 달린 쪽은 차를 휘젓는 각반 도구로서 사용되었다고 보았다.[21] 이것이 사실이라면 고려에서도 중국의 도규와 차칙과 같이 차 숟가락과 차선을 겸하는 금속제 도구가 있었다고 할 수 있다. 당시 고려의 차문화는 중국의 영향이 크다. 이것은 일본도 예외가

20　고연미(2009), 앞의 논문, p.20.
21　中尾萬三(1934)「仁和寺御室物目錄の陶磁」『大乘』(12-8), pp.27-30.

그림 6 『모귀회사(慕歸繪詞)』 차선(차통이 담겨진 쟁반 앞에 차선이 보인다)

아니다. 그러므로 일본에서도 고려와 같은 도구가 있었을 가능성 충분히 있는데, 이를 증명해주는 것이 『끽다양생기』의 「전대시」가 아닐까?

이러한 추정이 허용된다면 「전대시」는 종전의 「동전 크기의 숟가락」이 아닌 「동전이 달린 큰 숟가락」으로 해석하는 것이 옳을 것 같다. 그렇다면 일본의 「전대시」는 북송의 채양이 『다록』에서 말하고 있는 금속제의 차선과 고려의 개원통보의 차 숟가락과 모양도 기능도 거의 같다고 볼 수 있다. 그러므로 에이사이가 금속제 각반도구인 차시를 일본에 전래하였을 것이다.

그러나 에이사이가 남송에 유학한 시기가 12세기 후반이다. 이 시기는 중국에서는 귀족형인 『대관다론』과 『다구도찬』에서 보이는 「축부수」와 같은 차선과 「명원도시도」에서 보이는 서민형의 둥근 모양의 차선을 이용하고 있었다. 그러므로 이것 또한 에이사이가 전래하였을 가능성도 없지 않다.

그렇다면 오늘날과 같이 대나무로 만든 차선은 언제부터 등장하였을까? 에도시대의 소설가인 우에다 아키나리(上田秋成: 1734~1809)가 그의 저서 『차벽취언(茶癖醉言)』에서 차선에 대해 다음과 같이 언급하고 있다.

> 지금 다인의 차선은 원상(圓相)인데, 본래는 용기를 씻는 죽제 솔이다. 조오가 처음으로 이를 사용했다. …(생략)… 차선은 옛날에는 편전(片筌)이었다. 「전」이란 고기잡는 통발이 아니라 솔(帚)이다. 윤추(輪帚)라는 물건으로 기물을 씻는 도구이다. 즉, 지금의 댓솔(사사라)과 같다. 조오(紹鷗)가 크기와 길이를 통일시켰다.[22]

이상의 설명에 의하면 원래 차선은 잘개 쪼갠 대를 다발로 묶어서 만든 도구로 주로 솥 또는 남비의 묵은 때를 벗기는데 사용한다고 했다. 이것이 발전하여 다인들이 사용하는 원형의 차선이 되었는데, 그 이전에는 편전(片筌)이었다 했다. 여기서 편전이란 중국의 축부수와 같은 형태의 차선을 말한다. 이를 아키나리는 다케노 조오(武野紹鷗)가 길이와 크기를 통일시킨 둥근 형태의 차선을 만들어냈으며, 그 모양이 마치 물고기 잡는 통발과 같이 생겨 차전(茶筌)이라 했다는 것이다. 이처럼 아키나리는 편전(축부수)에서 원형으로 바뀌었다고 설명하고 있다. 이같은 설명에는 어느 정도 일리가 있으나, 이를 증명할 수 있는 편전이 발견되지 않는다.

---

[22] 上田秋成의 『茶癖醉言』(第31項): 筌の制いにしへは片筌なり。筌は筌にあらず帚也。輪帚と云し、物にて、器を具也。即今のサラに同じ。紹鷗是を用ひて、一統によしとす。筌の寸法、いにしへ長きをはかりがたし。p.32에서 재인용.

차선에 관한 일본 최초의 기록은 가마쿠라시대(鎌倉時代)의 후기『가네사와문고문서(金沢文庫文書)』이다. 이 문서는 가마쿠라 막부 15대 집권(執権) 가네사와 사다아키(金沢貞顕: 1278~1333)의 서장을 모은 것이다. 그것에 의하면 사다아키가 그들의 원찰인 칭명사(称名寺)의 주지 켄나(剱阿: 1261~1338)[23]에게 보낸 서신 중「차선을 하나 주시면 대단히 감사하겠습니다(茶せん一給はり候ハゝ、悦存候、恐惶謹言、正月十五日 貞顕)」라는 문구가 보인다. 즉, 그는 칭명사 주지 켄나에게 차선 하나를 보내달라고 요청하고 있는 것이다.

그러나 이 기록만으로 당시 칭명사의 차선이 금속제인지 죽제인지 명확하게 서술하지 않았으나, 당시 상황으로 보아 그것은 대나무로 만든 차선이었을 것으로 추정된다. 왜냐하면 이 시기에 중국에서 금속제 차시가 수입되었을 가능성은 매우 적고, 또 사다아키가 가마쿠라의 다회에서 사용할 차선을 칭명사에 "그다지 크지 않는 것"을 주문하는 것을 보면 당시 칭명사에서는 다양한 종류의 차선을 만들었는데, 만일 그것이 금속제이었다면 그렇게 다양하게 만들지 못했을 것이기 때문이다. 이 때 만들었던 차선이 축부수와 같이 편전이었는지는 확실하지 않다. 하지만 이러한 기록은 13세기 일본에서는 죽제 차선을 만들고 있었음은 분명하다.

---

23 가마쿠라시대 진언밀교의 학승. 호는 明忍房. 가네사와(金沢) 칭명사(称名寺) 2세 장로. 개산조 審海를 이어 1308년(延慶元) 칭명사(称名寺) 제2대 주지가 된다. 진언밀교를 비롯해 戒律・神道・声明 등에도 조예가 깊고, 忍性・審海의 사후 가마쿠라에서 진언밀교의 대표자이며, 칭명사에서 불교학을 진흥함과 동시에 칠당가람을 정비하고 완성했다. 소조 사다아키(北条貞顕)의 신임을 얻고 사다아키의 六波羅探題・連署時代에는 정치적인 수완도 발휘하여 가네사와 호조씨(北条氏) 멸망 이후는 칭명사를 칙원사(勅願寺)로서 인정받았다. 그 때 兼好法師와의 교류도 했으며, 그에게 강한 영향을 받았다.

그림 7 『복부초지(福富草紙)』의 차선

　대나무로 만든 차선이 그림에서 확인할 수 있는 최초의 사례는 1351년 조성된 〈그림 6〉의 『모귀회사(慕歸繪詞)』이다. 이 그림에서 묘사된 차선은 놀랍게도 중국 그림에서 본 둥근 형태의 차선이다. 그리고 〈그림 7〉은 15세기 전반의 『복부초지(福富草紙)』에서 보이는 차선이다. 여기서는 방 안의 선반 위에 두 개의 천목다완이 놓여져 있고, 그 앞에 차선이 세워져 있다. 그 차선 또한 둥근 형태이며, 차솔이 안쪽으로 모아져 있다. 이것은 『다구도찬』의 「축부수」와는 다른 모습이다.

　이를 본 구마쿠라 이사오(熊倉功夫)는 그 형태가 차선 끝이 그다지 벌어지지 않은 것이 마치 오늘날 「보테보테차」의 차선과 가깝다고 했다.[24] 「보테보테차」에 대해서는 후술하겠지만, 시마네현 마쓰에시(松江市) 등지에서 가볍게 먹는 전통적인 음식으로 반차(番茶)를 끓여서 다완에 담고 차선으로 격불하여 거품을 일으킨 다음 약간의 식은 밥을

24　熊倉功夫(2021) 『茶の湯─わび茶の心とかたち-』 中公文庫, p.166.

곁들여 반찬과 함께 먹는 것을 말한다. 이 때 사용하는 차선은 안 차솔 (內穗)이 없고, 바깥 차솔(外穗)만 있는 1중구조를 띠고 있다. 그리고 끝 부분이 중앙으로 모아져 있을 뿐만 아니라, 다도에서 사용하는 차선보 다 크고 길다.

그리고 세부적으로 보면 다도의 차선과 뚜렷한 차이를 보인다. 즉, 다도의 차선은 「안 차솔(內穗)」과 「바깥 차솔(外穗)」로 나누어져 있는 2중구조를 띠고 있는가 하면, 그에 비해 『모귀회사』와 『복부초지』의 차선은 「바깥 차솔」만 있을 뿐 「안 차솔」이 없는 1중구조의 특징을 지 니고 있다. 1중구조의 차선은 2중구조의 차선 보다 구조가 간단하여 만들기도 용이하다. 그러므로 1중구조에서 2중구조로 발전한 것으로 보는 것이 자연스러울 것이다.

그렇다면 2중구조의 차선은 언제 어디에서 누구에 의해 시작되었 을까? 여기에 대해 기가와 마사오(木川正夫)는 전국시대 초기 무라다 쥬 코(村田珠光: 1422~1502)의 권유로 다카야마 소제이(高山宗砌)가 개발하 였으며, 그가 개발한 차선은 다름 아닌 「안 차솔」과 「바깥 차솔」의 구 분이 있는 2중구조의 차선이라 했다.[25] 고연미가 일본 최초의 차선 제 작자로 소제이를 지적한 것은 이러한 사실을 잘못 인식한 결과로 보 인다.

이같은 기가와의 설명을 어느 정도 신뢰성을 지니는지 알 수 없다. 왜냐하면 그의 설명은 앞에서 본 아키나리와도 다르며, 또 쥬코가 의 뢰 제작하였다는 것도 입증이 되지 않기 때문이다.

25　木川正夫(2000)「茶筅状竹製品の系譜－岩倉城遺跡出土茶筅の位置づけ－」『研 究紀要』(1), 財団法人愛知県教育サービスセンター愛知県埋蔵文化財センター, pp. 57-62.

그러나 다카야마의 차선제작이 차선의 역사에서 새로운 전기를 마련한 것은 사실인 것 같다. 그 이유는 치카마쓰 시게노리(近松茂矩: 1697~1778)[26]의 『다탕고사담(茶湯故事談)』에 「차전(茶筌)은 다케노 조오에서 리큐까지는 호라이(蓬莱)의 진시로(甚四郎)가 유명하였는데, 리큐의 시대가 되면 다카야마 진자(高山甚左)가 만든 것이 천하제일이 되었다. 그의 자손 진노죠(甚之丞)와 교쿠린(玉林)도 차전 장인으로서 이름을 떨쳤다」는 내용이 있기 때문이다.

이러한 평가는 다카야마의 장인이 만든 것이 1중구조의 기존의 것보다 획기적인 이중구조를 가진 차선을 만들었을 가능성이 높다. 이것으로 천하제일이 되었고, 그의 후손들도 차선제작 명인으로서 이름을 떨쳤다는 것이다. 이러한 의미에서 다카야마의 2중구조 차선이 제작 시기가 쥬코시대 혹은 리큐시대인지 그리고 만든 자가 다카야마 소제이 혹은 다카야마 진자이었는지 정확히 알 수는 없지만 다카야먀에서 만들어졌다는 기가와의 의견에 동의하는 바이다.

이코마시(生駒市) 다카야마에는 지금도 차선을 만드는 장인들이 많다. 이들의 말을 빌리면 다카야마의 차선은 무로마치시대(室町時代: 1336~1573) 중기 때부터 시작되었다고 한다. 좀 더 세밀하게 들여다보면 다카야마에서도 차선의 기원이 일정하지 않고 다양한 의견이 있는 것 같다. 이를 정리하면 크게 두 가지 형태가 있다.

---

[26] 오하리(尾張=名古屋)의 무사. 영주 도쿠가와 요시미쓰(德川吉通: 1689~1713)의 소바코쇼(側小姓)으로서 섬겼다. 병법, 무술의 일체화를 꾀하여 일전류무도(一全流武道)를 창시했다. 또 다도를 비롯해 여러 가지 예능에도 조예가 깊었다. 그의 하이카이(俳諧)는 카가미 시코(各務支考)의 제자이다. 통칭은 彦之進. 호는 南海. 俳号는 丁牧. 저서으로는 『전류도지변(全流道知辺)』『다도고사담(茶道古事談)』 등이 있다.

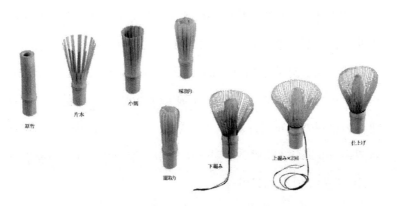

그림 8 다카야마 차선의 제작공정〈다카야마 翠華園의 HP에서〉

　그 중 하나는 전국시대 때 이 지역의 영주인 마쓰나가 히사히데(松永久秀: 1508~1577)가 전쟁에 패배하여 영지가 몰수되자, 낭인(浪人)이 된 그의 심복 부하들이 다카야마에 남아서 차선을 만들며 생계를 유지했다는 것이다.[27] 이 이야기는 잘 알려져 있지 않은 것이다.

　또 다른 하나는 소제이가 다카야마에서 처음 만들었다는 것이다. 이 유형의 이야기가 일반적으로 널리 알려져 있다. 이들이 말하는 소제이는 어떤 인물인가?

　소제이는 소세쓰 또는 소켄(宗劒)이라고도 하며, 본명은 다카야마 도키시게(高山時重)이라고 한다. 그의 부친은 다카야마 영주 다카야마 요리사카(鷹山賴栄)이며, 그의 차남으로 태어났다. 그는 젊어서 렌가(連歌)를 본토(梵灯: 1349~?)에게 배웠고, 와카(和歌)는 임제종의 승려이자 가인인 쇼테쓰(正徹: 1381~1459)에게서 배웠다. 그리고 「렌가시(連歌師)」로 활약했다. 잠시 출가하여 세속을 떠나 고야산에 머물렀다. 그 때

27　久保左文 「茶筌のふるさと〈高山〉」, https://chasen.jp/history.

「소제이」라는 이름을 얻었다. 그리고 나라 흥복사(興福寺) 근처에서 살았다고도 한다. 그의 스승 범등이 사망하자, 스승의 가르침을 정리하여『초심구영집(初心求詠集)』을 펴냈다. 1433년(永享5) 기타노텐만궁(北野天滿宮)에서 개최되는 렌가대회(連歌大會)에 나가기 시작하였고, 그후 그는 활약이 두드러져 교토 렌가계(連歌界)의 제1인자가 되었다. 그리고 1448년(文安5)에는 기타노카이쇼부교(北野会所奉行)가 되었으며, 1454년(享德3) 70세의 일기로 사망했다.

이러한 경력을 가진 소제이가 차선의 시조가 되었다는 것은 선뜻 이해가 되지 않는다. 다카야마 사람들의 말을 빌리면 그가 차선을 만들게 된 동기는 쥬코와의 만남에서 비롯되었다고 했다. 그에 대해 다음과 같은 이야기가 있다.

무로마치시대 중엽, 나라 스이몬초(水門町)에 살고 있던 뉴도 소제이(入道宗砌)는 당시 유행하던 렌가(連歌)와 와카(和歌)에 매우 뛰어났으며, 칙필류(勅筆流) 서예의 달인으로서도 유명했다. 소제이는 가까이 살고 있는 칭명사(称名寺)와 연관이 있는 무라다 쥬코와 노래(시)를 서로 주고받는 두터운 친교를 가졌다. 어느날 쥬코는 찻잎을 가루차로 만들어 마시는 것을 고안했다. 그에 따라 가루차를 젖는 도구가 필요하다고 느끼고, 그 제작을 소제이에게 의뢰했다. 소제이는 여러 고심 끝에 만들어낸 것이 차선의 시작이다. 그후 쥬코는 교토에 있는 쥬코안(珠光庵)으로 옮겼다. 당시 천황인 고쓰치미카도천황(後土御門天皇: 1442~1500)이 쥬코안을 방문하었을 때 쥬코는 천황에게 소제이가 만든 차선을 보였다. 이를 본 천황은 그 착상과 정교함에 대단히 높은 관심을 보였다 한다. 그 이후 소제

이는 나라의 다카야마(高山) 성주 일족에게만 만드는 법을 전했다. 이것이 다카아먀 차선의 시작이다.[28]

이상의 글은 쥬코가 고향인 나라에 살면서 소제이에게 말차에 대해 설명하고 격불용의 차선을 주문했고, 이에 소제이가 고심 끝에 산간에 밀집해 있는 가늘고 질 좋은 담죽(淡竹)으로 만들어 주었다. 그 이후 쥬코가 교토의 주광암(珠光庵)에 살았는데, 어느 날 고쓰치미카도천황이 방문하였을 때 쥬코가 천황에게 소제이의 차선을 바쳤더니, 이를 본 천황이 감탄하며「다카호(高穂)」라는 이름을 하사했다. 이것을 계기로 소제이는 다카야마 성주 일족에게 비전을 전한 것이 다카야마의 차선을 출발이라고 설명하고 있다.

이것이 계기가 되어 다카야마의 차선을 유명해졌으며, 다카야마의 원래 지명이자 영주의 성이었던「다카야마(鷹山)」를「다카호(高穂)」의 「다카(高)」를 따서 다카야마(高山)로 바꾸었다. 다카야마 가문이 멸망한 후에는 그들의 가신 중 16명이 이 기술을 계승하여 같은 자식 한명에게만 비결을 전수하는「일자상전(一子相傳)」의 형식을 취했다고도 전해진다.[29] 그러나 이러한 내용을 확증할만한 기록은 없다. 이것은 어디까지나 지역민들과 향토사가들이 만들어낸 것으로 전승에 가깝다.

이러한 이야기와 역사적인 전통을 가진 다카야마의 차선은 일찍부터 유명세를 탄 것은 사실이다. 그 예로 1554년(天文23) 이치오켄 소킨 (一漚軒宗金: 생몰년미상)이 저술한『다구비토집(茶具備討集)』에「차선은

---

28 「茶道具のひとつである「茶筅」について」骨董品買取ガイド, HP: https://骨董品 買取ガイド.com/column/sadou/chasen.php(검색일: 2024.02.13.).

29 정숙희(2006)『日本 茶道具에 관한 研究』원광대석사논문, p.65.

나라차선, 한치차선, 오하리와 카가(茶筅, 奈良茶筅, 幡枝波切, 尾張并加賀)」
라는 표현이 등장하기 때문이다. 여기서는 차선을 「차전(茶筅)」이라고
하였는데, 그것은 차선의 최상품은 나라의 것이고, 그 다음이 교토의
한치(幡枝)이며, 그 다음이 오하리(尾張)와 카가(加賀)에서 생산되는 것
이라는 뜻이다. 이것으로 보아 16세기에 이미 다카야마의 차선은 일
본 국내에서 최상급의 상품을 생산하고 있었음을 알 수 있다.

일설에 의하면 도요토미 히데요시(豊臣秀吉: 1537~1598)의 기타노대
차회(北野大茶会)가 개최되었을 때 차선 2백개, 또 도쿠가와 이에미쓰
(德川家光: 1604~1651)가 교토를 방문하였을 나라부교(奈良奉行)의 명령에
따라 차선을 헌상한 바가 있다 한다. 아마도 센노 리큐(千利休)에 의해
완성된 다도의 문화가 보급됨에 따라 다카야마의 차선제작은 성행하
였을 것으로 충분히 짐작하도도 남음이 있다. 리큐 자신도 다카야마에
서 만드는 이중구조의 차선을 선호했다고도 한다.

오늘날에도 다카야마는 여전히 차선의 생산지로서 명성을 유지하
고 있다. 약간 과장하여 말하자면 현재 일본에서 사용하는 대부분의
차선이 이곳에서 만들어진다고 해도 전혀 무색하지 않다. 기술도 발전
하여 이들의 차선제작은 예술의 경지에 들어섰다고 까지 평가되고
있다.

이곳에서는 차선제작 이외에 특이한 점은 차선을 「차선(茶筅)」이라
하지 않고 「차전(茶筌)」이라 한다. 사실 그 명칭은 앞에서 보았듯이 우
에다 아키나리가 설명하고 있듯이 그 모양이 물고기 잡는 통발과 닮아
있어 생겨난 것이다. 그럼에도 다카야마 지역민들은 다르게 생각하고
있었다. 혹자는 대나무가 가지고 있는 모든 성질을 사용하여 만들기

때문에 다른 지역의 것과 차별화하기 위해 사용한다는 견해를 가지고 있었다.[30] 또 혹자는 차선의「선(筅)」은 대를 잘게 쪼개어 다발로 묶은 솔(簫)이라는 의미이므로 격불의 도구가 아닌 그릇을 씻는 도구로서도 오인될 수 있기에, 이를 피하기 위해「차전」이라는 용어를 사용한다는 견해를 피력하기도 했다.[31] 즉, 차선은 점다만을 위한 도구라는 점을 강조하고 있는 것이다. 비록 이들의 의견이 일치되어있지 않으나, 현재 다인들에게 차선은 전자가 아닌 후자에 속한다. 그러므로 후자의 설이 묘한 매력과 설득력을 지니고 있다.

4. 나카조시「후리차」의 차선

나라에는 다카야마에서 만들어지는 2중구조의 세련된 차선만이 있는 것은 아니다. 〈그림 9〉와 〈그림 10〉에서 보듯이 모양으로 보더라도 차솔이 매우 거칠어 정교하지 못하다. 길이가 15센티이고, 굵기는 1,3센티 정도 된다.[32] 일반 다도에서 사용되는 차선이 9센티정도 되므로 크기와 길이면에서 다도의 차선 보다 월등히 크고 길다. 그리고 1중구조로 되어있다. 이것은 2중구조 차선이 나오기 이전에 있었던 옛 형태의 것이다. 이러한 차선을 이용하여 차를 마시는 풍습이 나라현 카시하라시(橿原市)의 나카조시(中曽司)에 있다.

---

30 奈良県立図書情報「高山茶筅」,
    https://www.library.pref.nara.jp/nara_2010/0467.html.
31 竹茗堂 久保左文「高山茶筅の歴史」, https://chikumeido.com/history/
32 中村羊一郎(2014)『番茶の民俗学的研究』神奈川大學 博士論文, p.228.

그림 9 카시하라시(橿原市) 나카조시(中曽司)의
차선

　어찌하여 이곳에는 이러한 차선이 있는 것일까? 여기에는 음다법과
관련이 있는 것 같다. 이 지역은 마을 전체가 호(壕)로 둘러싸여 있는
지리적 환경조건을 가지고 있다. 그러므로 비교적 폐쇄적이나, 상호
공동체 의식은 매우 강한 편이다. 그리고 이들은 자주 모여 차마시는
기회도 빈번하게 가지고 있다.

　이 마을의 차습속에 대해 기록으로 남기고 있는 것이 『고취번풍속
문상답(高取藩風俗問状答)』이다. 이것은 에도시대 중기 국학자이자 막
부의 우필(右筆)[33]이었던 야시로 히로가타(屋代弘賢: 1758~1841)가 전국 각
지역의 유학자와 지인들에게 보낸 「풍속문상(風俗問状)」에 대한 답서
를 민속학자 나카야마 타로(中山太郎)가 집대성하여 해제와 교주(校注)
를 달아 『제국풍속문상답(諸国風俗問状答)』으로서 1942년에 간행하였

---

[33]　중세, 근세에 무가(武家)의 비석 역할을 하는 문관을 지칭하는 말이다. 집필(執
　　筆)이라고 도 했다. 문장의 대필이 본래 직무이었으나, 시대의 변화에 따라 공문
　　서 및 기록 작성 등을 맡아하는 사무관료이었다.

그림 10 카시하라시(橿原市) 나카조시(中曾司)의
차선 내부

는데, 그것에 수록되어있다. 그것에 「나카조시. 이곳에만 옛날부터 불
교행사를 하지 않는다. 마을에는 다원이 있어, 차를 따서 만들어 집집
마다 차를 마신다. 마을사람들은 옛날부터 지금에 이르기까지 질박하
다」는 내용이 있다.[34] 여기에서 보듯이 나카조시는 특이하게도 불교적
인 영향이 적으며, 에도 중기에 이미 차밭을 가지고 있어서 지역민들
은 차를 직접 따서 만들어 마셨다는 것이다.

　그런데 이들의 음다법은 매우 독특했다. 이들은 먼저 자신의 집에
서 「반차(番茶)」를 만든다. 여기서 「반차」의 「반」이란 특별하지 않은
「일반」, 「보통」, 「일상」을 의미하는 말일 뿐만 아니라, 늦다는 「반(晚)」
이라는 의미도 함께 지니고 있다. 그러므로 「반차」란 여름 이후에 늦
은 시기에 딴 3, 4번차로 만든 저급의 녹차를 말한다. 따라서 이 차는

34　『高取藩風俗問状答』:「中曽司村　一村にかぎり昔より法事仏事をせず、村内に
茶園あり。茶を摘製し家毎に茶を点ず。村人も昔より至って質朴也という。」.

서민의 상징이다. 이같은「반차」를 차맷돌로 갈아서 보통 밥그릇보다 큰 그릇에 담고서 그것에다 약간의 뜨거운 물을 붓고 차선으로 격불한다. 거품을 충분히 일어나면 그것에다 약간의 소금을 넣고 쌀과자를 그 위에 잔뜩 담아서 퍼 먹었다.

현재는「반차」를 만드는 집이 없어 지금은 대개 시중에서 판매되는 말차를 이용하고 있다. 그러므로 과거에는 다갈색을 띠었다면 현재는 녹차의 색깔로 변했다. 이를 마실 때 대개「차노코(茶の子)」라 불리는 고구마, 콩, 야채로 만든 반찬과 함께 내는 것이 일반적이었다. 이러한 음다법을 지역민들은「히키차(挽き茶)」라 했다.[35]

이같은 음다법은 나카조시에만 있는 독특한 것일까? 그렇지 않다. 다른 지역에서도 보인다. 지역에 따라 방법과 명칭이 조금씩 다르나, 이같은 형태의 음다법을 일반적으로 통칭하여「후리차(振茶)」라 한다.「후리차」의「후리」는 차선으로 거품을 내는 모양을 가리키는 말이다. 이 차는 일반적으로 반차를 차선으로 거품을 일구어 먹거나 혹은 마시는 것을 총칭한다. 거품을 냄에 따라 차맛을 부드럽게 하고, 일으킨 거품에다 야채절임(漬物)을 곁들이거나 미숫가루 등을 뿌린 후 간식으로 먹었다. 이는 예부터 서민들이 즐기던 차이며, 18세기까지 일본 각지에서 행하여졌으나, 현재는 일부지역에만 남아있는데, 나라지역에서는 나카조시에 남아있는 것이다.

「후리차」를 도야마현(富山県), 니이가타현(新潟県)에서는「바타바타차(バタバタ茶)」라 한다. 도야마현 아사히초(朝日町)에서는 흑차(黒茶)라는 발효차를 끓인 후에 고로하치다완(五郎八茶碗)이라 불리는 말차다

---

35 木村隆志(2004)「長寿を支える「挽き茶」」『奈良新聞』, 2004.4.19.

완에 붓고는 소금을 넣고 차선으로 거품을 낸 후 마신다. 이때 사용되는 차선은 대나무 두 개를 묶은 모양을 하고 있다.

그에 비해 시마네현(島根県) 이즈모지방(出雲地方)에서 행하는 「후리차」를 「보테보테차(ぼてぼて茶)」라 하는데, 늦가을에 수확하여 그늘에 말린 「반차」를 끓여 소금을 뿌리고 차선으로 거품을 일으킨 다음 팥밥(赤飯), 검은콩밥(黒豆飯), 산채(山菜), 야채절임 등을 적당히 넣어서 먹는다.

이것의 유래에 대해서도 다양하다. 혹자는 오쿠이즈모(奥出雲)의 제철장인들과 바다로 출어하는 어부들이 차반(茶飯)으로 먹었던 노동식(労働食)이었다고 하고, 혹자는 이 지역의 영주이었던 마쓰다이라 후마이(松平不昧: 1751~1818)의 시대에 발생한 기근 때 먹었던 비상식량이었다는 설을 내는가 하면, 어떤 이는 상류계층의 다도에 대항하여 서민들이 고안해 낸 취미와 실익을 겸한 음다법이라는 설을 펼치기도 한다. 이처럼 기원에 대한 의견은 다양하나, 어느 것도 확실하지 않다.

아이치현(愛知県)의 오쿠미가와(奥三河)지방에서는 「후리차」를 「오케차(桶茶)」라 했다. 이곳에서는 끓인 「반차」를 나무로 만든 통(茶桶)에 넣고 소금을 약간 넣은 다음, 왼손으로 통을 거머쥐고 오른 손으로 20센티 정도의 길이가 되는 차선을 잡고서 휘저어 거품을 일으킨다. 거품이 가득차면 이를 다완에 퍼담고는 미숫가루 등을 뿌려 먹거나 마셨다.

가고시마(鹿児島) 도쿠노시마(徳之島)에서는 「후리차」를 「후이차」라 한다. 이곳에서는 과거에는 거의 섬 전 지역에서 행하여졌는데, 1965년경이 되면 일부지역에서만 남고 거의 사라졌고, 현재 이센초

(伊仙町) 이누타부(犬田布)에 남아있는데, 대략 다음과 같이 행해지고 있다.[36]

① 물을 끓인다.
② 찻잎(호지茶)을 티백(옛날에는 천을 사용)에 넣고 준비한다. 녹차만을 이용하거나 호지차를 이용했다. 제2차세계대전이 끝나고 잠시 찻잎뿐만 아니라 보리와 쌀을 볶은 것을 사용했던 시기가 있었다.
③ 찻잎을 다관에 넣고, 뜨거운 물을 붓고 10분 가량 기다린다. 차가 우러나는 시간이 짧으면 거품이 일어나기 어렵다고 한다.
④ 다관에 들어있는 차를 차아위이(茶桶)에 넣고, 대나무로 만든 차선으로 격불하여 거품을 일으킨다. 특별히 거품의 기준이 있는 것이 아니다. 거품이 일어나는 것은 뜨거운 차를 적당한 온도로 식히기 위함이다.
⑤ 충분히 거품이 일어나면 다완에 붓는다. 이때 통을 흔들어 솜씨를 발휘하여 거품을 보기 좋게 넣고 마신다.

이곳 노인들은「후리차를 마시면 오래산다」고 한다. 그리고 거품만 마실 수 없다고 하여「후리차」를 마실 때에는 반드시 흑설탕(黑砂糖) 또는 흑설탕으로 만든 과자「인규무이」또는 생선회 등을 곁들여 먹는다.

한편 오키나와에서는「후리차」를「부쿠부쿠차(ブクブク茶)」라 한다. 이것은 주로 나하시(那覇市)에서 행하여지는데, 볶은 쌀과 중국의 쟈스민차와 유사한 산핀차(香片茶)를 함께 다관에 넣는다. 그리고는

---

36 伊仙町西犬田布 伊仙町文化遺産データベース/2015年(平成27)4月9日.

10-15분정도 기다렸다가 지름 30센티 정도 되는 큰 다완 혹은 통에다 넣고 차선으로 아주 크게 거품을 일으키고는 그 거품을 그릇에 담고서 위에 땅콩가루를 뿌려서 먹는다. 오쓰키 요코(大槻暢子)는 1762년 토사번(土佐藩)의 사무라이 도베 겐잔(戸部愿山: 1713~1796)[37]이 도사(土佐)에 표착한 오키나와 선원들로부터 들은 것을 기록으로 남긴『대도필기(大島筆記)』에「나이든 여성이 전차(煎茶)를 마시는 것이 일본 농촌과 같다」는 기록이 있는 것으로 보아 18세기 중엽 오키나와에는 일본과 같은 후리차의 습속이 있었다고 한다.[38]

이러한 것에서 보듯이 일본의「후리차」에는 몇 가지 공통점이 있다. 첫째는 그것을 즐기는 계층이 서민(특히 여성)이라는 점이고, 둘째는 거품을 일으키는 차선이 다도의 차선보다 크고 길다는 것이며, 셋째는「반차」와 같은 저급의 차를 이용한다는 점이다. 그리고 넷째는 단순히 차를 즐기는 것이 아니라 다른 음식과 반찬과 곁들여 먹거나 마시는 간식적 특징을 지닌다는 점이다. 다섯째는 여러 사람들이 모이는 집회에서 하는 경우가 많다는 점이다.

이러한 후리차가 근세 중기까지는 전국적으로 행해진 서민들의 일반적인 끽다법이었다.[39] 그러한 시대에는 시중에 돌아다니면서 차선

---

37 에도시대 중후기의 유학자. 그의 유학은 미야지 세이켄(宮地静軒)에게 배웠으며, 그 밖에도 천문(天文), 가도(歌道), 의학(医学), 신도(神道) 등에 대해서도 습득했다. 1760년(宝暦10) 번교교수관(藩校教授館)이 개교하자 교수를 맡았다. 이름은 나가히로(良熙). 통칭은 助五郎. 별호는 韓川. 주요저서로는『大島筆記』,『韓川筆話』등이 있다.

38 大槻暢子(2011)「沖縄におけるブクブク茶の現状と歴史」『周縁の文化交渉学シリーズ1 東アジアの茶飲文化と茶業』関西大学文化交渉学教育研究拠点, pp. 113-116.

39 中村羊一郎(2013)「大茶と振り茶: 栄西のもたらした宋式抹茶法の行方」『静岡産業大学情報学部研究紀要』(15), 静岡産業大学, p.15.

을 파는 사람도 있었다. 그 대표적인 사례가 교토의 「구야소(空也僧)」
이다. 이들은 에도시대(江戶時代)는 물론 근대까지 12월 13일부터 설달
그믐날까지 차선(茶筅)을 팔았다. 이들의 근거지는 교토의 자운산(紫雲
山) 광승사(光勝寺) 극락원(極樂院)이다. 이 절은 현재 천태종 사찰인데,
939년 구야상인이 창건한 절로 알려져 있다. 구야상인을 본존으로 삼
고 있기 때문에 이곳을 일반적으로 「구야도(空也堂)」라 한다. 그런데
그들이 차선을 파는 일이 어떻게 구야와 연결되는지 선명하지 않으나,
그것에 대해 1782년(天明2)에 성립된 『공야상인회사전(空也上人繪詞伝)』
에서는 다음과 같이 설명하고 있다.

> 951년(天曆5) 교토에서 역병이 유행하였을 때 구야상인은 기온샤(祇
> 園社)에 들어가 머물며 기도를 했다. 그 때 그는 청수사(清水寺)에 십일면
> 관음을 만들 것을 예시를 받았다. 상인은 이 관음을 수레에 태워 시중에
> 돌아다니며, 차를 달여서 차선으로 휘저은 다음 관음과 병자들에게 권하
> 였더니 병이 나았다. 그 이후 정월 3일에 왕복차(王服茶)로서 만민에게 베
> 풀게 되었고, 또 차선을 파는 것을 직업으로 하였다.[40]

이같이 그들은 구야가 차선으로 격불한 다음 병자들에게 마시게 하
였다는 전승에 근거하여 마치 우리나라 설날 복조리 장수와 같이 그들
은 시중에 돌아다니며 차선을 팔았던 것이다. 즉, 복을 팔았던 것이다.
또 이들은 『왕복차전유래기(王服茶筌由來記)』를 만들어 그것을 통하여

---

40 坂本要(2015) 「踊り念仏の種々相(1)—空也及び空也系聖について—」 『筑波学
    院大学紀要』 第10集, 筑波学院大学, pp. 73-74.

매년 12월에는 천황궁성에 차선을 헌상했으며, 그들이 만든 차선으로 점다하여 마시면 그 물(차)은 목구멍에 박힌 가시도 통과하며, 약을 먹어도 효과가 확실히 다르다고 선전했다.[41] 그러나 구야상인이 활약했던 10세기 당시 차가 일반적으로 보급되어있었다고 보기 어렵다. 그러므로 이것은 후세에 구야도와 관련이 있는 차선장수들이 만든 이야기일 것이다.

1684년(貞享元)에 편찬된『옹주부지(雍州府志)』에는 차선을 파는 사람에 대해 다음과 같이 흥미롭게 묘사하고 있다.

「이 절 내에 한 노승이 있는데, 어육(魚肉)을 먹지 않고, 처자도 거느리지 않고 머리를 깎고 옷을 걸쳤다. 그러나 나머지 18집의 사람들은 머리를 깎지 않고 처자도 거느리고 산다. 이들은 항상 차선을 만들어 아침 시장에 판다…(중략)…무릇 18집 사람들은 엄동, 추운 밤에도 불구하고 매일 낙중(洛中)의 묘소, 장례를 치르는 곳을 간다. 각자 대나무 가지로 표주박을 두드리며 고성으로 무상의 염불을 외우는 것을 수행으로 삼는다.」[42]

이상에서 보듯이 구야도에는 한명의 주지를 중심으로 18집의 유발대처승(有髮帶妻僧)이 있었다. 이들을 「구야소」라 불렀다. 이들은 차선을 만들어 팔았으며, 추운 겨울에는 외각지의 묘소를 돌아다니며 염불을 하며 장례식에 관여했다. 이들은 교토의 구야도에 근거를 두고 머리를 기르고 구야상인과 같이 녹각 지팡이를 짚고, 표주박을 발(撥)로

---

41 熊倉功夫(2021)『茶の湯―わび茶の心とかたち―』中公文庫, p.167
42 凡そ十八家人、厳冬・寒夜に至り、毎夜洛中墓所・葬場を巡る。各々竹枝を以て瓢をたたき、高声に無常の頌文を唱える是れ修行の為也」

그림 11 차선을 파는 구야승(「洛中洛外屏風」에서)

두드리면서 시중을 돌아다녔다. 그리하여 중세 후기에는 이들을 「하치타다키(鉢たたき)」라고도 불렀다.

이상의 기록에서 보듯이 이들은 대나무를 잘라 만든 「차선」을 팔며 생계를 유지했다. 그러한 모습이 에도시대 초기의 서민의 생활상을 그린 「낙중락외병풍(洛中洛外屏風)」에 잘 나타나 있다. 대나무 끝에 짚을 감고, 그곳에 차선을 꼽은 것을 어깨에 메고, 표주박을 손에 들고 두 사람이 한조를 이루어 걸어가는 모습으로 그려져 있다. 당시 차선은 그릇을 씻는 주방용품이었기 때문에 서민들에게는 생활필수품이었다.

이처럼 구야도는 여러 지역에 흩어져 있는 차선장수 혹은 「하치타다키」라 불리는 구야소들을 총괄함과 동시에 민간에서 행해진 염불행사인 「육제염불강중(六斎念仏講中)」의 본류이기도 하다. 그렇게 된 논

리적 근거를 구야도 측은 창건자 구야상인의 대복차에서 찾고 있는 것
이다.

실제로 카시하라의 나카조시와 같은 차선을 생산하는 마을이 각지
에 있었으며, 이를 총괄한 것이 교토의 구야도이었다. 즉, 구야도는 일
본 죽세공업자들의 본부와 같은 역할을 하였던 것이다. 「구야소」들이
파는 차선은 오늘의 것과는 달리 거친 것이었으나, 서민들에게 전차
(煎茶)를 유행시키는데 한몫을 한 것은 틀림없다.

이같은 차선 장수가 나라 동대사의 이월당(二月堂)에도 있었다. 그
증거로 에도시대(江戸時代) 야나기사와 기엔(柳沢淇園: 1704~1758)의 수필
인 『운평잡지(雲萍雑志)』에 다음과 같은 내용이 있다.

> 나라의 이월당에 옛날에는 청죽(青竹)으로 만든 소박한 차선을 팔았
> 다. 남녀노소 많은 사람들이 이를 구입하여 참배했다는 증거물로 삼고
> 돌아갔다. 집에서 이 차선으로 점다하여 손님을 대접하는 것이 남도(南
> 都=나라)의 풍습이다.[43]

이같은 기록에서 보듯이 이월당에도 차선장수가 있었다. 이처럼
「후리차」는 나카조시의 독특한 음다법이 아니었다. 과거에는 전국적
으로 있었던 서민들의 차문화이었다.

그러나 유감스러운 것은 「후리차」의 기원이 분명치 않다는 것이다.
그것에 대해서도 다양한 의견이 나와있다. 가령 고가의 말차를 마실

---

43 熊倉功夫(2021) 『茶の湯―わび茶の心とかたち-』中公文庫, pp.167-168에서 재
   인용.

그림 12 이중구조의 차선

수 없었던 서민들이 「반차」를 이용하여 차를 즐겼다는 설이 있는가 하면, 그것과는 반대로 다도의 원류로 보는 설도 있다. 또 육우의 『다경』의 영향을 받기 이전부터 있었던 일본의 독특한 음다문화라고 보는 견해도 있다.

차민속 연구가인 나카무라 요이치로(中村羊一郎)는 이같은 차선이 서민들의 끽다문화에 주류를 이루던 것이 에도중기에 접어들어 나가타니 소엔(永谷宗円: 1681~1778)에 의해 새로운 증제녹차가 개발되었고, 바이사오(賣茶翁)라 불리는 고유가이(高遊外: 1675~1763)가 중국식 다관을 이용하여 우려서 마시는 음다법이 널리 보급되자 거친 1중구조의 차선으로 거품을 일으켜 마시는 「후리차」의 습속은 급속히 사라졌다고 보았다.[44] 만일 이것이 사실이라고 한다면 나라현 카시하라시 나카조시에서 전해지는 「히키차」와 차선은 나라가 낳은 독특한 지역의 차

---

44 中村羊一郎(2014)『番茶の民俗学的研究』神奈川大學 博士論文, p.248.

문화가 아니라, 시대의 변화에 따라가지 못하고 남은 과거 서민들의
음다법이 화석이 되어 남아있는 것이라 할 수 있다.

5. 나라의 두 개 차선

　지금까지 살펴보았듯이 나라지방에는 두 가지 형태의 차선이 있었
다. 하나는 카시하라 나카노조시의「히키차」에 이용되는 차선이 있
고, 또 다른 하나는 이코마의 다카야마에서 생산되는 말차다도에 사용
되는 차선이다.

　이러한 형태의 차선을 통하여 우리는 어느 정도 일본의 차선 발달사
를 가늠해볼 수 있었다. 즉, 에이사이선사가 남송사원의 차문화를 일
본에 전래할 때 동전이 달린 금속제의 차시와 축부수와 같은 죽제의
차선을 전래하였다. 그 이후 일본은 거품을 내어 마시는 음다법이 정
착함에 따라 거품이 제대로 나지 않는 금속제의 차시는 사라지고, 축
부수와 같은 차선이 이용되었다. 이를 우에다 아키나리는 편전(片筅)
이라 했다. 차가 귀중했던 시기에는 귀족들은 편전을 이용하여 말차를
마셨으나, 일반 서민들은 이른바「후리차」라는 저급한 품질의 반차를
마셨다. 그리고 이것이 후세 귀족들이 사용했던 말차 차선으로 오늘날
과 같은 외수와 내수의 2중구조를 가진 세밀하고 촘촘한 차선이 개발
되어 사용되었으나, 서민들은 그대로 거친 1중구조의 차선을 이용했
다. 그러나 서민들도 에도 후기에 개발되고 보급된 차를 다관에 넣고
우려먹는 엄다법(淹茶法)이 보편화됨에 따라「후리차」가 쇠퇴해졌고,

1중구조를 가진 차선도 모습을 감추었다. 이제는 극히 일부지역에 국한하여 자취만 남아있다.

이같은 차선의 발달사에서 나라는 중요한 위치에 있다. 왜냐하면 과거 서민들의 차를 대변하는 1중구조를 가진 차선이 카시하라시 나카조시에 남아있는 한편, 「안 차솔」과 「바깥 차솔」로 구분되어있는 2중구조를 가지고 있는 최첨단 고급의 차선이 이코마시 다카야마에서 개발되었기 때문이다. 다시 말해 나라지방에는 가장 오래된 차선과 가장 새로운 차선이 동시에 존재하는 것이다. 그와 같은 성격은 과거와 현대를 모두 아우르는 고도 나라의 성격과 교묘히 어울린다. 이것이 나라의 매력이 아닐까 생각한다.

한때 다카야마의 차선이 한국의 차선으로 인해 위기를 맞이한 적이 있었다. 1980년대 일본의 한 차선 회사가 한국에 기술을 전수해서 만들어 전량 수입해 간 적이 있었다. 이로 인해 강원도 횡성과 주문진, 경기도 하남, 충북의 제천 등지에 차선의 하청공장이 많이 생겨났다. 그러나 하청단가가 너무 싸서 차선제작만으로 생계가 어려워 많은 노동자들이 도시의 공사현장이나 생산업체로 빠져나가 현재는 극소수의 장인들만 남았다. 그로 인해 나라의 다카야마는 위기를 극복하고 제품의 고급화에 성공하여 오늘에 이르고 있다. 이것도 또한 흥미로운 차선의 역사가 아닐 수 없다.

참고문헌

제1장

권혁란(2010)『차와 선 수행에 관한 연구』동아대 대학원 박사논문, p.28.

김경희(2020)「백제의 문화가 일본 차문화에 미친 영향에 관한 연구」『민족사상』제14권 제3호, 한국민족사상학회, p.231.

김도공(2016)「화쟁 사상에서 본 원효의 차 정신」『한국예다학』제2호, 원광대학교 한국예다학연구소, p.72.

김운학(1981)『한국의 차문화』현암사, pp.92-93.

박준식(2005)「석, 박사 학위논문을 통해 본 한국차문화 관련 연구동향의 분석」『한국도서관 정보학회 하계학술발표집』한국도서관 정보학회, p.89.

박정희(2015)『한국 차문화의 역사』민속원, p.39.

이귀례(2002)『한국의 차문화』열화당, pp.25-26.

전재현(2014)『일본 불교가 차문화 콘텐츠 발전에 끼친 영향』조선대 대학원 박사논문, p.3

정동주(2004)『한국인과 차』다른세상, p.186

정영선(1990)『한국 차문화』너럭바위, p.71.

최계원(1984)「차의 역사」『차생활입문』전남여성회관, p.13.

한웅빈(1981)「차문화의 흐름과 행다의 이모저모」『금랑문화논총』한국민중박물관협회, p.346.

홍정숙(2012)『현대 음다공간의 활성화 연구』조선대 대학원 박사논문, p.118

井上光貞監譯(1987)『日本書紀』(下), 中央公論社, p.70.

神津朝夫(2021)『茶の湯の歴史』角川文庫, p.36

佐野和規(1991)「季御読経にゐける請僧」『待兼山論叢 史学篇』(25) 大坂大學, p.58.

中村元, 増谷文雄 監修(1983)『佛教説話大系(13)—高僧傳』すずき出版, p.11.

寺田孝重(1994)「江戸時代前期における奈良県茶業の地域分布」『農業史研究』(27권), 日本農業史学会, p.48.

寺田孝重(2017)「奈良佐保短期大学の近辺に存在する茶に関係する史跡(6)—奈良市に存在する茶産地: 田原地域, 月ヶ瀬地域—」『奈良佐保短期大学研究紀要』(第25号), 奈良佐保短期大学, p.50.

김자경(2018)「백제의 茶문화 규명 위한 학술회의 '눈길'」『그로벌 코리아 뉴스』, 2018.09.19., http://www.gknews.co.kr/news.

박영환(2009)「중국차문화기행(28) | 운무차(雲霧茶)②」『불교저널』, 2009.06.23.

박해현(2020)「나주 불회사가 우리나라 茶 始培地였다」『영암신문』, 2020.02.07., https://www.yasinmoon.com/news/articleView(검색일: 2022.03.15.).

정동주(2002)「정동주의 茶이야기〈37〉일본의 원효사상」『국제신문』, 2002.10.06.

하정은(2008)「백제의 차문화(下)」『불교신문』, 2008.07.12., http://www.ibulgyo.com/news/articleView(검색일: 2022.02.27.).

山中直樹(2008)「ケガレ・ケ・ハレ」: 喫茶・茶の湯のもう一つの道−9」『臨床喫茶学』〈インターネット公開文化講座〉愛知県共済生活協同組合, https://www.aichi-kyosai.or.jp/service/culture/internet/culture/tea/tea_9/.

第2章

李杏九(1989)「東大寺의 創建과 新羅의 審祥」『일본학』(제9집), pp.325-328.

송형섭(1993)『일본 속의 백제문화』한겨레, p.140.

최재석(1997)「8세기 동대사 조영과 통일신라」『한국학연구』(9) 고려대 한국학연구소, pp.301-302.

上田正昭(1977)「座談会 奈良. 東大寺をめぐって」『日本の中の朝鮮文化』(36), 朝鮮文化社, p.35

田村圓澄(1975)「行基と新羅仏教」『日本の中の朝鮮文化』(26), 朝鮮文化社, p.62.

中田祝夫校注譯(1980)『日本靈異記』小學館, pp.202-203.

馬淵和夫外 2人 校注 譯(1980)『今昔物語集』(1), 小學館, pp.130-134.

홍윤기(2007)「[홍윤기의 역사기행 일본속의 한류를 찾아서]〈35〉나라땅 東大寺와 비로자나대불」『세계일보』, 2007.04.25.

第3章

박전열(2016)「日本宮中儀禮에 茶道가 受容되는 過程과 政治的 意味」pp.79-80.

石井智恵美(2020)「『茶会集』の評釈(三)—寛文年間の柳営茶会—」『教育学部紀要』(第54集), 文教大学教育学部, p.27.

梅木春幸(2022)「正倉院文書の「茶」の字は茶か」『日本医史学雑誌』(68-1), 日本医史学会, pp.72-75.

貝原益軒著, 伊藤友信訳『養生訓』, 講談社, pp.137-138.

神津朝夫(2021)『茶の湯の歴史』角川文庫, p.55

眞言宗全書刊行會(1977)『眞言宗全書 第四十二 遍照發揮性靈集便蒙』同朋舍, p.99.

鈴木準吉『水沢郷土誌稿』(謄写版)/中村羊一郎(2014)『番茶の民俗学的研究』神奈川大學, p.12.

千宗室(1983)『茶経と我が国茶道の歴史的意義』淡交社, p.77.

中村羊一郎(2014)『番茶の民俗学的研究』神奈川大學, p.12-13.

マツダ・ウィリアム(2020)「空海とその書道論:「献梵字幷雑文表」と「勅賜屏風書了即献表」を中心に」『中国文学論集』49, 九州大学中国文学会, pp.46-64.

村井康彦(1985)『茶の文化史』岩波書店, p.11.

芳賀幸四郎(1985)『国史大辞典』(六巻), 吉川弘文館, p.782.

本間洋子(2001)「蘭奢待の贈答経路」『服飾文化学会誌』(1), 日本服飾文化学会, pp.25-33.

山内賀和太(1980)『阿波の茶』相生町, p.143.

中村羊一郎(2014)『番茶の民俗学的研究』神奈川大學, pp.12-13.

김현남(2009)「① 고대 일본의 차 문화와 불교」『불교신문』,
　　　http://www.buddhismjournal.com/news/articleView(검색일:2022.03.15.).

박영환(2009)「중국차문화기행(28) l 운무차(雲霧茶)②」『불교저널』, 2009.06.23.

제4장

김경희(2020)「백제의 문화가 일본 차문화에 미친 영향에 관한 연구」『민족사상』제14권 제3호, 한국민족사상학회, p.239.

김구한(2010)「양산 지역 구비문학의 전승양상과 지역적 특성」『민속연구』(20집), 안동대 민속학연구소, pp.174-185.

김정신·전재분(2009)「無碍茶의 현대적 행다법」『유라시아연구』(제6권 제4호), 한국유라시아학회, pp.303-305.

노근숙(2008), 『일본 초암차의 형성과정을 통해 본 차문화 구조에 관한 연구』원광대 박사논문, p.29.

이병도역주(1984)『삼국유사』광조출판사, p.402.

정상권(2016)『다시 쓰는 우리 茶 이야기』도서출판 장원 차문화 교류회, pp.92-93.

정천구(2021)「부산 지역 원효 설화의 의미 고찰-『삼국유사』설화들과 비교를 통해」『항도부산』(42권), 부산광역시사편찬위원회, pp.303-331.

神津朝夫(2021)『茶の湯の歴史』角川文庫, p.87.

熊倉功夫(1985)『昔の茶の湯 今の茶の湯』淡交社, p.99.

高木庸一(2001)「日本仏教におけるホスピスの源流」『駒沢女子大学研究紀要』(第8

号), 駒沢女子大学, p.118.

高橋隆博(2010)『巡歴 大和風物誌』関西大学出版部, pp.178-179.

寺田孝重(2014) 「奈良佐保短期大学の近辺に存在する茶関係の史跡について(3)—西大寺, 元興寺 稱名寺—」『奈良佐保短期大学研究紀要』(22), 奈良佐保短期大学, p.41.

筒井紘一(2019)『茶の湯と仏教』淡交社, p.87.

中村羊一郎(2014)『番茶の民俗学的研究』神奈川大學 博士論文, p.249.

本郷和人(2015)『戦国武将の明暗』新潮社, pp.31-32.

村井康彦(1985)『茶の文化史』岩波書店, p.54.

정동주(2002)「정동주의 茶 이야기 〈37〉 일본의 원효사상」『국제신문』, 2002.10.06., https://www.kookje.co.kr/news2011.

정동주(2002)「정동주의 茶 이야기 〈38〉 무애사상의 내력」『국제신문』, 2002.10.08.

최석환(2004)「일본으로 건너간 한국차의 전래설」」『차의 세계』 2004년 2월호 참조.

제5장

노근숙(2008)『日本 草庵茶의 形成過程을 통해 본 茶文化 構造에 관한 硏究』원광대 박사논문, p.69.

박전열(2007)「심문(心の文)」을 통해본 일본다도형성기의 다도이념」『일본학보』(73), 한국일본학회, p.381.

조용란(2008)「다도의 정신 일고찰−와비를 중심으로−」『일본학보』(74), 한국일본학회, p.279.

伊藤古鑑(1966)『茶と禅』春秋社, p.26.

千宗室監修(1977)『茶道古典全集』第3巻, 同朋舎 pp.3-4.

竹内順一(2018)『山上宗二記』淡交社, pp.15-17.

제6장

熊倉功夫(2021)『茶の湯』中央公論新社, pp.115-117.

桑田忠親(1976)『日本茶道史』河原書店, p.75.

嶋内麻佐子(2001)「慶長年間における武家相応の茶の湯」『長崎国際大学論叢』(第1巻), 長崎国際大学, p.131.

永島福太郎(1948)「茶道の成立」『中世文芸の源流』河原書店, p.149.

中村修也(2003)「『經覺私要鈔』の茶」『言語と文化』, 文教大学大学院言語文化研究科付属言語文化研究所, p.167.

제7장

浅野二郎外 2人(1990)「侘び茶と露地茶庭の変遷に関する史的考察」『千葉大園学報』
　　　(第43號), 千葉大學, p.160.
安部直樹(2007)「大名茶の系譜 ―武辺の茶の統治機能―」『長崎国際大学論叢』(第7
　　　巻), 長崎国際大学 人間社会学部 国際観光学科, p.18.
熊田葦城(2018)『茶道美談』宮帯出版社, pp.252-253.
桑田忠親(1980)『茶道と茶人』(3巻), 秋田書店, p.161.
嶋内麻佐子(2005)「寛永・寛文年間における武家茶道―片桐石州の茶道(1)―」『長
　　　崎国際大学論叢』(第5巻), p.20.
中村昌生(2002)『茶室を読む―茶匠の工夫と創造―』淡交社, pp.141-142.

제8장

노성환역주(2009)『고사기』민속원, p.198.
井上光貞監譯(2020)『日本書紀』(上), 中央公論社, pp.237-238.
熊倉功夫(2021)『茶の湯』中央公論新社, p.168.

제9장

吉慶(2023)「千利休の侘び茶における美学―唐物から和物(楽茶碗)への変化を中心
　　　に―(上)」『HABITUS』(27), 西日本応用倫理学研究会, p.181.
熊田葦城(2018)『茶道美談』宮帯出版社, pp.121-123.
竹内順一(2018)『山上宗二記』淡交社, p.132.
筒井紘一(2015)『利休茶会記』角川学芸出版, p.218.
寺田孝重(2013)「古市南町共同墓付近奈良佐保短期大学の近辺に存在する茶関係
　　　の史跡について(2)―岡田亀久郎顕彰碑, 松屋, 依水園, 吉城園, 八窓庵―」
　　　『奈良佐保短期大学研究紀要』(第21号), 奈良佐保短期大学, pp.73-74.
永島福太郎(1959)「研究資料　宗珠と珠光秘書」『美術研究』(202), p.37
村井節子(1975)「宗旦の茶考」『美学・美術史学科報』(3), 跡見学園女子大学, p.40.
矢部良明(2014)『古田織部の正體』角川文庫, p.17.
山舘優子(2019)「千利休の村田珠光観」『日本思想史研究』(51), 東北大学大学院文学
　　　研究科 日本思想史研究室, p.29.
渡辺誠一(1988)「侘茶の系譜―『山上宗二記』―(Ⅱ)」『人文科學論叢』(35), 明治大学
　　　経営学部人文科学研究室, p.10

제10장

고연미(2009) 「차그림에 나타난 茶筅연구」『韓國茶學會誌』(第15卷 第1號), 한국차학
　　　회, p.16.

고연미(2018) 「조선시대『주자가례』유입에 의한 차선(茶筅) 논의 양상」『한국차학회
　　　지』(24), 한국차학회, p.38.

김명배(1988) 「다경」『한국의 다서』탐구당, pp.299-300.

류건집(2011)『喫茶養生記 註解』이른아침, p.135.

정숙희(2006)『日本 茶道具에 관한 硏究』원광대석사논문, p.65.

짱유화(2016)『점다학』도서출판 삼녕당, pp.485-486.

大槻暢子(2011) 「沖縄におけるブクブク茶の現状と歴史」『周縁の文化交渉学シリーズ1
　　　東アジアの茶飲文化と茶業』関西大学文化交渉学教育研究拠点, pp.113-116.

岡倉天心(1995)『茶の本』社會思想社, p.51.

木川正夫(2000) 「茶筅状竹製品の系譜―岩倉城遺跡出土茶筅の位置づけ―」『研究
　　　紀要』(1), 財団法人愛知県教育サービスセンター愛知県埋蔵文化財センター,
　　　pp.57-62.

熊倉功夫(2021)『茶の湯―わび茶の心とかたち-』中公文庫, p.166.

關劍平(2015) 「茶筅の起源と確立」『立命館東洋史學』(38), 立命館大學, p.509.

神津朝夫(2021)『茶の湯の歴史』角川文庫, p.29.

中尾萬三(1934) 「仁和寺御室目録の陶磁」『大乗』(12-8), pp.27-30.

中村羊一郎(2013) 「大茶と振り茶: 栄西のもたらした宋式抹茶法の行方」『静岡産業
　　　大学情報学部研究紀要』(15), 静岡産業大学, p.15.

中村羊一郎(2014)『番茶の民俗学的研究』神奈川大學 博士論文, p.228.

坂本要(2015) 「踊り念仏の種々相(1)―空也及び空也系聖について―」『筑波学院大
　　　学紀要』第10集, 筑波学院大学, pp.73-74.

木村隆志(2004) 「長寿を支える「挽き茶」」奈良新聞, 2004.4.19.

伊仙町西犬田布 伊仙町文化遺産データベース/2015年(平成27) 4月9日.

米田真理子(2018) 「茶祖、禅始祖」としての栄西―中世禅の再考≪9≫」『中外日
　　　報』, 2018.12.12.

「茶道具のひとつである「茶筅」について」骨董品買取ガイド, HP: https://骨董品買
　　　取ガイド.com/column/sadou/chasen.php(검색일: 2024.02.13.).

찾아보기

저 자 약 력

┃노성환(魯成煥, No, Sung hwan)┃

울산대 일본어 일본학과 명예교수. 통도사 차문화대학원 교수. 일본 오사
카대학 문학박사.
일본오사카대학 대학원 졸업, 미국 메릴랜드대학 방문교수, 중국 절강공
상대학 객원 교수, 일본 국제일본문화연구센터 외국인연구원 역임. 주된
연구분야는 신화, 역사, 민속을 통한 한일비교문화론이다.

저서

『일본속의 한국』(울산대 출판부, 1994), 『한일왕권신화』(울산대 출판부,
1995), 『술과 밥』(울산대 출판부, 1996), 『젓가락사이로 본 일본문화』(교
보문고, 1997), 『일본신화의 연구』(보고사, 2002), 『동아시아의 사후결혼』
(울산대 출판부, 2007), 『고사기』(민속원, 2009), 『일본의 민속생활』(민속
원, 2009), 『오동도 토끼설화의 세계성』(민속원, 2010), 『한일신화의 비교
연구』(민속원, 2010), 『일본신화와 고대한국』(민속원, 2010), 『일본에 남
은 임진왜란』(제이앤씨, 2011), 『일본신화에 나타난 신라인의 전승』(민속
원, 2014), 『임란포로, 일본의 신이 되다』(민속원, 2014), 『임란포로, 끌려
간 사람들의 이야기』(박문사, 2015), 『조선 피로인이 일본 시코쿠에 전승
한 한국문화』(민속원, 2018), 『조선통신사가 본 일본의 세시민속』(민속
원, 2019), 『일본 하기萩의 조선도공』(민속원, 2020), 『일본 규슈의 조선도
공』(박문사, 2020) 『시간의 민속학』(민속원, 2020), 『한·중·일의 고양이
민속학』(민속원, 2020), 『일본에서 신이 된 고대한국인』(박문사, 2021),
『할복』(민속원, 2022), 『초암다실의 기원』(효림, 2022), 『성파스님의 다락
방』(민속원, 2023), 『국경을 넘는 한일요괴』(민속원, 2023), 『시간의 비교
민속학』(민속원, 2024) 등

역서

『한일고대불교관계사』(학문사, 1985), 『일본의 고사기(상)』(예전사, 1987),
『선조의 이야기』(광일문화사, 1981), 『일본의 고사기(중)』(예전사, 1990),
『조선의 귀신』(민음사, 1990), 『고대한국과 일본불교』(울산대 출판부,
1996), 『佛教の祈り』〈일본출판〉(法藏館, 1997), 『일본의 고사기(하)』(예전
사, 1999), 『조선의 귀신』(민속원, 2019) 등